UN PÉTALO DE SANGRE Y CRISTAL

SARAH A. PARKER

UN PÉTALO DE SANGRE Y CRISTAL

Traducción de
Xavier Beltrán

Papel certificado por el Forest Stewardship Council®

Primera edición: febrero de 2024

Printed in Spain – Impreso en España

ISBN: 978-84-01-03203-5
Depósito legal: B-20260-2023

Compuesto en Comptex & Ass., S. L.

Impreso en Black Print CPI Ibérica
Sant Andreu de la Barca (Barcelona)

L 0 3 2 0 3 5

Para todas aquellas personas
a las que les da miedo florecer

GLOSARIO

El Tallo Pétreo: la torre de Orlaith.

La Bahía Mordida: la bahía a los pies del acantilado que hay debajo del Castillo Negro.

La Línea de Seguridad: la línea que Orlaith no ha cruzado desde que la llevaron al Castillo Negro cuando era pequeña. Rodea la propiedad, hace de linde del bosque y atraviesa la bahía.

La Maraña: el laberinto de pasillos abandonados que se encuentra en el corazón del castillo y que Orlaith aprovecha para ir de un lado a otro de una forma más rápida. Por lo general, no tienen ventanas.

El Brote: el invernadero.

Zonas oscuras: lugares que Orlaith todavía no ha explorado.

La Guarida: los aposentos privados de Rhordyn.

El Dominio: las enormes puertas pulidas custodiadas por Jasken. Es una de las zonas oscuras de Orlaith.

El Tablón: el árbol que se desplomó sobre el estanque de los selkies y que a menudo sirve de lugar para el entrenamiento de Orlaith.

El Lomo: la gigantesca biblioteca.

La Caja Fuerte: la puertecilla donde todas las noches Orlaith guarda su ofrenda.

Los Susurros: el pasillo oscuro y abandonado que Orlaith ha convertido en un mural.

La Tumba: el trastero donde Orlaith descubrió el libro *Te Bruk o'Avalanste*.

El Charco: la zona de baño comunitaria y manantial de aguas termales.
El Agujero Infernal: la sala donde Baze a menudo entrena a Orlaith.
Caspún: un bulbo extraño del que depende Orlaith para calmar los ataques que le producen las pesadillas y los ruidos fuertes.
Exo(trilo): la droga de contrabando que Orlaith toma por la mañana para contrarrestar los efectos de la excesiva dosis de caspún que ingiere para asegurarse un sueño plácido.
Cónclave: un encuentro en el que se reúnen los Maestros y las Maestras de todo el continente.
Tribunal: la reunión mensual en la que los ciudadanos pueden transmitir sus congojas a su Alto o Bajo Maestro.
Fryst: el territorio del norte.
Rouste: el territorio del este.
Bahari: el territorio del sur.
Ocruth: el territorio del oeste.

PRÓLOGO

RHORDYN

La luna llena arroja un resplandor plateado sobre el bosque de Vateshram, cuyas sombras resultan inhóspitas recortadas contra el iluminado telón de fondo.

Mi caballo galopa alrededor de los profundos pozos de negrura abriéndose paso entre árboles viejos, con la respiración acelerada y las orejas atentas. De vez en cuando, ladea la cabeza, desafiante.

Me arriesgo a mirar atrás para asegurarme de que no me sigue nadie.

Han pasado siete años. Fue la última vez que me atreví a hacer este viaje.

«Lo he retrasado tanto como he podido».

El viento silba entre los árboles, una brisa helada procedente del norte que transporta un olor fuerte y hace que apriete las riendas con las manos. Últimamente, todo lo que viene del norte está corrompido: el viento, la comida de los barcos mercantes que han descendido por el río Norse, incluso el agua que se derrama por la linde montañosa y llena nuestros arroyos.

Eyzar aminora el paso y luego se detiene por su cuenta, resoplando y golpeando el suelo con una pata.

—Tranquilo, chico —le murmuro mientras le acaricio el grueso y musculoso cuello con una mano.

Un silencio sepulcral envuelve el bosque y miro alrededor, a la escucha, muy atento...

Una ráfaga de viento rompe la quietud; gime como si fuera un animal agonizante y transporta un hedor acre que percibo con la nariz.

Arqueo una ceja con la respiración entrecortada.

Muerte. Muerte ardiente proveniente de la dirección del refugio.

«Aravyn».

—¡Vamos! —gruño, clavándole los talones al caballo.

Eyzar protesta antes de precipitarse hacia delante, y cada uno de sus galopes golpea el suelo con un eco funesto que me retumba en la cabeza.

«Demasiado tarde».

«Demasiado tarde».

«Demasiado tarde».

—¡Más rápido!

Los árboles por fin van menguando y muestran dos cuestas escarpadas que enmarcan los restos humeantes de una casa que antes era majestuosa.

Eyzar se encabrita hasta detenerse y gira sobre los cuartos traseros. Es lo único que puedo hacer para evitar que eche a correr a toda prisa por el camino mientras observo la devastadora escena y del cielo llueven cenizas.

«No he sido lo suficientemente rápido...».

Un incendio rugiente engulle la casa, que ha perdido la forma y ya no es más que unas paredes de piedra derrumbadas, montañas de rocas chamuscadas y vigas de madera llameantes desperdigadas por el suelo como si fueran cerillas. Unas criaturas oscurecidas se agolpan en focos de sombras y maniobran hacia los bultos de carne asada desparramados por todo el claro.

Demasiados cuerpos para un refugio, joder.

«Alguien la ha cagado. Por su bien, espero que ya esté muerto».

Unos furiosos aullidos dan paso a un sonido extraño y espeluznante que no difiere del chasquido de metal contra metal y un grave gruñido se me abre paso en la garganta.

Bajo de Eyzar de un salto y le hablo con susurros mientras lo ato a un árbol que está iluminado por la luz de las llamas. Al acercarme a las ruinas con paso lento, agarro el plomo que me asoma por el hombro y desenfundo el arma, un filo de un negro intenso que se mezcla con la penumbra.

Las sombras que avanzaban empiezan a retroceder.

Esquivo una mano mutilada a la que le faltan tres dedos, de cuya protuberancia emana una sangre de un fuerte rojo que no debería provocarme ningún tipo de alivio..., pero lo hace.

No es una parte de ella. «De ellos».

Sigo hacia delante, dejando atrás extremidad tras extremidad, cabeza tras cabeza; la piel hinchada y abrasada distorsiona las facciones, pero no consigue ocultar la uve del revés que está tallada en algunas de las frentes.

«¿Qué cojones hacen los shulaks aquí?».

Descarto esa idea cuando veo una pierna quemada apoyada en una roca...

La sangre me ruge en los oídos y una cólera descarnada y violenta amenaza con destrozar las ataduras, extendidas con cuidado, de mi autocontrol.

No solo la carne desgarrada desprende un líquido opalescente que me suena demasiado, sino que la extremidad es pequeña. Demasiado pequeña.

Me pongo de cuclillas, cierro los ojos y me muerdo el puño.

«Demasiado pequeña, joder».

La rabia crece y crece y...

La tierra tiembla, seguida por otro estridente chirrido, un estruendo que procede de detrás de la casa en llamas derrumbada.

«Perros asesinos».

Siguen aquí. Siguen dándose un festín.

Una vez más, ese fuerte sonido parecido a un arañazo disecciona el aire, seguido de un aullido salvaje que me atraviesa la espalda como si fuera una daga.

Contraigo el labio superior y me pongo en pie antes de crujir el cuello de izquierda a derecha. Me encamino hacia el lugar en el que suenan los ruidos, pero un lloriqueo balbuceante atrae mi mirada hacia un sauce, hacia la silueta que está desplomada junto al tronco, con el pelo largo y claro desparramado debajo de la cabeza.

«Aravyn».

Corro hacia ella, me pongo de rodillas y dejo la espada olvidada en el suelo. Con cuidado, la llevo hacia mí y se me cae el alma a los pies cuando toco la cálida humedad de sus entrañas medio derramadas.

—Mierda.

Suelta un gemido de agonía mientras inspecciono su estado.

Los contornos de sus heridas ya han empezado a volverse grises y a descomponerse y desprenden una peste rancia que me atenaza la garganta.

«Demasiado tarde, joder».

Dirige su frágil mano a la joya pesada y clara que siempre ha llevado alrededor del cuello.

—Qu-quédatela —me suplica mientras me mira con los ojos muy abiertos y luminosos, como cristales en los que incide la luz del sol. Son muy distintos de los otros que miran sin ver desde el suelo.

Trago saliva, le paso el pelo por detrás de la oreja espinosa y abro el cierre para coger la joya. La cadena de plata me cae en la palma y casi se funde con el color de su preciada sangre sobre mis manos.

—Pa-para ella —susurra mientras me aprieta los dedos sobre el regalo.

Y con ello también me aprieta el maldito corazón.

La última vez que vine, ella tenía el vientre abultado, y no soy lo bastante valiente como para decirle que cerca de allí, en los escombros, he visto una piernecita cercenada.

Una herida letal.

Y que es probable que Col, su amante, ande también por allí. Hecho trizas.

Un tajo húmedo vierte sus entrañas sobre el suelo y su mano aterriza en la empuñadura de mi espada.

—Por favor…

—Llevo veneno líquido en la bolsa de la sill…

—No —jadea—. Con la espada. Por favor.

Me detengo y noto su petición asentarse sobre mis hombros como un ladrillo.

Después de dirigirle un breve asentimiento que me destroza por dentro, me guardo el colgante en el bolsillo y cojo el arma para apoyar la punta en el lado izquierdo de su pecho.

Le sostengo la mirada con un millón de palabras atrapadas entre mis labios apretados.

Las palabras no mitigarán su dolor ni evitarán que se le siga pudriendo la carne, no van a reiniciar la noche ni a devolverle a su familia, así que las reprimo y les permito que me agrien por dentro y que echen leña al fuego de rabia malvada que aguarda a que la libere.

—Prométe-temelo. Sálva-vala, Rhordyn. Por fa-favor.

«Ya se ha ido».

—Te lo prometo —le digo, mirándola a los ojos.

La mentira surte efecto y alivia la tensión que le endurecía la mirada, pero el precio que debo pagar es una lanza espectral que me ensarta el pecho.

También le prometí un refugio... y ahora su familia está muerta.

Me lanza una sonrisa triste y una lágrima iridiscente se abre paso entre la suciedad y la mejilla en carne viva.

—Haz-hazlo.

—Lo siento mucho...

«Por todo».

Abre la boca para responder, pero no le doy tiempo a que me traslade la mentira que veo fraguándose en su mirada. Aplico una presión mortífera con la espada y un jadeo sale de sus labios separados.

Sus ojos vidriosos y abiertos se oscurecen con la sombra de la muerte y adoptan una profunda serenidad de la que no consigo desviar la mirada lo bastante rápido.

Me habría dicho palabras tranquilizadoras, me habría dicho que no pasa nada.

«Sí que pasa».

Agacho la cabeza y finjo que las estrellas no están mirándome fijamente a mi espalda.

Pero sí. Siempre lo hacen. Y siempre lo harán, maldita sea.

Permito que la rabia burbujee hasta la superficie, libero la espada y me pongo en pie.

Calmado. Frío. Indiferente.

Sin mirar atrás, me dirijo hacia una llama ondulante que devora los restos desplomados del techo de paja y luego rodeo una pila de ladrillos ennegrecidos y me detengo en una zona sombría.

Vruks. Hay tres, con bulbos negros por ojos, el cuerpo mucho más grande que el de mi semental y armados con una fornida musculatura que se remueve debajo de un pelaje gris y pringoso.

No son ni caninos ni felinos, sino que están a caballo entre lo primero y lo segundo.

Son enormes. Fuertes. Despiadados. Una puta plaga atroz.

Tienen el gran hocico manchado de un rojo que chorrea desde su arsenal de colmillos sobre el botín. Gruñendo, trazan un círculo alrededor de una cúpula embarrada, una semiesfera perfecta desplomada entre los escombros.

Ladeo la cabeza con las fosas nasales muy abiertas.

Uno de ellos se levanta sobre las garras largas y mortíferas que rematan sus patas antes de abalanzarse y lanzar una cuchillada a la cúpula. Salen chispas y al oír el chirrido me entran ganas de arrancarme los oídos.

Más gruñidos y aullidos feroces se adueñan del ambiente. El más grande de los tres hunde la cabeza, golpea la superficie del peculiar objeto con el hocico y ruge.

Frustración caótica y salvaje.

«Y unos blancos bastante distraídos».

Libero los pocos hilos que contenían mi ira y avanzo sobre unos pies que apenas parecen rozar el suelo mientras doy estocadas en el humo con la espada. La primera cabeza se cae de unos hombros prominentes, pero no espero a que la bestia se desplome. Ya me he agachado y girado y el segundo vruk aúlla cuando le clavo el filo en el estómago, que vierte unas entrañas que calientan el aire gélido.

Muertes limpias y rápidas. Ojalá hubieran tenido la misma consideración con Aravyn.

Busco la atención del alfa, y su mirada primitiva se abalanza sobre mí. El ambiente entre nosotros se tensa y levanto la barbilla ligeramente.

El chucho pega un salto con los dientes a la vista y las garras separadas mientras un rugido fétido ensucia el aire. Su cabeza rueda por el suelo antes de que tenga la oportunidad de volver a parpadear. El cuello grueso y musculoso produce el mismo chirrido metálico que sus hermanos condenados.

Se desploma de golpe, una muerte líquida que emana acompasada con su corazón debilitado mientras yo suelto todo el aire.

—Mierda.

Matar te corrompe y yo ahora apesto a muerte. Dudo de que algún día vaya a ser capaz de quitarme este hedor de encima. Pero este mundo no es clemente y yo tampoco. Ya no.

Tras limpiar el arma con el abrigo, me la enfundo en la espalda y me concentro en la cúpula, que ahora está manchada con una capa de humeante sangre de vruk. Me agacho para examinar el extraño objeto y, al apartar la suciedad con una mano, veo un revestimiento como de cristal que parece brillar con luz propia.

Pero no es eso lo que me petrifica los pulmones.

A través del reflejo de las llamas titilantes y de mi mirada entrecerrada, veo a una niña que no debe de tener más de dos años cubierta de barro y cenizas y jirones de lino chamuscado. Tiene los ojos cerrados con fuerza y se tapa los oídos mientras se balancea, con el rostro demudado por un grito silencioso.

Veo la oreja que asoma por entre el caos de rizos mugrientos manchados de hollín y abro los ojos como platos al ver la línea de pequeñas espinas incandescentes que la bordean.

«Aravyn tenía otra hija».

El peso del bolsillo se incrementa y me obliga a arrodillarme en el suelo.

«Sálva-vala. Por fa-favor».

Me paso una mano por la cara.

Esas palabras son tan voraces como mi curiosidad. Esta pequeña aeshliana está fosilizando su luz para utilizarla como mecanismo de defensa.

Es imposible.

«¿Será mestiza? ¿Aravyn habrá buscado calor en la cama de otro?».

Barro el claro de cadáveres de ojos abiertos en busca de algún testigo. Solo observan las sombras, que se agolpan en la arboleda que circunda la devastación como la soga de un ahorcado.

Irilaks. Hay cientos de ellos. Algunos son más grandes que el vruk al que acabo de matar; otros miden menos de la mitad que este.

Debe de haberlos atraído el olor a sangre derramada. Hace bastante tiempo que no veo a tantos apiñados en un solo lugar.

Escruto cada bulto de negrura. Aunque no les veo la cara, todos clavan la atención en mí, sin duda a la espera de que las llamas se extingan y puedan avanzar y darse un banquete.

«No se la pueden llevar».

Me siento sobre los talones, preparado para aguardar una eternidad a que la pequeña baje la barrera impenetrable. A lo mejor no la conozco, pero su madre tardó años en acceder a mudarse a este refugio y ahora está muerta.

Esta niña merece algo mejor.

Su madre merecía algo mejor.

Me trago la culpa y espero.

Pasan las horas y evito mirar hacia el sauce. Odio que sea la única tumba que vaya a tener Aravyn. Odio que su cuerpo vaya a ser un festín para la espiral de sombras hambrientas en cuanto tengan la oportunidad de abalanzarse sobre ella.

Para cuando la pequeña se tranquiliza y levanta los párpados, el sol ya ha empezado a quemar el cielo.

Me quedo muy pero que muy quieto.

Sus ojos abiertos resplandecen con miles de facetas, como si lo observara todo desde un firmamento lleno de estrellas incubadas en el alma. Le tiembla la barbilla.

Varias zonas de la cúpula de cristal empiezan a fundirse y gotean sobre el suelo mientras el apabullante olor de su angustia se me clava en la garganta como si fuera un puñal.

No se mueve, se limita a seguir sentada donde está, hecha un ovillo, mirándome con ojos desamparados. Me examina.

El viento aúlla y los dientes le castañetean.

Aprieto las muelas.

Joder, como no la envuelva enseguida, se va a congelar, pero me niego a arrancarla del suelo. Necesito que confíe en mí. Que me dé permiso.

—Te prometo que no te haré daño —le digo en voz baja, temeroso de mandarla de vuelta al cascarón, pues así no la podré ayudar.

Parpadea una vez, dos, y al final cede. Fragmentos de barro y de ceniza caen del cuerpo cuando se pone en pie y da un vacilante paso hacia mí; entonces se tambalea.

La cojo antes de que se desplome en el suelo y, aun entre las capas de piel y lana, noto lo fría que está y lo frágil que es.

La rodeo con los brazos y me levanto.

—Te mantendré a salvo. Todo va a salir bien.

Me dirijo hacia Eyzar y la envuelvo con el abrigo para protegerla del viento y del panorama de tantísima muerte; el movimiento le arranca un trozo de barro duro del hombro derecho.

Se me queda el brazo paralizado. Al igual que los pies.

También la sangre de mis putas venas.

Unas marcas extrañas le recorren la piel desnuda, como si unas enredaderas hubieran reptado por ella y dejado tras de sí un sello de tinta...

En mi interior algo se oscurece y se eriza cuando las palabras empiezan a canturrear en mi mente, palabras esculpidas en piedra hace años por una mano vil y macabra.

Palabras que se me asientan en el estómago como si fueran rocas.

Luz que nacerá en el cielo y en la tierra,
piel deslustrada por la marca de la muerte...

Casi toco la mancha de nacimiento que le recorre el tembloroso hombro, pero aparto la mano a tiempo y suelto una maldición.

«He prometido que no le haría daño».

«He mentido».

Antes nada de todo esto tenía sentido, y ahora tiene muchísimo menos, cojones.

«No me extraña que Aravyn la mantuviera oculta. No me extraña que los putos shulaks estuvieran aquí. No me extraña que el colgante me pese tanto en el bolsillo...».

Pero ha hecho mal en arrancarme esa promesa. Su esperanza era ciega y la ha colocado sobre los hombros de la persona equivocada.

La niña ladea la cabeza e intenta hablar, pero lo único que emite son gruñidos.

Las náuseas me suben por la garganta.

Se salvó a sí misma de tres feroces vruks que han hecho añicos su vida y ha terminado en los brazos de una amenaza peor.

En esta muerte no habrá gloria alguna. No habrá matiz de honra. Solo la sangre de una niña asustada sobre mis manos.

Asfixiadla mientras duerme o enfrentaos a una gracia mortal.

Levanta la vista hacia mí e intenta hablar con la garganta en carne viva.

—No pasa nada —le miento, con una mano en la nuca para atraerla más hacia mí. Vuelve a posar la mejilla sobre mi pecho, un consuelo que solo puede ser momentáneo.

«Hazlo deprisa».

Pongo los dedos sobre sus costillas y siento el latido de su desbocado corazón. El nudo de sombras se afloja, como si los irilaks anticiparan la comida caliente que acompañará su banquete.

«Mierda».

Doblo el cuello y entierro la cabeza en su pelo manchado de hollín. De pronto, aparece un aroma floral que me embarga y que me lleva a hundir más la nariz, hasta situar los labios sobre una herida reciente que le recorre el cráneo.

El líquido me calienta la boca y me echo hacia atrás, pero un instinto carnal hace que saque la lengua...

El sabor de su sangre es un relámpago que me atraviesa el cerebro.

El corazón.

El alma.

Me fallan las piernas y caigo de rodillas, tragando duras bocanadas de aire por la garganta atenazada. Todos los músculos del cuerpo se me endurecen, las venas asoman a la superficie, mi materia misma intenta ocupar más espacio en un mundo que de repente parece demasiado pequeño. Demasiado cruel. «Y demasiado peligroso, joder».

Inclino la cabeza y busco las estrellas que se desvanecen entre torcidas columnas de humo, con los dientes al descubierto, como si pudiera dar un brinco y morder los puntos de luz hasta que su brillo ya no adornase jamás el firmamento.

—Cabrones...

Gruño y aprieto los dientes. «No».

Me pongo en pie y me encamino hacia el caballo con zancadas largas y decididas. Subo a la silla, me ato a la pequeña en el regazo y arreo al animal, un movimiento que dispersa el hatajo de sombras y al mismo tiempo merma el respeto que siento por mí mismo.

—Que os follen —mascullo, galopando debajo del ancestral dosel de árboles para arrancar la vista de las estrellas.

La niña no morirá esta noche, pero no por el motivo que debería ser.

Este acto es puramente egoísta.

I
ORLAITH

19 años más tarde

La punta afilada de la aguja se vuelve roja por la caricia de la llama de la vela, que arde con un intenso latido. La aparto y la sacudo.

«Qué objeto tan diminuto y cruel».

Mientras espero a que se enfríe, me siento con las piernas cruzadas sobre la cama y paseo la mirada por la habitación, por encima de las paredes curvadas de obsidiana con enormes ventanas abovedadas cada pocos metros. Entre ellas hay cuadros grandes y pequeños que decoran la piedra, colgados con pegamento casero.

La suave curva solo es amable con las cosas que se rinden, y me niego a despertarme todas las mañanas delante de unas paredes deprimentes sin ningún trazo de color. Ya veo suficientes superficies de ese tipo a diario cuando paseo por el castillo.

Todos mis muebles fueron construidos para encajar en la habitación: un armario curvado, una cama con dosel y cabecero arqueados, incluso el baño se amolda al cilindro de piedra de la escalera central. Sobre la pared más alejada, una mesa estrecha ocupa un cuarto de la circunferencia, con la superficie abarrotada de montones de flores secas, numerosos morteros, tarritos con tonterías… y piedras. Cantidad de piedras azabache de varios tipos y tamaños, muchas decoradas, enteras o en parte, con pinceladas de color.

Ignorar las piedras lisas siempre me resulta muy complicado.

Nueve de cada diez veces, terminan metidas en mi bolsa, acarreadas hasta mi torre y víctimas de un brochazo.

El exterior de mi escalera central cuenta con una chimenea y con una puerta de madera, la única manera de entrar o salir de mi dormitorio, a no ser que tengamos en cuenta la espantosa caída desde el borde de la balaustrada del balcón.

Hace unos cuantos años, pinté esa puerta de negro y luego me pasé nueve meses embelleciéndola con una arena de estrellas luminosas que imitan el cielo nocturno a la perfección. Incluso hay una luna medio escondida entre las sombras.

Es algo a lo que mirar cuando las nubes son densas y están enfadadas.

Me pincho la punta del dedo corazón con la aguja hasta que noto un doloroso escozor y una gota de sangre rojo intenso corre a asomarse a la superficie de la diminuta herida.

Curvo los labios. Verme sangrar no debería darme tanta satisfacción, pero así es. Porque esa sangre, ese insignificante acto de autolesión, no es para mí. Es para él.

Para Rhordyn.

Dejo la aguja en un plato de arcilla, encima de mi mesita de noche, y luego hundo el dedo en un cáliz de cristal lleno de agua hasta la mitad.

El líquido se tiñe de rosa, el color de una flor próspera en plena primavera.

Suspiro y me pregunto si le gustará. ¿Pensará que es demasiado rosa o demasiado rojo? Nunca se queja, nunca dice nada al respecto, y ese es el problema.

Que no lo sé.

Después de darle vueltas al líquido, me dirijo hacia la salida y me pongo de rodillas, ahora con los ojos a la altura de la puerta más pequeña encajada en la gruesa y desgastada madera salpicada de estrellas pintadas.

La Caja Fuerte.

Es el nombre que le puso la Cocinera cuando yo era demasiado pequeña como para entregar mi ofrenda por mi cuenta. Y ya se quedó así.

He medido mi vida por esta puertecita: primero, por mi necesidad de ponerme de puntillas para acceder; luego, con los pies plantados en el suelo, y, por último, doblándome hacia delante. Al abrirla, veo una cavidad vacía no mucho más grande que mi cáliz de cristal. Las paredes son ásperas y tienen surcos, como si una mano airada la hubiera tallado para darle vida. Coloco mi ofrenda en la base, un bonito paralelismo con su celda de madera sin pulir.

Como siempre, envidio al maldito cáliz, porque alguien está a punto de cogerlo y mecerlo y beber de él... supuestamente.

Se acerca demasiado a todo lo que yo no debería desear y, por lo tanto, se ha ganado a pulso mi odio no correspondido.

Cierro la Caja Fuerte, me dejo caer de culo y me arrastro por el suelo hacia atrás con los brazos sobre las rodillas mientras observo las dos puertas, muy diferentes la una de la otra.

A menudo tengo cerrada una de ellas para usarla como barrera para alejarme del mundo cuando siento la necesidad de esconderme. La más pequeña de las dos, ojalá pudiera dejarla abierta a esta hora de la noche para así mirar a Rhordyn a los ojos mientras se lleva mi ofrenda.

Lo intenté una vez, hace ya un año. Me quedé sentada aquí, sin apenas parpadear, hasta bien pasada la medianoche. Solo se acercó cuando cerré la Caja Fuerte y me aparté.

Fue entonces cuando me di cuenta del gran apuro en el que estoy metida.

Unos pasos pesados retumban por mi torre y se mezclan con el soniquete de mi acelerado corazón.

Cierro los ojos y cuento sus pasos mientras me lo imagino subiendo los peldaños en espiral que ocupan el hueco de mis escaleras hasta llegar a ciento cuarenta y ocho, antes de que se detenga al fin; siempre lo hace justo antes de alcanzar el descansillo superior.

Me lo imagino delante de mi puerta, hurgándose el bolsillo y metiendo la llave en la cerradura, con los labios apretados formando una dura línea que le tuerce el gesto. Me imagino un destello de placer iluminándole esos ojos abstraídos cuando saca el cáliz de cristal con mi presuntuosa ofrenda.

Es una bonita mentira que me gusta visualizar, una realidad imaginaria en la que me necesita tanto como yo a él. Es algo que me ayuda a contener la desagradable sensación que se me extiende por el pecho.

La puerta se cierra con un golpe seco y me abalanzo hacia delante, con la oreja pegada a la madera para escuchar el avance rítmico del descenso.

Cuando abra la Caja Fuerte por la mañana, el cáliz estará ahí, vacío de líquido pero repleto de las preguntas que se derraman sobre mí cada vez que lo cojo.

«¿Por qué lo necesita? ¿Para qué lo utiliza? ¿Le gusta este... vínculo que nos une?». Porque a mí sí.

Tengo muchas ganas de que suceda y me desanimo cuando ha pasado el momento. Demasiado a menudo me quedo ensimismada en fantasías sobre eso, en las que lo veo beber del cáliz de cristal y le sostengo la mirada en todo momento. Fantasías en las que no se lo lleva a hurtadillas como si fuera algo de lo que avergonzarse.

Cojo el cepillo de la cama, me voy hacia las puertas dobles del balcón, justo al lado de mi mesita de noche, y salgo al ambiente fresco del crepúsculo antes de empezar la tediosa labor de deshacer los nudos del día de mi cabellera larga y color rubio oscuro.

Me gusta fingir que salgo a ver cómo madura la noche, aunque tenga que ponerme de puntillas y contemplar por encima de la balaustrada, por si detecto algún movimiento en el exterior. Mi cepillo no es más que un accesorio para tener las manos ocupadas.

Si bien estoy atrapada en una torre que a veces se ve envuelta de nubes, sigue dándome un vuelco el corazón cuando veo que Rhordyn sale de las enormes puertas del castillo, caminando con grandes y decididas zancadas, y cruza el campo hacia el bosque que delimita la propiedad.

Nunca levanta la mirada. Nunca intenta localizarme.

Tan solo camina hacia la frontera y desaparece en el borrón de salvia, musgo y verdor que se extiende hasta donde alcanza la vista en todas direcciones menos hacia el sur.

Siempre la misma rutina monótona de la que no puedo salir.

El sol se hunde más allá del horizonte cauterizando la luz que derrama y una ráfaga de viento fresco y salado juguetea con el dobladillo de mi camiseta, me provoca escalofríos y me lleva a castañetear los dientes.

Me separo el pelo en tres largas secciones y me dispongo a hacerme una trenza. Para cuando he conseguido llegar hasta las puntas, cualquier remanso de luz ha desaparecido de la tierra y tengo los dedos entumecidos por el frío.

Rhordyn no ha regresado.

Los pasos con que vuelvo a la habitación siempre me parecen más pesados.

Conteniendo un bostezo, me acerco a la mesita de noche y rebusco entre las numerosas botellas con tapón de corcho colocadas en una bandeja. Cojo una, la giro de un lado a otro y frunzo el ceño al ver la marea de líquido azul añil que se mueve en el interior.

«Juraría que había más».

Con un resoplido, devuelvo el frasco a la bandeja, soplo la vela y me acuesto en la cama.

El labio inferior empieza a palpitarme después de habérmelo mordido, nerviosa, y suelto una maldición mientras me subo la colcha hasta el cuello y me giro hacia las ventanas que dan al norte.

El cielo es una manta de terciopelo salpicada de estrellas que parpadean para mí por primera vez en una semana. La luna arroja su luz, que se cuela entre las ventanas y resalta las numerosas botellitas que tengo al alcance de la mano.

Resalta el hecho de que todas están vacías menos una.

Reprimo un estremecimiento, uno que no es resultado del frescor de inicios de primavera, sino de la tormenta que me azota las entrañas con relámpagos que dispersan mis latidos.

Por primera vez en meses, me duermo sobria.

Tienen los ojos enormes y no parpadean; la boca les cuelga abierta como si el cuerpo se les hubiera desmoronado en el preciso instante en el que el aliento salía de los labios. Todos han perdido trozos de sí mismos y los fragmentos restantes están demasiado quietos.

Son demasiado silenciosos.

Solo quedan los monstruos.

Estoy pasando algo por alto. Algo importante. Lo noto en el pecho; es un vacío que parece ahogarme.

Cierro los ojos con fuerza para alejarme del mundo ardiente y desmoronado e intentar que las piezas encajen.

Un chirrido que suena como unas uñas arañando un plato casi me parte por la mitad. Canturrea su desagradable melodía una y otra y otra vez, crispándome las entrañas.

Me hago sangre en la garganta con un grito.

Mi nariz rezuma humedad y me tapo las orejas con los puños apretados, que amenazan con destrozarme el cráneo.

La imagen de la guerra se desvanece, minada por un viento frío, hasta que me encuentro de pie en un acantilado, asomada a un lúgubre abismo. Me envuelve un silencio tranquilo, no menos aterrador que los chirridos que me desgarran, y ya no me rezuma ningún líquido por la nariz...

Ahora cae a borbotones.

Me tambaleo en el borde escarpado...

Incorporada como una muñeca de trapo, un afilado jadeo me atraviesa la garganta cuando abro los ojos, con un intenso sabor metálico sobre la lengua. Unas manos firmes me sujetan los brazos, pero no consiguen calmar los temblores.

Mi piel sudada es lo único que impide que se me desparramen los huesos por toda la cama.

Una mata de pelo cobrizo desaliñada oculta en parte el escrutinio histérico de unos ojos marrones que me resultan familiares, iluminados por la llama de una vela. Los labios de Baze se mueven acompasados con su nuez, aunque no oigo nada por culpa de los rugidos que me inundan la mente.

Me doy cuenta de que le estoy clavando las uñas en los hombros desnudos y aparto las manos, me las paso por la cara y chillo. El grito se convierte en un sollozo y acaba siendo una súplica áspera mientras los labios de Baze siguen articulando palabras.

«Estás bien. Estás bien. Estás bien». No lo estoy. Mi cerebro es una bola de lava fundida y chisporroteante a punto de explotar. «No puedo escapar».

Con las manos sobre las sienes, cierro los ojos y me olvido del mundo meciéndome adelante y atrás...

Un olor sulfúrico flota por el aire y abro los ojos de golpe.

«Es caspún».

Me inclino hacia delante con los labios separados en busca del bálsamo que me refresca las entrañas.

Baze frunce el ceño y me agarra la barbilla para ladearme la cabeza. Una gota de líquido me cae sobre la lengua y me la trago.

«Puaj».

No importa cuántas veces me castigue con la bilis embotellada, no me he acostumbrado a su sabor. Aun así, lo ansío noche tras noche como si fuera lo único que me ata al mundo.

El entumecimiento me baja por la garganta, me corta de raíz la calamidad de la cabeza y calma mi hinchado cerebro. Gimo y abro la boca para recibir más, a pesar de que Baze ya no me sujeta la barbilla con fuerza.

—Orlaith...

Le arrebato el frasco y me humedezco la lengua con otro buen chorro. Es difícil ignorar la voz gélida de Baze mientras trago el bendito líquido de sabor asqueroso con una mueca.

Me coge la botellita y entorna los ojos.

—¿Qué pasa? —grazno mientras me desplomo de nuevo. Ruedo sobre la cama y me hago un ovillo a la espera de que desaparezca la última de las presiones.

—Ya lo sabes —me suelta Baze antes de coger el frasco por el cuello. Arruga el ceño y emite un ruido de fastidio que casi me hace sonreír—. ¿Qué cojones has mezclado aquí dentro? Nunca ha olido tan mal.

Me aparto el pelo mojado de la cara y flexiono los dedos mientras le respondo.

—Jengibrojo, lispín, raíz de quicio y perrilo... Es lo que hace que apeste a azufre.

Aparta la cabeza, con los ojos como platos.

—¿El perrilo no crece en la mierda de caballo?

Por desgracia, sí.

—Ayuda a calmarme las mi-migrañas —digo con un castañeteo de dientes mientras ahueco la almohada para acurrucarme como me gusta.

—Ojalá no te lo hubiera preguntado —masculla mientras me tapa hasta los hombros con la gruesa colcha—. Creía que ya habías dejado atrás las pesadillas. Hacía meses que no tenías un episodio como este.

Niego con la cabeza.

Hace poco aprendí a meterme en el cuerpo un montón de cosas que me sedan lo suficiente como para enmascarar el dolor; lo mezclo todo bajo el sol con el caspún para incrementar el efecto y luego bebo tragos de la botella antes de dormir en lugar del sorbo recomendado cuando me despierto, ya totalmente aniquilada. Pero eso a él no se lo voy a contar, claro.

El caspún no debe utilizarse como preventivo, pero, dejando a un lado la resaca diaria, funciona.

Baze tapa el frasco y lo deja en su sitio, sin soltar el tapón. Pasan unos intensos segundos en los que el único ruido es el castañeteo de mis dientes. El sudado camisón ahora es una carga para mi temperatura interna, que no para de bajar.

—¿Quieres hablar de ello?

—No.

No hay ni una sola parte de mí a la que le apetezca contarle que mis provisiones están casi agotadas. Ni que me inquieta la inevitable conversación con Rhordyn, en la que le diré que necesito que importe más caspún, él me dirá que hace cuatro meses me abasteció para tres años y la situación se volverá de lo más incómoda.

Baze se aclara la garganta y se frota los ojos para quitarse el sueño de encima.

—Bueno, pues nada. Ahora que sé que no te vas a morir, debería irm…

Levanto una mano y lo cojo del brazo, gesto con el que su ceja bien delineada se arquea para observar mi agarre inflexible.

—Quédate —le ruego y sube la mirada de perplejidad hasta mi cara.

—Laith...

—No soy tan orgullosa como para no suplicártelo. —Abro mucho los ojos y juego la baza de que probablemente me siga viendo como una niña pequeña, no como una mujer que no debería necesitar que nadie le espante los monstruos que la acechan cuando duerme—. Por favor.

Baze mira la cama como si esta fuera a engullirlo vivo.

La determinación parece instalársele en las facciones y, con un fuerte suspiro, se dirige hacia la chimenea, donde los pantalones negros del pijama se le bajan hasta las caderas al agacharse justo delante como si fuera una pantera.

Cuando se mueve, parece líquido, incluso cuando está insuflando vida a unas ascuas dormidas. Se lo ve tan a gusto consigo mismo...

Ojalá yo supiera cómo es sentir eso.

El fuego resucita y él lo alimenta con leña antes de encaminarse hacia el otro lado de la cama. Se sienta a mi lado, se pone varias almohadas detrás de la espalda y se apoya en el cabezal mientras se extrae una botella plateada del bolsillo.

—¿Qué contiene?

—Whisky. De elaboración casera. —La destapa—. Sabe a meado de caballo.

«No puede ser peor que la mierda que me acabo de tragar».

—¿Pu-puedo probarlo?

Levanta una ceja, se me queda mirando durante unos instantes y al final me la tiende .

—Solo un sorbo, y solo porque te calentará un poco.

Me incorporo y acepto la botellita.

—Cuánta advertencia. ¿Crees que me va a gustar y que voy a empezar a destilarlo por mi cuenta?

Me lanza una mirada que sugiere que no ando demasiado desencaminada.

Pongo los ojos en blanco y doy un trago, y en cuanto me baja por la garganta, empiezo a toser.

—Es asqueroso —gruño mientras el líquido frío se abre paso con ardor hasta mi barriga, donde empieza a dar vueltas, y aumenta el peso de mis ya pesados párpados. Le devuelvo la botella y me tumbo, consolada por los ángulos extraños de Baze y por sus ademanes rígidos—. Pero efectivo.

Suspira y me rodea con un brazo.

—Me van a castrar por esto.

—No seas tan dramático —murmuro, absorbiendo su delicioso olor, a belladona con una pizca de matices selváticos.

—No estoy siendo dramático. —Bebe un buen sorbo y, al tragarlo, suelta un siseo con los dientes apretados.

—Tanith no se lo va a contar a nadie.

Sonríe mientras observa las llamas bailarinas que calientan la habitación poco a poco.

—Si te digo la verdad, dudo de que mañana por la mañana tu criada vaya a conseguir subir las escaleras. No después del estado en el que la he dejado.

Me incorporo de golpe y lo fulmino con la mirada. Me fijo en su torso desnudo, en su pelo revuelto, en su sonrisa vaga...

Baze mueve las cejas arriba y abajo.

Se me crispa la expresión junto con las entrañas.

—¡Te dije específicamente que tenías prohibido acercarte a Tanith! —Le clavo el índice en el pecho—. Es joven y quiere cosas que tú no le puedes dar.

—Es mayor que tú y le he dado bastante, gracias por interesarte.

«Me he ganado a pulso esa réplica».

—¿Qué pensaría Halena si supiera que te has liado con mi criada?

—Ella también estaba ahí. —Se encoge de hombros.

Abro la boca, la cierro, la vuelvo a abrir...

Se echa a reír, con lo que le aparece el hoyuelo de la mejilla derecha, y sopeso la posibilidad de lanzarlo por el balcón.

—Hemos probado esa postura en la que se utiliza un...

Le tapo la boca con una mano.

—Cállate —refunfuño mientras me tumbo y me acurruco.

Baze me estrecha y coge el ejemplar de *La gitana y el rey de la noche* de la mesita.

—Tú te lo pierdes.

—Eso es subjetivo.

Lo oigo hojear el libro.

—Vaya, iba a leerte un cuento, pero en esta historia hay cosas que me ponen muy incómodo.

—Es una historia de amor. Es normal que a ti te moleste.

—«Si tuviera que elegir qué hacer con mi último aliento, lo invertiría besándote hasta el fin...». —Resopla y pasa varias páginas—. Siento mucho quitarte la venda de los ojos, pero ningún hombre habla así.

—Él a ella sí. —Le arrebato el libro, lo cierro y lo guardo debajo de la almohada—. Es la excepción porque es su pareja.

Baze finge que vomita y bebe otro sorbo de su frasco, esta vez bastante más que la última.

—Es un libro tóxico —masculla, poniendo una mueca—. Deberías utilizarlo para avivar el fuego.

—No puedo. Me lo dejó Tanith.

Suelta una maldición y bebe otro trago mientras yo reprimo una sonrisa y observo las formas oscuras que se retuercen en mis paredes, esquivando la luz ardiente que les arroja mi llameante chimenea.

Pasan unos segundos, tensos como la ansiedad que me envuelve el pecho.

—¿Baze?

—Mmm.

—¿Te vas a quedar hasta la mañana?

Aguanto la respiración y espero a que conteste mientras aparto de mí la imagen de esos ojos enormes y ciegos. Intento ignorar la atracción del abismo, el silencio que parecía dirigirse hacia mí.

—Claro —murmura, inclinándose sobre mí y apagando la vela—. Al fin y al cabo, mis huevos no son tan importantes.

2

ORLAITH

La mañana llega dura y brutal, con unos cinceles fantasmales que me astillan las sienes.

Suelto un gemido y el sonido es un doloroso recordatorio de que el caspún está muy lejos de ser el antídoto perfecto. Es eficaz, sí, pero cuenta con unos efectos secundarios verdaderamente horribles que empeoran con cada dosis acumulada.

Al abrir los ojos, extiendo el brazo hacia el otro lado de la cama y lo encuentro frío y vacío.

Por lo visto, Baze valora más sus huevos de lo que aseguraba.

Rayos dorados atraviesan la ventana del sur y, a pesar de mi humor de perros, me sacudo las sábanas y salgo de la cama.

Ese movimiento brusco zarandea mi tierno cerebro, pero arrastro los pies hacia la ventana y me coloco debajo de una columna de luz que me baña con un manto de calidez. Me subo las mangas y le ofrezco más superficie de piel al sol de primera hora de la mañana, que últimamente es muy infrecuente.

Tras abrir las puertas, salgo al balcón, me aferro a la balaustrada y miro hacia el océano, que a menudo está agitado bajo un cielo oscuro. Hoy es una neblina azul que se extiende hacia un deslumbrante horizonte.

Veo la brillante zona de la Bahía Mordida, que centellea bajo la luz del sol matutino. Siempre me he imaginado que una criatura gigantesca sale del sol y le pega un mordisco al acantilado de color obsidiana, dejando tras de sí una palada de arena negra salpicada de rocas afiladas.

Ese nombre le pareció adecuado a mi yo de cinco años.

En un extremo cuenta con un embarcadero que apenas se usa, un puesto marino vacío que señala hacia el oeste.

Desplazo la atención hacia el frondosísimo norte y me percato de un movimiento en el lugar donde los árboles desmesurados se juntan con un vasto campo de hierba bien cuidada.

Rhordyn emerge del bosque denso y antiguo que por la noche aúlla y por el día susurra y se me detiene el corazón y todo el aire abandona mis pulmones.

No está solo; si consideramos que el ciervo que lleva sobre los anchos hombros es compañía, claro.

El cuello rebanado gotea sangre sobre la frente de Rhordyn mientras él avanza con grandes zancadas por entre la hierba.

Empiezo a apretar más la barandilla.

Rhordyn ladea la cabeza, mira hacia arriba y a mí me da la sensación de que me acaba de disparar dos flechas heladas.

Suelto un jadeo y retrocedo para romper el contacto visual, con una mano sobre el pecho.

El golpe distante de pies que retumban por mis escaleras hace que gire la cabeza y clavo la atención en la puerta.

—Mierda.

Corro hacia mi habitación y gimo cuando al avanzar me da vueltas la cabeza.

Ciento cuarenta y algo peldaños. Es el tiempo que me queda para vestirme y atar los hilos sueltos de mi compostura antes de que Baze me lleve escaleras abajo para recibir una paliza que ahora mismo no estoy en condiciones de soportar.

Después de apurar media jarra, me desvisto y la lanzo en dirección al cesto de la ropa sucia. Me pongo unas bragas limpias y me envuelvo el pecho con un pedazo de tela elástica para aplanármelo con la destreza que da la práctica.

Los pasos se aproximan y se me acelera muchísimo el corazón.

Me pongo una camisa negra y pantalones de cuero, mis preferidos, que están muy raídos y me permiten moverme con facilidad. Estoy afanándome con los botones cuando oigo gritar a Baze:

—Veinte escalones. ¡Más vale que estés vestida!

Me precipito hacia mi cama, me agacho, aparto la alfombra, hurgo en las muescas con las uñas y levanto el trozo de piedra para acceder a mi escondite.

Veinte tarros llenos de nódulos blancos de sabor amargo que a alguien ajeno le pueden parecer caramelos inofensivos. Pero claramente no lo son y, ahora mismo, son mi salvación.

Después de ponerme uno debajo de la lengua, dejo el bote en su sitio, recoloco la piedra y vuelvo a correr la alfombra.

La puerta se abre de pronto.

Me yergo como un resorte y me doy un golpe en la coronilla con la parte inferior de la estructura de la cama.

—Ay.

—¿Qué cojones hacías ahí abajo? —se enfurece Baze mientras rodea la cama.

El exotrilo se funde y torna en un líquido cremoso que trago a toda prisa y cojo un viejo pincel del suelo antes de retorcerme. Para cuando vuelvo a incorporarme, el corazón me bombea sangre mediante latidos fieros y urgentes.

Levanto la vista hacia Baze y blando el pincel en su dirección.

—¡Fíjate! Me preguntaba dónde se había metido.

Baze frunce el ceño, barre la habitación con la mirada y se concentra durante demasiado rato en el tarro lleno de pinceles antes de examinarme a mí, pero principalmente mi pelo revuelto.

—Me sorprende que estés despierta —dice con los ojos entornados mientras me levanto del todo y me sacudo el polvo de la ropa—. Creía que te pasarías toda la mañana inconsciente.

Ignoro el comentario y me dispongo a desenredar la trenza que me cae hasta la cintura para después recogerme el pelo en una cola de caballo mientras el silencio se prolonga entre nosotros.

Se acumulan palabras que no decimos.

Baze es quien lo rompe con un sonoro suspiro mientras me lanza mi espada de madera.

—Toma. He pulido las muescas para que sea menos probable que se parta. Obviamente, no tengo nada mejor que hacer que pasarme el día persiguiéndote.

—Ah, qué mañoso eres —respondo, guiñándole un ojo e intentando refrenarme para no salir disparada por la habitación gracias a la segregación artificial de adrenalina que me calma las migrañas—. Y Rhordyn te paga para que seas mi amigo, así que deja de poner mala cara.

Mascullando algo entre dientes, da media vuelta y se dirige hacia la puerta. Yo lo sigo y cojo mi mochila del gancho con una sonrisa asomando en los labios. Por lo menos hasta que él se queda quieto de repente.

Al chocar con su espalda, suelto un fuerte gemido de protesta.

—¿Qu...? —Bajo la mirada y veo la ropa interior descartada, que está a sus pies.

Uy.

—A partir de ahora, te veré directamente en la sala de entrenamiento. —Se estremece y empieza a caminar de nuevo—. Y se acabaron las fiestas de pijamas.

Avanzo un paso y me giro, atada a la esencia acechante de Baze, que me rodea como si fuera un tiburón; noto su mirada clavada en mi cara, en mis manos, en mis pies.

El vello de los brazos se me eriza, atento, y saborea el aire salado en busca de movimientos, y la hierba espesa y silvestre me protege las plantas de mis pies descalzos.

Tengo todos los músculos tensos, preparados para atacar. Cada giro que no provoca mi caída por el borde del acantilado es un milagro en sí mismo.

Una ráfaga de frío viento marino me envuelve la nariz e intenta calmar mi inquietud interna. Pero no lo consigue.

—Odio tener que llevar esta mierda —mascullo, señalando la venda que me rodea la cabeza—. ¿Para qué se supone que sirve, además de para asustarme y hacerme pensar que voy a dar un paso hacia el precipicio y voy a caer a una muerte segura?

Otro movimiento con un pie, otro cuarto de giro.

«Sigo viva...».

—Al taparte la vista, aguzamos el resto de tus sentidos —anuncia Baze con un suspiro—. El tacto, el olfato...

—Ya que lo comentas —arrugo la nariz—, ojalá te hubieras quitado el olor de mi criada de enci...

—Y el oído —me interrumpe.

El aire se mueve, igual que mis manos y la espada que empuño para interceptar su golpe antes de que me alcance el hombro derecho.

Suena un chasquido de astillas y ante el ataque levanto los brazos. Pero no es la fuerza del impacto lo que me hace pensar que me ha dado en el cráneo y me lo ha abierto por la mitad.

Es el ruido de nuestras espadas al chocar.

No son de madera blanda, como la espada con la que empecé a entrenar hace cinco años, la que asestaba golpes secos y se partió al cabo de dos meses. Desde entonces hemos ido subiendo una y otra vez de categoría.

Estas son de madera petrificada, que es muy dura y afilada y brutal.

Y estremecedora.

Bloqueo un golpe dirigido a mi abdomen y parto el aire con otro sonido afilado que consigue el mismo resultado. Tengo que respirar hondo tres veces para templar la ardiente oleada que amenaza con inundarme el cerebro y, cuando lo consigo, mi paciencia ya no es más que una ramita dispuesta a romperse.

—Odio estas espadas nuevas. —Me quito la venda de los ojos y entorno los ojos cuando la luz de la mañana incide sobre mí—. Son ruidosas y pesad...

Un golpe me acierta en la parte trasera de la rodilla y me provoca latigazos de dolor en toda la pierna.

Me doblo con un gimoteo.

Zambullo las manos en la hierba acolchada, absorbo todo el embate de mi peso y con una piedra me hago un corte en la palma que llena el aire de olor a sangre.

Respiro hondo con la espalda flexionada, mi cuerpo se niega a moverse.

—Eso ha sido... Vaya. —Inspecciono la verde hierba—. Ha sido muy ruin.

Baze me rodea en círculos, al acecho, pasando junto al precipicio, aparentemente muy tranquilo, aunque un paso en falso pueda mandarlo de cabeza hasta la bahía.

—A primera hora de la mañana te distraes con demasiada facilidad. —Me lanza una fulminante mirada de reojo que me irrita la piel—. ¡Levanta!

Consigo ponerme en pie y procuro no acercarme demasiado al extremo del acantilado. Más adelante, el castillo se alza en lo alto del risco, una catedral gótica y robusta que bebe cada gota de luz que cae en su dirección. Mi torre se yergue en el ala norte como una caña en busca del sol. «El Tallo Pétreo».

Está parcialmente decorado con puntitos morados, mis glicinas, y su sombra alargada llega hasta el bosque de Vateshram.

—No estoy distraída.

«Solo tentada de arrojar esta maldita espada a la bahía».

Aferro el mango con las dos manos, ignorando el escozor de la palma, y salto de un pie al otro para aliviar las bolitas de energía que me recorren las venas.

—Ven a por mí. Ahora mismo. Y te demostraré lo poco distraída que estoy.

Me mira entre las rendijas de su pelo revuelto por el viento.

—No, Laith. Te dije que esta mañana íbamos a bajar un poco el ritmo para obligarte a concentrarte. Va, vuelve a colocarte la venda antes de que te haga acarrear rocas.

Pongo los ojos en blanco y gruño.

Bajar el ritmo cuando lo único que quiero hacer es justo lo contrario.

A veces los efectos del exotrilo se pasan enseguida; otras, no. Esta mañana todavía no me han abandonado, me tienen agitada en una tormenta de caos controlado y resulta que me tengo que conformar con eso. Con bajar el ritmo.

Me vuelvo a poner la maldita venda y desconecto mi visión de la postura amenazante de Baze y de sus ojos hirientes.

—Quiero recuperar mi vieja espada. Me da la sensación de que hemos vuelto al inicio.

—Solo han pasado unos meses. Date un poco de tiempo para acostumbrarte al pino petrificado. De hecho, yo lo prefiero.

El vello del brazo se me eriza...

La madera silba en el aire; me inclino hacia la izquierda hasta ponerme en cuclillas y levanto la espada en un arco amplio. Mentalmente, me lo imagino apartándose para que no le cercene las rodillas.

—Me alegro por ti —le espeto con los dientes apretados—. Pero sigo queriendo recuperar la vieja.

Puede que al principio me costara un poco pillarle el truco, pero al final le cogí cariño. Incluso me molesté en dibujar plantas en el mango.

—No va a poder ser. La mía se partió, ¿recuerdas? Y la tuya es demasiado blanda. Mi nueva espada la destrozaría de un solo golpe.

Menudo disparate.

—¿Acaso no puedes... construirte otra?

—No —me responde desde detrás y me giro para anticipar el golpe—. El roble níveo lo importaron de las tierras del sur hace años, cuando los barcos mercantes todavía recorrían el río Norse. Sé que las nuevas suenan un poco más fuerte, pero te tendrás que acostumbrar.

Entorno los ojos al oír sus supuestas razones.

—Estoy segura de que hace tres años usaste una excusa parecida para cambiar la madera rinconera por el arce blanco...

Su espada silba hacia mí. La intercepto y los filos siguen juntos mientras se aleja. El ruido intenso me rasguña, me infecta, me provoca un escalofrío que me recorre el cuerpo entero.

Con la mente vacía, retrocedo varios pasos.

—¡Para!

Una racha de viento me envuelve la espalda, me zarandea la cola de caballo y me eriza los pelos de la nuca.

—Tienes el acantilado justo detrás...

Se me desboca el corazón y me abalanzo hacia delante, chillando.

Baze suelta una fuerte carcajada que hace que me quite la venda y la arroje por el precipicio, que, de hecho, estaba justo detrás de mí.

La diversión le abandona el rostro cuando echa a caminar y observa el jirón de tela revoloteando con la brisa.

—Vaya, eso ha sido muy inmaduro por tu parte.

—Qué alivio —le espeto mientras me recupero de mi experiencia a las puertas de la muerte.

No es la clase de emoción que andaba buscando.

Baze suspira tan alto que lo oigo por encima de una nueva ráfaga de viento que se levanta del acantilado.

—Vale, como tú gustes. —Se aleja del precipicio, separa los pies para colocarse en posición de combate, lanzándome una sonrisa lobuna, y sentencia—: Más rápido.

Muevo los hombros y me sacudo el último temor helado de la sangre, animada por el desafío sádico que se forja en sus ojos afilados.

—Por fin…

—Pero, como vuelvas a quejarte de la espada una sola vez más —me interrumpe—, te la cambio por algo muchísimo peor.

Abro la boca y la cierro.

Hace dos años me amenazó con lo mismo y no me lo tomé en serio. Más tarde, lo observé, con los ojos como platos por el terror, lanzar esa espada más allá de mi Línea de Seguridad, sumamente consciente de que yo no la cruzaría para recuperarla.

Al día siguiente, me dio una el doble de escandalosa, casi el doble de pesada, y tardé seis meses en adaptarme a ella.

Hago como que me cierro los labios con una llave.

3
ORLAITH

Estos bollitos de miel son lo mejor del mundo. —Me lamo el relleno mantecoso de los dedos y la explosión cremosa hace que me hormigueen los músculos de debajo de la lengua.

Baze arquea una ceja, bebe un sorbo de agua y deja el vaso sobre la mesa junto a un plato de huevos revueltos.

—A la Cocinera le caes demasiado bien. Después del entrenamiento de esta mañana, deberías estar alimentándote con proteína. No con esa mierda. —Arruga el ceño, con las aletas de la nariz bien abiertas.

Ignoro el resto del colorido banquete, voy a por la montaña de bollitos que se encuentran cerca de un candelabro plateado, me meto dos en la boca y le lanzo una sonrisa triunfal.

Baze niega con la cabeza y suspira.

—Rhordyn no me paga suficiente.

Las puertas enormes se abren y dejan entrar la luz y a un hombre alto y robusto que se dirige hacia la larga mesa de obsidiana en la que estamos comiendo.

Debo entornar los ojos para no fulminarlo con la mirada, pero no necesito verle las facciones para saber de quién se trata. Parece un animal valiente que recorre su guarida para reinstaurar su dominio. Lo sé por la forma en la que se me eriza el vello de la nuca por el ambiente, que se acaba de llenar de una gélida tensión que detesto apreciar.

Dos golpes idénticos suenan en la espaciosa estancia, el retumbo de las puertas al cerrarse a la vez e impedir la entrada del sol.

Trago el bocado, observo cada zancada tranquila y poderosa y noto que la sangre me abandona las mejillas al darme cuenta de que se dirige al asiento que preside la mesa.

Una bandeja de plata vacía acepta su presencia. Su comida.

«Siempre».

Pero nunca come con nosotros. Y por eso resulta más sorprendente aún que se deje caer sobre la silla y baje la cara hasta quedar frente a mi línea de visión.

Estoy demasiado perpleja como para hacer nada que no sea contemplarlo.

Tiene las facciones duras y una heladora determinación, con la mandíbula cuadrada cubierta por una barba de un par de días que casi le oculta el hoyuelo de la barbilla. El hoyuelo en el que intento con todas mis fuerzas concentrarme para no mirar... nada más. Ni esos hombros anchos, claro está, ni la fuerte línea del cuello ni la porción de piel aceitunada que se entrevé por el cuello desabotonado de la camisa.

Se aclara la garganta, un sonido en el que se concentra toda la gravedad de su voz.

Y clavo la vista en su dedo extendido.

Una petición silenciosa para que lo mire a los ojos.

En mi pecho parece no haber suficiente espacio para mis pulmones y mi acelerado corazón, pero respiro hondo y obedezco.

Unos rizos oscuros salpicados de mechones plateados que no tienen nada que ver con el paso del tiempo se derraman hacia delante, ocultándome en parte de unos ojos de color gris enmarcados por unas espesas pestañas negras. Ojos que me examinan el rostro antes de arañarme el resto del cuerpo como si fueran una cuchilla de afeitar y que me debilitan por completo.

—Estás herida. —Sus palabras son clavos apuntalados en el aire demasiado inmóvil.

—Es solo un rasguño. —Le enseño la herida del brazo—. No es grave.

—¿Y la de la pierna? ¿Esa tampoco es grave?

«Mierda».

—Es que...

Entorna los ojos mientras yo busco las palabras y noto la mirada de Baze clavada en un lado de mi cara, demasiado ardiente.

Sí, me he hecho un corte en la pierna durante el entrenamiento y he decidido no decir nada porque estaba tan alterada por el exo que haber parado habría sido una tortura.

El problema es que Rhordyn no sabe que entrenamos y prefiero que siga así. En realidad, solo acepté porque Baze me insinuó que Rhordyn no aprobaría que aprendiese a luchar como uno de sus guerreros. Mentiría si dijera que no me da una perversa satisfacción contravenir su tosca voluntad.

Pero el corte del muslo... No me cabe ninguna duda de que, si me lo inspeccionara, sabría con exactitud cómo me lo he hecho.

—¿Decías? —me pregunta Rhordyn, retándome con una dureza que prácticamente me ruega que mienta.

Por lo tanto, hago lo que se me da mejor. Porque las mentiras son unas máscaras muy bonitas que situamos en el mundo para pintar la verdad y hacerla agradable.

Yergo los hombros y noto la columna.

—No, nada grave. Me he hecho las dos al tropezar en las escaleras.

Las palabras fluyen como la seda, pero por la forma en la que frunce el ceño veo que sabe que le estoy mintiendo.

Bebo un sorbo de zumo y aprieto los labios al notar el fuerte sabor.

—Pies torpes.

—¿Torpes, dices?

—Ajá.

Se recuesta en la silla y se apoya un tobillo en la rodilla contraria. Tiene las botas cubiertas de barro, de hollín y...

... de sangre.

Aparto la mirada. Los bollitos de miel se han vuelto de plomo en mi estómago.

Por lo menos se ha cambiado la camisa.

—Bueno, pues tendrás que ir con más cuidado —me reprende mientras hace señas a una criada para que le sirva un poco de zumo de una enorme jarra empañada. La mujer lleva la ropa tradicional de nuestro territorio: pantalones negros, chaquetón negro y botas negras. Lleva un broche de plata en la solapa con el sello de Rhordyn, una luna creciente atravesada por el medio por una sola espada—. Tanith se ocupará de las heridas después de desayunar.

Echo un vistazo a mi sorprendida criada, apoyada contra la pared en un extremo del austero comedor, con la ceja rojiza arqueada.

Tanith está muy acostumbrada a los cortes y moratones y ampollas que resultan del entrenamiento.

Para romper la extraña tensión, me pongo otros dos bollitos en el plato, como si no hubiera perdido el apetito en el mismo momento en el que Rhordyn ha entrado en la estancia.

Cruza los brazos sobre el pecho y clava su gélida mirada en la mesa.

—Baze.

Una palabra que cae como una losa.

Reprimo un estremecimiento y miro a la izquierda, donde veo que Baze traga saliva.

—Ha tenido una pesadilla.

El silencio se prolonga entre ambos y la tensión va en aumento. Bebo mi zumo de naranja, rodeada por un cauce de palabras no verbalizadas que parece tener su propio y malhumorado latido.

—Hablaremos de eso más tarde —gruñe Rhordyn, cuya voz hace las veces de oscura promesa de algo desagradable.

Un escalofrío me atraviesa la columna.

—Por supuesto —responde Baze antes de apartar su plato de huevos.

Rhordyn tiene ese poder, el poder de arrancarte de tu tranquila atmósfera y meterte en su aura implacable.

Pelo una mandarina que no tengo intención de comer y finjo no existir.

—¿Por qué has estado fuera hasta tan tarde? —Baze observa a Rhordyn con una mirada firme mientras se arremanga la camisa.

—He recibido a un duende con un mensaje urgente. Un barco de exploración ha vuelto antes de lo previsto. He ido a ver qué noticias traía.

—¿Y bien? —Baze no mueve las manos.

Rhordyn le responde negando brevemente con la cabeza.

Bajo la mirada hasta la fruta y me peleo con la terca cáscara mientras frunzo el ceño de tal forma que me da la sensación de que me va a dejar un surco permanente entre las cejas.

Sus conversaciones silenciosas siempre me irritan una barbaridad.

—¿Orlaith? —Levanto la vista cuando la voz de Baze penetra en mi ensimismamiento—. ¿Qué planes tienes hoy?

—Te pagan para controlarme. Es probable que conozcas mi rutina mejor que yo...

—No siempre lo haces todo en el mismo orden. —Se encoge de hombros—. ¿Qué toca primero?

No le falta razón. Mi rutina depende del tiempo, de la paliza que me haya dado durante el entrenamiento y de si viene alguien a visitar la propiedad.

Pero aun así...

Está hablando de nimiedades, algo que nunca hace, y eso me genera incomodidad. O bien intenta desviar mi atención, o bien tiene otras intenciones.

—Bueno, es probable que primero vaya a ver a la Cocinera, a echar un vistazo a la ratera... ¡Uy! —Casi lo grito y doy un brinco—. Me acabo de acordar. Ayer terminé de pintar el regalo de Kai. Espero que esté lo bastante seco para dárselo cuando lo visite esta tarde.

La habitación se queda en silencio.

Baze bebe un sorbo de zumo de desayuno antes de dirigirme una sonrisa empalagosa.

—Perdona que te lo haya preguntado.

«¿Perdona que...?».

Desplazo la atención hacia Rhordyn y me enfrento a su mirada penetrante.

Ah.

—¿No te cae bien Kai?

Mientras se tamborilea con los dedos el bíceps, sus labios forman una fina línea.

—Nunca he dicho eso.

—Tienes tu opinión escrita en la cara.

Arquea una ceja y juraría que las pozas grisáceas de los ojos se han revuelto.

—Nunca me lo has presentado. ¿Cómo me iba a caer mal?

Abro la boca, la cierro y me ahogo bajo el peso de su escrutinio.

Odio que haga eso, que me rete a salir de mi zona de confort. Me provoca como si fuera un error que deba ser arreglado.

Mi solitaria existencia, mis rutinas y mi viaje semanal a la bahía me mantienen controlada y no me atreveré a arriesgarme a manchar la amistad que tengo con Kai por el mero hecho de satisfacer las disposiciones dominantes de Rhordyn. Kai es lo único que me pertenece solo a mí.

Bajo la mirada y me quedo observando el montoncito de piel de mandarina que perfuma el aire.

—Me lo imaginaba —gruñe Rhordyn, y aprieto los puños tan fuerte que me dejo marcas de medialuna en las palmas.

«Capullo».

Ahora mismo, me gusta más cuando deja la silla vacía. Porque esto...

No es una situación agradable.

Sé que, obviamente, no sirve de nada esperar una conversación normal y relajada. De haber sabido que vendría a atacar las fronteras de mis límites personales, me habría marchado de la habitación nada más verlo entrar.

Sin embargo, he dejado que mi desbocado corazón cayera en su trampa.

—He terminado —digo, poniéndome en pie—. Tengo lugares a los que ir y cosas que ver. Soy una persona muy importante, ¿sabes?

—Siéntate, Orlaith.

La exigencia en el tono de Rhordyn es un golpe detrás de las rodillas. Me desplomo de culo en la silla y aprieto más los puños, con el rostro encendido.

Debe de saber el efecto que tiene en mí. Y, a juzgar por la forma en la que se le curvan los labios en las comisuras, seguro que lo utiliza en beneficio propio.

Se descruza de brazos y se acaricia el labio inferior con el pulgar mientras yo sufro un minucioso examen.

—Voy a organizar un baile el mismo fin de semana del próximo Tribunal.

Las palabras son un puñetazo en el pecho.

—¿Un... un baile?

—Sí. Y también un Cónclave para los Maestros y las Maestras, tanto Altos como Bajos. Ya he enviado a los duendes mensajeros. A lo largo de los próximos días, vendrán un montón de caras nuevas por aquí.

En su tono percibo cierto matiz que me lleva a erguir la espalda. Y a oír todas las palabras que no está pronunciando.

«Un desafío».

—No lo entiendo. Nunca has organizado un baile. Ni un Cónclave.

Hablo con voz firme y no sé cómo consigo ocultar el hecho de que mi corazón está librando una guerra contra las costillas.

—No, desde que estás tú aquí, no. Pero las cosas están cambiando. Necesito fortalecer las alianzas y tranquilizar a las mentes curiosas.

—Vale... Bueno, pues gracias por informarme. Me cuidaré de no cruzarme con nadie —digo, más una pregunta que una afirmación.

Una prueba.

Rhordyn todavía no ha acabado conmigo, lo noto. Ha entrado en la sala resentido y va a utilizar su resentimiento para abrirme la coraza.

Los ojos se le oscurecen hasta adoptar un gris intenso de tormenta.

—No, Orlaith. Vas a asistir al baile.

Inhalo una buena bocanada de aire, como si acabaran de golpearme.

¿Asistir? ¿Para qué? Nadie necesita verme. Y yo tampoco necesito ver a nadie, por supuesto.

—¿Por qué? —Le escupo las palabras, pero no se inmuta. Ni siquiera parpadea.

—Porque eres un enigma. La chica que sobrevivió a un ataque de los vruks cuando no era más que una cría de dos años.

—¿Qué tiene que ver eso co...?

—Cuando entra alguien desconocido en el castillo, te mantienes alejada y te niegas a participar en los Tribunales mensuales.

Lo sabía.

—No es verdad. Antes asistía. —Más o menos.

—Dos veces solo. Y, si no ando desencaminado, te pasaste la mayor parte del tiempo entre las sombras.

Las sombras eran mucho más amistosas que las miradas.

Que los susurros.

Los nudillos me protestan desde el extremo de las manos.

—No tengo problemas que anunciar en público ni me interesa lo que los demás quieran transmitir y, por lo tanto, no hay ninguna razón para que asista al Tribunal. Es así de sencillo. Y me parece que no deberías castigarme por eso.

—¿Que no te interesa, dices? —Arquea las cejas y entorna los ojos.

—Ni lo más mínimo. —Prácticamente se lo digo gruñendo y veo que le tiembla el músculo de la mandíbula en cuanto le respondo.

—Vaya —salta—. Para que no te ahogues en esa mentira, te voy a ofrecer la ayuda de una verdad: casi has cumplido veintiún años, pero todavía no te he visto hacer ningún esfuerzo para superar tus miedos y mi paciencia está llegando a su límite. Muy deprisa. No quieras saber qué pasará cuando se me agote.

De repente, visualizo una escena en la que me arrastran hasta la Línea de Seguridad y se me congela la sangre, tan fría de repente que incluso al fuego que crepita a mi espalda le cuesta derretir mi gélida compostura.

Definitivamente, debería haberme ido cuando ha entrado en la estancia.

—Como ya he dicho, eres un enigma. Y a la gente le dan miedo los enigmas, Orlaith. Empiezan a tergiversar las cosas para encontrarles algún sentido. Lo último que necesito es que haya más discordia en mi territorio. —Se inclina hacia delante y planta los codos sobre la mesa para entrelazar los dedos de las manos—. Necesito que la gente vea que solo eres tú. Nada más.

Un peso se me asienta en el estómago y casi me hace vomitar los bollos de miel encima de la mesa.

«Solo yo». Claro.

Bajo la vista hacia el plato y me trago la bilis que me inunda el final de la lengua.

—Odio las multitudes.

Aunque las palabras son un murmullo, suenan entrecortadas, dispuestas a ahuyentar al depredador que me acecha.

No es una afirmación del todo sincera. Me gustan las multitudes, siempre y cuando las observe desde cierta distancia.

Pero me está pidiendo que participe en la reunión.

—Te estoy avisando con muchísima antelación. No hace falta que te quedes demasiado tiempo en el baile, pero vas a asistir.

Ya puestos, que me lleve a rastras hasta el bosque para valerme por mí misma y que el follaje ancestral se me coma viva. Algo que también tiene la potestad de hacer.

A fin de cuentas, estoy bajo su tutela.

Soy yo la que se aprovecha de él, no al revés, así que debería hacer un esfuerzo para ser un poco más flexible. Asistir a un baile no me va a matar, pero que me arroje al otro lado de mi Línea de Seguridad quizá sí.

—¿Algo más? —le espeto mientras dejo de apretarme las palmas con las uñas.

Rhordyn abre las fosas nasales. Es un gesto sutil, pero me he dado cuenta.

—Le he pedido al sastre que te elabore un... —se aclara la garganta— un vestido.

Me quedo mirándolo con los ojos como platos.

Baze se ríe por lo bajo y de pronto deseo que esta mesa estuviera decorada con esos cuchillos y tenedores que he visto en las ilustraciones de los libros —utensilios que Rhordyn ha prohibido en el castillo—. Por lo visto, cuando era pequeña el ruido de un cubierto al chirriar sobre un plato hizo que me aovillara debajo de la mesa con un reguero de sangre saliéndome de la nariz, pero me habrían resultado muy útiles para apuñalar a esos dos imbéciles por lo mucho que evidentemente se divierten a mi costa.

—Su ayudante vendrá a mediodía a tomarte las medidas y la forma.

Genial. La prueba de vestuario hará las veces de una sesión de tortura.

—Dolcie siempre me clava las agujas. ¿No puede venir Hovard? —Él nunca me ha hecho ninguna herida cuando se aseguraba de que mis pantalones lucían el corte perfecto. Es muy habilidoso con las manos. Pero Dolcie...

Estoy segura de que me la tiene jurada.

—Dolcie te espera a las doce en punto en el ala de los sastres.

Abro la boca para hablar, pero al ver su simple ladeo de la cabeza, que resulta casi felino, las palabras se me quedan atascadas entre los labios.

Después de espirar bruscamente, miro hacia las puertas cerradas, con los pies temblorosos debajo de la mesa.

Necesito largarme de esta sala.

—¿Ya está? —le pregunto, y sé que asiente por la forma en la que la tensión que nos separa se rompe, como si alguien hubiera cogido una espada y cercenado la conexión.

Cojo mi mochila del suelo, me levanto y luego voy directa a por un poco de aire para mis pulmones fosilizados. Aprovecho que paso cerca de Baze para cogerle una manzana del plato.

—¡Oye! —exclama.

—Oigo —murmuro, y mi pesada melena se balancea con cada frustrado movimiento de cadera.

—Creía que odiabas las manzanas.

Dos criados estoicos abren las puertas, envolviéndome en un baño de luz del sol, y le lanzo una sonrisilla a Baze por encima del hombro.

—Kai no las odia —digo mientras le guiño el ojo y oigo a Rhordyn gruñir cuando salgo de la estancia.

4
ORLAITH

Siempre se sabe la hora que es por los olores cambiantes de la cocina.

El mediodía es el momento de los aromas terrosos de guisos lentos de caza. La noche se llena de verduras y hortalizas asadas con ricos aderezos botánicos. Ya muy entrada la noche, el aire se impregna o bien de la acidez de los encurtidos, o bien de la dulzura de los frutos rojos azucarados que se transforman en mermelada en conserva. Y por las mañanas, como ahora mismo, se percibe el aroma a levadura y a pan recién hecho. Es mi momento preferido del día.

Con indecisión, me asomo a la atareada cocina, abarrotada de animadas conversaciones. A menudo pasan extranjeros de comunidades forales y tribus para traernos frutas, verduras y animales de caza y los años me han enseñado a acercarme con precaución. Siempre. Así me ahorro las miradas de la gente a la que no conozco y esos susurros que nunca son lo bastante sutiles.

Lex, la segunda chef, está de masa hasta los codos y se esfuerza para someterla. Me dedica una sonrisa amistosa que ilumina sus ojos verdemar.

—Despejado.

Le devuelvo la sonrisa.

Todos los demás parecen comprender que no me apetece poner un pie fuera de mi existencia normal, corriente y segura.

Mi burbuja de protección.

Tras aspirar una bocanada de aire dulce, me adentro en la estancia en la que se encuentra el corazón del castillo; es una mujer con una risa estentórea y la habilidad de iluminarte el día con sus recetas saludables.

Tiendo una mano hacia el panecillo humeante dispuesto en un platito junto al hogar y parto un trozo blando y esponjoso por la mitad. En el plato hay un poco de manteca de nuez y canela; me unto el dedo y lo paso por el pan antes de pegarle un buen bocado.

—¡Buenos días, muchacha! —ruge la Cocinera, y doy media vuelta, con las mejillas llenas, para saludarla.

Lleva recogido el pelo rosa salpicado de hilos plateados en un moño tenso, tiene brillantes los ojos de color miel y balancea su oronda silueta. Deja una enorme cazuela de cobre en el hogar y el agua se derrama por los lados.

Avanzo por la cocina, con el plato en la mano, y me dirijo a la bodega, llena de sacos de grano, queso curándose y grandes barriles de vino. Con las rodillas sobre la fría piedra, dejo el plato en el suelo y meto el brazo en un conducto de ventilación circular de la pared para extraer mi ratera, una trampa para roedores hecha con una rama de árbol hueca, un poco de metal y un mucho de ingenio.

La levanto y miro por el agujerito, que es lo bastante pequeño como para que solo quepa la nariz de un roedor.

Hecho un ovillo en el extremo veo un ratoncito asustado que claramente tiene la misma debilidad que yo por la manteca de nuez y canela.

—Hoy no es tu día de suerte —murmuro mientras libero el pestillo, levanto la tapa y meto la mano para coger de la cola al animalillo, que no deja de retorcerse.

—¿El de hoy está gordito? —me pregunta la Cocinera desde detrás con una voz cálida y robusta que me produce al instante una sensación de tranquilidad—. Algo bastante grande está haciendo agujeros en uno de mis sacos de grano, así que espero que hayas atrapado al culpable.

—Tamaño normal —respondo mientras observo al pobre balancearse de un lado a otro para intentar girarse y morderme.

La Cocinera canturrea, decepcionada, mientras yo hurgo en la mochila en busca del tarro con agujeros. Lo destapo con una mano, meto el ratón y aseguro la tapa. Después de esparcir lo que me queda de manteca en la pared interna de la ratera, descorro el pestillo y vuelvo a colocarla dentro del agujero.

—¿Alguna petición especial? —me pregunta la Cocinera, y sonrío, mirando por encima del hombro—. Más vale que la hagas pronto. En las próximas semanas, la cocina será un no parar. Hace años que no organizamos un baile.

Me aclaro la garganta y me levanto. Guardo el ratón en mi mochila e ignoro la pesadez que se me instala sobre los hombros.

—¿Qué tal esos rollitos de manzana que preparabas cuando era pequeña?

—¿Los que llevan por encima un poco de caramelo de limón? —La mujer junta las cejas.

Asiento y me limpio la manteca de los dedos con la camiseta.

—Solo me los pedías cuando estabas triste...

—Estoy bien —miento, esbozando otra sonrisa falsa—. Es que en mi árbol hay un montón de limones maduros. Luego te traeré unos cuantos.

—Ajá.

«Ha llegado el momento de cambiar de tema».

—¿Cómo está tu nieta? ¿Ayer fuiste a Cardell a verla?

Ahora sí que se le hincha el pecho. Su hija y su yerno son agricultores de trufa en un pueblo cercano y hace poco que han dado la bienvenida a su primera y esperada hija.

—Pues sí. Y está regordeta, no como tú. —Me mira de arriba abajo, chasquea la lengua y niega con la cabeza—. Uno de estos días, encontraré la manera de añadirte un poco de carne a esos huesos. ¡No olvides mis palabras!

Las dos lo exclamamos al unísono y me echo a reír antes de colgarme la mochila en el hombro.

—Venga, márchate —me dice para echarme de allí—. La sopa no se va a preparar sola. Tráeme luego esos limones y te prepararé una taza de té. Y te lo contaré todo sobre mi pequeñina.

—Me muero de ganas. —Me pongo de puntillas, le planto un beso en la mejilla salpicada de pecas y, acto seguido, cojo el plato y me voy corriendo, no sin dejarlo en el fregadero antes de salir por la puerta.

El ratón chilla para protestar por el incesante traqueteo mientras atravieso el frío y vacío pasillo, iluminado por los llameantes apliques de la pared. Llego a una encrucijada en forma de T y tuerzo a la izquierda. Aminoro el paso cuando alcanzo un arco adoquinado que queda a mi derecha, que se parece a todos los demás arcos de este gigantesco castillo.

Pero es diferente.

Es una de las treinta y siete entradas a la Maraña, el laberinto de pasillos sin usar que se encuentra en el centro del palacio y que vira y gira y cruza y da a zonas a las que de lo contrario sería difícil acceder.

Mi arma secreta.

Estos corredores llevan a todas partes y a ninguna si sabes cómo usarlos. Algunos terminan en puertas invisibles para el ojo inexperto; otros conducen a lugares sensatos a pesar del camino insensato que hay que seguir para llegar hasta ellos.

Por ejemplo, la trampilla del quinto piso: un túnel que te escupe en un almacén subterráneo, aunque no da la impresión de que ascienda ni descienda ni un poco.

En resumidas cuentas, es muy fácil perderse si no aprendes rápido, algo que he comprobado demasiadas veces a base de palos.

Me sorprende no ser un cadáver descompuesto que sirva de adorno en alguno de los túneles.

En estos momentos, el Castillo Negro es mi ciudad personal, igual que esas de las que he leído en los numerosos libros guardados en el Lomo, la gigantesca biblioteca.

Los pasadizos son calles; la cocina, una pastelería que intercambia los mejores bollitos y manteca de nuez y canela por mis servicios de cazarratones; y los dormitorios son casas en las que abundan y se quedan los aromas de la gente.

Igual que la Guarida, los aposentos privados de Rhordyn.

La idea de que esos pasillos pronto estarán atestados de desconocidos durante toda una semana me forma un nudo en el estómago.

Al llegar a una bifurcación, giro a la izquierda y veo a una niña junto a la pared.

Mis pies echan raíces en el suelo.

Una sensación amarga me atenaza la garganta al mirar hacia atrás y luego hacia delante de nuevo.

Quizá no tenga más de siete u ocho años, está temblando y su pelo oscuro es un velo revuelto que le cubre los hombros.

No creo que me haya visto ni oído todavía, seguramente porque avanzo por el castillo como un fantasma, caminando descalza con pasos más suaves que una exhalación.

Siempre.

Con los años, he aprendido a moverme con el aire y a fundirme con las paredes. A mezclarme con las sombras, a pesar de que el tono estridente de mi larguísima cabellera rubia se esfuerce por hacerme destacar.

Me aclaro la garganta y la niña se sobresalta. Dirige sus ojos histéricos y asustados hacia mí.

Con las manos levantadas entre ambas, intento mostrarle que no soy una amenaza, a pesar del inoportuno grito que sale de mi mochila.

—¿Te has perdido? —le pregunto, agachándome.

La niña asiente. Su cara en forma de corazón está pálida como la luna.

—¿Qu-qué le pasa a tu voz?

Me llevo una mano al cuello como si fuera un escudo patético.

—Me la dañé cuando era pequeña —susurro—. Por eso sueno... diferente.

Ronca. Siempre áspera y desgarrada, como si no hubiera bebido nada en todo el día. No es la voz suave y dulce de algunas de las sirvientas. Ni el soniquete rítmico de mi criada.

—Ah —responde, aún hecha un ovillo en el suelo.

No deja de observarme.

Agradezco que no me haga más preguntas, porque no sé qué le diría. Los únicos recuerdos que tengo de la noche que me hice daño en la garganta son los retazos fragmentados que me vienen cuando duermo.

Los gritos, las llamas ardientes, el chirrido estridente que se me metió tan dentro que me hizo unas heridas irreparables en el alma. Daños que me impiden llevar una vida normal, ya que cualquier ruido fuerte me provoca un ataque espontáneo.

Fuerzo una sonrisa y me apoyo en una rodilla.

—Vamos a buscar a tus padres, ¿vale?

—No tengo...

Mi sonrisa se tambalea y me da un vuelco el corazón.

De repente, veo la oscuridad que se esconde en esos ojos esmeralda, una oscuridad agobiante que me resulta familiar.

—Vale —respondo, intentando sonar alegre y tranquila—. ¿Por dónde has entrado?

La niña sorbe por la nariz y se limpia las mejillas con el dorso de las mangas abullonadas que le rodean las muñecas.

—Por unos portones brillantes.

«El Dominio».

Unos portones que nunca se me ha permitido cruzar. Una de las zonas oscuras que todavía no he explorado.

Recuerdo el esqueleto que encontré un día recostado en una pared no demasiado lejos de aquí...

Huelga decir que estoy obligada a devolver a la niña al lugar al que pertenece.

—Por suerte para ti, sé exactamente dónde se encuentran.

Tiendo una mano para reducir el espacio que nos separa.

Se la queda mirando y baja la vista hacia mi mochila.

—¿Llevas alguna trampa ahí? ¿O solo al ratón?

Arqueo una ceja.

—Lo he oído gritar. —Me dedica una tímida sonrisa.

—Chica lista —digo, y rebusco para encontrar el tarro de caramelos. Abro la tapa y se lo ofrezco—. Uno en cada mano. Por haber adivinado lo que llevo en la mochila.

Se le iluminan los ojos y se mete dos de golpe en la boca antes de dejar que la levante.

Caminamos en silencio cogidas de la mano, ella sujetando la mía fuerte conforme bajamos unas escaleras tortuosas y recorremos silenciosos tramos de pasillo. Para cuando la ayudo a cruzar una trampilla que nos escupe en un corredor del cuarto piso con techo alto, me noto los dedos magullados.

Vuelvo a poner la alfombra en su sitio y le quito las telarañas del vestido antes de girarme hacia el Dominio, que se cierne sobre nosotras como una entrada al inframundo.

En este pasillo, tan largo que parece antinatural, no hay ventanas. Y no hay ninguna otra entrada la mitad de interesante que esta, claro.

Unos enormes apliques iluminan los dos portones idénticos sin manecilla desde ambos lados y les arrojan un brillo dorado con que la piedra pulida nos ofrece un perfecto reflejo de nosotras. Ignoro el mío y doy un paso adelante para llamar cuatro veces, y cada uno de los golpes retumba hasta volver a mí.

Es un latido espeluznante.

La niña se remueve detrás de mí mientras los mecanismos chirrían al ponerse en marcha y las puertas se abren como las fauces de un monstruo, aunque solo lo suficiente como para dejar salir a un tipo muy fornido al que conozco demasiado bien.

Jasken. El guardián del Dominio. O por lo menos así lo llamo yo a él.

Lleva el clásico atuendo de la guardia occidental: pantalones negros, botas hasta las rodillas y un chaquetón marrón que le va holgado en los hombros. Una armadura que recuerda a un reguero de tinta le protege el lado izquierdo del pecho y le cubre un brazo, pero deja el otro al desnudo.

Si tuviera que adentrarme en este hombre, harían falta tres como yo para rellenarlo. Incluso entonces habría suficiente espacio como para que las tres nos moviéramos y nos pusiésemos cómodas.

Me mira desde arriba con ojillos recelosos y le lanzo una sonrisa deslumbrante.

—Orlaith —murmura con voz sorprendentemente amable. A juzgar solo por ese sonido, podría pensarse que es un pusilánime.

«Error».

—Jasken —digo, ladeando la cabeza para saludarlo—. Hace un día precioso para pasear.

—Seguro que sí. —Una espesa ceja se acerca a su cabello rojizo—. ¿Tan pronto por aquí de nuevo?

Qué grosero.

—No me hace gracia ese tono reprobatorio. Han pasado dos días enteros desde que vine por última vez. —Me encojo de hombros—. Pero, bueno, tengo —«una forma de entrar»— a alguien. La he encontrado en la Maraña.

Juraría que las comisuras de los labios se le curvan. Es difícil de saber con toda esa barba de color óxido que le tapa media cara.

—¿Dónde?

Pongo los ojos en blanco, echo un brazo hacia atrás y tiro de la niña para que avance. Está mirando el suelo con los dedos entrelazados.

Jasken baja sus ojos color miel antes de ocultar la cabeza por detrás de la puerta.

—¡Vestele!

Me encojo.

Tiene muy buenos pulmones.

Una mujer de pelo áspero y espalda retorcida cruza la puerta trastabillando; tiene el rostro enjuto, las mejillas rojas y el cabello peinado hacia arriba de tal forma que casi suaviza los años que le han dejado surcos alrededor de sus ojos azul claro.

—¡Anika! Por Kvath, ¿dónde diantre te habías metido?

Su voz me retumba en los oídos, pero es su mirada la que me irrita: dos alfileres helados que se clavan en la niña y en mí.

Tira de Anika a través de las puertas y la pequeña apenas tiene tiempo de mirar hacia atrás en mi dirección antes de desaparecer.

Cuando intento seguirla, Jasken me bloquea el paso y me impide ver lo que hay al otro lado. Es un muro colosal e impenetrable. Por la forma en la que se le han redondeado las mejillas, sé que en algún punto debajo de tanto vello áspero está sonriendo.

Si no fuese alto como un pino, le arrancaría esa sonrisilla de su hosco semblante.

Frunzo el ceño y me llevo los puños a las caderas.

—Te tomas tu trabajo con demasiada seriedad.

—No paras de decirme eso —contesta, inclinando la cabeza—, Orlaith.

Suspiro e imito su acción mientras las manos me caen inertes a ambos lados.

—Jasken.

Y ahí empieza mi humillante paseo de vuelta.

No es el primero y dudo de que vaya a ser el último.

5
ORLAITH

El Castillo Negro está lleno de secretos, pero la mayoría no me pertenecen a mí. Son de Rhordyn o de sus antiguos predecesores, de los que nadie habla nunca.

Este secreto, sin embargo, sí que me pertenece a mí.

La puerta es vieja; la madera raída y el cerrojo oxidado dan fe de los años que tiene. Un cerrojo que fue un pésimo rival para mi horquilla y mi férrea determinación cuando hace diez años me encontré por primera vez delante de este lugar.

Cojo una antorcha encendida de uno de los apliques y abro la puerta. La oscuridad que sale parece aullarme y hace que titile la llama al adentrarme en el núcleo de un pasadizo sombrío. Los Susurros.

Aunque todo el castillo es antiguo, este sitio lo parece más, no sé por qué. Como si el suelo hubiera soportado décadas de pasos antes de que se cerrara la puerta y el pasillo quedase relegado al olvido. Por lo menos hasta que llegué yo.

Entro en el corredor y utilizo el faro llameante para encender el primer aplique e iluminar una sección de mi obra maestra.

El pasillo llega hasta las lúgubres entrañas del castillo, pero no sé cuán lejos. Cuanto más se adentra uno, más opresiva resulta la negrura. Y más frío resulta el ambiente.

Aún no he llegado hasta el final.

Doy quince pasos por el descomunal pasillo que se adentra en la tierra antes de encender el segundo aplique, que ilumina la pared a mi izquierda e insufla vida resplandeciente a otra sección de mi mosaico.

He tardado buena parte de diez años en pintar este mural, piedra a piedra, todas ellas una obra de arte por separado. Historias breves y susurradas que he retratado en las rocas que se unen para formar imágenes mayores y fundamentales que a menudo intento ignorar.

Sigo adelante e ilumino más apliques, pero la temperatura del aire baja tanto que la quinta vela apenas me proporciona suficiente destello para trabajar. Camino hasta situarme en el precipicio entre las sombras y la luz, donde observo un océano de oscuridad que parece capaz de engullirme por completo.

Me pongo de rodillas, dejo la antorcha a mi lado y abro la mochila. Rebusco en el interior, aparto el ratón chillón y cojo una piedra envuelta en estopilla con que he protegido el susurro para que no se dañase durante el transporte.

Desenvuelvo las capas y recorro los trazos delicados que dan forma a un chico sentado en el suelo con las piernas cruzadas, rodeado por un parterre de flores negras. Chispas blanquecinas le decoran los ojos y su pelo es un revoltijo.

Con el brazo alargado, extiende los dedos hacia la eternidad y, aunque no tengo ni idea de qué es lo que pretende tocar o coger, se lo ve feliz. Como una burbuja de risas a punto de estallar.

Una sonrisa un tanto triste coquetea con la comisura de mis labios.

Saco mi tarro de mortero casero, lo destapo y meto una espátula en la argamasa. El hueco de la pared se encuentra justo delante de mí y unto la sustancia en el agujero antes de colocar el susurro en su sitio.

Me echo hacia atrás y estudio lo que veo del mural global desde este punto, bajo la luz de las llamas.

Eso es lo curioso de este sitio: da igual dónde te pongas, porque nunca vas a ver toda la historia a la vez. Solo fragmentos que tendrás que juntar mentalmente.

Dadas las imágenes más grandes que he inmortalizado en la pared, siempre me ha parecido más una bendición que una maldición.

Con un asentimiento, hurgo en mi mochila y extraigo mi piqueta de diamante mientras busco con la mirada mi siguiente objetivo, medio envuelto en las sombras...

La única roca que la voraz oscuridad no ha engullido por completo.

De lo que pinte en ella solo se verá la mitad, y, si bien resulta un tanto poético, también significa el fin de una era. Salvo que de alguna manera consiga iluminar el siguiente aplique, tendré que empezar en la pared opuesta o dejarlo del todo, y no sé qué me hacen sentir esas dos opciones.

Me pongo de rodillas de nuevo y empiezo a dar golpes a la pared para arrancar la piedra de la superficie. Se afloja un poco y un nuevo golpe la manda volando hasta mi expectante mano como si fuera un pedazo de oscuridad.

Todo el castillo está hecho de la misma piedra de ébano; algunas estancias están talladas directamente en la ladera de la montaña. Otras áreas, como este pasadizo, se construyeron con fragmentos, ninguno más grande que mis puños juntos.

Me guardo la piedra y me levanto, con la mirada clavada en la penumbra.

«A lo mejor ha llegado el momento de volver a intentarlo».

Cojo la antorcha del suelo, respiro hondo y coloco los pies fuera de la línea titilante.

Al cabo de tan solo dos latidos de corazón, el fuego empieza a chisporrotear, pero sigo abriéndome camino. Un poco más.

Con cada pisada retumbante, el haz de luz bailarín se encoge un poco más, rindiéndose a la temperatura, que ha caído en picado y que me ha vuelto blanco el aliento.

Mido los pasos con cada exhalación, con la nuca perlada de sudor a pesar del frío espantoso.

Seguro que el siguiente aplique está a poca distancia ya...

Un paso, una exhalación. Un paso, una exhalación. Un paso, una exhalación.

La llama chisporrotea, los pulmones me fallan y me detengo para permitir que el próximo aliento emerja de mí en una neblina lechosa que curiosamente consigue apagar de todo el fuego y sumirme en un mar de oscuridad.

Se me olvida cómo moverme. Cómo respirar, pensar o parpadear.

La antorcha cae al suelo y parece rebotar y rebotar y rebotar, como si bajara un tramo de escaleras. El ataque resonante me saca del trance y doy media vuelta para correr hacia la promesa de la luz, con la piel de la nuca de gallina, como si algo estuviera observándome huir de allí.

Cuando al fin regreso junto a la claridad, me giro y me desplomo contra la pared sin pintar, con un nudo en el pecho, los pulmones peleando por ocupar más espacio y el corazón catapultándome relámpagos de fuego por las venas.

—Has vuelto a ganar —gruño, lanzándole a la oscuridad una mirada de soslayo.

6
ORLAITH

Bajo los horripilantes escalones de obsidiana tallados en el acantilado vertical que da a la Bahía Mordida mientras suenan suaves gritos de protesta en mi mochila cada vez que me golpea el muslo. El Tallo Pétreo se alza como un centinela en el cielo y proyecta una sombra alargada y estrecha sobre el pálido océano.

Cuando casi he llegado al final, doy un salto y aterrizo hundiéndome hasta los tobillos en una arena negra que parece tragarse la luz. Al cerrar los ojos, la ligera brisa me llena la piel de sal y el suave movimiento de las olas me arrulla mientras me imagino siendo una planta que escarba en la sedosa arena para echar raíces.

Nunca entenderé por qué la gente lleva zapatos. El calzado te impide sentir todo esto.

Cuando vuelvo a abrir los ojos, los atrae de inmediato una roca redonda perfecta sobre la orilla, como si el océano me hubiera hecho un regalo.

Con una sonrisa de oreja a oreja, echo a correr, la cojo y visualizo todas las cosas que podré pintar en su lisa superficie mientras me la guardo en la mochila para no perderla.

Troto hacia la entrada derecha de la cueva sin ni siquiera echar un vistazo al largo embarcadero de madera que cruza la bahía y que por fin será de utilidad cuando Rhordyn organice el baile; es algo en lo que intento no pensar, ya que ahora mismo estoy evitando una prueba de vestuario.

Las piedras tienen el mismo color que la arena, aunque son menos indulgentes con las plantas de mis pies descalzos. Por suerte, sé dónde pisar, así que no consiguen clavarme los dientes demasiado hondo.

Me estoy acercando a la orilla del agua cuando una cabeza familiar se yergue por encima de la espuma, con el pelo blanco apartado de los ángulos duros de la cara.

—¿Tesoro? Nunca vienes por aquí a esta hora —dice Kai a modo de saludo con voz grave y suave.

Las pulsaciones constantes e invisibles que emanan de él me acarician la piel con dulzura como si fueran pequeñas ráfagas de viento. Yo las llamo sus «latidos» y siempre sé cómo se siente Kai por la forma en la que esas palpitaciones interaccionan conmigo.

Balanceo la mochila en el hombro, la dejo sobre las rocas y, acto seguido, me echo todo el pelo hacia delante para jugar con las puntas.

—Ah, ¿no?

Entorna los ojos y desliza su larga cola plateada debajo de la superficie al avanzar hacia delante.

—¿Qué estás evitando?

—Una prueba para un vestido. —Me sacudo el polvo de los pantalones y me encojo de hombros—. No me mires así, odio los vestidos.

—Sí, ya lo sé. Recuerdo con todo lujo de detalles cuando me ordenaste que lanzase uno a los pies de un desfiladero para que no tuvieras que volver a verlo jamás. De eso hace... ¿cuánto? ¿Diez años? ¿Siete? ¿Cinco? He perdido la noción del tiempo.

«La última vez que asistí a un Tribunal».

Me gustan las prendas que me difuminan la silueta, pero con esa cosa apenas cabía por la puerta. No hubo ni un solo par de ojos que no se sintiera atraído por ese atuendo.

Me pongo en cuclillas, le quito un trozo de alga del pelo y la lanzo lejos.

—A ti los volantes te sientan bien. A mí... no tanto.

—No te creo. Y te he visto guardarte algo en la playa. ¿Qué era?

—¡Pues sí! —Saco la piedra perfectamente redonda de mi mochila y le quito la arena—. Mira qué preciosidad. ¿Has visto alguna vez una roca tan lisa?

Me la coge de las manos, la examina desde todos los ángulos y luego arruga la nariz.

—No es mi preferida.

—¡Retíralo! —exclamo, ofendida.

Su carcajada líquida provoca ondas en el agua y pongo los ojos en blanco mientras se la arrebato. Saco la manzana grande y roja y la balanceo por el aire; la risa de Kai se detiene. Al instante.

Sigue mis movimientos como una serpiente encantada, sus ojos unas esmeraldas brillantes que reflejan la luz del sol.

«Hipnotizado».

—Lo siento —me suplica—. Te quiero y tu habilidad para encontrar tesoros es tan maravillosa como tu roca absolutamente lisa.

—Eso... es una disculpa fantástica.

Arrojo la manzana y Kai es tan veloz al cogerla en el aire que no veo más que un borrón de movimiento.

—Enseguida vuelvo —murmura antes de zambullirse en un caos de escamas plateadas y largos volantes que forman ondas en el agua. Regresa al cabo de un minuto con las manos vacías después de haber guardado la manzana en algún punto bajo la superficie reluciente del océano.

Ladea la cabeza y se acerca con los ojos clavados en mis manos, ahora cerradas, como si presintiese el tesoro que guardan.

—¿Qué tienes ahí? —Noto en los dedos su latido tamborileando, unos golpecitos suaves con que me pide que los abra.

Me muerdo el labio inferior, con las mejillas al rojo vivo, y separo las manos para empujar el objeto hacia él.

Kai abre los ojos como platos, dos remolinos en forma de esfera.

—¿Es...?

—La roca que me diste la semana pasada, sí —susurro mientras me siento en la arena—. La he..., mmm, pintado para ti.

El latido se detiene, como si se hubiera quedado sin habla.

Me mira fijamente durante tanto rato que empiezo a sudar, por lo que le agarro la mano y le pongo la piedra en la palma antes de juntar las mías.

—Para conseguir el tono de rojo exacto, he tenido que usar un poco de sangre. Es un pelín arcaico, espero que no te moleste. Y la pintura es a prueba de agua, en realidad. ¿Sabes la leche arbórea de la que te he hablado? ¿El líquido que rezuma de la madera cuando arranco la corteza de un árbol del caucho? He incluido una pequeña cantidad con mi mezcla habitual. Así que sí, la pintura repele el agu...

Se aclara la garganta y levanto la vista, cautivada por el destello de sus ojos.

Mis caóticos pensamientos se detienen de golpe.

Nunca me ha mirado con tanta veneración.

—¿Kai?

—Es... lo más bonito que ha hecho nadie por mí —murmura, concentrándose de nuevo en la piedra.

Un día me habló de una isla que guarda en el fondo de su corazón; me dijo que estaba hecha de rocas enormes e iridiscentes con millones de piedras más pequeñas que abarrotaban la orilla. Y que de un géiser gotea un reguero de líquido rojo como la sangre sobre el espejo de agua que rodea la isla.

—Espero haberla dibujado bien.

—Está perfecta. —Acaricia la orilla brillante con la punta de un dedo—. Gracias, Orlaith. De verdad. Debes de haber tardado días en pintar esta maravilla...

Me arremango el dobladillo de los pantalones y meto las piernas en el frío mar, con la cabeza ladeada hacia el sol y los ojos cerrados.

—Eres mi mejor amigo. —Mi tono desenfadado oculta el hecho de que hablo con un nudo en el estómago del tamaño de una bellota—. Por ti haría cualquier cosa.

—Enseguida vuelvo —exclama y, al abrir los ojos, lo veo desaparecer con un chapoteo, dejándome a solas con el día cálido y tranquilo que se refleja en el océano en fractales.

Sonrío y recuerdo cuántas veces he oído esas dos palabras justo antes de que Kai se sumerja en la superficie para guardar algo. Como es un draco oceánico, no puede resistir la necesidad de almacenar sus tesoros lo antes posible, aunque eso signifique alejarse por un momento de una compañía tan fascinante como la mía.

Es como una escoba del océano: el coleccionista definitivo de cosas que probablemente nunca volverán a ver la luz del sol. Visualizo una cueva enorme submarina llena hasta los topes con el botín de un rey, y la imagen de él quitándoles el polvo a esas baratijas hasta dejarlas limpias con su larga cola ondulante me ensancha la sonrisa.

La cabeza de Kai emerge a la superficie y levanta una mano, sonriendo.

—Yo también tengo algo para ti.

Frunzo el ceño.

Entre el pulgar y el índice sostiene una concha minúscula que rota sobre sí misma con un giro delicado de color rosa opalescente. Tiene un aro plateado en el borde y, pegado a él, un broche igual de pequeño que la uña de mi pulgar.

—Es preciosa —susurro—. ¿Qué clase de concha es?

Las únicas que llegan hasta la orilla son grises y rugosas del tamaño de mi mano y esconden en el interior un revoltijo cegador de tonos lilas, azules y rosados. Las muelo para crear una pintura metálica que brilla como un arcoíris encantado.

—Una concha pequeña —responde con alegría, envolviéndome con su intenso aroma salado al inclinarse hacia delante. Después de enganchar el dije a la cadena plateada que me rodea el cuello, me lo coloca junto a la enorme piedra negra que siempre he llevado—. Las pequeñas suelen romperse contra las rocas, así que esta ha sido un descubrimiento inaudito, Orlaith. Muy inaudito.

Bajo la mirada y jugueteo con la concha. Me encanta cómo tintinea al tocar mi joya; dos tesoros opuestos pero perfectos juntos.

—Son susurradores marinos. Si hablas al vacío, el océano trasladará el mensaje. Si alguna vez me necesitas...

—Me encanta —suelto de golpe, mirándolo a los ojos. Una sonrisa le divide el rostro como la cresta de una ola resplandeciente que se curva hacia el sol: aparece y desaparece en un santiamén.

Ensancha las fosas nasales al bajar la vista hacia mi pierna derecha.

—Estás sangrando —murmura—. ¿En qué lío te has metido esta vez?

Nunca sabré por qué todos los hombres de mi vida están tan obsesionados con mis heridas.

—Me he hecho un corte durante el entrenamiento. —Me encojo de hombros mientras sigo jugueteando con la concha—. No es nada. Se suponía que iban a curármelo, pero me he entretenido con otras cosas.

Su sonrisa es todo dientes, colmillos afilados que se muestran en toda su salvaje grandeza.

—Por suerte para ti —ronronea con un travieso dejo en las palabras—, soy bastante habilidoso curando heridas.

Arqueo una ceja.

Me arremanga más el dobladillo y deja a la vista el burdo tajo que me recorre el muslo, que ha estado a punto de rozarme la mancha de nacimiento con forma de corazón.

Vaya.

—La verdad es que es peor de lo que me pensab... —Kai se inclina hacia delante y pasa la lengua por mi herida abierta con una caricia cálida y húmeda—. ¿Qué haces? —Toda la sangre del cuerpo parece acumulárseme en las mejillas—. Me estás lamiendo. Estás lamiéndome el corte.

Emite un gorjeo divertido y sigue pintando la herida con pasadas largas y precisas. Para cuando se retira, tengo las mejillas en llamas, aunque todo el calor se extingue de pronto cuando los dos lados del corte se juntan y dejan tras de sí una débil línea rosada.

Me la quedo mirando con la boca llena de palabras y sin aliento para pronunciarlas. La sorpresa disminuye cuando levanto la vista y veo de qué forma me está mirando; con el ceño fruncido, se lame el labio con la lengua.

—¿Qué pasa?

Niega con la cabeza y traga saliva.

—Sabes raro.

—¡No es un comentario demasiado agradable por tu parte! Seguro que tú tampoco sabes genial —lo regaño y le echo un poco de agua—. Y, por cierto, ahora que sé que me puedes borrar las heridas de un lametón, vendré por aquí siempre que me corte con una hoja y te meteré el dedo en la boca.

«No me puedo creer que no me lo haya contado antes».

Una sonrisilla suaviza la dureza de sus marcados pómulos.

—Méteme el dedo en la boca siempre que gustes, pero ¿de verdad quieres empezar una guerra de agua conmigo? Orlaith, eso ha sido enormemente insensato.

Emerge del océano centímetro a centímetro y me muestra la larga y poderosa extensión de sus bronceados músculos. Boquiabierta, echo la cabeza hacia atrás y abro los ojos como platos cuando la piel de color caramelo da paso a las escamas duras y redondas de su majestuosa cola.

Mierda.

—No, Kai... No. —Retrocedo como un cangrejo en busca de cobijo—. ¡No! Ni se te ocurra, maldito demonio escurridizo...

Extiende un brazo, me estrecha contra su frío y húmedo pecho y, a continuación, nos hunde a los dos en la frescura del mar.

«Será capullo».

7
ORLAITH

Avanzo por el pasillo con pisadas fuertes adrede mientras me escurro el pelo y pienso en las formas innovadoras en las que puedo echarle suficiente sena a una planta como para que un draco oceánico se pase una semana cagando algas de mar sin digerir.

Tras doblar una esquina, casi me estampo con Rhordyn, que está inmóvil como una roca en mi camino, y me tambaleo hacia atrás con un gritito.

Me coge a toda prisa antes de que me caiga al suelo; lo miro por entre el caos mojado de mi pelo revuelto y de inmediato me encuentro ante unos ojos argentos.

Mis pensamientos se convierten en humo.

Y yo que creía que el día de hoy ya no podía empeorar más.

Cojo aire y casi me ahogo con una pesadez que huele a piel y a mañana helada. Me llena los pulmones y me activa el riego sanguíneo hasta acelerarme el pulso con un ritmo frenético que no puede ser sano.

Es un hombre tan guapo que da miedo, con una estatura fuera de lo común. El mero hecho de verlo tiene el efecto de incapacitar el buen funcionamiento de mi cuerpo y lo odio.

Lo odio muchísimo.

Rhordyn ladea la cabeza y arquea una ceja, pero su mano sigue firmemente apoyada entre mis omóplatos mientras me castiga con su silencio.

Algo en lo más profundo de mí me chilla para que eche a correr. Pero nunca le hago caso a esa voz.

Un suspiro se me escapa de los labios y Rhordyn hincha el pecho cuando me deslizo un paso atrás; aparta la mano y me deja la piel fría y húmeda en su lugar.

A pesar de la altura con que se cierne sobre mí, le sostengo su mirada seria y me niego a bajar la barbilla o a mostrar siquiera la más mínima señal de sumisión. Aunque mida más de un metro ochenta de aplomo viril y musculoso, mis nervios alborotados pueden irse a la mierda.

—Orlaith. —Su voz es un ronroneo de terciopelo que hace que me estalle el ritmo cardiaco.

Hago una ligera reverencia y me aparto a un lado con la intención de esquivarlo como el agua de un río evita una roca, pero Rhordyn imita mi movimiento. Entorno los ojos.

La entrada al Tallo Pétreo está justo detrás de él y yo estoy llenando el suelo de agua del océano.

—Perdona —mascullo mientras doy otro paso al lado. Una vez más, él me copia y acabo con el hombro apoyado en la puerta de piedra que siempre está cerrada, la que él cruza algunas noches antes de marcharse del castillo.

Junto al Dominio y a la Guarida, esta entrada es uno de los puntos que más me irrita. Y que más me intriga.

He retorcido muchas horquillas para intentar forzar la maldita cerradura. Es probable que se trate de un lujoso armario para útiles de limpieza, pero no saberlo es una especie de tortura que no me gusta demasiado.

Suspiro, me apoyo en la puerta y arqueo una ceja mientras señalo la superficie de piedra con un dedo.

—¿Por fin me vas a hacer una visita guiada?

Con las manos hundidas en los bolsillos, me lanza una mirada gélida.

—Tu corte.

—¿Qué le pasa?

En sus ojos percibo la semilla de un desafío.

—Está curado.

Noto que la sangre me abandona la cara.

¿Lo ha...? ¿Lo ha olido? ¿Me ha estado vigilando?

Mierda...

—La lengua de Kai es muy polifacética —le espeto con una repentina oleada de verborrea que seguramente hará que me expulse de allí de inmediato.

—No me digas. —Da un paso hacia delante y su voz se me adentra bajo la piel y me agarra el corazón.

Y me lo estruja.

Retrocedo un paso más grande y me cuesta encontrar un poco de aire con que alimentar mis asfixiados pulmones.

—¿No tienes que..., mmm, visitar esta tarde alguno de los pueblos de los alrededores? —le pregunto con un tono en cierto modo un poco más áspero que de costumbre.

—Barth. Sí. —Esta vez levanta las dos cejas—. ¿Por qué? ¿Quieres acompañarme?

Parpadeo.

«¿No me ha incordiado lo suficiente por hoy? Ya he aceptado asistir a su baile».

—No, gracias.

Juraría que he oído las palabras aterrizar sobre el suelo entre nosotros.

Advierto un ligero movimiento en la comisura de sus labios, algo que casi le suaviza una de sus duras facciones.

Casi.

—¿Sabes una cosa? —empieza a decir mientras se arremanga la camisa y me muestra unos antebrazos poderosos y una buena porción de piel bronceada donde se vislumbran unas letras plateadas que ojalá pudiera ver del todo—. Allí hay una pastelería que elabora los mejores bollos de miel de todos los territorios.

Frunzo el ceño.

—¿Por qué no me traes unos cuantos y ya está? —Casi le propongo que los meta en la Caja Fuerte a cambio de mi ofrenda, pero es algo de lo que no hablamos.

Nunca.

Se encoge de hombros y el ligero movimiento resulta lo bastante mortífero como para hundirle el ánimo a cualquiera.

Para hundir el mío, si lo hace en la situación correcta.

—Sus... normas no permiten que se exporten bollos de miel.

No soy experta en las cuestiones que suceden más allá del castillo, pero estoy segura de que es una patraña como una casa.

—¿Y bien? —insiste, clavándome su absoluta y completa atención y haciéndome sentir como si me encontrase en un juicio, a la espera de recibir el castigo por haber hecho algo horrible.

Consigo dar otro paso atrás y encuentro una pequeña cantidad de aire con la que suavizar mi acelerada respiración y que adopte una cadencia más tranquila, pero Rhordyn sigue destrozándome con esos ojos maliciosos que hacen que mi piel parezca translúcida. Como si viera a través de mí y observase cómo giran mis engranajes.

¿Verá cómo dependen de los movimientos de su mirada? ¿Verá cómo un leve gesto suyo podría derrumbarme y esparcir todo mi ser por el suelo?

—Me quedo aquí —susurro.

Una sombra le cierra los ojos y suaviza el músculo de la mandíbula.

—Vive, Orlaith. Lo único que te pido es que vivas un poco.

—Ya lo hago —es mi deslucida respuesta, que provoca un suspiro que emana de él como si llevara cierto tiempo reprimido en su interior.

A lo mejor se está cansando de este juego. Bueno, pues ya somos dos. Me señala con la barbilla.

—¿No se suponía que ahora mismo ibas a estar rodeada de cintas de medir?

«Joder».

Bajo la vista hasta el hoyuelo de su barbilla y vuelvo a escurrirme el pelo como si fuera lo más normal del mundo.

—Ay, maldita sea. Se me habrá ido la cabeza.

De nuevo me señala con el dedo, que se mueve cual cebo.

Como si fuera un pez idiota, muerdo el anzuelo, lo miro a los ojos y veo que me sigue contemplando como si tuviera la piel transparente.

Lo imito, aunque las aguas de Rhordyn son tan turbias que dudo de que los sedimentos lleguen a posarse algún día para permitirme llegar hasta lo más profundo.

—¿Se te ha ido la cabeza, Orlaith? No sabía que tuviera vida propia.

Me encojo de hombros y emito un breve gruñido mientras observo, ansiosa, la entrada del Tallo Pétreo.

—Por suerte para ti —murmura mientras señala en dirección opuesta a mi refugio—, me dirijo ahora hacia allí. Te puedo acompañar.

«Cómo no».

Durante un breve instante, valoro la posibilidad de echar a correr hacia mi torre. Él nunca sube las escaleras salvo que yo me encuentre al otro lado de la puerta que nos separa y haya una gota de mi sangre tiñendo el agua de mi cáliz de cristal.

Decido que no es la mejor opción al ver su forma de ladear la cabeza, como si lo hubiera adivinado.

Un estremecimiento me recorre entera al ver su gesto de depredador, pero intento ocultarlo alzando la barbilla, pasándome el pelo mojado por detrás de los hombros y empezando a caminar en la dirección hacia la que me señala.

Sé cuándo puedo librar una batalla y esta...

... esta ya la tengo perdida.

Odio esta habitación con los rollos de tela apilados en los rincones y los maniquíes desperdigados por todas partes en distintos estados de desnudez. No siento ningún tipo de aprecio por la elegancia ni por los tejidos exóticos; no me interesa deambular por ahí con un traje emplumado como algunos de los hombres y mujeres que asisten al Tribunal mensual.

Observo mi atuendo diario, que cuelga de un cable dispuesto entre dos paredes y del que gotea agua hasta el suelo.

Es lo único que necesito. Movilidad sin florituras. Ropa que me ayude a camuflarme.

Con un suspiro, me seco el pelo con una toalla, sentada en una silla en un rincón de la estancia, como si fuera un objeto inanimado. Junto a mí se encuentra un maniquí con rasgos parecidos a una muñeca que tuve... antes de que la lanzara por la balaustrada porque, con los ojos muy abiertos, no paraba de mirarme.

Sin verme.

Experimenté cierta satisfacción al contemplar cómo se hacía añicos en las rocas que hay en la base de mi torre.

La bata que llevo se me desliza por los hombros y me la vuelvo a colocar, con la atención clavada de nuevo en los tres dedos de rendija de la puerta.

Rhordyn está en la habitación de al lado, encima de una tarima, mientras la guapa ayudante de Hovard revolotea a su alrededor en un remolino de seda negra y le extiende la cinta de medir sobre los brazos, el pecho, el interior de la pierna...

Entreveo los tatuajes plateados que le recorren el costado, unas letras elegantes que abarcan su piel y recorren los músculos como las sombras en un cuadro. Son palabras que no reconozco, que no comprendo y que ni siquiera sé pronunciar.

Alargo el cuello con la intención de observarlo mejor, con las mejillas ardientes. Levanto la vista y me encuentro con un ojo plateado que se clava en los míos a través de la abertura, como si de un certero disparo de flecha se tratara.

Sobresaltada, cojo una bocanada de aire y aparto la mirada.

—¿Ya hemos terminado? —pregunta Rhordyn con tono tan brusco que me encojo.

—Sí, Maestro —responde Dolcie con voz tan suave como una brisa de verano.

Cuánto la envidio.

—¿Seguís pensando en la cachemira negra importada de los alpes?

—Sí —contesta Rhordyn—. Pero es un baile neutro, así que Orlaith no debe respetar los colores de Ocruth. Puede escoger algo diferente.

Con el ceño fruncido, levanto la vista al oír que se abre la puerta.

La cara ovalada de Dolcie hace acto de presencia y sus ojos azules contrastan con los rizos espumosos del color de la tierra.

—Te toca —exclama con una sonrisa amable que parece forzada.

—Estupendo.

La sigo hasta la otra habitación, que está bañada por la luz del sol que se cuela por los enormes ventanales cuadrados, y de inmediato me asalta el aroma intenso a tierra de él.

Mantener la compostura es una batalla complicada.

Mientras jugueteo con el cinturón de la bata anudado alrededor de la cintura, me subo a la tarima e intento ignorar a Rhordyn abotonándose la camisa con la barbilla apoyada sobre el pecho.

Hovard entra en la estancia como una ráfaga de hojas otoñales, con el pelo rojizo levantado en todas direcciones. Tiene la piel pálida de la gente del este, aunque viste el traje negro de los habitantes del oeste, con unos pocos añadidos, como unos volantes en las mangas y un encaje marrón bordado sobre el chaleco. En el puente de la nariz lleva unos pequeños anteojos, cuya montura hace juego con esos ojillos brillantes con que me examina la silueta.

Mueve una mano en mi dirección con la atención fija en los rollos de tela amontonados en un rincón.

—La bata. Fuera.

Rhordyn se aclara la garganta y se gira para mirar por la ventana mientras termina de abrocharse los botones, pero no hace amago de salir de la habitación.

Genial.

Respiro hondo, temblorosa, y me desato el nudo de la cintura mientras me muerdo el labio inferior. La tela sedosa se desliza por los hombros y muestra el corpiño, que a duras penas me alberga.

No tengo ni idea de cómo se supone que voy a moverme con esto o a respirar con normalidad, pero es que esta prenda de... tortura que muestra demasiado de mi piel tensa resulta que está de moda.

Dolcie ha estado frunciendo el ceño todo el rato mientras me embutía en este espantoso armatoste, seguramente porque las dos hemos perdido media hora de vida en el proceso. Y ahora aquí estoy, encima de la tarima, sintiéndome como un árbol sin hojas que le difuminen el contorno.

Hovard se pone las manos encima de la barriga hinchada y me observa como yo a una roca antes de aplicarle pintura.

—Estás más delgada de cintura, querida. Si no vas con cuidado, te romperás por la mitad.

Abro la boca…

—¡Chitón! No era una pregunta. —Agita la mano y coge un rollo de delicada tela verde. La sostiene junto a mí y la sustituye enseguida por una del color de mis glicinas; cambia la mirada de mis ojos a mi pelo mojado, a las zonas de piel desnuda, y termina aterrizando en el collar que me rodea el cuello.

Le da un golpecito a la piedra con la punta de un lápiz que antes llevaba sobre la oreja.

—Las vas a llevar, ¿verdad?

En el acto, cierro la mano sobre la joya redonda y la concha.

—Sí —responde Rhordyn, dándose la vuelta, y noto la gélida intensidad de su omnipresente mirada.

No me quito nunca este collar. Jamás. Rhordyn me lo regaló cuando llegué al castillo y lo he llevado desde entonces.

Algunos de mis primeros recuerdos son de cuando era tan pequeña que subir el Tallo Pétreo era como escalar una montaña, aunque Baze o la Cocinera me cogieran la mano para ayudarme a encaramarme a los escalones, y el collar era un peso alrededor del cuello que me reconfortaba.

Aunque por aquel entonces me parecía muy pesada, la piedra me ha enseñado a caminar con actitud más fuerte. A mantener erguida la cabeza y a moverme.

Algún día me la llevaré a la tumba.

Rhordyn recuesta la espalda en la pared junto a la ventana y parece como en casa, con los pies cruzados sobre los tobillos. Casi pongo los ojos en blanco cuando Dolcie se agacha para coger unas agujas del suelo y echa un vistazo para comprobar si la está mirando.

—Muy bien. No nos presentarán ningún problema. Veamos, a mí me gusta el verde. —Hovard me acerca un largo retazo de tela a los ojos—. Este tono resalta el color de tu pelo. También tenemos el dorado rosado, una propuesta más amable —murmura mientras cambia una muestra por la otra—. Y más inocente.

¿Cómo es capaz de decirlo cuando tengo los pechos a punto de salir disparados de esta prenda de tortura? Echo de menos la tela con la que me envuelvo el torso.

—Y luego está el rojo, que sería espectacular, pero también es probable que atraiga... —inclina la cabeza hacia un lado— la atención de los adultos.

Sigue lanzando información en dirección a Rhordyn sin dejar de acercarme varios retales a la cara. Mientras habla, Dolcie me enfunda el cuerpo en una tela rígida de color crema. Poco a poco, me la va ajustando a la silueta hasta formar un patrón que me exhibe de tal forma que deja muy poco a la imaginación.

El vestido empieza a coger forma y se me revuelve el estómago cada vez que coloca un nuevo trozo de tela en su sitio. Bajo la vista cada pocos segundos para ver cuánta piel está al desnudo.

Cuando baja el alfiletero, vuelve a contonear sus voluptuosas curvas hacia Rhordyn y aprovecho la oportunidad para removerme dentro de la tela y no mostrar tanto.

En cuanto regresa a mi lado, se apresura en recolocar el tejido donde estaba antes.

—¿No podrías hacer que el escote fuera un poco más alto? —murmuro lo bastante bajo como para que solo me oiga ella.

—Ay, no, cariño. —Habla en susurros y me mira las manos, que están entrelazadas—. Una mujer que viste como un chico y que siempre tiene suciedad debajo de las uñas no resulta en absoluto adorable. Así es imposible ser una dama prometida.

—¿Perdona? —Me arden las mejillas.

Se encoge de hombros y se pasa un mechón de pelo por detrás de la oreja antes de dedicarme una sonrisa coqueta.

—Hoy en día, todas las mujeres lucen los pechos en las veladas elegantes. Si tú no lo haces, no habrá ninguna esperanza de que destaques entre las demás y te quedarás atrapada en este castillo hasta que seas una vieja solterona. —Aprieto los dientes cuando clava otra aguja en la gruesa tela—. Te estoy haciendo un favor. Hazme caso.

Estoy a punto de decirle que se meta ese favor por el culo, además de su alfiletero, cuando la voz de Rhordyn rasga el aire.

—Menos escote.

Hovard interrumpe los balbuceos a media frase y mi mirada viaja hacia la cara de Rhordyn, pero no me está observando a mí, sino a Dolcie, sumamente concentrado en las mejillas sonrojadas y en los ojos arrolladores de la muchacha.

—¿Maestro? —le pregunta con ligereza e inocencia y con las manos sobre mis pechos, que se alzan con cada afilada exhalación.

Rhordyn se aleja de la pared y avanza hacia nosotras con la cabeza ladeada.

—¿Hace falta que lo diga de una forma más clara?

Dolcie lo mira por entre las pestañas.

—Pero es que pensaba…

—¿Pensabas qué? —La última palabra emerge de él con brusquedad y Dolcie palidece, con la boca abierta, pero incapaz de articular palabra.

—Que a vos os gu-gustaría. Que querríais que estuviese atractiva a ojos de posibles pretendientes.

Rhordyn se queda mirándola sin parpadear y la tensión es lo bastante larga como para que Dolcie se apague. Varias gotitas de sudor se le acumulan en las sienes a Hovard, cuyos ojos van de uno a otra.

—No pasa nad…

—Orlaith te ha dicho exactamente lo que quiere —me interrumpe Rhordyn— y la has ignorado de forma descarada. A no ser que quieras perder el empleo y la residencia en este castillo, te sugiero que arregles el patrón. Ahora mismo.

Dolcie hace una reverencia tan apresurada que cualquiera diría que le han fallado las rodillas.

—Sí, Maestro. Lo sie-siento, Maestro.

La ayudante retoma la labor y me vuelve a disponer la tela sobre el busto con manos temblorosas; suelto un siseo cuando un pinchazo me echa hacia atrás. Me cubro el pecho izquierdo.

—¡Ay!

—¡Fuera!

El tono categórico de Rhordyn provoca un desorden de movimientos y Hovard tira hacia la puerta de una pálida Dolcie, que tiene una mano sobre los labios y ha dejado el alfiletero olvidado en el suelo.

Rhordyn me sostiene la mirada hasta que la puerta se cierra con un clic detrás de ambos y me fijo en el modo en el que sube y baja su pecho, con el mismo ritmo que el mío. Chasquea ligeramente la lengua antes de encaminarse hacia una mesa con una jarra y vasos de cristal. Sirve uno hasta la mitad y se lo queda mirando, callado e inmóvil, mientras el corazón no deja de acelerárseme.

Sé qué podría suceder ahora mismo. Noto el peso de algo tirándome del pecho que me impide respirar.

Es la voz interna, que de nuevo me grita para que salga huyendo.

Rhordyn se aclara la garganta y se da la vuelta para caminar hacia mí.

Quizá sea tonta, pero soy una tonta con curiosidad. Y esto es algo que nunca hemos hecho en persona. Siempre hay una puerta que nos separa y que cubre la rutina con una máscara.

Se detiene solo cuando respiramos el mismo oxígeno, frente a frente, y está a punto de suceder algo trascendental.

Por primera vez, no nos separa ninguna puerta. No hay nada más que un aire enrarecido en el que se mezclan los olores de los dos.

—¿Puedo?

«Por favor».

Asiento y me niego a pestañear cuando dobla el extremo del improvisado vestido como si fuera la esquina de la página de un libro.

Cada inhalación lleva mis pechos más cerca de su frialdad, cada exhalación los aparta nuevamente, igual que el tira y afloja con el que debo lidiar a diario.

Una parte de mí quiere aproximarse más; el resto sabe que debería mantenerme bien alejada y que Rhordyn es un océano que me anegaría los pulmones y que me ahogaría si me abandonase a él.

Baja la mirada y su gélido escrutinio llega hasta mi pecho, donde el dolor del pinchazo es lo bastante intenso como para que allí brille una gota de sangre.

Conozco bien la sensación.

Agacho la barbilla. Tengo los pezones duros. Mi carne anticipa su contacto hasta el punto de resultar casi incómodo.

Su respiración irregular me sacude la piel.

Parpadeo y el ambiente se transforma.

De repente, me da la espalda y lo oigo remover el agua...

Bajo la mirada y no veo más que una zona enrojecida de piel irritada. No hay sangre. No hay ninguna mancha.

Ha desaparecido. Y no he notado nada. Ni un leve amago de roce. Como si se hubiera esforzado por que su contacto no perdurase lo suficiente.

La roca pesada que noto en el estómago se parece mucho a la decepción.

Se dirige hacia la puerta y no me mira ni una sola vez. ¿Habrá placer en sus ojos? ¿Descontento?

«¿Repulsa?».

«¿Tan malo sería que me dejara ver lo que piensa?».

—Esta noche no voy a necesitar tu ofrenda.

Es como si mi corazón fuera una bola de nieve y él la hubiera lanzado; por culpa del nudo que me atenaza la garganta, me cuesta coger aire.

Esas palabras...

«Son ácido para mis huesos».

Me está robando la sádica emoción de mi ritual nocturno y la sustituye por esto, por algo que es igualmente delicado, como si la puerta todavía nos separara al tomar mi ofrenda.

Hace una pausa, con la mano sobre la manecilla de la puerta.

—Lila.

Niego con la cabeza y fijo la atención en su nuca.

—¿Cómo?

—Para que haga juego con tus ojos —murmura antes de abrir la puerta y desaparecer.

Cierro los párpados y me alejo de esa habitación.

Esta mañana, a la mesa del desayuno, he sangrado y es evidente que no me ha pedido que metiera la pierna en un cubo con agua.

¿Es una especie de castigo? ¿Es su forma de obligarme a romper con mi rutina? Porque esa es la impresión que me he llevado.

Me ha asestado un golpe y se ha ido.

Alguien llama a la puerta y al abrir los ojos veo que Hovard asoma la cabeza por el marco y analiza la estancia con su mirada de mármol.

—¿Se ha marchado?

—Sí. —Me aclaro la garganta y observo al sastre entrar en la habitación como si el suelo estuviera cubierto de ascuas ardientes—. Le ha gustado el rojo.

Se sube las gafas por la nariz y me mira por encima de la montura.

—¿Sí?

Asiento.

—Y quiero que el vestido esté más abierto por la espalda y que me ciña mejor las caderas.

El hombre frunce el ceño con los ojos como platos y las mejillas coloradas.

—Pero... pero Orlaith, querida..., así no podrías llevar corsé. ¡Y eso se consideraría muy informal para la ocasión!

—De eso se trata —salto mientras me quito de encima el resto de la monstruosidad de Dolcie.

«Si tengo que asistir a este baile, me niego a meterme en algo que me impida respirar».

—Mientras el escote me llegue por el cuello, te doy licencia artística, Hovard. Siempre has dicho que te encantaría vestirme como si fuera una muñeca. Pues ahí lo tienes.

Se me queda mirando durante un buen rato antes de sumirse en un huracán de movimientos y parloteo y gestos expresivos con las manos que me hace sonreír.

¿Rhordyn quiere castigarme? Muy bien.

A ese juego podemos jugar los dos.

8

ORLAITH

El sol se hunde en el horizonte y tiñe las nubes de un suave matiz violeta.

De pie en la cambiante obra maestra de luz y color que es mi habitación, veo a Rhordyn encaminarse hacia el laberinto de árboles que lindan con el terreno del castillo.

Mi Línea de Seguridad.

Llega hasta el extremo más alejado, donde la arboleda da al vertical acantilado, y empieza a supervisar el perímetro, un paseo para recorrer mi línea hasta desaparecer en el bosque. Irá a sitios a los que yo espero no ir nunca.

Más allá de esos árboles ocurren cosas horribles.

«Hay ojos grandes y ciegos».

«Hay el olor a ardiente muerte».

«Hay bestias que desgarran...».

Me aclaro la garganta y odio a Rhordyn por haber creado un gran hueco en mi rutina. Ahora tengo un nudo en el estómago; me sobra el tiempo y dudo de que a él le importe una mierda.

Ha conseguido lo que quería.

Al oír un agudo grito, miro entre las puertas del balcón hacia mi mochila, colgada en el rincón de mi ornamentado dosel. Después de que Hovard me devorara la tarde, no he podido ir a ver a Shay, y eso significa que sigo teniendo un ratón en mi bolsa. Pobrecito.

Vuelvo a mirar por el balcón y veo a Rhordyn recorriendo el límite del bosque, y frunzo el ceño.

A pesar de la curiosidad que bulle en mi interior, siempre me quedo aquí arriba cuando hace la ronda de la noche; pensaba que la puerta cerrada entre nosotros se extendía también a esta parte de la rutina.

Pero hoy no es un día normal y corriente.

Se ha cargado mi agenda, me ha amenazado, me ha obligado a asistir al baile y me ha arrebatado la emoción de la noche. Si él no va a respetar mis límites, ¿por qué debería respetar yo los suyos?

Respiro hondo y recorro con la mirada los rayos dorados que atraviesan el frondoso bosque; decido que es el momento perfecto para visitar a mi amigo Shay. El hecho de que vaya a llevarlo a cabo para echar un vistazo de cerca a Rhordyn barriendo el perímetro es secundario.

Me pongo un jersey, recojo mis cosas y salgo por la puerta. Bajo las escaleras del Tallo Pétreo de dos en dos hasta llegar a la base y salgo al pasillo de la quinta planta del castillo.

Cuando entro en la Maraña, cojo un atajo que me expulsa justo detrás de Rhordyn y el intenso aroma de los lirios nocturnos en flor hace que respire hondo para capturar el perfume picante que siempre me deja un hormigueo en la garganta.

Atravieso a toda prisa el prado y me fundo con un pozo de sombras que linda con el Brote, el invernadero. Aprovecho un arbusto bien podado y lo utilizo como protección mientras asomo la cabeza por la esquina del frío edificio de cristal que tanto adoro. Y observo.

Rhordyn tiene los hombros rígidos, apenas se mueve con cada paso perfecto con que asola la tierra.

En sus acciones no hay nada extraño. Tan solo está recorriendo el mismo camino de siempre, acariciando de tanto en tanto la corteza de algún árbol.

Al alejarse de mi campo visual, me atrae para que abandone la seguridad de mi escondrijo perfecto. Me mantengo en las sombras mientras lo sigo, silenciosa como una hoja acarreada por el viento fresco de la noche.

Las estrellas empiezan a brillar y la luna creciente apenas arroja luz cuando Rhordyn llega al sendero que se adentra en el bosque, el que está flanqueado de densas y retorcidas enredaderas petrificadas por la longevidad. Casi parece un túnel, salpicado por florecillas blanquecinas que desprenden un olor dulce.

Se detiene en la entrada. Su forma de contenerse me lleva a colocarme detrás del tocón de un viejo árbol cubierto de musgo, tumbada en el suelo para que no me vea. Frías briznas de hierba me acarician la mejilla cuando me incorporo lo justo para verle el perfil.

Puede que sea la luz, que está yéndose rápidamente, pero juraría que lo he oído susurrarles algo a las flores antes de entrar en el bosque.

Suspiro, ruedo sobre la espalda y me quedo mirando las estrellas que iluminan el oscuro lienzo mientras tamborileo la tierra con los dedos. Se me eriza el vello del brazo derecho…

Muevo la cabeza a un lado y contemplo las negras profundidades del bosque.

A esta hora del día es más difícil ver a Shay, y tampoco es que él me lo ponga fácil apareciendo delante de mí y saludándome con una mano. Pero noto su presencia; el aire cambia a mi alrededor como si estuviera abriendo un camino para que mi amigo avance hacia mí.

Me pongo de pie y me dirijo hacia un arbusto de lirios nocturnos. El polvo blancuzco que se acumula en las puntas de sus oscuros pétalos resplandece más fuerte cada segundo que pasa, un brillo que cobra vida gracias a la luz que se va apagando.

Cortesía de estas flores, algunos de mis dibujos, como las estrellas y la luna de la puerta de mi dormitorio, centellean en la oscuridad.

Me arrodillo a apenas un par de dedos de la línea negra de rocas que he colocado para delimitar mi Línea de Seguridad y rebusco en mi mochila para dar con el tarro con agujeros en la tapa. Lo abro y meto la mano para sujetar la cola del ratoncito antes de sacarlo con amabilidad.

El animalillo se retuerce, grita sin parar, y de reojo advierto movimiento, una criatura fantasmal y desgarbada que revolotea entre sombras alargadas, recubierta de humo, y que parece atiborrarse de luz. Ensancho la sonrisa.

Noto sus ojos clavados en mí, semejantes a un pincel hundido en aceite que se dirige hacia mi piel.

Extiende una sombra especialmente densa, cuyo contorno se emborrona cuando crece el resplandor de los lirios nocturnos, que desprenden más olor picante y arrojan un débil destello que me proporciona algo a lo que aferrarme.

En ese momento, él se acerca, a no más de dos largas zancadas de mí.

Levanto el ratón y lo pongo a la altura de sus ojos.

Con temblores en los bigotes, el roedor arquea el lomo y se mueve hacia mi nariz, como si pensara que voy a salvarlo. Ladeo la cabeza y observo su forcejeo. Lo veo estirarse y estirarse hasta convertirse en un péndulo peludo, uno que marca sus últimos latidos.

Por lo general los lanzo por encima de la línea, pero...

«No te he visto hacer ningún esfuerzo para superar tus miedos».

Suspiro, incapaz de calmar el fuerte retumbo de mi corazón.

Joder, Rhordyn.

Antes de pensarlo dos veces, aprieto los dientes y tiendo una mano por encima de la línea de piedras, aguantando la respiración, con el cuerpo inmóvil y luchando para no desplomarme y hacerme un ovillo y soltar un aullido afilado.

Seguramente debería darme miedo la extraña sombra que avanza hacia mí, que se agacha y emite un chasquido gutural...

Pero no me da miedo.

Mi miedo es un sentimiento desenfrenado que va en otras direcciones.

Tardo cuatro segundos en soltar el ratón y retirar la mano por encima de la línea.

Shay se precipita con un crujido de dedos esqueléticos y columnas de humo. Oigo un último y agonizante grito antes de que su oscuridad empiece a decaer y, acto seguido, ruidos húmedos de chupetones.

Niego con la cabeza, alargo los dedos y me inspecciono la piel, como si esperase que me hirviese y se me desgarrase. Una parte de mí lo ansía, ansía que el mundo que se alza más allá de mi Línea de Seguridad sea tan venenoso como para que mi única opción sea quedarme aquí para siempre.

A salvo.

Supongo que no puedo decir que sea una victoria si albergo esas esperanzas.

Shay retrocede y lo único que queda del ratón es una piel peluda pegada a un esqueleto diminuto y angular. Un día utilicé un palo para empujar un cuerpecillo por encima de la línea e inspeccionarlo, y estaba tan duro como una piedra.

Mi amigo y yo nos miramos mientras un búho lunar lanza su espeluznante ululato al despertar y noto el zumbido de agradecimiento de Shay.

A pesar de que es posible que pueda cazar por su cuenta, creo que le gustan los regalitos que le hago. O a lo mejor solo le gusta tener compañía mientras cena. Y lo entiendo.

Con un gesto brusco, sale disparado hacia el oscuro bosque y deja tras de sí un escalofrío que se me instala en la piel.

Me estremezco y contemplo el camino que se ha tragado a Rhordyn por completo. Podría pasarse toda la noche allí.

Sin que sea la primera vez, me pregunto hacia dónde lleva. Es una semilla de curiosidad que me niego a plantar, regar y poner bajo la luz.

Mi mundo está aquí, a este lado de las piedras. El otro lado pertenece a los huesos de mi accidentado pasado y a las bestias que protagonizan mis pesadillas.

Me pongo de pie, me sacudo los pantalones y echo a caminar hacia el castillo, segura de que, mientras me alejo, hay decenas de ojos clavados en mi silueta.

Estas escaleras se adentran en la tierra y están iluminadas gracias a las antorchas colocadas en unos oxidados apliques metálicos. Las llamas parecen flores bailarinas y cuanto más desciendo más chisporrotean y más espeso se vuelve el aire con un vapor que me encrespa los cabellos sueltos del pelo.

Al llegar al último peldaño, la escalera da a una enorme cueva.

Podría bañarme en mi habitación, pero me gusta mucho más venir aquí, al Charco, los aposentos de baño comunitarios.

Los apliques arrojan un destello dorado sobre las piedras húmedas e iluminan los colmillos minerales que cuelgan del techo y que se extienden hacia una docena de manantiales humeantes, algunos con poco más que un ligero velo de piedras que los separa del estanque de al lado.

Todos están llenos hasta los topes de un agua que bajo la tenue luz parece tinta negra, un fuerte contraste con la neblina que se alza en forma de espiral como hilillos fantasmagóricos.

Los manantiales son lo bastante grandes como para acoger a diez personas, pero a esta hora siempre están vacíos, un lujo que me permite desnudarme.

Primero los pantalones y las bragas y luego mi blusa embarrada y manchada de pintura, antes de ponerme a desapretarme los pechos. Cada vuelta de la venda que me los comprime me permite respirar un poco mejor, pero cuando el tejido cae al suelo noto la piel demasiado tirante. Siempre igual.

Estiro los brazos a un lado y a otro y avanzo de puntillas hasta mi manantial favorito, que es el que está junto a la pared del fondo. Entro con pasos muy breves para dejar que el agua me caliente la piel erizada. Al cabo de unos segundos, el ardor se transforma en un entumecimiento reconfortante y me hundo más y más, hasta que el suelo da paso a la profundidad sin fin.

No sé lo hondo que es ni si acaso tiene fondo. Cuanto más te adentras en él, más caliente está el agua, como si procediese de las entrañas mismas de la tierra.

Con el pelo ondeando tras de mí, chapoteo hasta el otro extremo.

Este manantial no cuenta con los asientos más cómodos, pero... es mi placer inconfesable.

Al llegar junto a la pared, meto los dedos en una grieta y me sujeto para mirar hacia el lugar donde años de erosión han producido un agujero entre la roca. Un agujero que permite que un levísimo chorro de agua se marche y vuelva en ondas desde lo que haya al otro lado, como si compartiese el aliento con otro manantial que no ha terminado apresado en el interior de los aposentos del Charco.

Un día me zambullí y exploré la grieta. Palpé el contorno escarpado, como si alguien le hubiera dado vida con un golpetazo. Intenté ver qué había al otro lado, pero es un lugar muy oscuro. Y sombrío.

Sin dejar de aferrarme a la roca, apoyo la frente en la pared y cierro los ojos.

Un punzante olor a piel y a almizcle perfuma el ambiente y me arranca un gemido. Vacío los pulmones antes de llenármelos de nuevo y aguanto el aliento divino como si por sí mismo pudiera nutrirme para toda la eternidad.

«Y alimentar mi hambriento corazón».

El motivo por el que me gusta tanto este manantial, el motivo por el que me baño aquí y no en la comodidad de la bañera de mi torre, es porque a veces...

A veces el agua huele a él.

9

KAI

Aquí el océano está helado y siempre inmóvil, como si al viento le diese miedo revolver su superficie.

Vía Muerta. Es como he oído que algunas eminencias llaman a esta zona del Mar de Shoaling. Pero para mí no es una quietud muerta. Es una quietud expectante.

Bordeo el contorno de un iceberg turquesa tan grande que cuesta ver dónde empieza. Y dónde termina.

Hay muchos cuerpos atrapados en el interior, encerrados en una eternidad catatónica; son criaturas que no tuvieron tiempo de descomponerse antes de que el hielo las apresara.

En esta zona del océano hay cientos de estos cementerios flotantes, que inmortalizan una situación que yo preferiría olvidar.

Me impulso con las manos extendidas a los lados y agito la cola con un baile lento y rítmico.

No he venido aquí para obsesionarme con el pasado. He venido aquí porque mi draco avariento ha decidido que hay una parte de nuestra colección de tesoros a la que le iría genial un poco de brillo extra.

«*Ya cerca. Libera a Zykanth*».

Me está empujando la piel desde dentro, provocándome un hormigueo y amenazando con desgarrármela. Me duele la mandíbula, como si estuviera a punto de desencajarse de los huesos…

—Estate quieto. Eres demasiado grande. Te va a ver.

«*Grande…, pero veloz. Mi cola más grande que la tuya*».

Pongo los ojos en blanco y sigo nadando con los dientes apretados. No sirve de nada ponerme a discutir con él cuando estamos tan cerca de lo que los dos anhelamos.

El lecho marino se hunde de pronto en un acantilado que siempre me recuerda mi propia insignificancia. Aquí el agua es profunda y negra como una noche sin estrellas y parece igual de vacía.

En esta zona no hay peces y los tiburones son demasiado astutos como para acercarse. Los delfines y las ballenas toman un buen derrotero para rodear la fosa cuando migran.

Solo los que están muy desesperados se enfrentan a esta parte del océano. Los desesperados y los estúpidos.

Cada prudente balanceo de la cola me constriñe el pecho al emprender camino entre los témpanos y me encojo siempre que dos se estampan e imitan el restallido de un relámpago. Hago pausas de vez en cuando para asegurarme de que no me sigue nadie.

Y de que no aparece nada desde las profundidades para arrastrarme.

Me precipito hacia arriba y me detengo cuando me aproximo a la vidriosa superficie, donde me asomo con cuidado. El aliento que suelto por las branquias que tengo detrás de las orejas es firme. Controlado. Y eso es mucho más de lo que puedo decir sobre él.

«*Coger la roca. ¡Coger la roca!*».

—Tranquilízate.

Devoro con los ojos la obra maestra que hay ante mí, la minúscula isla atrapada en una esquirla de luz matutina que se cuela entre las nubes. Todos los colores del arcoíris rebotan en las majestuosas agujas de cristal que atraviesan el cielo y que bañan la isla con un resplandeciente halo de luz.

Que la naturaleza haya sido capaz de crear algo tan maravilloso es algo que siempre ha escapado a mi comprensión.

Un géiser que emerge del centro vierte un río del color de la sangre que crea un camino sinuoso hasta el mar, tiñendo una parte del agua de rosa e inundando el aire de olor a azufre.

Me golpea una dosis de serenidad al recordar cuando antes me bañaba en esa agua caliente y rica en nutrientes. Siempre hacía que me brillasen las escamas...

«*¡Coger la roca!*».

Suspiro.

—A veces eres un incordio.

Desplazo la mirada hacia la playa sin olas y la escarpada extensión de orilla salpicada de trocitos de cristal, además de los huesos de criaturas que ella decidió escupir cerca de la superficie después de haber terminado de roerlas.

Examino los cristales desde lejos, estudio su forma y el modo en el que capturan el sol mientras intento decidir cuál es el que brilla más. Aunque tengo buena vista, no supera la habilidad de tocar lo maravilloso, lo frágil, lo único...

Lo preciado.

No me permite levantar las gemas al sol y girarlas hacia un lado y hacia otro para ver sus facetas cobrar vida.

«*Más cerca*».

—Vale. Pero... contrólate.

Me deslizo por el agua más lento que la luna al ponerse y hago una pausa para mirar alrededor aguzando los sentidos.

«*No parar*».

—Atragántate con una almeja, anda —gruño, y Zykanth por fin cierra el pico.

Retomo el avance con calma, aunque él sigue dando botes y rebotando contra las paredes de mi interior.

Cuanto más me acerco a la orilla centelleante, más me contagia su emoción.

A Orlaith le gustan las piedras redondas, pero en esta parte del mundo el océano no está lo bastante agitado como para pulir nada. Sin embargo... Creo que le gustará un cristal que captura el sol y que escupe su luz con todos los colores del arcoíris.

Lo que me pintó fue verdaderamente especial. Consiguió retratar la esencia de esta isla sin verla ni comprender su importancia. Y sin conocer su estremecedora historia.

Aunque la concha pequeña era bonita, no le transmitía todo mi agradecimiento.

La determinación me endurece las facciones.

Uno para nuestra colección, otro para ella.

Zykanth zumba, conforme, y me dirijo hacia allí. Cierro las manos, las abro, las cierro, las abro. Cada floritura examina el agua en busca del más ligero cambio de corriente. Cojo aire y extiendo la mano como si estuviera mucho más cerca de lo que estoy en realidad...

Un escalofrío me recorre la columna y me paraliza el ondeo de la cola y la sangre de las venas hasta haciendo añicos mi impulso.

—Está ahí mirando.

«*¡Coger la roca!*».

—No. —Empiezo a retroceder lenta pero firmemente—. Hoy no es el día.

Me hormiguea la piel, las escamas amenazan con romperse. Él intenta empujarme desde dentro, me golpea la caja de las costillas y me estremezco entero con el impacto.

—¿Quieres que terminemos muertos en esa playa? —gruño.

No hace falta que me conteste para que yo sepa que cree que el riesgo merece la pena.

Doy media vuelta y atravieso el océano abierto tan deprisa que apenas tengo tiempo de coger aire de nuevo antes de pasar entre los icebergs mientras sus rugidos caóticos zumban por el agua.

No dejo de tener la sensación de que me siguen hasta que me alejo de la fosa. Aun así, no me atrevo a aflojar el agarre con que sujeto a mi bestia pataleante. Seguramente no lo haga hasta que encuentre otra cosa con que distraerlo.

Antes no era así.

Antes estas aguas eran seguras y tranquilas.

Rebosaban seres vivos.

Ahora tienen mente propia y están enfadadas y son despiadadas...

Mortíferas.

Montan guardia sobre las ruinas de unas reliquias antaño prósperas, una labor que nos pertenecía a nosotros.

A estas alturas, ya debería haberme acostumbrado al sabor del fracaso.

Pero no.

10

ORLAITH

Un haz de luz del sol me golpea la cara y me despierta y suelto un áspero gruñido. Aunque me tapo los ojos con una mano inerte, aprovecho unos instantes para notar el brillo reconfortante antes de girarme hacia la mesita de noche.

Algo duro cae al suelo y frunzo el ceño mientras abro un ojo para observar lo ocurrido.

La espada de madera está encima de prendas de ropa descartadas.

—Mierda.

«Llego tarde».

Con un gemido, salto de la cama brincando sin gracia y mi tierno cerebro rebota en el interior de mi cráneo.

Tengo un nudo en el estómago y la bilis amenaza con ascender por mi garganta.

Con los ojos entornados, aparto la alfombra, desplazo la piedra con manos temblorosas y me inclino sobre mi compartimento oculto. Abro la tapa del primer tarro con el que me topo y saco tres nódulos, de los cuales me meto dos debajo de la lengua blanquecina antes de impulsarme hacia atrás.

La fría piedra calma mis pecados mientras reúno la voluntad de volver a moverme.

Tras gatear hasta la mesa de refrigerios, me incorporo y me sirvo un vaso de agua. Me la bebo de un trago antes de ceder a la vanidad y enfrentarme al espejo por primera vez en mucho tiempo. Otro gemido emerge de mi interior.

Me pellizco las pálidas mejillas, me lamo los labios agrietados. Tengo la trenza revuelta, los ojos apagados y grises, no del habitual color violeta que a veces me granjea miradas extrañas, con la piel oscura justo debajo…

Horrible. Un aspecto horrible. Seguramente porque ingerí dosis de más antes de acostarme y luego otra vez al despertarme en plena noche, con la esperanza de evitar otra pesadilla. Lo hice como una idiota, aun sabiendo que voy por el último bote de caspún, pero en el momento no lo pensé. Estaba más concentrada en mi determinación para escapar un poco.

Me meto el tercer nódulo debajo de la lengua como medida neutralizante. Nunca me había tomado tres, pero como vaya al entrenamiento con estas pintas… En fin. Baze me hará morder el polvo.

Estoy vestida, hidratada y arrastrando la espada detrás de mí como un ancla cuando el medicamento empieza a hacer efecto. Para cuando abro las puertas de la enorme sala circular con techo de cristal y que no tiene ninguna otra finalidad que la de presenciar mis sesiones de tortura diarias, me da la sensación de que unos rayos de luz disparados por el corazón me recorren todas las venas.

Me balanceo en la estancia con una sonrisa arrogante en el rostro. Al ver a Baze junto a la ventana, ondeo la espada en el aire y luego la levanto.

—Ten cuidado, Baze. Hoy lo noto. No me vas a dar una paliza… Será al revés.

Vuelvo a alzar el arma cuando él se da la vuelta.

«Ese no es Baze…».

La espada cae al suelo con un chasquido que hace que me encoja.

—No me digas —me espeta Rhordyn mientras avanza hacia delante con su propia espada de madera en una mano.

—Mierda.

Doy un paso atrás e intento tragarme el corazón, que no sé cómo ha conseguido escalar por la garganta, y me tomo un segundo para barrer la sala con la mirada.

Estamos solos.

«Mierda y mierda».

—¿Dónde está Baze? —consigo preguntar mientras me agacho para recoger la espada y Rhordyn me rodea con largas y poderosas zancadas.

—Pues supongo que aprovechando el tiempo libre para darle una paliza a alguien —me responde, y miro hacia el techo—. Conmigo no pongas los ojos en blanco, Orlaith.

Sin duda, sabe cómo marcar el tono de una conversación.

Miro hacia la puerta y sopeso echar a correr como alma que lleva el diablo para lograr la libertad. Estoy más en forma que nunca. Si sacudo los brazos con suficiente velocidad, es probable que pueda salir de aquí como un duende mensajero.

Respiro hondo e intento calmar el traqueteo errático del corazón.

Nuestras miradas se chocan como dos rocas que se estampan y Rhordyn abre las aletas de la nariz con los ojos entornados.

—Mucha suerte has de tener para acercarte a la puerta —dice, y me señala la salida con la mano—. Pero no dudes en intentarlo.

Echo la cabeza hacia atrás como si me hubiera dado una bofetada.

«¿Tan transparente soy?».

—Sí.

Esa palabra me baja por la garganta y aterriza sobre el estómago. Por lo visto, mi cerebro atontado por el opiáceo no se ha dado cuenta de que he pronunciado esa pregunta en voz alta.

—¿Cuánto tiempo hace que lo sabes?

—¿Lo de tu... entrenamiento?

Percibo cierta aspereza en su voz que antes no había advertido.

Y que resulta sumamente peligrosa. Mortífera, incluso.

—Sí. —Me giro despacio, blandiendo la espada, preparada—. Y para que lo sepas, Baze me dijo que no te gustaría que aprendiera a combatir. Fui yo la que le suplicó que me permitiese hacerlo.

Rhordyn enarca las cejas, pero yo sigo hablando. Sigo intentando escalar para salir de este profundo y sombrío agujero que cavé para Baze y para mí.

—Solo estaba siguiendo mis órdenes. Te lo juro.

Más o menos. No tuve que suplicar lo más mínimo, pero lo último que quiero es arrastrar a Baze conmigo. Solo uno de los dos debe comerse el marrón y preferiría ser yo.

—Una táctica interesante... —musita Rhordyn—. Pero no tanto como el hecho de que funcionase.

¿Eh?

Mi mente sobreestimulada da vueltas mientras procura desentrañar sus crípticas palabras.

—No... no lo entiendo. ¿No estás enfadado?

—Sí, pero no por los motivos que crees. Y ahórrate el número de mártir. —Avanza hasta un rayo de luz y el sol de la mañana hace que le brillen los ojos como si fueran una superficie dura y pulida—. El entrenamiento no fue idea tuya. Fue mía.

Abro la boca de par en par.

«Voy a matar al capullo de Baze».

Rhordyn se abalanza hacia delante y azota el aire con la espada tan rápido que silba y todo. Bloqueo el ataque con un veloz giro del tronco superior y con un delicado movimiento de muñeca, pero el impacto es fuerte y suelta un chasquido que zarandea el aire.

Y mi interior.

No sé cómo, pero consigo reprimir las ganas de taparme los oídos con las manos y ponerme a gritar.

«Quizá el pino petrificado por fin esté empezando a gustarme».

Cara a cara, con las armas trabadas, no cedemos terreno. Desde mi lugar ventajoso, a través del pelo de Rhordyn, que ha levantado las cejas.

—Rápidos reflej...

Me agacho, giro sobre mí hasta colocarme sobre su espalda y le acaricio el cuello con la parte afilada de la espada con desapasionado vigor.—Por lo visto, tengo talento natural —le espeto, porque no quiero que se cuelgue la medalla de algo para lo que apenas movió un dedo.

—Lo que tienes es arrogancia —me contesta con una voz cortante que me lleva a visualizar una flecha que da en el blanco—. Y un alto nivel funcional.

«¿Cómo?».

Se gira para zafarse de mí como el humo en el viento.

Sigo digiriendo la sorpresa y parpadeando al ver la sonrisa felina que finge suavizarle las facciones cuando ataca.

Con tres rápidas embestidas, me ha desarmado y me ha tirado al suelo, donde me clava las muñecas a la piedra con su mano fuerte y mi espada queda descartada tras de mí en algún lado.

Suelto un jadeo cuando me apoya la punta afilada de la suya sobre el cuello.

Aunque tiene los ojos medio tapados por su mata de pelo, sigo notando la gelidez de su mirada invasiva y su aliento como escarcha sobre la cara.

—Pero ¿qué coj…?

—Qué patético —gruñe mientras me clava la espada—. A lo mejor por fin lo he entendido.

Me da un vuelco el corazón.

—¿El qué?

—Por qué te escondes del mundo como si te hubiera derrotado. —Se agacha hacia delante hasta que me roza la oreja con los labios y entonces me susurra—: A lo mejor, después de todo, aquel día sí que moriste.

«Cómo se atreve».

—Apártate —siseo mientras sacudo las caderas.

Rhordyn mueve las suyas y emite un grave sonido de fastidio. De repulsa.

—O a lo mejor estoy equivocado —me suelta. Me sujeta las muñecas con más fuerza, ladea la cabeza y me mira con los ojos entornados—. A lo mejor peleas como un cadáver porque ahora mismo estás ciega por culpa de las putas drogas.

Jamás una frase me había asestado un golpe tan fuerte como para desbocarme así el pulso.

No puedo respirar. No puedo hablar. Me limito a darle un rodillazo en la entrepierna.

Si se concentra en el hecho de que sus huevos están a punto de estallar, quizá se le vacíe el cerebro.

Cede en el momento en el que lo golpeo y articula una mezcla de gruñido y carcajada.

—Un golpe bajo. —Y se desploma a mi lado.

Me incorporo y gateo hacia atrás para coger la espada antes de levantarme.

—Pues sí.

También ha sido un golpe impulsivo. Uno que achaco al hecho de que..., en fin, voy ciega.

—¿Necesitas ayuda para levantarte? —le pregunto al ver cómo se viene abajo lenta y desgarbadamente.

—No —masculla. Se sienta en el suelo y respira hondo varias veces antes de alzarse, inestable. Se aclara la garganta y camina hacia mí. Se tambalea mucho menos de lo que me esperaba y balancea sus amplísimos hombros con cada paso—. Pero sí que necesito que me entregues tu alijo.

Se me detiene el corazón. Se me detiene la sangre en las venas.

«Mierda. Es imposible que sepa de su existencia».

Consigo no demudar el gesto y hablar con voz firme.

—No tengo ningún alijo.

Chasquea la lengua y se me aproxima más.

—Qué mentirosa. Debajo de la alfombra. —Ondea la espada en el aire y luego la baja para apuntarme a la cara con el extremo—. En ese agujerillo que crees que está tan bien escondido.

«La madre que lo parió».

—Que te jodan.

Suelta una oscura carcajada sin humor que me bulle la sangre.

—No, Orlaith. En todo caso, sería justo al revés.

En mi interior algo se queda totalmente congelado.

Me dedica una sonrisa cruel y desalmada.

—Pero vives bajo mi techo y me vas a entregar el exotrilo.

«No».

Lo necesito para volver de entre los muertos por la mañana. Para que mi cuerpo recuerde cómo funcionar correctamente después del bálsamo anestésico que me tomo por las noches para mantener a raya mis miedos y pesadillas.

Es un equilibrio delicado y me va a arrancar el alfiler que lo sujeta todo pensando que sabe qué me conviene.

«No tiene ni idea».

Me abalanzo gruñendo y atravieso el aire. Dejo que la rabia, el dolor y el odio contenidos salgan a la superficie y giro y giro y giro, inmune al sonido y al peso de esta espada que tanto odio.

Concentro la visión en sus enormes ojos plateados.

En mi mente, son negros.

Son los ojos de esas criaturas salvajes que dan vueltas y me asfixian el subconsciente, porque él les está devolviendo el poder para destrozarme.

Rhordyn retrocede, ágil y diestro, como si bailase y estuviera anticipando mis movimientos antes de que decida llevarlos a cabo.

Ataco, se aparta. Ataco, se aparta.

La espada es una extensión de mi cuerpo dirigida hacia el hombre que se encuentra entre la mentira que dibujo sobre la escarpada superficie de mi corazón y yo. Y no me detengo. No flaqueo.

«Pero él tampoco». Es igual de duro, igual de impertérrito que siempre, mientras que mi cuerpo está a su disposición día tras día.

«No te he visto hacer ningún esfuerzo para superar tus miedos y mi paciencia está llegando a su límite. Muy deprisa».

Algo se rompe en mi interior. Una extraña sensación de calma me inunda las venas y se asienta como la argamasa para revestirme las entrañas con esa elegancia pétrea que él luce tan bien.

Me muevo de golpe. Abalanzándome hacia delante, blando la punta de la espada rumbo a su camisa. El tejido se desgarra como una herida abierta y me detengo, de vuelta a la realidad, y se me escurre el arma de los dedos.

Abro la boca..., pero no me sale nada.

«Lo he herido».

Doy un tambaleante paso hacia delante y extiendo las manos contra su pecho alterado, desesperada por apartar la tela e inspeccionar el daño.

No hay ninguno. No hay ningún corte enseñando sus entrañas. No hay sangre.

Al levantar la vista, me quedo hechizada por su gélida mirada y casi sucumbo ante la intensidad.

Su corazón es un martillo contra mi palma, late muy lento.

Demasiado lento.

Aparto las manos y retrocedo.

Rhordyn arquea una ceja, baja los ojos hasta la piel desnuda que ha dejado al descubierto mi ataque brutal y gruñe. Arruga el tejido destrozado con el puño y baja el brazo para arrancarse la camisa y lanzarla al suelo.

Me lo quedo mirando, incapaz de apartar la vista de las suaves losas de músculos que constituyen su cuerpo, como si cada pieza fuera una piedra tallada a la perfección. Juntas forman una obra de arte.

Me recuerda a mi mural de los Susurros, pero en lugar de ser argamasa lo que lo mantiene unido son palabras. Palabras delicadas que no reconozco, una escritura teñida de plata, como el océano cuando el cielo está abarrotado de nubes. Varias líneas se alargan e interactúan con las frases para enlazarlas de tal modo que, si me dispusiera a trasladar su arte corporal a un manuscrito, todos los detalles estarían conectados en cierta manera.

—Tus tatuajes —carraspeo con una mano alzada en el espacio que nos separa.

Un pulso iluminado palpita entre las marcas, como si tuvieran su propia entidad. Su propia alma.

Es un latido lento y suave con el que quiero acompasar mi respiración.

Tu-tum.

Tu-tum.

Tu-tum.

Me escruta fríamente el rostro y me atrae para ir a buscar la fuente.

Bajo la mano.

En esos ojos pétreos no veo solo al hombre serio que acecha en estos pasillos y gobierna con rígida consideración.

Veo a un depredador. Veo mi propia lúgubre inconsciencia.

Y él ataca.

Si pensaba que mis movimientos eran veloces, me estaba engañando. Rhordyn es un rayo, contundente y esporádico. Impulsivo.

Sus líneas devastadoras no tienen ritmo. Son todo poder y destrucción, destinadas a mutilar y cercenar y matar.

Me aparto de la tormenta arreciante de su cuerpo, esquivo un golpe tras otro y me alejo de esos ojos frenéticos y brillantes que no reconozco. Me separo más y más de mi espada, que sigue olvidada en el suelo.

Me estampo de espaldas contra la pared y Rhordyn llega junto a mí, el filo de su espada una fría línea sobre mi cuello, y el aliento que compartimos los dos resulta intoxicante y maligno.

El pecho me sube y baja con arrebatos erráticos, la mente me da vueltas sin parar. Pero, aunque me haya arrinconado entre él y la pared, y aunque me apunte al cuello con un arma mortal, algo en mi interior me lleva a levantar la barbilla...

El labio superior de él retrocede para mostrarme unos dientes que me imagino desgarrándome el cuello.

Clavo los ojos en ellos y forcejeo para liberarme, hasta que lo oigo emitir un grave gruñido que me flaquea las rodillas y amenaza con dejarme absorta en el filo de su espada.

—Ha sido... —Saco la lengua y paladeo el aire gélido mientras me revuelvo—. Eres...

Algo destella en sus ojos y me recuerda a una tormenta eléctrica sobre el océano.

El espacio que nos separa se cierra.

—¿Qué soy, Orlaith?

«Peligroso».

Suena una tos y sigo el sonido con los ojos, si bien aún noto el hierro helador de la mirada de Rhordyn, que me tiene completamente paralizada.

—¿Qué? —espeta él.

Junto a la puerta, con las manos en los bolsillos, Baze parece ajeno al hecho de que Rhordyn me tiene acorralada contra la pared con un arma mortífera sobre el cuello. En realidad, creo que le hace gracia la mirada fulminante con la que casi lo estoy despellejando. No es la reacción que busco.

Rhordyn lleva cinco años organizando mi entrenamiento y Baze me ha hecho creer que era nuestro secreto. Será capullo. Ni siquiera tiene la decencia de aparentar arrepentimiento.

—Querías que te avisáramos cuando la Alta Maestra cruzara

la frontera —lo informa Baze, que aparta sus ojos de chocolate de mi amenazante mirada.

Rhordyn suelta un suspiro apenas perceptible. Se retira y le lanza la espada a Baze mientras me mira de arriba abajo.

—Termina tú —le indica. Me señala con la barbilla antes de recoger la camisa raída del suelo.

—Pero ¡acepté entrenar por culpa de un engaño! —protesto, y mis ojos van veloces del uno al otro—. Lo dejo.

Rhordyn se queda inmóvil. Pasan varios largos segundos que parecen una breve eternidad. Al final reacciona y aprieta la camisa con los nudillos blancos al mirar hacia mí.

—En ese caso, tu entrenamiento dará paso a viajes diarios a los pueblos de los alrededores. Y yo te acompañaré.

Ni una sola célula de mi cuerpo esquiva el ataque de sus palabras. Incluso mis huesos quieren desmenuzarse por el golpe.

Intento articular la palabra «no», pero soy incapaz de coger suficiente aire para pronunciarla.

Rhordyn endurece la mirada.

—Pues el entrenamiento sigue adelante. Volveré mañana por la noche.

Se me cae el alma a los pies.

«Mañana por la noche...».

Va a faltar a una ofrenda de sangre. Quizá a dos. Es algo que no ha hecho nunca.

—Pero... pero ¿no me necesitas?

—No —gruñe—. Lo que necesito es que recuperes la puta compostura.

«Gilipollas».

—Dale una paliza, Baze. Sigue hasta que vuelvas a verle el color de los ojos.

—Te odio —logro susurrar mientras lo observo cruzar las puertas abiertas de par en par.

Se detiene de pronto en el momento en el que las palabras salen despedidas de mi lengua.

Una breve sonrisa sin humor le tuerce los labios en un gesto casi doloroso de presenciar, una malévola aspereza que me recuerda que no conozco a este hombre, a pesar de los años que llevamos viviendo bajo el mismo techo.

A pesar de todas las gotas de mi sangre que he compartido ya con él.

—Ay, preciosa —dice, mirándome de arriba abajo, recorriendo las líneas de mi cuerpo, que sigue contra la pared por obra de su contacto fantasmal—. Ni siquiera sabes el verdadero significado de esa palabra.

Y, a continuación, se marcha.

II
ORLAITH

Cojo una bocanada de aire floral e intento tranquilizarme por dentro mientras cierro la puerta del invernadero. Agarro un puñado de flores, pétalos vibrantes y presumidos de todos los colores menos del que utilizaría para retratar mi estado de ánimo: el azul.

No el azul claro del océano cuando no lo agita el mal tiempo, sino el color del cielo magullado justo antes de que le arranquen el último rayo de luz.

Destapo un tarro vacío y abro los dedos para ver los tallos de las flores que he cogido y las tristes ampollas al rojo vivo que me destrozan la palma.

Es lo que consigue el hecho de transportar cincuenta y seis piedras alrededor del Tablón: que parezcas enferma.

El viejo árbol que hace doce años se desplomó en el estanque del límite de la propiedad antes era inofensivo..., hasta que Baze empezó a usarlo para el entrenamiento y los castigos corporales. Hay montañas de piedras a ambos extremos, todas más grandes que mi cabeza, y si pierdo el equilibrio mientras las llevo hasta el otro lado... En fin, pues me zambullo en un estanque infestado de selkies.

Debería haber fingido caerme en el momento en el que se me comenzaron a formar las ampollas y arriesgarme a nadar a toda prisa hasta salir del agua, pero estaba demasiado ocupada gestando mi rencor.

Un rencor que no ha hecho más que crecer desde que he subido el Tallo Pétreo y me he dado cuenta de que mi alijo estaba vacío.

Ahora voy a tener que recolectar los treinta y cuatro ingredientes para elaborar una nueva tanda de exotrilo, y la mayoría de ellos no se encuentran en esta época del año.

Estoy cabreada.

Mañana, cuando me despierte con la sensación de que me han aplastado la cabeza entre dos rocas, lo estaré todavía más. Seguro que Rhordyn ya planeó irse un par de días y dejarme sola para salvar los retazos de mi compostura antes de marcharse de la escena del crimen.

Suelto un suspiro, presiono las flores dentro del tarro con más fuerza de la necesaria y varios tallos se acaban rompiendo.

Un jardinero pasa por delante arrastrando un saco e inclina el sombrero mientras guardo las provisiones en la mochila. Lo saludo a mi vez con un gruñido y entonces me detengo.

—¡Espera! —le grito.

Juraría que lo he oído gimotear.

Mientras me acerco, afloja el cordón que cierra el saco, cuyo contenido queda a la vista, da un paso atrás y se sacude la chaqueta mientras me pongo de rodillas y hurgo entre las ramas y los setos cortados.

—Gail, ¿verdad?

—Sí, señora. —El joven vuelve a inclinar el sombrero.

En el fondo del saco encuentro unas cuantas bayas de acebo desperdigadas y chasqueo la lengua. Las envuelvo con un trozo de tela, me pongo en pie y me las guardo en la mochila.

—Por casualidad no habrás cortado algún capullo de campánula, ¿no?

No pretendo que la pregunta salga como una acusación, pero al verlo palidecer sé que me he pasado de la raya con el tono.

—N-n-no, señora. ¡Jamás me atrevería! Solo soy un aprendiz de podador.

—Bueno, ¿y qué me dices de los demás jardineros, que se pasan el día cortándolo todo? —Señalo con una mano el jardín perfectamente cuidado.

Si de mí dependiera, en este lugar las plantas habrían crecido muchísimo. Silvestres, rebeldes y salpicadas de flores.

—Es que..., verá, no puedo hablar por ellos, pero creo que es de justicia pensar que todos saben lo que hay que hacer —responde mientras ciñe el cordón del saco.

Seguro que se refiere a los controles aleatorios que hago todas las semanas a los sacos para asegurarme de que no han cortado nada demasiado valioso. Él haría lo mismo si hubiera sido el encargado de levantar la mayor parte del jardín después de plantar las semillas.

Se coloca el saco sobre el hombro y da un paso adelante, inclinando el sombrero por tercera vez.

—Si ya hemos terminado, tengo mucho trabajo que hacer para los preparativos del baile...

Suspiro. Ese maldito baile. Me persigue. A mí y a mis plantas.

—No podes demasiado.

—Nunca me atrevería. —Se escabulle mientras me masajeo las sienes.

Después de barrer la tierra con la mirada, arrastro los pies hacia el muro oriental del castillo, que está flanqueado de arbustos, con la esperanza de encontrar algunas campánulas que hayan sobrevivido a las heladas. Los bulbos del Brote solo han florecido una vez. La pequeña cantidad de pintura que aproveché de ellos ya la usé y los tallos los sequé, molí y añadí a mi confiscado alijo de exotrilo.

Sí, es uno de los numerosos ingredientes que necesito reunir. Es sal sobre la herida. Pero lo más importante es que, sin la pintura azul, no podré terminar la piedra que arranqué de la pared de los Susurros. Esa mera idea basta para que me duela la cabeza.

Tropiezo con una piedra solitaria que sobresale de la tierra y salgo volando. Aterrizo de bruces sobre la hierba y demasiado cerca de una montaña de excrementos de caballo.

Con un gruñido, me incorporo para ponerme en pie, pero entonces veo de reojo algo entre los matorrales que brilla con un rayo de sol.

Gateo hasta allí, separo los matojos y doy con una ventanita circular cerca del suelo, con un cristal tan sucio que es imposible ver lo que hay al otro lado. Me escupo sobre la manga, limpio la superficie y luego apoyo la nariz para observar.

«Vaya».

El interior, tenuemente iluminado por haces de luz vespertina, está repleto de enormes piezas de mobiliario cubiertas con sábanas fantasmagóricas.

Nunca he visto esa habitación y eso es muy raro. He explorado la mayor parte de las estancias del Castillo Negro, sin contar los aposentos privados de Rhordyn, la puerta cerrada a los pies del Tallo Pétreo y lo que sea que está en el Dominio. La entrada a esa habitación debe de estar muy bien camuflada y eso es lo que la vuelve más intrigante.

Mi interminable pozo de curiosidad está que arde.

Retrocedo y cojo la piedra con la que he tropezado. Me muerdo la lengua al prepararme para lanzarla hacia la hoja de cristal...

—Laith.

Con un grito, casi doy un brinco. Cuando me doy la vuelta y entorno los ojos, veo a Baze. Suelto la piedra como si fuera de fuego y me llevo una mano al acelerado corazón.

—¿Qué demonios haces aquí? ¡Eres la última persona a la que me apetece ver! —Frunzo el ceño—. ¿Me has visto caer?

—Sí —responde, cruzado de brazos con una semisonrisa engreída—. Me habría gustado más que aterrizaras sobre el montón de mierda.

«No me extraña nada».

—Y estoy aquí porque es mi trabajo tenerte vigilada. —Se agacha e intenta mirar por la ventanita—. ¿Qué haces?

Doy un paso lateral y le impido ver el interior mientras jugueteo con la punta de la trenza.

—Como tantos otros del castillo, te tomas el trabajo demasiado en serio. A lo mejor deberías coger un día libre. Ve a buscar a una criada y..., no sé, haz cosas con ella. Sigo enfadada contigo por haberme mentido durante los últimos cinco años, así que te agradecería que me dejaras en paz.

Arquea las cejas y chasquea los dedos.

—En primer lugar, ya te he pedido disculpas por haber usado

una mentira descarada para convencerte de que aprendieras defensa personal. Y, en segundo, según la gran experiencia que tengo con asuntos relacionados contigo, esta clase de reacción tuya suele significar que no tramas nada bueno.

A ver, equivocado no está.

Me hace un gesto para que me aparte y me clava una estaca en mi curioso corazón. Pongo los ojos en blanco y me hago a un lado solo porque no me puedo pasar el día entero aquí, protegiendo mi descubrimiento.

Baze separa los matojos y mira por la ventana.

—No veo nada interesante.

—¿Estás de coña? —Le doy un empujón y estampo la nariz contra el cristal—. ¡Yo veo algo superinteresante!

—No es más que una especie de trasero lleno de polvo —dice con tono anodino.

—Y según la gran experiencia que tengo yo con asuntos relacionados contigo, solo hablas así cuando intentas ocultar algo. —Lo miro de soslayo—. ¿Es la habitación a la que da la puerta cerrada con llave?, ¿la que está a los pies del Tallo Pétreo?

—Eres demasiado observadora, más de lo que te conviene.

—¿He acertado?

Baze suspira y se sacude el polvo de la túnica con unos cuantos fuertes manotazos.

—No es donde da esa puerta, no.

—O sea que sabes a dónde da. —Arrugo la nariz y me giro de nuevo hacia la..., en fin, hacia lo que sea esa habitación—. Interesante.

Se hace un silencio que se alarga demasiado y, al darme la vuelta, veo que Baze se aleja por el campo.

—¿A dónde vas?

Me pongo en pie y echo a correr tras él.

—¡Lejos! —grita por encima del hombro—. Esas preguntas son espinosas, Orlaith. Y sus espinas te harán sangrar.

—Sangro todos los días —digo sin aliento, trotando a su lado para seguir el ritmo de sus largas y ágiles zancadas—. Y sabré gestionar las respuestas. Dentro de cuatro semanas cumplo veintiuno.

—¡Exacto! —gruñe, y se gira tan deprisa que me estampo contra su pecho y me tambaleo hacia atrás, a duras penas capaz de mantenerme en pie—. Sigues siendo una niña. Una niña protegida que nunca sale de estos dominios.

Se me paraliza la sangre.

Sus palabras infligen heridas más profundas que las que tengo en las manos y, por el modo en el que se le ablanda la mirada, diría que él también es consciente.

Suspira y levanta la vista.

—Vamos, se está haciendo tarde. Los krahs enseguida empezarán a gritar. Y a cagarse por todas partes. Y ya sabes cuánto los odio.

Frunzo el ceño y miro hacia el cielo, que se va oscureciendo.

Se dice que, si un krah se caga encima de ti, tienes los días contados: la fecha de tu muerte está plantada en la tierra.

Baze corre para protegerse cuando los oye revolotear por el cielo. A mí me preocupa más que en breve va a ser la primera vez que cierre los ojos sin pincharme la piel. Y sin verter mi sangre en un cáliz. Ni entregársela a él.

Para mí, es mucho más siniestro que unas cuantas cacas.

Creía que Rhordyn me necesitaba... Ahora ya no estoy tan segura.

12
RHORDYN

La niebla se me arremolina alrededor de los tobillos y se acumula a los pies de los viejos árboles, convirtiendo el bosque del límite en un enfrentamiento entre tonos brillantes y sombras profundas. El claro es lo bastante grande como para permitirme echar un ojo a las nubes de color ciruela que atraviesan el cielo.

Los krahs bajan en picado entre la marchita oscuridad y graznan su llamada para despertar mientras hundo el puñal en el estómago del jabalí. El chorro de sangre espesa me ensucia las manos y produce vapor en el frío ambiente; bajo la daga para crear un corte espeluznante antes de soltar el arma en el tronco caído que utilizo como mesa.

La atmósfera está llena de humo por la ardiente hoguera dispuesta en un círculo de rocas chamuscadas, cruzada por un espeto improvisado que he construido con ayuda de unas cuantas ramas gruesas.

Una suave brisa silba entre los árboles y trae más matices de ese olor salvaje a almizcle que me eriza el vello.

Pero también percibo otra cosa.

Hago una pausa, con el codo hundido en la sangre, y olisqueo el aire, donde advierto una nueva gama de olores: uno masculino y otro femenino, uno nuevo y dulce y…

—Joder.

No contaba con encontrarme con nadie a estas horas tan tardías. En esta zona no.

El claro es una zona de paso; el musgo, la hierba y los árboles están marcados con una sucesión de olores. Es el motivo principal por el que he elegido este lugar.

Los habitantes del bosque vienen a limpiar las presas en el arroyo que fluye por el centro o a cocinar la comida y así evitar llamar una atención indeseada hacia sus hogares o aldeas. Pero la mayoría sabe con creces que no debe estar aquí tan cerca del anochecer y quienes sean esas personas —los propietarios de los tres nuevos olores que el viento transporta hasta mí— querrán estar lejos de aquí cuando empiece a cocinar al animal.

Aferro los órganos cálidos y húmedos y los extraigo para lanzarlos al suelo, donde caen con un fuerte chapoteo.

Las moscas descienden como si estuvieran muertas de hambre.

No me extraña en absoluto, porque yo también sé la fuerza con que un apetito voraz y verdadero te impulsa.

Al cabo de unos minutos, un hombre aparece entre unos arbustos frondosos. Es alto y tiene el pelo oscuro y los hombros anchos; extiende la mano en cuanto me ve para evitar que una mujer bajita emerja del mismo follaje que él.

Los observo por debajo del borde de mi capucha, con el corazón todavía caliente del jabalí en la mano.

La mujer es guapa, lleva el pelo por los hombros y tiene una sucesión de pecas en las mejillas y esos ojos sesgados que me resultan familiares. Lleva un fardo cruzado en el pecho, protegido por una de sus manos, manchadas de barro.

Ninguno de los dos se mueve cuando le arranco el corazón al animal, lo lanzo al suelo y acto seguido me quito la capucha.

El hombre suelta un grito ahogado y se pone de rodillas, con lo que deja caer el cubo de madera que lleva. La mujer se agacha mucho más lentamente en una precavida reverencia, supongo que para no molestar a su criatura.

—Maestro —exclama el hombre con voz tensa—. Lo siento mucho. No os he reconocido al instante.

Me quedo mirándolos y reparo en la ausencia de armas, sin contar el pequeño puñal que le cuelga a él del cinturón.

Un grave rugido me nace en el fondo de la garganta y amenaza con liberarse.

—¿Estáis... estáis de paso por aquí? —me pregunta y clava sus ojos verde pino en los míos. Los abre como platos al fijarse en la carne que se acumula en el suelo, a mi lado.

—Estaba —respondo con tono grave y tranquilo. Lo último que necesitamos es que ellos entren en pánico—. ¿Tenéis un búnker?

Frunce el ceño mientras la mujer levanta la otra mano para acariciar el fardo, que se remueve.

—Eh, pues sí... —Hace un gesto hacia el cubo volcado de lado, que ha derramado por el suelo bultos blanquecinos como tumores—. Lo usamos para guardar las trufas. —Desplaza los ojos hacia mi presa y los alza de nuevo—. ¿Lo... lo necesitáis? ¿Para guardar vuestra presa? Es mucha carne para un solo hombre.

—No —murmuro. Cojo mi daga ensangrentada del tronco y la lanzo por los aires. El mango del arma se hunde en la tierra a los pies del hombre—. Llevaos el puñal. Id hacia el búnker y no salgáis hasta el alba.

Los dos palidecen y la mujer da un paso atrás con los ojos como platos.

—Por supuesto —repone el hombre con un rápido asentimiento.

Recogen las trufas con manos histéricas y temblorosas, cogen el puñal y luego la pareja se marcha dejando tras de sí tan solo el punzante olor del miedo.

Por fin me permito soltar un rugido y le proporciono intensidad para asegurarme de que suene por todo el bosque. Es un ruido posesivo que encuentra cobijo en los árboles, en los arbustos y en la tierra misma en la que me encuentro.

Lanzo algunas vísceras cerca de la línea de árboles y al riachuelo burbujeante y luego me mancho la cara, el pecho y el cuello con la sangre de mi presa. Después de empalar el cuerpo con una rama húmeda y recia, lo coloco por encima de las llamas, me siento en el tronco manchado de rojo, me calo la capucha y espero.

El sol se ha puesto hace un rato y ha dejado el bosque sumido en una oscuridad que parece más pesada de lo normal. El único alivio es el fuego crepitante, que proyecta un aluvión de calor y de humo.

Me inclino hacia delante y giro el espeto para que las llamas incidan sobre el jabalí en un ángulo diferente y para que la piel hierva y cruja, protestando entre siseos mientras los jugos caen gota a gota sobre los leños ardientes y las piedras al rojo vivo.

Era un animal bien alimentado y desprende un olor fuerte y delicioso a guiso de carne. Un aroma que me hace la boca agua mientras roto el jabalí al ritmo de mis lentos y revueltos pensamientos.

Quizá es por la hora tardía y por mi reloj interno, que avanza expectante, pero pienso en los ojos violeta que me taladraban con un claro rencor.

«Te odio».

«Ay, preciosa. Ni siquiera sabes el verdadero significado de esa palabra».

Es mejor su odio que esas miradas acaloradas que últimamente me ha lanzado por sorpresa.

Otro giro del animal sacrificado, que burbujea y chisporrotea.

El jabalí buscaba trufas en una cañada —por lo menos hasta que yo le he atravesado el corazón con el puñal— y su sabor intenso ha impregnado la carne y ha añadido una profundidad botánica al olor a asado.

El animal mira fijamente con sus ojos enormes mientras va dando vueltas y los colmillos siguen asomados a una boca muy abierta. Me ha chillado al morir y veo el eco de ese sonido en su cara medio churrascada.

A toro pasado, haberle rebanado la cabeza habría sido lo más prudente.

Cojo una rama puntiaguda y se la clavo al cerdo para liberar un reguero de jugo oloroso del mismísimo color que el líquido que Orlaith me ofrenda noche tras noche con su cáliz.

Suspiro y dejo a un lado ese pensamiento.

Cómo odio ese color, joder.

Los krahs han dejado de graznar y las canciones del bosque llegan a un silencioso crescendo; vuelvo a rotar el jabalí y de pronto oigo el crujido de una rama justo a las afueras de la línea de árboles.

Lo siguen olisqueos y un gruñido apenas perceptible.

Se me eriza el vello de los brazos y de las piernas, una violencia que amenaza con crecer en mi interior.

Otra vuelta a la carne y la rama gruesa chirría bajo el peso. Otra gota deliciosa cae sobre la madera en llamas. Otra rama que se parte y cruje.

Va en contra de mi naturaleza darle la espalda a una amenaza, sobre todo a una con un olor tan potente. Pero soporto el impulso de mis instintos, a la espera…

A la escucha.

Noto una presencia que entra en el claro detrás de mí. Percibo sus deseos de matar. Me aparto del tronco, me pongo de rodillas y arranco un pedazo de carne; varias capas se deshilachan mientras el fuerte jugo me gotea por los dedos.

El aire se mueve. Agarro la empuñadura, arranco la espada de la tierra y me giro hacia los vruks que galopan con grandes y poderosas zancadas. En el mismo momento, le atravieso al animal el pecho y el cuello y lo desparramo antes de que tenga siquiera la posibilidad de rugir o de sacar las garras de esas enormes patas felinas.

Doy un salto a un lado y contemplo cómo sigue avanzando, cae sobre los cuartos traseros y se desploma junto al jabalí.

Las chispas, las ascuas y las rocas se esparcen por el cielo.

El animal suelta un burbujeante lamento antes de hundirse y el suelo absorbe su considerable peso con una protesta temblorosa.

Se incorpora una vez antes de quedarse paralizado; en tanto, la sangre negra mana de la herida abierta, le embarra el pelaje grueso y embadurna todo el jabalí con un líquido aceitoso.

Lanzo el pedazo de carne que he arrancado y lo oigo caer al suelo mientras doy la espalda a la bestia y examino la línea de árboles.

Dos…, cuatro…, siete vruks enormes rugen y emergen de los arbustos con la cabeza gacha, las garras preparadas y un pelaje tan grueso como el del que acabo de matar. Tienen los labios despellejados y las orejas pegadas a la enorme cabeza y les caen babas de los afilados colmillos.

Suspiro, echo un pie hacia atrás y cojo aire de forma regular.

Las criaturas atacan a la vez.

13
ORLAITH

Me levanto antes de que el sol haya salido del cascarón y el cielo es todavía un manto de terciopelo moteado de estrellas, aunque cuesta apreciar su belleza mientras unas uñas fantasmales me perforan el cráneo.

Pegada a la cama por el peso de mi cuerpo, llevo la lengua al paladar con la sensación de que toda la humedad me ha abandonado por completo.

Si ingiero otra dosis de caspún, a lo mejor no me despierto nunca más. Y si me quedo en la cama mirando el techo, me tensaré mientras le doy vueltas al hecho de que en la Caja Fuerte sigue el cáliz de cristal, lleno hasta los topes con la bebida de Rhordyn, porque he sido incapaz de renunciar a mi rutina.

Es que no he podido.

Porque, aunque no esté aquí para aceptar la ofrenda, se la he entregado igualmente, como si dejara comida para alguien extraviado que no llega en ningún momento.

Es mejor que salga de la cama, dé vueltas corriendo por el balcón cuando el exo haga efecto y luego pinte algunas piedras hasta que salga el sol.

Con un gruñido, saco el brazo de la cama y caigo al suelo cual maraña de lánguidas extremidades. Aparto la alfombra, levanto la piedra y meto la mano en el agujero, donde rozo la suave y pulida base…

—No. No, no, no. —Con el corazón en un puño, meto el otro brazo y palpo la puta tumba vacía.

No está. Al darme cuenta, me vuelven los recuerdos y ruedo por el suelo con el alma a los pies. Suelto una sucesión de obscenidades al techo mientras me masajeo las sienes y odio a Rhordyn un poco más. Y mientras me odio a mí también.

Durante un absurdo segundo, sopeso la posibilidad de buscar mis provisiones de tres años por todo el castillo acompañada por una vela, pero llego a la conclusión de que seguramente lo haya destruido u ocultado en sus aposentos. Es probable que lo primero.

Me hago un ovillo, entre temblores.

«Menudo desperdicio».

Si Rhordyn estuviera aquí, iría a sus aposentos, llamaría a su puerta con el puño y le soltaría las palabras más duras y venenosas que se me ocurriesen.

Con la cabeza ladeada, me quedo mirando por la ventana con los ojos entrecerrados y procuro encontrar cierto consuelo y calma en las estrellas titilantes y en la luna creciente. Pero están demasiado cerca, y el suelo, demasiado lejos.

Necesito hundir los pies en tierra carnosa, extraer cierta paz del suelo y fingir que no me deshilacho por las costuras. Eso es lo que necesito.

A cuatro patas, gateo hacia la mesa de refrigerios, bebo dos vasos de agua y luego me levanto y me tambaleo hacia el banco de madera abarrotado de botes. Cojo uno lleno de jengibre deshidratado y menta y me vacío la mitad en la boca con la esperanza de atenuar el dolor que me aqueja las sienes. A estas alturas, cualquier ayuda es bienvenida.

Mientras intento no vomitar por la punzante explosión de sabor, me pongo unos pantalones y me tapo con un abrigo para contrarrestar el frío que me congela desde dentro. Me echo la mochila al hombro, abro la Caja Fuerte, cojo la copa de cristal por su alargado y frágil cuello y vierto el rosado líquido por el suelo con una mueca de desdén. Qué pena malgastar un tono rosado tan bonito.

Los peldaños del Tallo Pétreo no resultan agradables con una resaca de caspún y me encojo con cada paso liviano como una pluma, pero que parece justo lo contrario. Los pasillos son interminables, la Maraña resulta implacable, pero, después de maldecir a Rhordyn y a Baze con cada una de mis zancadas, por fin salgo a la zona occidental del castillo, donde cojo una bocanada de aire frío de la mañana en lo que planto los pies en la hierba y hundo los dedos en la húmeda tierra.

El alivio es instantáneo. Suelto un suspiro, relajo los hombros y echo atrás la cabeza para mirar hacia la deslumbrante llovizna de estrellas. Al cerrar los ojos, me sumo en una paz solo rota por el ocasional canto de un grillo.

La atracción de la tierra mitiga el dolor y llena de sustancia el vacío hueco que hay en mi interior. Es un método de relajación al que recurría antes de descubrir la receta del exotrilo, pero me parece que ha pasado una vida entera.

Apenas me acuerdo ya de esa chica.

Si pudiera guardar en una botella esta sensación y sorberla sin parar, ninguno de mis problemas parecería tan acuciante.

Al mirar hacia la pared, me doy cuenta de lo cerca que estoy de la ventanita redonda... Qué conveniente.

Me dirijo hacia allí de puntillas y me escondo de la luna en un pozo de sombras que se alza junto a la base del muro. Aunque por la noche no veo ninguna criatura acechando por el bosque, sé que me vigilan. Noto los ojos clavados en mí, mirándome con lascivia desde el otro lado de la Línea de Seguridad.

Unos dedos incorpóreos se deslizan por mi espalda mientras busco entre los arbustos la piedra que ayer descarté y curvo los labios en una sonrisa cuando la localizo.

Echo el brazo hacia atrás, visualizo el rostro de Rhordyn y la lanzo, lo que provoca una explosión de cristal.

«Mierda, ha hecho demasiado ruido».

Me detengo para ver si Baze va a salir de entre las sombras. Cuando estoy segura de que no vendrá nadie, utilizo un tarro de sobra de la mochila para apartar cualquier trocito de cristal antes de girarme e introducir los pies por el agujero, luego el cuerpo, y quedarme colgando por los cansados dedos durante unos tensos segundos.

Me preparo para la caída. Aterrizo con un fuerte golpe que me sacude el cerebro y hurgo en la mochila para encontrar una vela y una cerilla. Enciendo la mecha y arrojo un feroz destello sobre los objetos fantasmales esparcidos por la estancia, un contraste extremo con las sombras alargadas que suben por las paredes y cobran vida.

Nada se encoge. Nada se mueve, ni se escabulle ni emite ruido.

«Estoy sola».

El aire casi parece hecho de sirope, como si llevase tantísimo tiempo allí atrapado que se hubiera vuelto espeso y vago al moverse.

Después de aclararme la garganta, avanzo de puntillas sobre los fragmentos de cristal y me dirijo hacia una forma enorme, cuyo velo blanco soporta montones de polvo. Levanto la esquina de la sábana y echo un vistazo por debajo. Con el ceño fruncido, la retiro del todo y la sacudo en el aire mientras examino el armario.

Luce el color rosado más suave posible, con grabados que asemejan un jardín dibujado.

Cojo la delicada manecilla, tiro hacia mí y libero una polvareda que amenaza con apagar la vela. La puerta chirría al abrirse y miro hacia el vacío interior del armario.

—A lo mejor sí que es solo un trasero lleno de polvo.

Me dirijo hacia la siguiente sábana y, al apartarla, me encuentro delante de un par de mesitas de noche que hacen juego con el armario. Al lado está el cabecero y luego un bonito moisés lleno de sábanas de ganchillo amarillentas por el paso del tiempo. Son suaves como la mantequilla y entierro la nariz en una: noto un débil olor desconocido a vainas de vainilla y una pizca de tierra húmeda.

¿Eran pertenencias de alguno de los antepasados de Rhordyn?

Con el ceño fruncido, vuelvo a desplegar la sábana y descubro el siguiente objeto: un baúl adornado con el mismo elaborado patrón que todo lo demás. Junto a él, en el suelo, hay una urna tapada y un montón de frascos no más grandes que un dedo.

Levanto la tapa pesada y curvada y protesta con un chirrido. Abro los ojos como platos y me quedo sin aliento al ver el botín de joyas grandes que resplandecen bajo la llama titilante.

Rhordyn no es de los que presumen de su riqueza. Sin contar mis utensilios de diamante, las únicas joyas que he visto por el castillo las llevaban en las orejas las personas que asistían al Tribunal.

Entorno los ojos al fijarme en una parcialmente oculta debajo de una gigantesca gema negra y la cojo para sostenerla cerca de la vela y examinarla con claridad. Una luz cálida rebota en los numerosos cantos planos y proyecta un confeti de colores y luces por toda la estancia.

Siento una punzada en el interior al verla, como una cuerda de un laúd que alguien ha tocado demasiado fuerte.

Devuelvo la gema a la pila y paso la mano por el tesoro hasta encontrar la cubierta de un viejo libro con letras doradas en la tapa de cuero. Lo cojo de la tumba en la que está enterrado y planto el pie en el extremo del baúl para apoyarme el volumen en el muslo mientras recorro el título labrado.

Te Bruk o'Avalanste

Repito la frase tres veces seguidas, afanándome con la lengua para pronunciar esos nuevos sonidos y probar qué sensación me producen. Clavo la mirada en el baúl, luego en el libro de nuevo y me encojo de hombros mientras decido que no servirá de nada dejarlo en este trasero viejo y polvoriento. Me lo guardo en la mochila y cierro el baúl para sellar todas esas joyas tan preciosas en una tumba que seguramente no volverá a ver la luz del sol.

Los pájaros empiezan a cantar y me advierten de la salida del sol; me giro para buscar algo que apoyar en la pared para subir hasta la ventana con más facilidad.

Me llama la atención la esquina galvanizada de una fotografía enmarcada y cubierta por lo demás con un jirón de tela. No hay polvo en la sábana, lo cual sugiere que alguien ha visto hace poco lo que se oculta debajo.

Con la nariz arrugada, giro sobre mí misma y examino los rincones más oscuros de la habitación.

No hay muerte. No hay nadie en las sombras.

Devuelvo la atención a la tela, tiro de ella y me llevo una mano al pecho cuando la sábana cae al suelo.

Me da miedo pestañear por si dejo de ver la imagen y mi respiración entrecortada es un homenaje a la obra maestra que se alza delante de mí.

Atrapada en los confines del adornado marco se encuentra la pintura más bella que he visto jamás.

Un hombre y una mujer, con la hierba por las rodillas, caminan codo con codo por lo alto de una colina. A lo lejos se está gestando una tormenta y el viento azota el pelo largo y negro de la mujer. El detalle es tan delicado que me da la impresión de que acaricio los mechones individuales con la punta de los dedos; los aliso o los entrelazo para formar una trenza larga y apartárselos de la cara.

El hombre está medio oculto por las sombras de la tormenta que se avecina, con postura firme y los hombros anchos. La verdadera belleza reside en lo que se halla entre los adultos y se balancea en el aire, retratado en una eternidad al óleo: una niña pequeña con una larga melena gris que revolotea a su alrededor en una animación suspendida.

Noto su felicidad hirviendo en mi interior, tan tangible como el órgano que me martillea el pecho. Y que deja de bombear sangre al instante.

¿Quiénes son estas personas? ¿Qué les ha ocurrido? ¿Por qué están todas estas cosas guardadas en una habitación que nadie utiliza?

Examino la estancia. Me parece una cripta en la que se han dejado estos bonitos objetos para ser olvidados, por lo menos hasta que yo he metido las narices.

«Este lugar no me pertenece».

Esta vez, la curiosidad me ha llevado un paso demasiado lejos y es imposible ocultar mi rastro. Es imposible dejar de ver la felicidad del dibujo, una alegría que parece vacía, igual que el moisés, el armario y la cama.

La culpabilidad tiene un sabor con el que estoy demasiado familiarizada: amargo y penetrante.

Vuelvo a colocar todas las sábanas mientras ese sabor me agria el estómago, órgano que, ya revuelto, me da un vuelco. Doy un salto y me aferro al extremo del marco desnudo de la ventana para impulsarme hacia arriba y salir de esta habitación.

La Tumba... Ese es el nombre que le voy a poner. Una tumba para objetos felices.

El ascenso de regreso a mi torre parece más largo. Un peso tira de mis pasos hacia abajo con cada silencioso escalón que subo.

La vergüenza.

La vergüenza de haber irrumpido en un santuario. Por haberme guardado el libro en la mochila...

Debería devolverlo. Es probable que lo haga. Pero después de haberlo leído.

Mi puerta se cierra con fuerza y paso el pestillo para sellarme en una especie de tumba diferente. Una en la que pretendo pasarme el día entero mientras cuido de mi palpitante y aletargado cerebro y busco las ganas de volver a moverme.

Todo me pesa demasiado. Los pies, el cuerpo, la mente... «El corazón».

Avivo el fuego con la leña, bebo otro vaso de agua para calmar mi lengua grumosa y me coloco cojines detrás de la espalda para crear un cómodo nido. Con la nariz sobre el libro de tapas de cuero, respiro hondo y suelto un áspero gemido cuando el olor añejo intenta sostener mis pecados.

«No tendría que habérmelo llevado». Aun así, abro la cubierta, paso una página tras otra y me adentro en sus secretos. Procuro descifrarlos.

Una hora más tarde, cuando oigo un fuerte golpe en mi puerta, lo ignoro; me voy al balcón, donde leeré bajo el sol de la mañana, que se cuela entre unas nubes esponjosas. Al cabo de unos minutos, Baze me grita algo desde las afueras del castillo, a lo que respondo volcando mi jarra por encima de la balaustrada para ducharlo con todo mi odio.

Si Baze cree que voy a entrenar después de todo lo que me hizo pasar ayer, está enormemente equivocado.

Si quiere tratarme como a una niña pequeña, me comportaré como tal.

14
ORLAITH

Nunca había estado tan frustrada por un libro ilustrado.

Con un suspiro, cierro la tapa y me quedo mirando el bosque de Vateshram. *Te Bruk o'Avalanste* no está escrito en la lengua habitual, así que me he pasado toda la mañana intentando descifrar su contenido a partir de los dibujos que acompañan algunas de las dos mil finas páginas. Mi instinto me dice que es algo más que una mera colección de bonitos dibujos y necesito respuestas. Y las necesito ya.

Por suerte, mi resaca ha seguido su rumbo habitual y, aunque dudo de que durante una temporada vuelva a mirar igual la comida, estoy lo bastante estable como para enfrentarme a otro ser vivo sin el peligro de soltar veneno verbal.

Guardo el libro en mi mochila y me pongo algo más apropiado para la fría brisa que se levanta del océano. Con el pelo despeinado y desaliñado ondeando tras de mí, bajo a toda prisa el Tallo Pétreo y cruzo el pasillo que lleva hasta el ala oeste con un destino en mente.

El fresco aire oceánico me sala la piel cuando aterrizo hundiéndome hasta los tobillos en la arena y corro hacia las piedras escarpadas. No he hecho más que dejar las piernas colgando sobre el agua cuando Kai emerge a mis pies, con el pelo hacia atrás y los ojos del color de las joyas anticipando su sonrisa antes de que los labios lleguen a sobresalir de la superficie del agua.

—¿Dos visitas en una semana? Tesoro, me halagas.

—¿Qué quieres que te diga? —Me encojo de hombros—. Eres mi pez preferido.

Kai frunce el ceño y me analiza las facciones con su afilada mirada. Con un chapoteo de su poderosa cola, ha sacado medio cuerpo del agua y se cierne sobre mí para observarme con ojos preocupados.

—¿Qué pasa? No tienes buena cara.

Este día me odia.

Evito su mirada, cojo una piedra y la lanzo al agua.

—Orlaith...

—¿Sabes el alga de azúcar que te pedí hace un año? —Me arriesgo a mirarlo de reojo.

—Sí. Me dijiste que su textura calcárea era ideal para un proyecto especial en el que estabas enfrascada. Y que pretendías molerla y utilizarla para pintar.

Le mentí. Sí que la molí..., pero no la apliqué sobre ninguna roca, no.

Kai entorna los ojos, que luego abre tanto que me parece que le van a salir disparados de la cara.

—No me... —Niega con la cabeza tanto rato que me doy cuenta de que la posibilidad de convencerlo para que me traiga más seguramente se acerque a cero—. No me digas que usaste el alga de azúcar para preparar exotrilo, Orlaith. No.

Su decepción es tan severa como la rabia de Rhordyn.

Se me ocurre mentirle, pero luego lo pienso mejor y lo descarto. Si soy sincera, si lo miro con ojos suplicantes y le digo que sus escamas resplandecen como gemas oceánicas, a lo mejor se apiada de mi yo resacoso y me da una alga o dos.

—¿Qué me dirías si te confirmase que, efectivamente, preparé exotrilo con ella?

Kai emite ese grave y mordaz sonido que parece salir de las delicadas branquias que tiene detrás de las orejas y de pronto me pone dos dedos sobre los labios y me obliga a separarlos.

No es el mejor indicio.

—¿Te he disho lo peshiosha que she te ve la cola ahora mishmo? —balbuceo frente a dos dedos que saben a mar.

Él ignora mi espontáneo cumplido, me toquetea la cabeza y me levanta los párpados para inspeccionarme los ojos. Incluso me olisquea el pelo antes de soltar otro ruido que me hace desear tener una concha en la que esconderme.

—La cosa no pinta bien. —Se aparta de la roca, dejando tras de sí una estela de desdén. Sus ojos son un par de anzuelos que se me han clavado en la piel—. ¿Cuánto tiempo? ¿Seis meses? ¿Un año?

Obviamente, no va a conseguirme ni media alga.

—No nos vayamos por las ram...

—¿Sabías que ingerir más dosis de la recomendada puede provocar un fallo cardiaco? Los corazones estallan, Orlaith. Como las burbujas. Puf, muerta.

Se me congela la sangre.

La receta escrita a mano que encontré al final de un viejo libro de hierbas y medicinas no detallaba los efectos secundarios. Tan solo decía que el exo era bueno para «levantarle la moral a una persona después de un klashten», que a saber qué demonios significa eso. Todo lo que había después de «levantarle la moral a una persona» me pareció un añadido innecesario.

Sin duda, no había ninguna referencia a corazones que estallan.

Ahora me arrepiento de haberme tomado tres de golpe. Normal que pensara que me iban a salir alas y que me iría volando como un duendecillo.

—Rhordyn encontró mi alijo y me lo quitó —mascullo mientras doy un puntapié al agua con quizá más ferocidad de la necesaria—, así que mi corazón está a salvo.

Por lo menos en un sentido físico.

Kai se hunde un poco en el agua y parece asaltar el castillo con los ojos.

—Bueno, algo es algo —dice con cierto matiz amargo en su tono al que no estoy acostumbrada.

Se me ocurre que podría preguntárselo, pero señala mi mochila con la barbilla.

—¿Llevas algo interesante que enseñarme?

Sigue hablando con voz fría, pero me aferro al cambio de tema como si fuera un rayo de sol que atraviesa las nubes en un día lúgubre.

—En realidad, sí... —Me impulso hacia atrás, levanto la solapa de la mochila y le enseño *Te Bruk o'Avalanste*, cuyas páginas están marcadas por hojas, plumas y otros objetos que ahora sobresalen del lomo—. He encontrado un libro.

«Más o menos».

Kai se adentra en mi espacio personal y pone sus fuertes brazos a ambos lados de mí mientras se yergue lo justo para inspeccionar el libro, que sigue dentro de mi mochila.

Me quedo sin aliento. Está tan cerca que noto su latido palpitando contra mí, desatado y frenético. Como si el aire que lo rodea tuviera su propio pulso violento.

—¡Una copia original, intacta e impoluta del *Libro de la creación*! —exclama—. ¿Lo está? ¿Está intacta?

—Pues... creo que sí. Al hojearlo no he encontrado ninguna página rota ni nada.

Kai suelta un ruido de emoción que me eriza la piel y me aclaro la garganta mientras me coloco el volumen en el regazo y él se hunde en el agua.

—El *Libro de la creación*... —Recorro con la punta del dedo el texto grabado—. ¿Eso es lo que significa?

—¡Sí! —Me coge la mano y me planta un beso sobre los nudillos—. Es un descubrimiento inaudito, Orlaith. Y extraordinario. La última vez que vi una copia original fue hace muchos años y estaba medio comida por las polillas. No esperaba ver otro ejemplar tan bien conservado.

En el idioma de Kai, eso significa: «Me has cabreado. Me has decepcionado, pero me has impresionado con tu habilidad para cazar tesoros».

—Está escrito en antiguo valish, a diferencia de las versiones traducidas más recientes.

«Ajá».

—Pues... lo he encontrado en una habitación cerrada a cal y canto. Nunca había visto nada parecido.

—¿Ni siquiera una de las ediciones modernas? —Arquea una ceja.

—Que yo recuerde, no. —Abro el libro por una página que he marcado con una hoja seca de mora—. Pero las ilustraciones son preciosas, así que he deducido algunos fragmentos. Más o menos. ¿Qué es esto? —le pregunto, señalando el dibujo impecable que acabo de dejar a la vista.

Ojalá supiera dibujar así. Mi estilo libre cargado de emoción no contiene ninguno de los finos detalles que convierten esa ilustración en algo sumamente vívido.

Me da la impresión de que bien podría acercarme al volcán de la imagen y tocar las agujas de piedra que se alzan desde la cumbre. Las nubes coquetean con las puntas afiladas de la valla dentada que delimita el lago del cráter que está en el centro de todo.

—El monte Ether, de donde es el profeta Maars. Es una criatura aterradora, pero transcribe el futuro a través de los acertijos que talla en piedra —me informa mientras señala las doce agujas.

Una sensación me asciende por la espalda y me obliga a reprimir un escalofrío.

—Existe un grupo de fieles devotos llamados «shulaks». Estas criaturas obedecen las palabras talladas por él como niños pequeños.

Frunzo el ceño y levanto la vista, pero mi amigo sigue con los ojos fijos en el texto, que por lo visto es capaz de descifrar.

—¿Como una... una fe?

—Sí. Muchos creen que los dioses hablan a través de él.

Ladeo la cabeza y me paso un mechón de pelo por detrás de la oreja.

—¿Los dioses?

Entorna los ojos y se le forma una línea entre las curvas blanquecinas de las cejas.

—Sí. Supongo que tu tutor te habrá enseñado religión, ¿no?

—Ah, pues no. No sabía que existía. Pensaba que los dioses solo aparecían en los mundos de fantasía sobre los que leo...

Kai mira hacia el castillo con expresión seria.

—Allí arriba estás demasiado protegida —gruñe, y en sus gélidas palabras arrecia una tormenta. Una que intento calmar poniéndole una mano en la mejilla para atraer su atención.

Arquea una ceja.

—No estoy tan protegida, Kai.

Es mentira. Claro que estoy protegida, pero yo he construido los muros de mi propia cárcel.

Paso una página en busca de distracción y los labios se me tuercen en una sonrisa almibarada.

—Pero un momento... —Doy un golpecito sobre la ilustración de una mujer alta y esbelta con una melena que le llega hasta las rodillas. Está lanzando un trozo de alga en la cuenca de agua del volcán, de la que parece salir una versión de..., en fin, del propio Kai—. ¿Eso significa que los dracos oceánicos nacisteis a partir de...?

—Algas —me interrumpe con voz monótona—. Sí.

Me lo quedo mirando, atenta a sus ojos apagados, y me muerdo el labio inferior para contener una carcajada, aunque una pequeña parte consigue salir de mí.

—Eres horrible. —Pasa a una página con una hoja que hace de marcador—. Y vosotros nacisteis a partir de piedras, así que no sois mucho mejores.

—De hecho, creo que es sumamente apropiado.

Inclina la cabeza y se ríe; el sonido es un arrebato de felicidad en el que me gustaría adentrarme y nadar. Para cuando deja de sacudir el pecho, su latido se ha calmado hasta ser una tranquila ola.

—Tienes razón.

Con una sonrisa tímida, clavo la atención en el libro y recorro con los dedos el dibujo de un draco oceánico que se levanta del agua, con esos volantes que adornan toda su larga y poderosa cola pegados a las escamas. A su lado hay otra imagen de él caminando sobre dos piernas musculosas.

La sonrisa me desaparece de la cara mientras me lamo los labios y oteo a través de las pestañas.

—¿Es verdad? ¿Los tuyos podéis caminar por la tierra?

En mi corazón hay una burbuja de esperanza que estalla en el momento en el que Kai niega con la cabeza, me aparta la mano y busca otra sección del libro.

—No todos. Los originales sí podían. Y algunos de sus descendientes directos.

—Ah... —Bajo los hombros.

—¿Qué has entendido de esta página?

Miro a la mujer que está cogiendo del suelo una hoja caída, cuyo pelo parece fundirse con las nubes. En la imagen siguiente, está lanzándola a la cuenca del volcán. A partir de ahí, emerge una bandada de duendes.

—Mmm, ¿que los duendes los creó a partir de hojas caídas la diosa de... —no tengo ni puñetera idea— del aire?

—Correcto —dice, y se inclina hacia delante y me envuelve con su aroma salado. Es un olor que no se parece a ningún otro, aunque todo el océano se ha reducido a un sirope espeso y perfumado.

Es la reencarnación del mar. Rico e íntegro y...

«Mi mejor amigo».

Señala las plumas cosidas en el corpiño de la diosa.

—Falanthia puede adoptar la forma de un águila.

Asiento y mi mente hambrienta de exo se adhiere a la información mientras él sigue pasando unas cuantas páginas.

Levanta la comisura de los labios.

—¿Y esta? —me pregunta con un travieso deje en el tono—. Las ninfas del bosque salieron de ciruelas maduras gracias al dios de la...

La sangre se me vuelve totalmente líquida y dirijo la vista hacia la espuma que salpica el océano a lo lejos.

Esa página..., en fin. Cuando la vi por primera vez, sentí toda clase de extrañas emociones que nunca había experimentado y ahora esa imagen está grabada a fuego en mi mente, destinada a ser la fuente de un sonrojo espontáneo hasta el día que me muera.

No fue la desnudez lo que me impactó. Ni siquiera el modo en el que la mujer está tumbada, con la espalda arqueada, mientras se pellizca los pezones y se muerde el labio inferior.

Fue su forma de separar los muslos.

Fue el hombre que se los abría, con la cara enterrada en su ingle. Fue su postura, medio acuclillado como un gato en un banquete, y esa larga, dura y desnuda longitud que parecía preparada para hundirse en ella.

—¿Fertilidad? —pregunto, y odio que esa palabra surja de mí estrangulada.

Kai se gira hacia mí, me sujeta la barbilla y en sus ojos oceánicos noto un destello que antes no estaba ahí.

—Correcto —ronronea—. Chica lista.

—Dudo de que mi tutor me hubiera felicitado por averiguarlo.

—No —se ríe y me suelta—. Es probable que no.

Con las mejillas al rojo vivo, paso la página.

—No sé qué es esta —comento mientras señalo a un hombre vestido de blanco con la empuñadura de una espada que le sobresale del hombro. Lo único que se ve de sus facciones es una mandíbula afilada y la línea de una boca fruncida.

Pero es que no es un hombre normal y corriente.

Hay tres versiones de él mezclándose y cada una tiene un rostro distinto, los dos de los lados menos vívidos, pero no menos espeluznantes.

El del medio está cortando un trozo de la oscuridad que emana de la anchura de sus hombros que luego arroja al lago del cráter del volcán.

—Es Kvath. El dios de la muerte —masculla Kai—. Puede adoptar las múltiples formas de los muertos y creó a los irilaks con un fragmento de su sombra. —Señala la ilustración de un espectro que emerge de la cuenca, una sombra familiar con una cara que parece esculpida en un trozo de madera descolorida.

—Conque ese es el nombre que tienen —susurro, recorriendo los rasgos fantasmales de la criatura.

Estoy tan ensimismada en esa nueva píldora de información, en el hecho de tener por fin el nombre de una especie que darle a Shay, que no me percato de la tensión que chisporrotea entre Kai y yo hasta que desliza un dedo por debajo de mi barbilla.

Me la levanta hasta que lo miro a los ojos entornados. Su total atención me mantiene clavada en el sitio.

—¿Qué pasa?

—Orlaith. No te acerques nunca a un irilak. —El tono es tan duro como la roca en la que estoy sentada e igual de áspero que sus bordes—. Son caprichosos. Mortíferos.

—¿Y eso? —le pregunto mientras me aparto un mechón de pelo suelto de la cara.

—Se alimentan del miedo..., entre otras cosas. Se los conoce por haber atraído a niños hasta el bosque y haber dejado de los pequeños tan solo la piel pegada a sus huesos.

Reprimo un escalofrío al oír el panorama cruento que está retratando y pienso en los bultos duros y peludos en los que se convierte el banquete que se da Shay con mis ofrendas. Pero, aparte de eso, no me parece tan escalofriante. Ni una sola vez ha intentado atacarme en los años que hace que le llevo ratones. La otra noche casi le di de comer de la mano, temblando de miedo al pasar el brazo por encima de mi Línea de Seguridad por primera vez, y él siguió prefiriendo el ratón.

El momento se alarga en lo que Kai me busca los ojos y luego suspira y vuelve a concentrarse en el libro.

—Supongo que lo habrás traído por otros motivos, ¿no?

«Qué bien me conoce».

—La cuestión es que reconozco muchas de las criaturas gracias a las ilustraciones que he visto en otros libros —digo, pasando páginas hasta una marcada con una flor seca—, pero hay muchas que me descolocan. Como esta de aquí.

La diosa que muestra es la mujer más hechizante que he visto en mi vida, de silueta esbelta y con un vestido que le cae por el cuerpo como si fueran pétalos. Está lanzando una rosa brillante al lago del cráter y la criatura que emerge no es menos impresionante que la deidad de la que desciende él.

Su piel pálida desprende un leve resplandor, sus ojos son como cristales pulidos. Entre los mechones de pelo blanquecino no sobresale una oreja normal, sino una con diminutas espinas delicadas que recorren el borde, que termina en forma de punta.

—Me preguntaba si me podrías decir qué son.

Kai baja la voz hasta hablar con un susurro grave, casi apenado.

—En valish, se llaman «aeshlianos». Significa «eternidad sin sombra». Quedan muy pocos.

—¿Por qué? —Levanto la vista con el ceño fruncido—. ¿Qué les ocurrió?

Se alza del agua cual torrente de músculos largos y marcados, escamas y...

Trago saliva.

¿Por qué me doy cuenta ahora de que mi mejor amigo es tan… fascinante? Me extraña que no haya hembras que lo persigan durante todo el día.

—Esa es una historia muy larga y muy triste —dice mientras se sienta en las rocas a mi lado y mueve la cola de izquierda a derecha por el agua—. Una con la que no me gustaría corromperte.

Me pellizca la nariz y me zafo de él fulminándolo con la mirada.

—Pero tú a mí me lo cuentas todo.

Toda la burla se le esfuma de la cara y me pone una mano en la mejilla como si fuera de cristal.

—Esto no, Orlaith. Esto nunca.

Es un error habitual pensar que los dracos oceánicos son como la marea y que es fácil que cambien de parecer..

El mío no. Conozco lo bastante bien a Kai como para saber que, cuando dice que no, lo dice en serio. Antes de incumplir su palabra se dejaría cortar la cola.

Observo la ilustración de nuevo y decido no comentar el *déjà vu* que me golpea. Ni el hecho de que en los sueños me visita un niño con esos mismos ojos.

Siempre se me acerca. Nunca llega hasta mí.

Ignorando la tensión que me atenaza el pecho, paso páginas hasta llegar a la que está marcada con una brizna de hierba oscura.

—¿Y qué me dices de esto?

Hay algo muy inusual en el hombre ágil de aspecto poderoso que emerge de la cuenca. Apenas me había fijado en sus orejas puntiagudas ni en sus pómulos tallados de forma impecable. Ni siquiera sus ojos recelosos me llaman la atención de inmediato, tampoco el modo en el que miran más allá de la página con alguna especie de guerra oscura librándose en su interior.

Hay una suerte de aura alrededor de él. Una sensación de prestigio ancestral que me paralizó la columna en el momento en el que posé la mirada en el dibujo.

Una parte innata de mi ser quiso cerrar el libro al instante. Y lo sigue queriendo, como una flor que se encoge ante el avance de una tormenta virulenta.

El silencio que se instala entre Kai y yo dura demasiado y lo miro a los ojos, ensombrecidos por un fruncimiento.

—¿Qué pasa?

—¿Acaso tu tutor es un caso grave de educación selectiva? ¿Cómo es posible que no sepas nada de esto? —me pregunta, sacudiendo una mano en el aire—. ¡Varias razas de este libro forjaron vuestra forma de vida!

—Me parece que tendrás que ser un poco más específico. —Me quedo mirándolo, impertérrita.

—Bueno, hablemos de los Unseelie, por ejemplo —señala la imagen—, extraídos del volcán por Jakar, el dios del poder. Hace miles de años, eran la raza dominante que gobernaba, impulsada por la obsesión de sembrar semillas y fortalecerse. De anidar, follar y reproducirse.

Me encojo ante la dureza de sus palabras y me arden las mejillas por la forma en la que ha enfatizado esa penúltima palabra tan vulgar.

—La plaga de sus creencias arcaicas sigue resonando en vuestra sociedad —prosigue—. Por ejemplo, en aquella época la esclavitud era un problema muy serio. Como resultado, desangrar un territorio para proveer otro ahora está prohibido y por eso cambiar los colores del territorio de una persona debe ser una decisión voluntaria.

Con la lengua como una masa grumosa en la boca, niego con la cabeza. No sé si habría tenido que esperar a formular esas preguntas en un momento en el que el cerebro me funcionase completa y correctamente.

—No lo entiendo. Si fueron tan trascendentales, ¿cómo es que ya no hay?

Kai me levanta la melena y me la acaricia de la raíz a las puntas, con lo que me provoca un escalofrío en el cráneo. Me coloca el pelo detrás del hombro con tanta delicadeza que cualquiera diría que estaba sujetando un tapiz de hilos de oro.

—Su ansia voraz por tener el control plantó la semilla de su caída —me responde, con mirada sombría—. Los Unseelie aniquilaron razas, Orlaith. Incluso la suya propia. Se hicieron pedazos unos a otros en una gran batalla que destruyó todo un territorio y que amenazó con una extinción global. Algunos creen que el mismo Jakar desgarró el cielo, liberó una perdición sangrienta y exterminó lo que quedaba de sus... «malcreaciones» —gruñe, con la atención clavada de nuevo en la página—. El hedor de esa estela de poder sigue contaminando el mar en algunas zonas.

Frunzo el ceño y vuelvo a inspeccionar el dibujo.

A lo mejor no se lo tendría que haber preguntado. Por lo visto, mi mundo es más pequeño cada segundo que pasa.

Busco el siguiente marcapáginas y una bola de tensión se me instala en la garganta y me impide respirar con normalidad.

Lentamente, abro el libro por una nueva sección.

—¿Y él? —pregunto, apenas capaz de mirar al hombre retratado en la doble página.

Está formado por pedazos de músculos, con el pelo gris oscuro y los ojos negros como el cielo nocturno. Es tosco, de porte animal, como si todo lo que habitara en su interior fuera casi imposible de contener.

Me recuerda a las nubes de tormenta que a veces acosan mi torre.

Hay cinco versiones distintas del hombre, cada una más acuclillada y distorsionada que la anterior, y muestran su gradual transformación en un monstruo.

Uno al que reconozco.

—Es Bjorn. El dios del equilibrio. Como ves, su forma se parece mucho a un vruk normal y corriente.

Unos agudos aullidos suenan en mi mente y asiento al recordar cuando tembló tantísimo la tierra que pensé que iba a abrirse por la mitad y a engullirme por completo.

—Sus... sus garras —consigo decir y señalo con la barbilla las uñas alargadas, negras y curvadas que resplandecen bajo un haz de luz de luna—. ¿Pone algo de eso?

Kai da golpecitos a una parte del texto que llena la página.

—*Klahfta des ta ne flak ten.* Simplificado, significa algo así como que son incomparables.

—Ah —susurro, asintiendo, y doy gracias por que no haya intentado comer nada para desayunar ni almorzar—. ¿Y los vruks normales y corrientes en los que se basó este dibujo?

—Las garras de vruk son letales. —Kai se aclara la garganta y lanza una mirada hacia la bahía—. Para cualquiera.

Frunzo el ceño al ver la agitación que no consigue ocultar en la profundidad de sus ojos oceánicos.

—¿Kai?

—La seguridad es importante para ti, ¿verdad? Más que cualquier otra cosa, ¿no?

—Supongo. ¿Por qué lo preguntas?

Saca la lengua y se lame la sal marina brillante de los labios.

—Enseguida vuelvo.

—Un mom...

Se zambulle, desaparece debajo del agua y su resplandeciente cola chapotea y lanza por los aires unas cuantas algas. Suspiro y espero pacientemente a que regrese.

Cuando vuelve, lleva en los brazos un pequeño baúl deslustrado que deja sin miramientos en la roca que está a mi lado antes de abrir la tapa. Rebusca en el interior y saca lo que parece ser una daga curvada enfundada en cuero. La empuñadura sin usar está forjada en un metal oscuro y no lleva ningún adorno más que en la punta, de ébano.

—¿Qué es eso? —le pregunto mientras observo el puñal como si estuviese a punto de saltar de su mano y pegarme un mordisco.

Kai vacila y luego lo tiende hacia mí.

—Algo que te puede proteger de cualquier cosa. Y siempre.

Una intranquilidad se me adueña del pecho. Alargo el brazo, con la mano temblando como si mi cuerpo supiera algo que mi mente todavía no ha captado. Agarro la funda curvada con esa mano, la empuñadura con la otra y tiro...

Solo unos cuantos centímetros del arma quedan a la vista antes de que la vuelva a enfundar, con el estómago revuelto y el corazón palpitando fuerte y rápido.

Es una garra. Una puta garra.

—Va-vaya...

—Se me ha ocurrido que..., bueno, me dijiste que odiabas tu nueva espada y yo... ¿Estás bien? —me pregunta con voz suave en lo que su latido me golpetea el contorno.

Guardo el objeto en mi mochila.

—Nunca he estado mejor —miento. Cierro el libro y lo pongo encima de la garra para así fingir que no existe—. Solo quiero asegurarme de que este regalo especial está bien a salvo en mi mochila.

—Tesoro...

Al levantar la vista, me pinto una sonrisa en la cara. Una de esas radiantes de oreja a oreja que a menudo lo deja sin aire en las branquias.

—Estoy bien. De verdad. Y gracias. Ha sido un regalo muy considerado.

—Estás mintiendo. —Kai frunce el ceño—. Noto cómo te sube la temperatura corporal. No tienes que aceptarlo si no te gust...

Le cojo la cara, tiro de él y le planto un beso en la mojada y salada mejilla; con ese gesto consigo que le brillen los ojos como cuando le ofrezco una manzana o algo que ansía.

—Me encanta tu regalo, Kai. Te lo digo de verdad. Y, ahora, ¿por qué no me vuelves a contar lo de cuando te clavaste un anzuelo en la oreja?

—Esa historia te encanta, ¿eh? —Una lenta y líquida sonrisa le ilumina el semblante.

—Mucho. Y la cuentas muy bien.

Consigo aguantar hasta el final, hasta estar de vuelta en el castillo y atravesar una puerta lateral que da a un parterre de hiedras antes de vomitar. Cuando Baze me encuentra hecha un ovillo en el suelo con bilis sobre los labios y me pregunta si es resultado de la abstinencia, otra mentira me sale despedida de la lengua.

Lo cierto es que la abstinencia no es nada comparada con el peso extra de la mochila. Un arma que a lo mejor lleva, o a lo mejor no, el peso de numerosas vidas arrebatadas. Asesinadas. Destrozadas.

El peso de familias hechas pedazos y devoradas, desparramadas por la tierra.

Y ahora me pertenece a mí...

15

ORLAITH

Estoy atrapada.

Las llamas escupen y las sombras se agitan con frenéticas sacudidas que surcan el cielo con calma.

Que atacan. Que despedazan.

Me tapo los oídos con las garras que tengo por manos. Mi cuerpo es una masa de músculos y de tendones que sobresalen y amenazan con partirse.

¿Me voy a romper? ¿Se me va a separar la piel cuando mi cuerpo deje de mantenerse unido? ¿Se derramará todo?

Tengo una fría semilla hundida en las profundidades de mi ser que me solidifica los órganos. Me pesa más el corazón por culpa de la espesura de un pulso que me molesta. ¿Qué pasará cuando ya no consiga bombear sangre por mis venas? ¿Un golpe dará en el blanco? ¿Las bestias me devorarán, como ha hecho con ellos?

La muerte me aferra las entrañas con manos tan heladas que queman, pero me proporcionan cierto consuelo. Una seguridad que parece eterna.

«No me sueltes».

La escena cambia, el campo desaparece y me encuentro en el filo de un abismo, observando un pozo de oscuridad en el que retumban gritos amortiguados que me provocan ganas de romperme por la mitad y llorar.

Algo me sujeta, tira de mí hacia delante y hacia atrás, amenaza con lanzarme hacia la negrura…

Me despierto con un sobresalto y contemplo unos ojos marrones abrumados mientras unas manos cálidas me tocan la cara y añaden leña a las llamas rugientes que habitan mi pecho.

Baze me calma con caricias tranquilizadoras que no consiguen reducir la presión que siento en el cráneo. El grito que emerge de mi garganta estalla con la fuerza de un puñal que se retira, afilado como la garra que he guardado en el fondo del cajón de los tarros.

La presencia de Rhordyn se apodera de la estancia, absorbe todo el aire de la habitación y no deja ni una pizca para mis pulmones.

Y no consigo llenarlos con nada.

Jadeo mientras boqueo e intento respirar...

—Vete, Baze. —La voz estruendosa de Rhordyn combate con mi pulso desbocado; cada latido es una flecha de madera disparada a mi hinchado cerebro.

Mortífera. Destructiva.

La repentina ausencia de Baze le deja más espacio a él para que lo llene.

«Y menos aire a mí para respirar».

Rhordyn hurga entre las botellas sobre mi mesita de noche y suelta una maldición conforme abre un tapón tras otro.

—¿Esto es lo único que te queda?

Sus palabras afiladas se me entierran en las sienes y gimo. Preferiría que me juzgara con su voz interna.

—Orlaith, ¿dónde está el resto?

Revuelvo las piernas y arrugo la manta que está a mis pies.

—Es lo que me queda...

—Joder.

La atmósfera parece removerse al intentar liberarse de las devastadoras fauces de su cólera.

Mi cuerpo es un incendio, cada oleada de sangre que me recorre las venas es otro azote de fuego líquido. Tiro de las ropas con la intención de rasgarlas, desesperada por que el viento frío me seque la piel burbujeante.

Si me rompo, ¿saldrán llamaradas? ¿Mi torre se convertirá en cenizas?

La cama se ladea y algo frío se desliza junto a mis rodillas mientras otra cosa me rodea la cintura y me sujeta fuerte. Me incorpora hasta dejarme sentada, recostada en las planicies glaciales del cuerpo de Rhordyn, un mar invernal que me arrastra hasta su manto helado.

Entre sus brazos, soy de lava. No se oye ningún crepitar, pero lo noto en la sangre.

Nos mecemos, suave y dócilmente, movimiento que no concuerda con mi fuego interior.

Otra botella destapada y el sonido casi me parte por la mitad.

«El dolor...».

—Ya lo sé. Necesito que inclines la cabeza y abras la boca.

«No».

Si lo hago, el cerebro sobresaldrá y explotará.

Una cálida humedad empieza a gotearme por la nariz, me llega hasta la boca y me cae por la barbilla.

—No te lo voy a volver a pedir, Milaje. Ahora.

La insondable orden me separa los labios; un sonido débil y patético acompaña el gesto. Pero no tengo fuerzas para inclinar la cabeza.

Él lo hace por mí, sujetándome la mandíbula con una mano firme. Un líquido frío me inunda la lengua y me lo trago.

—Un poco más.

Cuando noto la siguiente gota, mi mente embotada se despeja lo suficiente como para que me dé cuenta del frío remolino que crece en mi interior y que extingue el fuego de mis venas.

Mi ansiada calma. Mi liberación de esta..., de este ser enfadado e inflado que está atrapado dentro de una capa de piel demasiado tirante.

Saco la lengua a la espera de recibir más.

—Suficiente.

No me parece para nada suficiente.

Necesito beber hasta que esa mano volcánica deje de apretarme el corazón con su feroz puño. Hasta que a mi mente ya no le parezca haberse introducido en un espacio diminuto que no le corresponde.

Abro los ojos de golpe, cojo la botella y la vuelco, con la boca abierta y la lengua extendida. No cae ni una gota.

«Está vacía».

La lanzo a un lado y la oigo estrellarse en el suelo. Con las manos sobre los oídos, espero a que se calme el dolor, a dejar de tener la impresión de que soy un fragmento de vidrio soplado a punto de estallar.

—Pediré que traigan más caspún —dice Rhordyn mientras me limpia la barbilla, los labios y la nariz. Y acto seguido me planta una gélida mano sobre la frente.

Me apoyo en su caricia como si fuera lo único que me ata a este mundo.

—Puede que tardemos unas semanas en recibirlo. Deberías habérmelo dicho.

—Nunca estás aquí...

Rhordyn emite un ruido parecido a una estrepitosa tormenta eléctrica y me moldea hasta que estoy tumbada de costado en una posición cómoda que no me satisface en absoluto.

Sigo destrozada. Derramándome por las costuras.

Sigo atrapada en el borde de un acantilado intentando ver más allá del mar interminable de oscuridad que se extiende a mis pies.

Sé que tengo que saltar, pero no tengo ni idea de qué hay allá abajo. No tengo ni idea de qué veré.

Ni de qué seré incapaz de dejar de ver.

—Y estás tomando demasiada cantidad de golpe. ¿Por eso has estado dependiendo del exotrilo?

Cierro los ojos con fuerza. Supongo que mi silencio es respuesta suficiente.

Él suelta un gruñido, un sonido que es un aleteo tangible contra mi piel.

—A partir de ahora, te lo voy a racionar.

Abro la boca, pero me la cierra con el dorso de la mano.

—No me lo discutas, porque vas a perder. Es obvio que he sido demasiado complaciente.

¿Complaciente? Inexistente, mejor dicho. Una sombra en una

habitación. Un espectro que solo aparece cuando menos te lo esperas.

«Como ahora mismo».

¿Qué hace aquí? Nunca sube al Tallo Pétreo más que para recibir mi sangre o confiscar los narcóticos que me harán estallar el corazón.

Estoy a punto de preguntárselo, pero Rhordyn coge la manta de lana y me tapa antes de clavarla alrededor de mí rodeándome con un brazo fornido.

—Me es-estás abrazando —balbuceo, con la sensación de que me han arrojado a un lago helado con piedras atadas a los tobillos.

Puede que el caspún sea efectivo, pero tomarlo tiene consecuencias.

—Sí —masculla, como si se hubiera tenido que obligar a pronunciar esa palabra más allá de la barrera de sus dientes.

Miro por encima del hombro y me adentro en dos pozos plateados iluminados por el destello de la llama de una vela de lento titileo.

—¿Por qué? —gruño, y detesto lo patética que suena mi voz.

Algo oscuro le atraviesa el rostro, una máscara que se pone en su sitio, y sé que ya no voy a conseguir nada más de él.

Es como si estuviera al otro lado de la puerta. En sus aposentos. En cualquier lugar menos aquí.

—Duérmete, Orlaith.

A veces sus órdenes me erizan el vello de la nuca. Otras hacen que me doble como el tallo de una flor hundida por el peso de una ráfaga de viento.

Esta noche no me queda energía para discutir y… creo que ni siquiera me apetece.

«Me está abrazando».

16
ORLAITH

Cuando me despierto, se ha marchado y no ha dejado ningún indicio de haber estado aquí, sin contar el fuerte rastro de su olor persistente, que impregna la funda de mi almohada. Con la nariz pegada a la tela, respiro hondo, me lleno los pulmones y mitigo el doloroso torbellino de las sienes.

Un recuerdo en el que inclino una botellita vacía sobre los labios me golpea como una tabla de madera y un aleteo nervioso me prende la barriga...

«Me he quedado sin caspún. Mierda».

Hace muchísimo tiempo que dependo del bulbo arcano. De haber sabido que íbamos a tardar una eternidad en aprovisionarnos de más, quizá habría reunido valentía y habría confesado hace semanas. Las consecuencias del descubrimiento de Rhordyn de que he tomado mucha más dosis de la recomendada no han sido tan malas como me imaginaba.

Se ha enfadado, sí, pero me ha abrazado de todos modos y se ha quedado hasta que me he dormido.

Al cerrar los ojos, recuerdo su brazo, fuerte y grande como un escudo. Recuerdo la sensación de su presencia a mi espalda, su peso al hundir el colchón.

Era imposible no acercarse a la pequeña grieta que nos separaba. Y reducir el espacio.

Un estremecimiento me recorre. Respiro hondo otra vez para calmarme y separo la cara de la almohada antes de exhalar, ya que no quiero manchar la funda con mi propio olor. Y luego frunzo el ceño al darme cuenta de que es día de colada.

Tanith vendrá dentro de un par de horas a deshacer la cama...

«No se la puede llevar». Saco la funda de almohada y barro la habitación con la mirada para encontrar el escondrijo perfecto.

Del dicho al hecho hay un trecho.

Tanith es meticulosa y nunca deja ni una sola mota de polvo por ahí, y no dudo de que encontrará el tesoro lo esconda donde lo esconda. Salvo quizá en un sitio...

Rhordyn está al corriente de mi compartimento oculto, pero es el único. Y tampoco es que tenga más motivos para volver a husmear por el agujero.

Aparto la alfombra, muevo la piedra, lleno el compartimento con su olor y luego lo vuelvo a poner todo en su sitio. Algo en mi interior se calma hasta hervir a fuego lento y suspiro mientras me desplomo en el suelo.

Después de ponerme la ropa de entrenamiento, me paso una mano por mi pelo desastroso y me lo recojo en una trenza rápidamente. Con la mochila en el hombro, bajo el Tallo Pétreo con pasos delicados, intentando deslizarme por cada escalón para no sobresaltar mi tierno cerebro. Para cuando llego al comedor, unos puntitos blancos me nublan la visión.

Estoy en parte tentada de dar la vuelta y regresar a la cama.

—Si quieres entrenar, llegas dos horas tarde. —Así me da los buenos días un frío Baze, sentado en su silla de siempre, donde sorbe una taza de té humeante.

—Se me han pegado las sábanas.

Levanta la vista para mirarme por encima del pergamino que está junto a su plato del desayuno, con un vaso de zumo y una piedra negra encima que me encantaría pintar. Se lleva un bocado a los labios y me observa de soslayo.

—Y todavía tienes cara de cansada.

—Fuiste tú el que lo avisó, ¿verdad? Tú le contaste a Rhordyn lo del exotrilo.

Es la única explicación plausible. Sin contar lo de anoche, Rhordyn nunca me ve, menos aún por la mañana, cuando estoy animada. Si nos chocamos en un pasillo, nueve de cada diez veces el encuentro termina a toda prisa.

Un destello culpable brilla en los ojos de Baze y le aparece el hoyuelo derecho. Deja la taza en el platito con un chasquido delicado que no encaja del todo con quién es ni con el aspecto que tiene.

En Baze no hay nada delicado, aparte de sus movimientos, certeros como un arma de madera labrada con finura. Cuando los ejecuta correctamente, y en la situación adecuada, resulta letal.

—Me lo tomo como un sí. ¿Cómo lo adivinaste?

Baze se encoge de hombros, apoya los codos en la mesa y entrelaza las manos.

—¿A ti qué te parece, Orlaith?

La pregunta la canturrea con suavidad, un anzuelo para mi crispada paciencia. Me masajeo las sienes.

—¿Por qué no me lo dices y ya está?

—No —responde, y me hace señas para que me siente—. Creo que me guardaré esa información para mí. —Le da un buen mordisco a la manzana y me lanza un guiño que me pone a prueba los nervios.

Dicho de otra forma, si algún día consigo reunir los treinta y cuatro ingredientes necesarios para preparar más exotrilo, él lo sabrá.

Me dejo caer en mi asiento y me remuevo mientras miro por las puertas abiertas hacia el pasillo flanqueado de ventanas. Por ellas no se cuela ningún rayo de sol matutino, no hay nada que arroje luz sobre las sombrías entrañas del Castillo Negro.

Los días como este por lo general los empiezo con el pie izquierdo, así que el hecho de que haya logrado incluso llegar a desayunar a pesar de mi delicado estado sin duda debería apuntarse en mi registro de acciones llevadas a cabo con gran esfuerzo.

—¿Cómo lo llevas? —me pregunta Baze, observando el informe de la mañana mientras añade un terrón de azúcar a su té. Finge que la pregunta es intrascendental, pero los dos sabemos que no es así.

Me encojo de hombros y contemplo la comida con un nudo en

el estómago. Clavo la mirada en el plato de Rhordyn y se me tensa el pecho.

Una parte de mí esperaba que estuviera aquí después de lo que compartimos anoche. Ahora que lo pienso, qué tonta fui.

Pero hace tiempo que no recibe mi sangre…

Sé que me ha dicho que no me necesita, pero, después de quedarme dormida anoche entre sus brazos, en mi pecho prende una esperanza. Una calidez que quiero avivar.

Aceite para los preciosos engranajes que me mantienen en funcionamiento.

Una criada llena mi vaso con un zumo ácido del color del sol. Espero hasta que haya regresado a su puesto junto a la pared antes de desplazar la atención hacia mi plato vacío.

—No me queda caspún.

La taza de Baze suelta un chasquido sobre el plato.

—Estarás de coña.

Lo miro a los ojos, abiertos como platos, y no digo nada. No hay nada más que añadir.

Abre los labios como un pez fuera del agua antes de encontrar al fin las palabras adecuadas.

—¿Cómo cojones te has pulido tres años de caspún en tres meses?

Sigo mirándolo, expectante.

Baze echa la cabeza atrás y mira hacia el techo, con las manos enlazadas sobre la nuca.

—Lo has usado como medida preventiva y luego has tomado exo todas las mañanas para contrarrestar el bajón.

—Quería asegurarme de dormir bien por las noches —digo, cogiendo el vaso de zumo, lo único de toda la mesa que creo que puedo ingerir sin que me entren arcadas.

—¿Rhordyn lo sabe? ¿Sabe que lo has estado tomando como medida preventiva?

Noto que me arde la mejilla por su mirada fulminante mientras bebo tímidos sorbitos del vaso.

—Si no ató cabos anoche, me imagino que estará a punto de descubrirlo.

—Bueno, pues en eso tienes razón. —Levanta el zumo para fingir brindar conmigo.

No sirve de nada amargarse por eso.

—En fin... —Señalo con el pulgar el asiento vacío a mi derecha—. ¿Se ha vuelto a marchar?

Baze pega un mordisco a la manzana y me contempla con ojos astutos mientras mastica lentamente antes de tragar.

—Anda por ahí. Bueno, ya que estás vestida para la ocasión, podemos entrenar unas cuantas horas en el Tablón. A no ser que tengas piedras que pintar, claro.

Casi estrello el culo de mi vaso contra la mesa y me encojo por el repentino chasquido.

—¿En serio, Baze? ¿Crees que ahora mismo tengo cara de poder recorrer el Tablón?

—No, tienes cara de muerta. —Se encoge de hombros—. Pero a lo mejor nadar un poco con los selkies te hará bien.

Claro, porque perder un dedo del pie ayuda a cualquiera.

Cojo una uva de un montón y se la lanzo a la cara, pero la coge con los dientes.

Con los ojos en blanco, me remuevo en el asiento, sin saber si beber zumo al final ha sido una buena idea. Los pocos sorbos que he dado son agujas que se me clavan en la barriga.

—Deberías comer algo antes de que se enfríe todo.

—No tengo hambre. Y veo una mancha de pintalabios en el cuello de tu camisa —digo al divisar el trazo rojo del mismo color que la piel ruborizada de la criada rubia y pechugona que está delante de la pared, detrás de Baze, con los ojos fijos en el suelo.

Él se tira del cuello de la camisa e inspecciona la mancha.

—Bueno, es que me encanta llevarme algún recuerdo. —Me guiña un ojo y se abrillanta el anillo con gemas incrustadas—. Mírate, con qué maestría has cambiado de tema.

—¿Quién te lo dio? —le pregunto mientras admiro la luz reflejarse en las caras pulidas de todas esas diminutas joyas negras—. Siempre lo he querido saber.

Me mira con las cejas arqueadas.

—¿Tú quién crees?

De verdad que tiene que bajar un poco las expectativas que alberga sobre mí.

—Pues... dame varias opciones para que así se me quiten las ganas de lanzarte una sandía a la cabeza.

—Vale —repone con tono de burla—, le voy a dar una pista a tu cerebro lento y resacoso.

«Lo voy a matar».

—La misma persona que te proporciona la ropa y paga a la Cocinera para que siga mimándote con bollitos de miel. Que, por cierto, ¿quieres uno? —Señala la montaña que se alza delante de mí.

Noto un nudo en el estómago.

—No, a no ser que quieras que te vomite encima. ¿Y cuánto hace que te lo dio? —le pregunto mientras vuelvo a masajearme las sienes con la intención de ignorar las embotadas palpitaciones.

Baze curva ligeramente la comisura de los labios.

—¿Sabes una cosa? Bajo su dirección, los años acaban... emborronándose. Bueno, pongámonos en marcha. —Da un golpe sobre la mesa y el sonido es una daga que se me clava en el cráneo—. Si tenemos suerte, a lo mejor pillamos unos cuantos rayos de sol extraviados antes de que empiece a llover.

Y, si él tiene suerte, a lo mejor sobrevive al día de hoy.

17

ORLAITH

Un momento, ¿y las espadas? —le pregunto mientras intento seguir el ritmo de las largas y decididas zancadas de Baze. Me cuesta porque los rosales mullidos no dejan de distraerme.

El chorro de sol les ha ido bien.

—Ya las cogeremos luego. Rhordyn quiere que me pase una hora o así concentrándome en la lucha cuerpo a cuerpo —masculla en lo que mordisquea la punta de una larga brizna de hierba.

—Qué curioso —resoplo—, teniendo en cuenta que el otro día conseguí darle un rodillazo en los huevos.

—¿Cómo dices? —Baze gira la cabeza tan deprisa que me sorprende que no se haya partido el cuello.

Me encojo de hombros y me masajeo las sienes mientras intento sentir alivio con la hierba esponjosa que hay bajo mis pies descalzos.

—Dijo que había sido un golpe bajo…

Una suave y melódica risilla resuena por el jardín y me ataca con su dulce armonía. Lo que sigue justo después me hace apretarme la cabeza: una carcajada profunda, fuerte y familiar que suena a trueno.

Echo a correr en el laberinto de caminos botánicos con Baze maldiciendo tras de mí, un hecho que solamente sirve para acelerar mi búsqueda.

Tras rodear un recodo frondoso y perfumado, me detengo en seco. Allí, entre las rosas, mis rosas, se encuentra la mujer más guapa que he visto nunca.

Es alta y esbelta y el abrigo ocre que lleva no consigue ocultar su silueta. Abierto del cuello a los pies, deja completamente a la vista sus largas piernas, acentuadas por unos pantalones marrones que pasarían como pintura corporal y una blusa beis diseñada para moverse con sus curvas.

Si hubiera que deducirlo por la ropa que lleva, esta mujer de bella piel de color crema está a gusto consigo misma.

Su pelo es una maraña de vino de fresa y lo lleva detrás de una oreja adornada con joyitas del color del óxido. Tiene los labios carnosos y rosados, las mejillas salpicadas de pecas. Unas pestañas largas y espesas le acarician unas cejas bien perfiladas al levantar la vista hacia él.

Hacia Rhordyn. Un hombre más o menos tallado a la perfección. El que anoche me rodeó con los brazos y me meció hasta que me dormí como si significase algo para él.

Le dedica una sonrisa que casi parece cansada, pero sigue siendo una sonrisa. Su sonrisa.

En mi interior algo se vuelve incandescente y se queda paralizado.

Baze me posa las manos sobre los hombros y clava los dedos como ganchos. Echo la pierna hacia atrás y le doy una patada en la rodilla, con la que me gano un gruñido gutural que llama la atención de Rhordyn hacia nosotros.

Su sonrisa desaparece y no deja tras de sí más que un semblante pétreo.

A mí no me sonríe. Hoy, sus sonrisas son para ella.

Me zafo de Baze y me dirijo hacia ellos, con los puños apretados a ambos lados.

—Laith —dice Rhordyn, acariciándome la piel como si me hubiera susurrado al oído mi nombre.

Mi nueva exhalación no es para nada tan brusca como la anterior.

«Nunca me llama Laith». Aun así, me planto delante de él, un árbol cuyas raíces se hunden en la tierra como si fueran garras.

Un brote de rabia prende en mi interior y, en lugar de apagar la errática llama, me apetece soplarla. Alimentarla y avivarla hasta que él y yo ya no seamos más que montañas de cenizas. Hasta que el viento nos barra y nos funda para siempre. Hasta que nuestro final por fin le dé alguna lógica a este maldito e interminable enigma.

Porque estoy harta. Muy muy harta, y no me parece bien que haya una mujer entre mis rosas arrancándole sonrisas a un hombre que por lo general es tan serio como una tumba.

Rhordyn arquea una ceja.

Transcurre un largo y tenso instante, en el que nos miramos fijamente a los ojos como si hubiéramos empezado a pelear. Es una batalla, sí. Una guerra, incluso.

No estoy segura de qué es lo que peligra.

Por encima de nosotros, el cielo ruge, pero me niego a parpadear. Me niego a apartar la vista. Es como si algo en lo más profundo de mí, esa parte inmóvil y silenciosa que es dolorosamente consciente de lo que ocurre, supiera que estoy en el borde de un abismo distinto al que me persigue en mis pesadillas.

Un abismo que es capaz de destrozarme del todo.

La agresiva brisa marina me golpea en la espalda y empuja unos cabellos sueltos hacia delante. Hacia él.

Rhordyn ensancha las fosas nasales y clava la mirada en mi cuello en el momento en el que emite un suave y grave gruñido.

Ese sonido tiene el mismo efecto en mí que una dosis de exotrilo: me precipita el corazón contra las frágiles costillas, que me bombea una sangre espesa como la miel; me calienta las mejillas, me llena los labios y hace que note el pecho ardiente y pesado.

A nuestro alrededor, el mundo parece quedarse congelado... O quizá sea que su importancia tan solo se ha esfumado.

Suelto una breve exhalación y, a pesar de la rabia, me inclino hacia delante como una flor que se alarga hacia un haz de luz del sol.

En algún punto detrás de mí, Baze rompe a toser.

La nuez de Rhordyn sube y baja y él se desliza hacia atrás, haciendo añicos la tensión. Es como si alguno de los fragmentos rebotara y me desgarrara la carne, vulnerable y ferviente.

Una parte de mí desea que esas heridas sean físicas, que se

derrame mi sangre para hacerlo reaccionar, como cuando Dolcie me pinchó con una aguja. Para recordarle mi valía y así fortificar el derruido puente que nos separa.

Desvío la vista y la clavo en un arbusto desnudo que nunca ha conseguido tener nada más que hojas verduzcas.

Rhordyn se aclara la garganta como para desalojar el resto de la tensión. O quizá está intentando desalojarme a mí. Sea como sea, me duele.

—Orlaith.

El sonido de mi nombre completo es como un bofetón en la cara y casi me fallan las rodillas.

—¿Sí, Rhordyn?

Por la forma en la que le palpita el músculo de la mandíbula, diría que no le ha gustado oír mi tono desafiante. Pero me niego a ser un animal herido delante de esta mujer que irradia tanto aplomo femenino. Sobre todo cuando estoy delante de ella con el mismo aspecto que el desnudo rosal.

—Te presento a Zali —señala bruscamente hacia un lado con una mano—, la Alta Maestra del este.

Me quedo mirándolo durante un largo segundo antes de desplazar la atención hacia la mujer que se encuentra tan cerca de su espacio personal.

Me doy cuenta de que tiene una mano en el interior del abrigo, que cae por encima de ella como si fuera una duna, y la cabeza un poco ladeada. Luce una expresión en la cara como de haber oído las palabras que no hemos pronunciado, tal vez como si estuviera esperando a verme explotar.

—Mil perdones. No os había visto —le digo, agitando la mano en su dirección.

La comisura de la boca se le curva hacia arriba, algo parecido a la sorpresa le ilumina los ojos y extiende el brazo hacia delante. Su apretón es firme, con una palma sorprendentemente callosa.

«Así pues, sabe pelear».

Es una mujer fuerte y serena que, sin lugar a dudas, sabe cuidar de sí misma; una mujer que no acataría la hospitalidad de Rhordyn como un cordero recién nacido.

¿La llevará hasta su Guarida? ¿Sangrará ella por él?

El ácido me asciende por la garganta como una antorcha y todo el aire se escapa de la red de mis pulmones.

—Laith. He oído hablar mucho de ti. —Su voz amigable es suave y sedosa y tiene sobre los ojos oscuros un velo de desconfianza que no paso por alto—. Espero que nos llevemos muy bien.

—Lo dudo muchísimo —respondo mientras le suelto la mano—. Y para vos soy Orlaith.

Detrás de mí, Baze se atraganta.

Rhordyn me sujeta el antebrazo y me arrastra. La mochila me golpea el muslo mientras procuro seguir el ritmo de sus largas y poderosas zancadas.

—¡Ay! —protesto al pasar junto a Baze, que se limita a quedarse donde está, con los brazos cruzados, negando con la cabeza.

O está avergonzado de mí o le doy lástima. Ninguna de las dos opciones es ideal.

Rhordyn me lleva detrás de un alto seto, da media vuelta y atraviesa mi espacio personal con una tormenta plateada en los ojos que me devasta la piel.

—Eso ha sido de mala educación, inmaduro y sumamente…

Se detiene a mitad de la frase. Sin más.

—¿Sumamente qué, Rhordyn?

La mirada se le endurece.

—Patético —dice con fría y firme precisión—. Ha sido solo un abrazo. Nada más. No te obsesiones con eso.

El corazón me da un vuelco y me quedo por completo sin aire, como si me hubiera pinchado los pulmones con un palo puntiagudo.

Por supuesto. Qué boba he sido.

Se cruza de brazos y bajo la mirada hasta la cupla negra que lleva en la muñeca, dos pulseras que encajan y que se pueden separar para formar dos brazaletes individuales.

«Nunca suele molestarse en ponérsela a no ser que esté en el Tribunal».

Una pesadez se me instala en el estómago.

—¿La… la estás cortejando? —Mi voz es un áspero susurro.

Hunde los hombros un centímetro y mi corazón imita el movimiento. Es la muesca más pequeña de su armadura, pero una la mar de elocuente.

Le importo, pero solo porque siente una especie de responsabilidad hacia mí.

Normal que siempre intente que vaya más allá de mis propios límites. Quiere retomar su vida sin que esta vagabunda enamoradiza deambule por el interior de su castillo.

Se pellizca el puente de la nariz y suspira.

—Laith...

Mi nombre suena muy cansado cuando lo pronuncia así. De todos modos, consigue desbocar mi estúpido corazón y lo odio precisamente por eso.

—Respóndeme a la pregunta, Rhordyn.

Hago el pago que me corresponde, un cáliz al día, así que merezco saber si va a vivir alguien más en el castillo, si otra persona va a recorrer los pasillos que se han convertido en mi puntal. Merezco saber si una mujer compartirá sus aposentos con él y los ensuciará con su olor. O si la voy a ver atraerlo a la mesa, compartir comida con él, algo que jamás ha hecho conmigo. Ese último pensamiento me parte en dos como si fuera una ramita.

—¡Respóndeme!

Rhordyn ni siquiera parpadea al presenciar mi emotivo alarde de incomodidad. Se limita a observarme durante un buen rato, como si estuviera pensando en cómo quiere cortarme en pedazos exactamente y qué partes arrojará primero a los cuervos.

Después de una breve eternidad, da un tranquilo paso atrás y deja un océano de frialdad entre nosotros.

No me gusta la forma en la que se está distanciando de mí. Hace que la tierra que tengo bajo los pies se tambalee, como si fuera a abrirse y devorarme.

—Estoy valorando entregarle mi cupla —dice con voz monótona y palabras objetivas.

Los pulmones se me quedan sin aire.

«No».

«No, joder».

Trastabillo de vuelta al denso follaje con la visión emborronada y el corazón en un puño.

Algo en mi interior se despierta, frenético y desagradable, y me urge a rodear ese seto, coger a Zali por su pelo de fresa y rebanarle la yugular con mis propios dientes.

El regusto que me deja ese errático pensamiento es amargo.

Pero Rhordyn se ha reído con ella. Le ha sonreído. Y no una sonrisa breve y burlona... Una sincera.

El único varón que me ha sonreído así alguna vez ha sido Kai, así que la relación que une a Rhordyn con esa mujer debe de ser especial... Pero ¿entregarle su cupla?

En las historias que he leído, un hombre le ofrece a una mujer la mitad de su cupla si es su pareja. Su verdadero amor. Su destino.

Durante unos instantes, creo que me voy a desplomar.

—¿Es tu...? ¿Es tu pareja?

Abre los ojos como platos antes de inclinar la cabeza y reírse. Su ancho pecho se sacude con el traqueteo de la carcajada, pero no es un sonido feliz.

Es oscuro y brutal, como un par de piedras que se estamparan una y otra vez.

El sonido feroz se apaga y Rhordyn me mira con ojos helados.

—Lees auténtica basura, ¿eh?

—*La gitana y el rey de la noche* no es basura —replico y lo veo negar con la cabeza.

—Sí que lo es, Orlaith. Lo de las parejas es una mentira que los granjeros les cuentan a sus hijas para que no se conformen con el bardo del pueblo.

—¿El bardo del pueblo? —resoplo y me pregunto cómo es posible que las tornas hayan girado tan deprisa—. Ya, claro.

—Sí —gruñe y da un paso adelante. Me arde la piel por el acoso de su aura gélida—. Un bardo que a lo mejor sabe cantar una canción preciosa y que te embaucará con la promesa del amor, pero al final hará pedazos tu virtud antes de exhibir tu corazón en una pica metafórica.

—Creía que hablábamos de las hijas de los granjeros... —Frunzo el ceño.

—Lo de las parejas —gruñe, con un destello de los dientes— es la historia que urden para que una muchacha adolescente espere a que le llegue el amor de su vida. Para que acepte una cupla antes de abrirse de piernas y permitir que le arrebaten la virginidad. —Me lanza una sonrisa perversa que le demuda el gesto con una expresión que no me gusta nada. Ni un ápice.

Unas ramas bien podadas se me clavan en la espalda con cada dificultosa respiración y no tengo a donde ir. No tengo donde ocultarme de esa sonrisa afilada que me está cortando en cachitos.

—Lo de los compañeros, Orlaith, es un cuento de hadas. Una tragedia pintada con la cara bonita del vivirán felices y comerán perdices, pero en el fondo es una puta tragedia. Si crees todo lo que lees, te llevarás una decepción cuando por fin te adentres en el mundo real.

Toda la sangre me abandona el rostro.

«Cuando por fin te adentres en el mundo real».

Giro la cabeza a un lado, desesperada por evitar enfrentarme a la verdad que se encuentra ante mí. Me he hundido en la tierra, me he construido un hogar y ahora estoy a un paso en falso de que me arranquen las raíces.

Una ardiente lágrima consigue la libertad, se abre paso por la mejilla y tiñe el aire con el aroma salado de mis emociones no correspondidas.

Unos dedos firmes me sujetan la barbilla y me obligan a mirarlo a la cara de nuevo.

—Eres mejor que esto.

La hueca afirmación me consume, acompañada de esos ojos como tumbas... Estoy a dos metros bajo tierra, expulsando las margaritas de mi cuerpo en descomposición.

Porque no soy mejor que esto. Una vez más, me está poniendo un reto, uno en el que fracasé antes siquiera de que me llevara a la línea de salida.

Rhordyn baja la mirada y casi noto su ligero escrutinio sobre mis labios antes de que dé media vuelta y se aparte como una vela que se zarandea con una ráfaga de viento.

—Esta noche cenaremos juntos, Orlaith. Los cuatro —me

grita por encima del hombro—. Ven con hambre y no llegues tarde.

Sus palabras avivan mi pena y la transforman en unas ardientes llamaradas de rabia.

¿Me está diciendo a mí que sea puntual cuando en los últimos diecinueve años me he sentado delante de su plato vacío tres veces al día?

Hago una mueca y pongo rumbo hacia los establos. He decidido que Baze se pase la mañana poniéndose hielo en la rodilla en lugar de entrenándome. Mientras tanto, yo me revolcaré en estiércol de caballo, que por lo visto es lo más apropiado en este día de mierda.

18
ORLAITH

Entro en el comedor y ensucio el suelo con el barro de las suelas mientras sacudo las caderas con cada paso vacilante.

Los criados, apoyados en las paredes como si fueran tiestos con plantas, consiguen mantener la espalda totalmente recta. Ninguno de ellos me mira siquiera, aunque noto que unos cuantos empiezan a respirar por la boca.

La estancia está vacía de todo mobiliario a excepción de la mesa, cuyo extremo izquierdo ofrece un copioso banquete. Pero cuesta apreciar por completo el olor de los guisos y de las verduras y hortalizas asadas por culpa del hedor punzante y agrio que me envuelve como si fuera un manto.

La mayor parte de las sillas ha desaparecido de la habitación y solo hay cuatro apelotonadas al final de la mesa, como si fuera una especie de cena íntima.

Una decisión de la que Rhordyn se arrepentirá claramente en cuanto yo me haya sentado.

Me concentro en la silla vacía del otro lado y evito mirar a los ojos al hombre que está delante de un plato ornamentado en el que nunca se ha molestado en comer.

Zali todavía no ha recibido la cupla de él y ya viene a acompañarlo a nuestras... cenas familiares disfuncionales. Al pensarlo, me entran ganas de haberme revolcado en estiércol de caballo unas cuantas veces más.

Me siento en mi silla y examino el festín, que no consigue despertarme en absoluto el apetito. De hecho, lo que hace es estrechar el nudo que tengo en el estómago.

—Bueno, qué velada tan agradable, ¿verdad? —Miro hacia Baze, sentado delante de mí y con una silla vacía al lado. Tiene un codo sobre la mesa, la cabeza apoyada en dos dedos, con los que se masajea la sien, y los ojos abiertos como una lechuza lunar—. ¿Qué pasa? —le pregunto mientras me paso un mechón de pelo por detrás de la oreja. Tengo un poco de mierda seca en el regazo y me la sacudo para que caiga al suelo mientras espero a que me responda.

—¿Que qué pasa? —Con el pelo engominado hacia atrás, arquea las dos cejas—. ¿En serio?

Me encojo de hombros y me relajo en el asiento, muy consciente de que todavía falta una persona en esta cena de celebración; aunque no voy a permitir que eso me desanime. El hecho de que llegue incluso más tarde que yo daña bastante su imagen y evidentemente debería montarse en un caballo, largarse de este castillo a toda prisa y no volver jamás.

Miro de reojo a Rhordyn, la viva imagen del elegante prestigio, con su traje negro cosido con un delicado hilo plateado. La chaqueta está abierta a la altura del esternón y muestra la camisa negra que lleva debajo. Está recostado en el respaldo, con el codo apoyado en el reposabrazos, y se recorre el labio inferior con el pulgar.

—Vaya. Qué bien vestidos estáis. De haber sabido que era una cena de etiqueta, a lo mejor hasta me habría puesto zapatos.

No lo creo.

Baze se aclara la garganta antes de que el sonido de unos pasos delicados retumbe en las piedras.

Al levantar la mirada, veo que Zali está fresca como una rosa floreciente, ataviada con un vestido que va del cuello al suelo y que se ciñe a su atlética silueta. El color cobrizo le resalta el tono de piel y los bucles del pelo caen sobre un hombro regio hasta casi llegar a la altura de su estrecha cintura.

Es el exotismo personificado, envuelto en un paquete perfecto y bien presentado, y de pronto se me ocurre que el estiércol ha sido bastante simbólico. Al lado de esa mujer, cualquiera tendría un aspecto de mierda.

Miro hacia Rhordyn, que sigue observándome y acariciándose el labio inferior con el pulgar. Su mirada firme me hace revolverme en el asiento, como si al moverme pudiera quitarme sus ojos de encima.

—¿De dónde sale ese olor? —pregunta Zali al aproximarse, y dejo que Rhordyn presencie cómo esbozo una sonrisa al levantar la mano y saludarla.

—De mí. —Me giro hacia ella, que ahora se encuentra cerca de la silla vacía junto a Baze; fija sus ojos color miel en mi sucia mejilla, en la paja que tengo por el pelo y en la suciedad que me cubre la ropa—. He estado guardando abono en sacos para mis plantas.

Espero que tuerza el gesto o que quizá incluso tenga una arcada; sin embargo, me mira con algo parecido a la veneración. Contempla a Rhordyn y sonríe ligeramente.

Se me forma un nudo en el pecho. Soy ajena a una broma personal de la que seguro que se reirán más tarde, cuando estén revolcándose entre las sábanas. Esa idea termina de agriar el poco apetito que tenía.

Unos dedos tamborilean sobre la mesa, una melodía impaciente que me eriza el vello con cada nuevo golpeteo. Tardo demasiado tiempo en darme cuenta de que el ritmo se corresponde con el frenético retumbo de mi corazón.

De repente, casi de forma violenta, la música se detiene.

—Orlaith.

—¿Sí? —respondo, batiendo las pestañas como he visto hacer a las criadas cuando pasan por su lado en los pasillos.

—Veo que has traído medio establo a la mesa de la cena. ¿Necesitas algo de tiempo para arreglarte? No me gustaría que el olor te quitara el apetito.

—Estoy bien. Y estoy segura de que a la Alta Maestra no le importa —digo, mirando a Zali, sentada lo bastante cerca como para darle una patada por debajo de la mesa—. ¿Verdad que no, madre?

La mujer se atraganta con el vino y veo el líquido caerle por la barbilla como si fuera un reguero de sangre.

Me inclino hacia delante tanto como me resulta posible, le quito la copa de las manos y vacío el resto del contenido de un solo trago. El vino deja un ardor tras de sí en el camino que lo lleva al estómago y pongo una mueca, pues detesto el sabor. Pero eso no me impide que le haga señas a la criada para que la vuelva a llenar.

Baze hace amago de levantarse, pero Rhordyn lo detiene con un gesto de una mano, con la barbilla apoyada en el puño cerrado, como si estuviera disfrutando del espectáculo.

Muy bien. Por suerte para él, apenas ha comenzado el primer acto.

—¿Sabes? Un día leí que la falta de apoyo maternal puede provocar ansiedad. Teniendo en cuenta que a mí me criaron estos dos —gruño y señalo a Baze y a Rhordyn con la copa, como si fuera una bandera de guerra de cristal—, no me extraña que tenga ciertos problemas.

La criada me rellena la copa con una jarra plateada y miro fijamente a Zali en el centro de sus ojos perfectos y almendrados. Ojalá pudiera arrancárselos de la cabeza.

—Pero ahora te tengo a ti.

Es el turno de Baze de atragantarse con la bebida.

—Sí —responde Zali con una divertida sonrisa sobre los labios—. Ahora me tienes a mí. —Extiende una mano hacia un vaso de agua y se inclina hacia delante mientras levanta la otra hacia Rhordyn como si fuera un escudo y sacude las cejas, perfectamente perfiladas—. Y, para que conste, estoy de acuerdo. Creo que te mereces una medalla por haberlos aguantado durante tanto tiempo.

Pierdo todo impulso.

Mierda.

Una joven criada empieza a poner panecillos en el plato de cada uno, pero Rhordyn coge el suyo en cuanto se lo sirven y enseguida lo deja en el mío.

La habitación se sume en un frágil silencio.

Estudio el pan como si fuera la suma de mi salvación y mi perdición, ambas entremezcladas en ese trozo de masa bien sazonado.

—Come, Orlaith. —La orden no es amable, pero, a pesar de mi falta de apetito, sé que lleva razón.

Debería comer. Nunca había probado el vino y me ha provocado cierto mareo. Seguramente porque apenas he ingerido nada desde que empecé con el mono.

—Tengo estiércol en las manos...

Zali se aclara la garganta y al levantar la mirada veo la servilleta que me tiende por encima de la mesa.

—Te la he humedecido un poco. —Las palabras están acompañadas de una amable sonrisa que casi resulta tímida.

Dejo la copa sobre la mesa y la acepto. Mascullo un «gracias» mientras me limpio las manos y parto el pan, que despide un vapor cálido con olor a levadura. Lo olisqueo pensando que va a agriarme las entrañas, pero al final es un regalo para mis famélicos pulmones y respiro hondo, con un gemido cuando la bocanada de aire me despierta todas las terminaciones nerviosas del cuerpo.

De repente, cualquier aire que no esté dotado de ese aroma delicioso me parece totalmente inadecuado.

Veo de reojo un platito con manteca de nuez y canela y me atrevo a mirar hacia Rhordyn.

—Gracias —murmuro. Utilizo un dedo para untarlo en la masa caliente y espero a que se derrita antes de comer un bocado.

La masa suave y esponjosa tiene un sabor saludable y riquísimo. Es la mezcla perfecta entre dulce y salado, que se dan la mano para formar la reencarnación de una divinidad.

Cierro los párpados, relajo los hombros al masticar, lenta y apaciblemente, y paladeo el sabor. No sé cómo es posible, pero la Cocinera ha mejorado su receta ya perfecta. Dudo de que en lo que me queda de vida haya algo que me sacie el apetito como estos panecillos.

Levanto la vista y veo que Baze y Zali me contemplan con pasmo e intriga.

—¿Qué pasa?

Los dos agachan la cabeza y empiezan a partir sus propios panecillos.

Al lanzarle una mirada a Rhordyn, me paraliza el brillo turbado de sus ojos. Me está contemplando con una intensidad tan primaria que dudo de que si uno solo de mis cabellos se moviera él no se diese cuenta.

—¿Hay algún pro...?

Me interrumpe el sonido de un puñal al abandonar la protección de su funda, un chirrido breve y afilado, pero que consigue clavarme un anzuelo en la carne de los pulmones y tirar de ellos.

Mi mirada se choca con la pequeña daga metálica que está utilizando Zali para untar el pan y que despierta en mi corazón la necesidad de salir pitando de allí.

La estancia se cierra en torno a mí y me arrebata el aire que necesito con gran desesperación mientras intento convencerme de que no me encuentro rodeada por tres bestias acechantes, de que no me están rajando con las garras que me arañan cada vez que asestan un golpe.

«La garra de un vruk es más larga que ese filo. Es negra y curvada en el extremo. No son iguales. Esto es distinto».

Suelto el panecillo en el mismo instante en el que Rhordyn se mueve para agarrar la punta afilada del puñal.

Un intenso olor metálico se adueña del ambiente.

Rhordyn le arrebata el arma a Zali y la enfunda en su servilleta, como si apartarla de la vista significara apartarla de la mente.

Es consciente de lo que pasa. Me ha visto venirme abajo suficientes veces como para saber que ese ruido en particular es mi debilidad. Prende una cerilla en mi interior y me deja la sangre hirviendo y el cerebro hinchado. Me deja hecha un fardo patético, aovillado y gritón.

Tengo la sensación de que su mirada, ahora mucho más afilada y fría, me está esculpiendo la mejilla.

«Está esperando a ver si me derrumbo».

—¿Necesit...?

—Estoy bien —lo interrumpo mientras levanto la barbilla y echo los hombros hacia atrás—. En realidad, nunca he estado mejor.

«Mentira».

Un aullido en la punta de la lengua me suplica que le corte las ataduras. Pero esta vez no tiene mucho que ver con la presión que tontea con mi cabeza.

Las cosas están cambiando. Y a mí no me gustan los cambios. No me siento cómoda con ellos.

Aprieto los dientes con tanta fuerza que me sorprende que no se rompan.

—¿Estás segura?

La pregunta suena apagada, pero mi respuesta también.

—Sí.

—Muy bien —me suelta—, pues me alegro.

Me levanto, con los ojos clavados en la puerta abierta, y hago lo imposible por ignorar el registro descarado de su vista y el crudo manto de silencio que ha caído sobre la estancia.

—Disculpadme. Se me ha ido el hambre de repente. Seguramente es por la... —trago saliva con dificultad— mierda.

Rodeo la larga mesa y me dirijo hacia la salida suplicando que se prolongue el silencio.

—Orlaith. —La voz de Rhordyn me petrifica los pies—. Subiré dentro de treinta minutos —murmura—. Ya que te encuentras tan bien.

«Sigo siendo útil, pues».

Se me cierran los párpados y se me congela la sangre al oír el deje salvaje de su tono, el matiz subyacente de necesidad. Bueno, pues yo también tengo necesidades.

Abro los ojos y sigo caminando con los puños apretados a ambos lados.

No le contesto.

19
ORLAITH

Envuelta en una bata demasiado gruesa para mi ferviente piel, camino de un lado a otro dejando un surco en mi mullida alfombra mientras me machaco a preguntas. El fuego rugiente resplandece en el afilado objeto metálico que tengo entre el pulgar y el índice...

El que conoce la suavidad de mi carne, el sabor de mi sangre. El que me ayuda a verterla en el cáliz que contiene un dedo de agua cristalina.

¿Me siento segura en esta torre? «Hasta cierto punto, sí».

¿Quiero abandonar mi círculo de seguridad? «Jamás».

Pero, de pronto, me pregunto qué parte de esta situación tiene que ver con que me haya pasado los últimos diecinueve años vertiendo sangre a diario en el cáliz para entregarle fragmentos de mí a un hombre que nunca ha sido mío. Un hombre que no me da nada de él a cambio.

Nada de nada.

Rhordyn no es más que una sombra que a veces merodea por el castillo. Un espectro con una voz lo bastante densa como para que parezca humano. Y ahora está abajo, cenando con otra mujer, mientras yo me preparo para pincharme el dedo. Por él.

Suspiro y apreso el labio inferior con los dientes mientras miro la aguja como si fuera una espada a punto de perforar mi estúpido y vulnerable corazón.

Un fuego ardiente me enciende las venas.

«A la mierda. Que se vaya a la mierda. Él y sus putas necesidades».

Dejo caer el alfiler en el platito de porcelana y pongo el cáliz sobre la mesa. Me acerco a la cama, cojo *Te Bruk o'Avalanste* y lo abro por una página al azar fingiendo que no tengo las entrañas revueltas.

Pasan los minutos, devorados por el constante tictac del reloj de mi mesita de noche, mientras hago como que leo, aunque no he pasado ni una sola página cuando la larga y esbelta manecilla besa la marca de la media hora.

Unos pasos retumban por el Tallo Pétreo, tan sonoros y tronantes que solo pueden ser los de una persona. Oigo un pestillo que se corre y una puertecita de madera que se abre.

Silencio. La clase de silencio expectante que resulta ensordecedor y que dura unos treinta segundos antes de que la puerta se cierre y esos mismos pasos desciendan las escaleras aprisa.

Suelto un fuerte suspiro.

Al cabo de cinco minutos, se acercan otros pasos, como esperaba. Son apresurados. Nerviosos. Familiares.

Unos nudillos golpean en la madera y me paso un mechón de pelo por detrás de la oreja; mi cabello sedoso sigue mojado por el baño.

—Adelante.

La puerta se abre y entra Baze, que barre la habitación con la mirada antes de fijarse en el libro abierto que tengo en el regazo. Arquea las cejas y enseguida me mira a los ojos.

—Perdona que te..., mmm, interrumpa. ¿Estás bien?

¿Interrumpir qué?

—Mejor que nunca. Estoy disfrutando de un poco de lectura ligera. ¿Por?

Se aclara la garganta y lanza una mirada hacia la aguja que sigue sobre mi plato.

—¿No has...? ¿No has olvidado algo?

Me llevo un dedo a los labios y me doy unos golpecitos mientras finjo pensar y mi corazón se hiere al golpearse con mis huesos.

—No —termino respondiendo y bajo los ojos hacia la página dedicada a...

«El dios de la fertilidad. Mierda».

Con las mejillas al rojo vivo, me apresuro a pasar página.
—No he olvidado nada de nada.
Baze coge la aguja y se me acerca para agitármela delante de las narices.
Levanto la vista, abro la boca y alzo una mano para tapármela.
—¡Aaah, eso!
Baze suspira y toda la tensión de sus hombros se desvanece al dejar el alfiler sobre mi mesita de noche y coger el cáliz de agua.
—Ya no pienso volver a hacerlo.
Baze trastabilla. En realidad, es muy gracioso. Nunca lo había visto tropezar.
—¿Perdona?
—Eso. —Me encojo de hombros—. Dile a Rhordyn que lo follen. O que se la folle a ella. O ambas.
—Orlaith, te estás comportando de una forma muy impropia de ti. —Da un paso hacia mí—. ¿Es porque te he pillado mirando dibujos obscenos? No es nada de lo que debas avergonzarte.
No pienso en nada, solo actúo.
El libro sale volando por los aires y casi lo golpea en la mejilla. Lo habría hecho de haber querido, mi puntería es excelente. Por desgracia, sus reflejos también.
Con un bronco siseo y alzando una mano con el aplomo de un relámpago, lo coge en el aire.
—¿A qué cojones ha venido eso? —me grita, contemplándome fijamente como si de repente me hubiera crecido una cola.
—¡Largo! —chillo. Me levanto y lo empujo hacia la puerta con el cáliz en las manos.
Baze retrocede hasta que se encuentra en el umbral.
—Laith...
—¡Y no olvides transmitir mi mensaje! —Cierro de un portazo delante de sus narices y regreso a la cama.
No es hasta que estoy tumbada sobre las almohadas, con una rabia roja y borrosa que me nubla la visión, cuando empiezo a analizar los últimos minutos.
El arrepentimiento se me aposenta en la barriga.
Acabo de lanzar el precioso libro por los aires. Lo he tirado

como si no fuera más que un trozo de basura. Y ahora Baze tiene en su haber la antigua y robada reliquia...

—Mierda.

Dejo el cepillo y levanto la vista por encima del tocador hacia el robusto espejo con marco de madera, lo único que no se comba para encajar en la curva de mis paredes.

El reflejo que me devuelve la mirada me sorprende, como siempre. Y me hace desear no haberlo mirado.

Mi tutor solía decir que los ojos son las ventanas del alma, pero, por más que me he esforzado en observar los míos, nunca me he encontrado en ellos. Con el tiempo, dejé de contemplarme.

Son enormes, de un suave color violeta salpicado de dorado, y eclipsan el resto de las facciones.

Tengo la nariz pequeña con un espolvoreado de pecas que me llega hasta las mejillas y le da a la piel, por lo demás bastante pálida, un destello un pelín bronceado. Me toco los finos y torneados labios y bajo los dedos por mi afilada barbilla antes de echar hacia atrás la mata de cabello dorado. Me desato la bata y la deslizo por los hombros puntiagudos para ver las pulidas clavículas y los brazos enclenques, a pesar de la agotadora rutina de entrenamiento de Baze. Dejo que la tela siga descendiendo para verme los incipientes pechos y ladeo la cabeza para inspeccionar lo que me he estado aplanando con la cinta desde que aparecieron, como si controlar mi cuerpo significase que puedo controlar todo lo demás.

Toda mi vida.

Rhordyn quiere que me introduzca en la sociedad, pero hay una razón por la que ya no asisto a los Tribunales mensuales.

Lo intenté. No me gustaron.

Es imposible controlar a una multitud. Es imposible controlar el modo en el que te miran y susurran y te desarman con sus palabras.

«¿Por qué ella?».

«¿Por qué no nuestras madres, hijas o hermanos en su lugar? ¿Qué la hace tan merecedora de salvación y protección?».

Son preguntas que me he formulado muchísimas veces, cuyos ecos han dejado una herida interna.

Pero mis ojos no contienen las respuestas. Es como si mi alma los hubiera abandonado hace tiempo, dejando tras de sí tan solo un caparazón que no termina de encajar.

Parpadeo y vierto lágrimas que me manchan las mejillas. Con un suspiro, aparto la vista y rebusco en mi armario, a ver si encuentro algo que ponerme para dormir.

El sonido de fuertes pasos que retumban por el Tallo Pétreo me deja sin aliento. Me ciño la bata sobre el pecho segundos antes de que la puerta salga volando de sus goznes y termine desplomándose en el suelo.

Un gimoteo se escapa de los labios cuando Rhordyn irrumpe en mi habitación con los ojos ensombrecidos. Me empuja y me acorrala contra la pared, atrapándome entre lo que parecen ser dos impertérritas columnas de hielo.

Trago saliva con dificultad, sumamente consciente de los paneles tensos de su poderoso cuerpo. Del modo en el que agacha la cabeza, rozándome el cuello con la nariz y un aliento frío que me ataca la piel de gallina.

—Me lo has negado —gruñe con tono amenazante.

«Está furioso».

—Es que...

—No era una pregunta —me espeta, y pongo la espalda rígida.

Su olor es una droga que me atenaza la garganta y que me impide coger una buena bocanada de aire, a no ser que quiera colocarme y desmayarme.

—Es que... me he olvidado.

—A mí no me mientas.

Dos puntas afiladas se me clavan en la palpitante carne del cuello y suelto un grito con la boca abierta de par en par. La presión se incrementa, como si él estuviera dispuesto a desgarrar la superficie y morderme.

Y derramarme.

Algo me lleva a ladear la cabeza, como una flor que expone su frágil tallo ante un par de podadoras.

Rhordyn emite un grave rugido que permanece atrapado en las profundidades de su pecho.

Cierro los párpados.

Cada una de sus respiraciones lo acerca más a mí y de pronto me encuentro calculando cuándo tomar aire para disminuir el poco espacio que nos separa y permitirme unos avariciosos sorbos de su cuerpo, que me resulta tan desconocido como el mío propio.

Pero frente a sus líneas duras estoy blanda como la maldita mantequilla y muy vulnerable. Ahora mismo, podría hacerme pedazos y, siendo la criatura suplicante en la que me he convertido bajo la sombra de su presencia, ni siquiera me defendería.

De pronto, casi como si fuera un castigo, la intensa presión desaparece y deja tras de sí tan solo la ligera calma de sus labios sobre mi carótida.

—Cuéntame la verdad —murmura, y recobro el aliento.

La verdad...

—Ahora.

—Es-estaba celosa.

—¿Y por qué estabas celosa, Orlaith?

La pregunta pasa por encima de mi piel ferviente como la suave caricia de un puñal y el corazón me da un vuelco.

—Porque en los jardines, cuando os he visto...

Hago una pausa porque sé que no debería decir lo que quiero decir. Porque sé que me adentraría en un terreno que debería permanecer inexplorado hasta que exhale el último suspiro.

—Continúa —me ordena, y la rotundidad casi me hace caer de rodillas. Seguramente habría pasado de no haber estado atada al movimiento de sus labios sobre mi piel cada vez que toma la palabra.

—Te he visto sonreírle...

El cuerpo se le tensa. Aunque solo dura una fracción de segundo, disfruto de la breve desaparición de su coraza.

—Avariciosa —susurra con voz semejante al viento que zarandea mis ventanas en plena noche—. ¿Las quieres todas para ti?

Me estremezco de la cabeza a los pies.

«Siempre».

—Sí. —La voz es miel que se desprende de la lengua, caliente como el ligero dolor que siento entre las piernas. Un dolor que cuenta con su propio y desesperado latido y pide a gritos que Rhordyn me estampe contra la pared con una parte distinta de su cuerpo...

El aliento sale de mí hecho trizas.

—Vaya —dice con la voz ronca antes de tragar saliva—. Yo también soy avaricioso.

Se echa hacia atrás y crea un abismo vacío entre ambos que provoca que mis largos cabellos lo persigan como atraídos hacia él para perseguir su presencia.

Se dirige en tromba hacia mi mesita de noche y coge algo de la superficie. No me doy cuenta de qué se trata hasta que se acerca a la chimenea y las llamas bailarinas se reflejan en sus ojos plateados al calentar mi aguja.

Unas sombras retozan sobre su tallado rostro y resaltan su aciaga expresión, con el ceño tan fruncido que las cejas casi se encuentran en el centro de su frente.

Me quedo mirándolo mientras mis pulmones pelean contra la confusión.

Es muy raro verlo aquí, acuclillado en mi habitación y calentando mi aguja; sin elusiones, sino participando activamente.

Es lo que siempre he querido, que no hubiera ninguna puerta entre nosotros. Por no hablar del hecho de que se encuentre aquí ahora.

Que es un cubo de agua helada arrojado sobre las furibundas llamaradas que amenazan con convertirme el corazón en cenizas.

Rhordyn agita la aguja en el aire, coge el cáliz medio lleno de la mesita de noche y se encamina hacia mí. Trago saliva y nuestras miradas se cruzan cuando me levanta una mano y se la acerca.

He olvidado cómo respirar. Cómo moverme, activarme e incluso pensar.

Me abre el puño, un rígido dedo tras otro, y elige un blanco, el meñique, que extiende como si estuviera aplanando el pétalo enrollado de una bonita flor.

Por lo general evito ese dedo solo porque es pequeño, y su piel, muy suave y delicada.

—Ese es el que duele más —susurro mientras me lo frota con el pulgar hasta dejarme la punta roja y dolorida.

—Lo sé —murmura al perforarme la carne.

El agudo y duro pinchazo hace que me encoja y veo un puntito de sangre brotar a la superficie. Rhordyn se pone la aguja entre los dientes mientras la lágrima carmesí crece y crece hasta que empieza a deslizarse por la piel amenazando con derramarse.

Me hunde el dedo en el agua, que se tiñe de un suave rosado y la mancha con mi necesidad de entregarme a este hombre. Y con su extraña obsesión por recibirme.

Con los párpados cerrados, intento ignorar el olor de la sangre que se apodera del aire mientras una pregunta me burbujea de nuevo en el pecho, desesperada por alcanzar la libertad.

Esta noche, no me quedan ya energías para reprimirla.

—¿Por qué la necesitas?

Con la mano cerrada, me aprieta fuerte los nudillos.

El silencio se extiende, roto por fin por la voz autoritaria de Rhordyn.

—Mírame.

Poco a poco, abro los ojos y me asalta una visión que me castiga total y absolutamente. Es todo ángulos duros y amarga resolución, una bellísima pesadilla hecha realidad.

En esos ojos plateados veo la muerte.

—Es por esto, Orlaith. Es por esto por lo que ponemos la puerta entre los dos.

Mi patético corazón da un salto tan repentino que las próximas palabras me salen medio ahogadas.

—No. Quiero saber por qu...

—No estás preparada para oír la respuesta —me espeta con los labios tensos y una mandíbula rígida que apenas se mueve—. Y, por tu propio bien, espero que siga siendo así.

Me suelta la mano y da media vuelta, llevándose el cáliz consigo y dejándome el brazo inerte sobre el costado, derramando agua al suelo. Como una vaca recién ordeñada que ahora debe regresar a los prados para rellenarse las ubres.

—No vuelvas a olvidarte —gruñe. Deja mi aguja sobre la

bandeja y se va hacia la puerta, donde desaparece sin mirar atrás.

Es un bofetón en toda la cara.

—¡No te prometo nada! —grito—. ¡Tengo muchas cosas entre manos, para que lo sepas!

Lo oigo gruñir, pero luego tan solo percibo los fuertes pasos que descienden por el Tallo Pétreo. En cuanto se esfuman, únicamente me envuelve un vacío silencio acompañado del rápido latido de mi frágil corazón.

Desmoralizada, me tambaleo hacia atrás y me choco contra la pared. «Me rindo».

Es más, he liberado la pregunta y a cambio no he recibido más que acertijos y una reprobación verbal. De hecho, lo único que me queda por mostrar es un dedo entumecido y un dolor persistente entre las piernas, que intento ignorar al soplar las velas de la mesita de noche y tumbarme en la cama, con bata y todo, para lo que supongo que será un sueño sin presencias. Pero no.

Sueño con criaturas gigantescas que me muerden la piel, que me arrancan la vida del cuerpo y lanzan la sangre por todas partes.

Sueño con cosas que se adueñan de mi carne como si fuera suya.

Con cosas que me rompen por completo.

20
ORLAITH

Me despierto empapada en sudor, con el pelo pegado a la cara. El fuego se ha apagado y debo reunir todas mis fuerzas para retirar las sábanas y salir de la cama.

Por lo visto, la resaca de una noche de pesadillas es casi tan dolorosa como el mono de exo.

El cielo ruge, estruendoso, y hace que el espejo traquetee contra la pared. Me froto los ojos y me dirijo hacia la ventana, donde veo nubes oscuras y altas que impiden que cualquier luz las atraviese.

Despertarme bajo un cielo sombrío que no contiene sino la promesa de lluvia siempre me deja con la sensación de que soy un gozne sin engrasar.

Me aparto las pesadillas de la cara, me pongo unos pantalones de cuero, una blusa y un jersey holgado y luego me recojo el pelo apresuradamente en una trenza mientras el grifo de la bañera llena la regadera.

En el alféizar de la ventana, encima de las pinturas, hay catorce plantas, que beben cuanto pueden de la tenue luz. Las macetitas son caseras, barnizadas con colores vivos que homenajean la pintura que tarde o temprano elaboraré con sus flores.

Compruebo el estado de la tierra, riego donde es necesario y luego salgo al balcón para ocuparme de las más grandes, situadas contra la pared y debajo del tejado voladizo del ala oeste.

—¡Madre mía! —Les riego la tierra y adulo los brotes verdes y las hojas por abrir—. ¡Estáis estupendas! Todas menos tú —mascullo, agachada, y observo con los ojos entornados la higuera, que parece hundirse cada vez que le aparto la mirada—. Veo que estás teniendo otro día de bajón.

Le proporciono una buena dosis de agua y vuelvo a levantar la vista hacia las nubes con la nariz arrugada. Las dos echamos de menos el sol y, por la pinta que tiene el cielo, dudo de que vayamos a recuperarlo en el futuro próximo.

A lo mejor tendré que trasplantarla al Brote antes de que se me muera.

—Aguanta, Hoja Floja.

Recorro el curvado balcón y dejo atrás la caja de hierbas y el limonero que llevo cinco años cuidando. Las ramas están abarrotadas de frutos amarillo chillón que tarde o temprano se transformarán en zumo y servirán como agente conservante para las pinturas.

A continuación, es el turno de mi glicina, la única planta que lleva aquí más tiempo que yo. Es tan grande que se entrelaza con el balcón, baja por el extremo de la torre y ve desde casi cualquier lugar de las tierras del castillo.

Me ocupo de los rosales, que todavía no hacen gala de su primer estallido de color, y luego me detengo junto al joven sauce que ha crecido de la semilla que planté. Aparte de que su corteza es un excelente calmante para el dolor, también me encanta la forma en la que brotan a partir de una muestra desgarbada hasta ser árboles orgullosos y majestuosos.

Me agacho y echo un vistazo a sus raíces, que sobresalen de los agujeros del fondo del tiesto.

Una sonrisa me hincha las mejillas. Es justo lo que necesito para salir de mi estado depresivo.

—Es como si hubieras crecido durante la noche —susurro y me noto menos tensa por primera vez en mucho tiempo.

Los días de plantación son mis preferidos.

—A lo mejor es cosa mía, pero la independencia te va como anillo al dedo —digo mientras aplasto el sustrato alrededor de la base del sauce recién plantado; me encanta la sensación de la tierra en las manos. Me pongo en pie y miro hacia el estanque gris delimitado por un cerco de juncos bamboleantes. Un árbol caído lo parte por la mitad (el Tablón), cuya parte inferior está decorada por una alfombra de musgo verde y champiñones blanquecinos.

Al llorón debería gustarle este sitio. La tierra está suficientemente irrigada y es un punto extra poder comprobar su progreso cada vez que Baze me obliga a entrenar en la trampa mortal que cruza el agua traicionera.

Rebusco en la mochila para dar con un tarro y una cuchara y luego me acerco a la sucia orilla del hediondo estanque. Arrodillada en el barro negruzco que utilizo para preparar la argamasa, guardo una buena cantidad dentro del bote y al poco me alejo de los juncos para dejar suficiente espacio entre el agua y yo antes de guardar el botín en la mochila.

Este lugar es espeluznante. Nunca sé qué va a abalanzarse sobre mí desde los arbustos.

Tras secarme las manos en la ropa, suspiro y me encamino hacia el castillo.

Un nudo de temor se asienta en mi estómago vacío cuando recorro los fríos pasillos y subo las escaleras rumbo a la sala del desayuno. ¿Estará sentado a la mesa? ¿Zali también estará allí, sonriéndole e incitándolo a reírse?

Los pensamientos envenenados me aceleran el pulso hasta que alcanza un ritmo apresurado y resentido.

Con los hombros hacia atrás, entro en la estancia y mi firme compostura casi se viene abajo en cuanto noto la mirada gélida de Rhordyn, que amenaza con clavarme al suelo.

Después de aclararme la garganta, veo a Baze sentado en su silla de siempre, encorvado, leyendo el informe matutino.

Levanta la vista y frunce el ceño, con medio rostro iluminado por la luz anaranjada que desprende el fuego rugiente de la chimenea de la pared del fondo.

—¿Esta mañana estás de mejor humor?

Intento ignorar las llamaradas que me chisporrotean en las venas, pero luego recuerdo la escena de *Te Bruk o'Avalanste* que casi le dio en toda la cara y mi estado de ánimo mejora enormemente.

—No tengo ni idea de a qué te refieres.

—No me digas —es su apagada respuesta.

Tanith no consigue reprimir una risilla cuando paso delante de ella de camino hacia mi asiento y le guiño un ojo. No tiene por qué ocuparse de mis comidas, pero creo que el gran entretenimiento la lleva a seguir asistiendo a los ágapes y no echo de más el apoyo moral.

Ya sentada, observo la larga mesa en busca de un plato extra. No hay ninguno.

—¿Dónde está Zali? Creía que las comidas familiares iban a convertirse en una… tradición.

—Se ha tenido que ir en plena noche —murmura Rhordyn con un tono que reclama mi reacia atención.

Va a mandar a la mierda un día de plantación la mar de bueno, lo sé.

Lentamente, miro en su dirección y me sorprende su catastrófica masculinidad. Está sereno y taciturno, envuelto en ropajes elegantes, pero esa imagen no casa con la barba de seis días que lleva.

—Un duende trajo un mensaje urgente. Regresará para el baile.

Maldito baile. Quiero arrugarlo con las manos y lanzarlo a la papelera.

—Qué pena —mascullo, bajando momentáneamente la mirada a su plato vacío.

Siempre vacío.

Rhordyn entorna los ojos y yo lo imito.

—¿Hay algo que quieras decir, Orlaith?

«Sí». Un millón de palabras, pero no tengo lengua para pronunciarlas.

Arranco una uva enorme y morada de un racimo nudoso.

—No —contesto antes de meterme la fruta en la boca y morderla. El líquido azucarado explota sobre la lengua y suelto un suave y deliberado gemido mientras mastico… muy lentamente.

Él tamborilea con los dedos sobre la mesa y endurece los ojos un poco más con cada golpe.

Me pregunto si verá el desafío que desprende mi mirada, qué sentirá al ver que le hemos dado la vuelta a la tortilla por una vez.

—¿Te gusta? —se interesa, jugueteando con la pregunta.

—Es deliciosa. —Me meto otra uva en la boca y veo cómo le tiembla el músculo de la mandíbula—. Es lo mejor que he probado nunca.

«Mentira». Ni siquiera tengo hambre y la uva amenaza con revolverme el estómago del todo. Sinceramente, el panecillo sí que fue lo mejor que he probado nunca, pero no pienso decírselo. No, porque fue él quien me lo dio.

—Me alegro. —Se ladea, estira el brazo por debajo de la silla y se yergue antes de lanzar *Te Bruk o'Avalanste* sobre la mesa con un golpe seco.

Casi me atraganto cuando una gélida vergüenza me golpea y me agarrota los músculos.

«Mierda». Debería dejar de husmear por el castillo antes de que Rhordyn me dé una patada en el culo, en serio. O a lo mejor es justo lo que está a punto de hacer.

—Se me ha ocurrido devolverte tu... arma.

Con unos ojos que se levantan más lentos que el sol al salir, casi me marchito bajo la intensidad de su mirada.

Una expectante calma se instala entre nosotros, mi aliento secuestrado mientras él se reclina en la silla y apoya la barbilla en el pedestal de su puño apretado. Intensifica la mirada y me provoca una gota de sudor que comienza a bajarme por la espalda.

—Entré en una habitación subterránea cerrada con llave —desembucho de carrerilla, como si las palabras fueran ascuas ardientes que salen disparadas de mi lengua.

—Estoy al corriente. Ayer pedí que repararan la ventana.

Joder.

—Ah —grazno, con las mejillas al rojo vivo, aunque a lo mejor es por el fuego que crepita a mi espalda, que me ataca con su repentino e implacable calor.

—Y dime —ronronea, apoyando los codos sobre la mesa—, ¿has tenido tiempo, en tu apretadísima agenda, para leerlo?

Baze se aclara la garganta.

—Solo un poco. —Me arrepiento de inmediato de mi inexactitud cuando el cuervo que tiene por ceja casi salta de un brinco de su rostro cincelado—. Tres veces. Lo he hojeado tres veces antes de llevárselo a Kai para que me descifrara unos fragmentos.

Me tapo la boca con una mano. «Uy».

Rhordyn desplaza la vista hacia la mesa durante apenas un segundo y le lanza a Baze una mirada precavida que es imposible de interpretar. Se levanta, un movimiento que se parece al gesto de desenfundar una espada.

—Y dime —masculla. Coge el libro y rodea la mesa; sus robustos muslos se tensan con cada paso que da. *Te Bruk o'Avalanste* aterriza justo al lado de mi plato y me remuevo cuando Rhordyn pone las manos sobre el respaldo de mi silla—. ¿Te has creído algo de lo que dice el libro, Orlaith? ¿Crees que los duendes se formaron a partir de unas hojas caídas?

Suelto una exhalación temblorosa, con la sensación de que la sala es demasiado pequeña y hace mucho calor. Aunque Rhordyn esté bloqueando las llamas esplendorosas de la chimenea, no basta. «Voy a salir ardiendo».

Me giro y busco en sus ojos alguna señal de reprobación. La mirada que me devuelve es fría e imperturbable.

Debería congelarme hasta el punto de calarme los huesos. En un día normal y corriente, sería así. Sin embargo, las entrañas me palpitan con un ritmo encendido e íntimo que no consigo apagar.

—Rhor —le advierte Baze, pero se calla al ver a Rhordyn agitar una mano.

—Contéstame, Orlaith.

Creo que esta respuesta va a determinar mi destino: arder en una pira, como algunas de las mujeres de los libros que he leído, o sufrir la caricia temporal de las llamas en los pies.

—No lo sé —confieso—. Me confundía que mi tutor nunca me hubiera enseñado religión y que ni siquiera me hubiera hablado de estos supuestos dioses. En el Lomo nunca he leído nada sobre ellos.

—Porque es una sarta de tonterías —dice, y me encojo al oír su tono cortante. Me rodea y casi me quedo sin aire bajo su profundo aroma masculino cuando coge el libro de la mesa y lo zarandea—. ¿Por qué crees que terminó en un viejo sótano polvoriento?

—No lo sé, Rhordyn. —Me seco la frente con la manga del jersey.

—Pues bien —masculla. Aunque la voz suena dulce como la melaza, me da la impresión de que es una serpiente que se prepara para atacar—. Tómatelo como tu lección de religión de hoy. Créeme si te digo que un dios que merezca ser venerado se sentiría más orgulloso de su papel y tampoco dejaría que otros se encargaran de arreglar sus desastres.

Agita la muñeca y el libro sale volando por encima de su hombro.

Suelto un grito y me levanto cuando cae en el hueco de la gigantesca chimenea, repleta de troncos de leña ardientes. Tras una explosión de chispas y el crepitar de las ascuas, me da la impresión de que es mi corazón lo que ha lanzado al fuego infernal. Las llamas devoran el tapiz de cultura y creencias antiguas y me escuecen los ojos al ver las páginas ennegrecidas y curvas; las maravillosas y reveladoras ilustraciones son víctimas de una encendida caída.

—Era un libro precioso —gimoteo, con un nudo en la garganta, y noto una lágrima recorrerme la mejilla.

—Y ha sido una leña estupenda —me espeta Rhordyn antes de dirigirse hacia su asiento.

Espero en paciente silencio. Contemplo cómo arden las páginas y escucho atentamente por si oigo ruidos que sugieran que él se llena el plato. Es una esperanza vana, de esas que ansían sustento para llenar el vacío y tener algo con que alimentarse.

La clase de esperanza que me deja jadeante cuando esos ruidos no llegan a suceder.

Incapaz de seguir observándolo, le doy la espalda al libro, pero me persigue el famélico crujido que suena tras de mí y me seco el reguero de las mejillas. Me aclaro la garganta, levanto la barbilla e intento concentrarme en un plato de fruta mientras busco algún indicio de apetito. Intento tranquilizar la mente e ignorar la desazón que siento por la pira que arde detrás y por el fuego interno que amenaza con darme un final parecido.

—Come, Orlaith.

Estoy a punto de chillarle lo mismo, pero al final me lo pienso. Acaba de quemar una reliquia del acervo popular como si no fuera más que un trozo de basura. ¿Quién dice que no me lanzará a mí también al fuego?

Eso es un poco dramático, pero su demostración extrema ha marcado tendencia.

Con las manos temblorosas, cojo un melocotón de la montaña y poso los labios separados sobre su peluda piel de atardecer...

La mirada de Rhordyn es como si me refregaran la cara con un cubito de hielo, un gran contraste con el incendio que ha prendido en mi barriga; baja más y más y se me propaga por el ombligo como las alas extendidas de un pájaro.

¿A lo mejor los dioses me están castigando por haber provocado la ígnea destrucción de *Te Bruk o'Avalanste*?

En plena batalla para mantener la firmeza de las manos, dejo el melocotón en el centro de mi plato vacío y me arremango el jersey. Como eso no ha servido para refrescarme, me lo quito en busca de un ápice de alivio que contrarreste el sol que me está saliendo en el abdomen y prendiéndole fuego a la piel.

—Laith, ¿te encuentras bien?

Veo que Baze me observa con los ojos entornados y un trozo de carne entre los dedos del que, por lo visto, se ha olvidado. Lleva un jersey grueso, mientras que yo estoy pensando si es socialmente aceptable que me quede en la mesa solo con la cinta del pecho y las bragas. Porque la blusa y los pantalones... me están sofocando la piel.

—Es que esta mañana hace un poco de calor. ¿No podría alguien apagar el fuego? ¿Cómo lo soportáis con toda esa ropa?

Me remuevo en mi asiento e intento aplacar una parte de ese picor interno que no termino de localizar. La fricción me estremece desde la punta de los dedos de los pies hasta los párpados, pero no sirve para apaciguar mi piel ardiente.

En todo caso, empeora la situación... Aunque, ahora que he empezado, no puedo parar.

—Yo no tengo calor —murmura Baze, y frunce el ceño cuando vacío el plato y lo utilizo como abanico.

Rhordyn emite un sonido grave y despiadado que hace que yo arquee la espalda y saque pecho. Lo fulmino con la mirada, con los pulmones compactados cuando veo que se aferra a los reposabrazos de la silla con las manos, como si fuera lo único que lo ata a este mundo.

Ensancha las aletas de la nariz, abre los ojos como dos lunas llenas y no veo rastro de color en las mejillas. Ni luz en las facciones. Nada más que una conciencia fría y astuta.

Algo en esos ojos insondables me recuerda a Shay cuando aguarda en un pozo de sombras y espera a que le lance el carnoso festín para abalanzarse sobre él.

—¿Qué te pasa? —le pregunto, moviendo mi plato-abanico con frenesí.

Baze jadea con voz muy aguda.

—Ay... Mierda.

—Largo —le espeta Rhordyn, pero Baze permanece sentado, mirándolo con ojos recelosos.

—¿Crees que es buena idea?

—He dicho que te largues.

Su orden rotunda se apodera del aire y Baze maldice, con los ojos fijos en el suelo al levantarse y dirigirse hacia la puerta.

Dejo de abanicarme.

—¿Por qué estás...?

—¡Y que no quede ni un solo hombre en el ala norte! —vocifera Rhordyn, su voz como el restallido de un trueno.

—Ya estaba en ello —es la respuesta que masculla de Baze antes de desaparecer.

—¿Qué demonios te pasa? —Frunzo el ceño y fulmino a Rhordyn con la mirada.

Él ignora la pregunta y señala a Tanith con una mano. La criada se aparta de la pared y se acerca hasta él; sus movimientos son un baile que normalmente me embelesa.

No me doy cuenta de que estoy gruñendo hasta que Rhordyn suelta un rugido largo y amenazador; aparto la mirada de la muchacha que se aproxima.

—No —me reprende y, con los ojos, me deja paralizada en el asiento.

Parece más grande, más fornido, y su insistente esencia me ordena que me rinda.

Estoy a punto de levantarme cuando él se pone en pie como una montaña que se alza del océano.

—He dicho que no.

Las palabras brotan de él y apagan la llama de una vela que está en el centro de la mesa.

Aunque tengo la barbilla echada hacia delante, algo en mi interior se revuelve.

—Tanith —rechina y me mantiene inmovilizada con su potente mirada—. Baja los ojos hacia el suelo. Ahora mismo.

Examino a la guapa muchacha, que está mirando hacia abajo, detenida a una respetable distancia de la mesa. La imagen me suaviza los hombros y ya no contraigo el labio superior para enseñar unos dientes que estaban listos para morder.

—Hay que preparar un baño de agua fría en la torre de Orlaith —le indica Rhordyn, con la atención dirigida hacia mí—. Notifica a la Cocinera que durante la semana que viene comerá en su habitación; platos sencillos y sabrosos. Y necesitará varios trapos, también, ya que llegado el caso no podrá ir ella misma a buscarlos.

Un momento...

—¿Cómo?

Tanith hace una reverencia y luego se marcha de la sala a toda prisa.

—Pero yo no quiero comer en el Tallo Pétreo durante la semana que viene —protesto cuando Rhordyn se hunde en su asiento—. Sea lo que sea lo que estás tramando, mi respuesta es no.

El silencio se alarga. El tío ni siquiera respira. Aprovecho, pues, para elaborar mi argumentación mientras me mezo adelante y atrás en la silla.

—Mira, sé que crees que no tengo vida, pero no es verdad. Y hay cosas de las que debo ocuparme. Es imposible que me vaya a pasar toda una semana encerrada en mi torre. Por mucho que me guste estar allí —añado enseguida—. Las vistas son fantásticas. El servicio de habitaciones, maravilloso. Las escaleras cansan un poco después de un día largo, pero ¿quién soy yo para quejarme?

Cierra los ojos y sella los labios. Incluso los hombros se le ven más pesados, pero lo ignoro, teniendo en cuenta mis propios sentimientos encontrados.

—Lo siento. Aunque estoy agradecida por tener el Tallo Pétreo, no es posible que me encierre allí. O sea, no sé dónde esperas que Baze y yo encontremos sitio para entrenar. —Me vuelvo a abanicar con el plato y acompaño el ritmo con movimientos de cadera—. Estaríamos uno encima del otro.

Rhordyn abre los ojos y yo me quedo sin aliento. Su rostro parece afilado por una lima; sus ojos, impertérritos como dos losas de pizarra.

De repente, me siento como un ratón gordo de la cocina colgando por la cola.

—No habrá entrenamiento.

Echo la cabeza atrás como si acabara de darme una bofetada.

—¿Por qué no? Joder, si fuiste tú el que dijo...

—Porque estás en celo.

El corazón se me detiene. El aire de los pulmones se vuelve pesado como el mortero e incluso el fuego sensual que arde en las profundidades de mi ingle parece bajar varios grados.

Sé qué quiere decir cuando una mujer está en celo porque lo leí en un libro de anatomía cuando tenía trece años. Pero es lo único que sé.

Al leer dos parágrafos de un capítulo, salté al siguiente con las mejillas encendidas. El medis que describía la experiencia hizo que sonara muy... muy... sexual.

Creía que lo había esquivado. Que a lo mejor el caspún lo había mantenido a raya con éxito; es uno de los efectos secundarios que noté mientras estudiaba la hierba con un libro de medicina que encontré en el Lomo. Uno de los pocos efectos secundarios dañinos que en realidad me satisfacía.

De repente, me aprieta demasiado el pecho. La cinta me constriñe mucho. El deseo de mi cuerpo de madurar a pesar de los obstáculos ha arrojado luz sobre el hecho de que hace demasiado tiempo que lo castigo, ciega al dolor atroz que implica aplanarme los pechos en ciernes.

—¿Puedo... puedo pararlo?

«Di que sí, por favor».

—No, Orlaith. No puedes.

Esas palabras se me asientan en el estómago como una roca y seguro que me pesarán el resto de mi vida.

—Tienes que salir de esta estancia, ir directa a tu torre y quedarte ahí.

«Quedarte ahí».

No solo mi cuerpo se rebela contra mi mente, sino que también me voy a encerrar en mi torre, con la orden de permanecer allí por primera vez en mi vida.

Necesito algo normal a lo que aferrarme o me voy a desmoronar. Quizá no de inmediato, pero tarde o temprano el lazo de la ansiedad me envolverá y me dejará sin aliento, como siempre me ha pasado cuando he perdido el control.

—Seguro que habrá excepciones, ¿no? No te estoy pidiendo gran cosa. Solo un día para salir a... —joder, no sé, darle de comer a Shay, ir a recoger flores, visitar a Kai...— ¿pasear?

Los reposabrazos de madera de su silla crujen.

—¡Ahora, Orlaith!

Supongo que eso es un no.

Bajo las manos hasta el regazo y aprieto los puños mientras miro hacia la puerta, cabreada y con los labios fruncidos.

«¿Y si Tanith regresa?».

—Estaré en mi habitación. Solo —mascullа Rhordyn, y desplazo la vista hacia él para sopesar el significado de sus palabras—. Con la puerta cerrada con llave —se apresura a añadir.

Intento no analizar demasiado el hecho de que esa afirmación parece aplacar mis nervios volátiles. Lo último que necesita el mural de nuestra relación es otra capa de pintura. Ya es lo bastante complejo como está.

—Vale —le espeto, sumamente consciente de lo terca que es su cerradura. Nada atravesará esa puerta sin una llave.

Me levanto y me dispongo a caminar hacia su lado de la mesa

cuando una grave advertencia sale rugiendo de su cuerpo. Los pies se me quedan pegados al suelo. Rhordyn señala en dirección contraria con la barbilla y suspiro, corrijo el rumbo y me encamino hacia la salida mientras me abanico con un plato de plata que también sirve como un ingrato espejo que refleja mi rostro ruborizado.

—Tu criada irá a ocuparse de tus necesidades y a recoger la ofrenda nocturna —me informa cuando ya he cruzado media sala.

Sus palabras me fastidian, pero procuro no mostrar la incomodidad que siento. Y es probable que no lo consiga.

La mitad de mi entretenimiento la obtengo al oírlo subir las escaleras, abrir la Caja Fuerte, retirar el cáliz y coger esa pequeña parte de mí. Utilizo sus ruidos como una plantilla para crearme una imagen física en la cabeza y ahora también me va a arrebatar eso.

Acelero el paso.

—Orlaith.

Pronuncia mi nombre como si fuera una suerte de maldición. Al darme la vuelta, veo un océano de palabras no pronunciadas en sus ojos de catacumba.

—¿Sí?

—No salgas de tu habitación bajo ningún concepto. ¿Me has entendido?

Trago saliva y asiento.

—Dilo.

—Lo he entendido, Rhordyn.

—Bien. —Noto que ha suavizado el tono y detecto que se le relaja la tensión de las facciones—. Vete.

No espero a que me lo repita.

21
ORLAITH

Unos trozos de hielo persiguen mis movimientos como si formaran una fila y se disuelven para fundirse con el agua en esta profunda y galvanizada bañera, oculta detrás de una cortina de terciopelo negro. Encima de la cabeza tengo un aplique que arroja luz sobre mi sonrojado cuerpo e ilumina curvas que nunca han sido tan voluptuosas, rosas y...

Me incorporo con una oleada de agua y rabia.

Con las rodillas apretadas contra el pecho, me balanceo con ligeros movimientos martilleantes que no logran distraer mi mente inquieta. El traqueteo revuelve el agua alrededor de esa parte de mi cuerpo en particular y se me escapa un gemido que me prende las mejillas porque detrás de la cortina Tanith me está cambiando la ropa de cama.

Pero es que no lo puedo evitar.

Estoy muy sensible... La pura necesidad palpita con su propio latido carnal, algo que por lo visto está directamente conectado con las raíces tórridas que se me hunden en la barriga.

Y exigentes.

—¿Necesitas que te traiga más hielo? —me pregunta Tanith. Su voz me recuerda a un carrillón de viento.

—Creo que sí —es mi respuesta hueca mientras sigo moviéndome adelante y atrás, adelante y atrás, hecha un manojo de nervios y dejando que el agua helada pulse la cuerda del placer con delicadeza.

Estoy tan fuera de mi zona de confort que quiero romper las costuras. Quiero sumergir la cabeza en el agua y chillar.

Un trueno retumba por toda mi torre, como si yo fuese el corazón palpitante de una tormenta. Por lo general, cuando hace tan mal tiempo disfruto refugiándome con un libro o delante del lienzo oscuro de una roca por pintar, pero mi mente es un remolino de hipersensibilidad, aburrida con mis fuentes de diversión limitadas. Ese hastío doloroso me cala los huesos, como si tuviera los músculos llenos de una energía para cuya expulsión no tengo suficiente espacio.

Me pica la frente y una gota de sudor me cae por la mejilla. Mis balanceos se vuelven bruscos y desesperados y derraman el agua por el borde de la bañera.

Tanith aparta la cortina y se arremanga la camisa de lino hasta los codos. No parece tener en cuenta mi previo comportamiento con ella y a mí ya no me apetece cogerla de los pelos castaños y brillantes ni gruñirle a la cara hasta que se encoja, sumisa. Por suerte.

Sin ella, no sé cómo habría sobrevivido a los últimos tres días.

—¿Te estás volviendo a calentar?

—Mmm.

Coge un balde negro del suelo y tiene las mejillas coloradas al volcarlo. Veo la cascada de hielo aterrizar sobre mi bañera, fragmentos gruesos que se encogen en cuanto atraviesan la humeante superficie.

El hielo no tiene nada que hacer con el fuego de mis venas.

—¿Quieres que te frote la espalda? —se ofrece mientras deja el cubo y se pasa unos cuantos mechones sueltos de pelo por detrás de las orejas. Sonríe y sus bonitos ojos marrones son cálidos pozos sobre su piel tostada.

—Gracias por la propuesta, pero ahora mismo no —murmuro, empatizando con mi hielo sacrificado.

Los trozos se encogen y lo dan todo de sí mismos hasta que ya no les queda nada que ofrecer. Pero mi fuego sigue ardiendo y ardiendo y ardiendo.

Tanith vierte más aceite en el agua y el olor punzante y picante a bergamota perfuma el aire, una fragancia intensa que supuestamente debería ayudar a mitigar el potente aroma de mi calor. Qué pena que no sea tan efectivo.

Sigo oliendo mi deseo, que quiere que lo satisfagan. Es una esencia floral, como un campo de rosas en plena primavera, y humillante.

—Hay una bata limpia sobre la cama —me informa Tanith cuando recoge el balde vacío con una mano, la otra apoyada sobre la cadera—. Con suerte, esa gran cantidad de hielo te enfriará lo suficiente como para que por fin puedas dormir un poco.

—Quizá...

Se agacha junto a la bañera y me mira con ojos grandes y empáticos.

—Sé que es duro, pero te prometo que mejorará. En cuanto se te vaya la fiebre, notarás que recuperas tu cuerpo. Solo hace falta que aguantes los próximos dos días.

—Ahora mismo parece imposible —admito, y detesto el tono lascivo de mi voz. No importa que esté hablando con mi criada: desde que empezó el calor, todas las palabras que salen de mí suenan como una proposición indecente.

—Ya lo sé. Mira, te dejo un rato tranquila —dice, y se pone en pie—. A no ser que necesites algo más, volveré dentro de unas horas para coger tu cáliz y entregarte la cena.

«En realidad...». Me siento un poco más erguida y dejo de moverme.

—Por casualidad no habrás visto ninguna campánula, ¿verdad? Necesito un poco de pintura azul para terminar el dibujo. Si esta noche no puedo dormir, me gustaría tener otra cosa en la que concentrarme. —Sinceramente, tener a mano los tallos por si consigo reunir todos los demás ingredientes necesarios para preparar más exotrilo sería un punto extra.

Tanith niega con la cabeza.

—He oído quejarse a los jardineros porque este año la escarcha las ha matado a todas. Pero a lo mejor hay alguna en el invernadero...

Me desanimo y apoyo la barbilla sobre una rodilla mientras retomo el movimiento y derramo más agua de la bañera.

—Ya he mirado por allí. Da igual.

Me lanza una sonrisa de disculpa, deja otra toalla en el suelo para absorber el agua y se marcha. Mi puerta se cierra tras de sí con un golpe sordo estremecedor.

Con la espalda recta y el cuerpo inmóvil, presto suma atención.

El sonido le recuerda a mi preocupada alma que hay una puerta. Que no estoy encerrada. Puedo... salir a dar un paseo.

No sé dónde iré. Lo único que sé es que no quiero estar aquí.

Extiendo las manos y me aferro al borde de la bañera, con los nudillos blancos, los dientes apretados y los músculos preparados para moverse.

No debería. Sé que no debería. El corazón me está diciendo que no debería... Pero otras partes de mí no están de acuerdo y ahora mismo esas partes resultan más influyentes.

Espero unos cuantos minutos, paralizada con aplomo felino, mientras oigo los pasos de Tanith descendiendo el Tallo Pétreo. En cuanto los ruidos desaparecen, salgo de la bañera y, cuando vuelvo a coger aire, ya estoy cruzando la puerta y bajando los dos primeros peldaños de la escalera en espiral, pero entonces me doy cuenta de que estoy desnuda.

—Mierda.

Doy media vuelta, salto hacia el descansillo superior y entro corriendo en mi habitación para coger la bata de la cama. Es suave y ligera, el peso perfecto para mi... condición.

Sin ni siquiera molestarme en secarme antes, me la pongo, me la ato holgadamente sobre la cintura y acto seguido regreso junto a la puerta y bajo las escaleras.

El autocontrol nunca ha sido mi fuerte; mi capacidad de obedecer las órdenes, tampoco. La verdad sea dicha, me sorprende haber aguantado tanto. Rhordyn debería estar orgulloso.

Afuera está oscuro por las sombras que proyecta la estruendosa tormenta que ennegrece el cielo y que golpea la tierra con rayos fluorescentes que iluminan mis escaleras.

Sinceramente, no debería estar en la torre durante una tormenta como esta. Puede que termine electrocutada. Cualquiera con dos dedos de frente convendría en que mis acciones están justificadas del todo.

Cada paso que doy se corresponde con el doloroso latido carnal que siento entre las piernas y que no parece sino intensificarse con la fricción de mi frenético avance. Para cuando llego al último rellano, estoy gimiendo, con la bata por debajo de los hombros y el nudo de la cintura sin apenas tensión por el apresurado descenso.

Miro hacia abajo, pensando en que debería componerme un poco antes de echar a caminar por el pasillo principal, y de pronto me choco con una barrera de piedra y trastabillo hacia atrás. Todo el aire se me escapa de los pulmones con un siseo cuando me estampo de espaldas contra una pared que es igual de implacable.

Mientras cojo grandes bocanadas de aire, me aparto el pelo empapado de la cara y jadeo al ver a Rhordyn erguido en el umbral.

Con las manos agarra el arco de piedra y se inclina hacia delante, soportando todo su peso con la tensa fuerza de sus brazos...

De sus brazos desnudos.

No lleva camisa y los tatuajes le brillan iridiscentes bajo la tenue luz de un aplique cercano, que resalta las líneas de su cuerpo hasta convertirlo en una atractiva obra de arte. La masa musculosa del torso se estrecha para formar una uve salpicada por un caminito de vello negro que desaparece tras la cintura baja de unos pantalones muy ceñidos.

Unos pantalones que no consiguen en absoluto ocultar las líneas robustas de sus piernas y el enorme bulto que hay entre ambas.

Junto las rodillas mientras se tensan las suturas de mi compostura.

Es un muro tranquilo que alardea de poderío, con facciones salvajes, y percibo una batalla en esa mirada que me examina la piel.

Cambia el peso de pierna y se pone las manos a los costados. Ese mero gesto parece monumental.

—Me dijiste que no saldrías de tu habitación —ruge con una cadencia en la voz teñida de advertencia.

Se dirige hacia mí y el aire parece moverse y acomodarse a sus zancadas. Me pone las manos a ambos lados de la cabeza, dos barreras físicas tan sólidas como la pared que tengo a la espalda.

Todas las células de mi ser se rinden a su cercanía como la marea del océano que cede al impulso de la luna voraz.

Centímetro a centímetro, me atrevo a ascender los ojos por la regia superficie de su cuerpo hasta que lo miro a través de las pestañas y casi me fallan las rodillas por la ira que veo reflejada en su rostro.

—Me dijiste que lo entendías. —Ladea la cabeza—. En ese caso, ¿qué haces aquí, Orlaith?

Trago saliva y el ruido astilla el silencio.

—Es que... Es que necesitaba moverme.

—No —responde con un gruñido animal que se clava en mi hombro desnudo. En la hinchazón de mis pechos—. Lo que necesitas es follar.

Jadeo con exhalaciones ardientes y temblorosas. El fuego interno baila sensualmente entre mis piernas, que casi no soportan mi propio peso.

«Sí».

«Sí, es justo lo que necesito».

Baja la mirada por mi cuerpo mientras emite un gemido grave y abrasivo que me eriza la piel. Muevo las caderas hacia delante, atraída por su cercanía. Por su olor.

Está ahí... En algún punto entre los dos. Algo que mi cuerpo necesita. Algo que ansía con desesperación.

Rhordyn respira hondo y me clava contra la pared con el pecho. El mundo parece aguantar la respiración con él. Incluso el cielo deja de rugir durante unos cuantos segundos de tensión.

Cierra los ojos, tuerce el gesto y, aunque estemos pegados por algo que podría ser la gravedad, es como si hubiera un abismo insondable entre ambos.

Cuando vuelve a abrir los ojos, son fragmentos de frío hielo negro.

—Sube las escaleras. Ahora. Y cierra con llave la puta puerta.

«¡No!». Todo mi cuerpo lo grita tan fuerte que juraría que el silencio se tambalea.

—Pero...

—¡Ahora, Orlaith! Mi paciencia está llegando a su límite.

Con una gran parte del cuerpo desnuda, pero oculta por la proximidad de él, no me atrevo a obedecer su orden, sino que llevo las caderas más hacia delante.

Rhordyn se aparta tan bruscamente que casi me desplomo encima de él, lo quiera o no.

Con la espalda recostada en la pared opuesta, me observa como si fuera la peor de sus pesadillas presentada como un regalo inoportuno.

—Cinco..., cuatro..., tres...

El estómago se me encoge.

Por una vez, hago caso a la voz que me habla desde dentro y salgo pitando; subo las escaleras de dos en dos mientras la bata se me escurre del cuerpo. Con cada paso que doy, uno más rotundo y violento me sigue, y con el corazón en un puño noto llamaradas de fuego en cada centímetro de mi piel.

Jadeo.

Sus pasos brutales restallan con los truenos y con la lluvia y con los estallidos de luz, que se vuelven más fuertes... Y más...

Noto una pegajosa humedad entre los muslos que hace que cada escalón sea un castigo y para cuando llego a la cima me tiemblan las rodillas.

Un frío aliento me golpea la nuca segundos antes de que entre corriendo en mi habitación, cierre la puerta y corra el pestillo. Apoyo la frente en el mural salpicado de estrellas, con los pezones duros expuestos al aire, que no es para nada lo bastante frío para calmar las llamaradas que bailan en mi interior...

Son un fuego hambriento y rugiente que amenaza con destrozarme.

Con la cabeza girada a un lado, disecciono el silencio entre el agitado ritmo de mis respiraciones y escucho y escucho..., hasta que los pesados pasos de Rhordyn empiezan un glacial descenso por las escaleras.

Me doy la vuelta y me permito apoyar la espalda en la puerta y deslizarme hasta el suelo. La piel se me araña, pero a duras penas noto el dolor, eclipsado por el que siento entre las piernas.

Me desplomo con el culo desnudo sobre la fría piedra y toda

yo me sobresalto con el roce, porque imagino que es otra cosa la que se me clava en esa zona. Y la que me abre. Y la que se hunde en mí.

Y se apodera de mí.

Mi temblorosa exhalación es suya, aunque no esté aquí para recibirla.

La Caja Fuerte se encuentra justo al lado de mi cabeza, vacía como la sensación que noto en el bajo vientre, y lo que siento en el interior no está conforme con esto último.

De hecho, está furioso. Esa furia solo conoce un hambre insaciable, que me obliga a mecerme contra el suelo con movimientos rígidos y erráticos que no consiguen mitigar la agonía, sino que la avivan con algo salvaje y desatado.

No me doy cuenta de que estoy llorando hasta que una gota de humedad cae sobre mi hinchado pecho desnudo.

22

ORLAITH

Hago un trazo con el pincel sobre la roca de los Susurros y dejo un rastro verde azulado que no encaja con nada de lo demás.

—Maldita sea —siseo, y lanzo el pincel sobre la mesa, que salpica toda la pared de color.

Esperaba que la pintura resistente al agua que mezclé para la piedra de Kai fuera la respuesta de por lo menos uno de mis problemas. Aunque no sea un azul marino, pensé que bastaría para la parte final de mi mural.

Pero no es el tono correcto. Tendré que esperar a la próxima estación para colocar la última pieza.

Examino la colección de rocas vistosas que abarrotan la mesa, todas de colores y tamaños diferentes. Algunas están pintadas para que parezcan jardines en miniatura; otras son escenas del castillo o de libros que he leído. Algunas son fragmentos de mis pesadillas, las piedras que pinto cuando el subconsciente sigue carcomiéndome mucho después de haberme despertado.

Por lo general, me proporcionan una sensación de calma, pero ahora mismo no es el caso.

Me retiro el pelo mojado del hombro desnudo y aparto el taburete. Suelto un gemido cuando esa zona íntima de mi cuerpo que está enrojecida e hinchada echa de menos al instante la superficie dura y fría contra la que me he estado rozando desde el último baño.

Tengo los pechos tan doloridos, pesados e hinchados que no puedo mirar hacia abajo. Me arde la piel con un calor un tanto seco, sediento del roce más leve de un dedo.

No he pedido esto, no lo quiero, y odio lo que me está haciendo. Me ha vinculado con un nudo brutal y me ha reprogramado la mente para pensar que solamente necesito una cosa para sobrevivir: sexo fulgurante y salvaje. Sexo intenso. Sexo abrumador que se hunde en mí y me humedece las entrañas.

«Que este calor se vaya a la mierda».

Miro hacia las ventanas empapadas de lluvia, en dirección al brumoso bosque de Vateshram. Hacia el océano revuelto, sacudido por el viento y por una cortina de lluvia.

Llevo cinco días encerrada aquí, sin llevar a cabo mi rutina. Cinco días desnuda, caliente y mojada en todo momento.

Mojada por el sudor, por el agua del baño...

Mojada entre las piernas también.

Un relámpago parte el cielo y frunzo el ceño; mis pensamientos van hacia Kai, que está ahí afuera, a merced de los elementos. Un día me dijo que un amigo suyo había muerto en una tormenta eléctrica y esa información plantó una semilla permanente de preocupación en mi interior.

Lo echo de menos. Ojalá pudiera nadar con él, que las olas furiosas me zarandearan de un lado a otro hasta que me sintiese normal de nuevo. Ya he olvidado lo que es la normalidad.

Abro la recia puerta y salgo al balcón, donde la lluvia humedece mi piel desnuda y chamuscada.

No hay chisporroteo, pero lo noto. Y me estremezco. Y me sirve de alimento.

Me aferro a la balaustrada e inclino la cabeza atrás para que las gruesas gotas me enfríen la cara. Los hombros. Los pechos desnudos. Incluso abro la boca y trago un poco de agua con la esperanza de que me enfríe.

Pero las raíces de mi bajo vientre siguen buscando algún lugar en el que hurgar. Siguen exigiéndoles a mis caderas que se aflojen.

No me gusta la sensación de que no tengo control sobre mi cuerpo. Y sin las labores diarias con que ocupar la mente me queda demasiado tiempo para pensar. Y eso siempre despierta a la criatura ansiosa que habita en mi pecho, la que se encoge y se hincha por su propia voluntad y me golpea desde dentro. Quiero partirme las costillas y liberarla, pero no puedo...

Una y otra vez, atrae mi mente hacia el filo del sombrío abismo. Me obliga a mirar abajo, hacia la oscuridad, y luego me mantiene los ojos abiertos cuando intento cerrarlos. Y me grita para que salte.

A pesar de mi inquebrantable curiosidad, no consigo dar el salto. Estoy convencida de que me haré añicos contra el suelo.

Bajo la barbilla, aprieto los puños y el fuego carnal parece arder lentamente gracias a un combustible interminable. Otro recordatorio de que las cosas están cambiando, y lo detesto. Ojalá pudiera arrancarme esa sensación del cuerpo; por eso sé que la situación no pinta nada bien.

Con los dedos relajados, respiro hondo con la intención de aliviarme el pecho.

Un aullido feroz retumba en el bosque y quiebra el aire. Abro los ojos de pronto y me quedo paralizada, congelada hasta el tuétano, con más frío del que he sentido en días. Se me atenaza la garganta, respiro con jadeos breves y bruscos que no consiguen saciar mi repentina necesidad de gritar.

No tengo aire en los pulmones para chillar y entonces otro aullido diferente anula mi capacidad de mantenerme en pie. Me estampo de rodillas contra la piedra.

Ese sonido tan humano se interrumpe como si alguien hubiera soplado la llama de una vela, pero el lamento sigue reproduciéndose en mi mente, acompañado de un coro de gritos fantasmales que emergen de mi abismo interno. «No son reales. Están en mi cabeza».

Pero ese primer aullido... En algún punto hay un vruk y Rhordyn debe saberlo.

Me pongo en pie entre tambaleos y trastabillo hasta mi cuarto. Cojo la bata de la cama antes de salir. Ya me he acercado al final del Tallo Pétreo cuando la voz de Baze corta el aire y me detengo frente a la puerta del pasillo de la quinta planta, con la espalda apoyada en la pared.

—Es una manada entera. Han abierto un agujero en la verja y

han atravesado a toda prisa el pueblecito que se encuentra a las afueras de Lorn. Según el duende, todo ha terminado antes siquiera de que la gente supiera que había empezado.

Suena un gruñido como respuesta que es como un pico de hielo que arranca fragmentos de mi ser y me deslizo hacia una sombra que no creo que sea capaz de retener el olor de mis feromonas, pero vale la pena intentarlo.

Oigo el chasquido de un cerrojo, una puerta que se abre y unos pasos vigorosos que se detienen demasiado rápido. No me hace falta asomar la cabeza por el recodo para saber dónde están. Solo hay una entrada delante de la base del Tallo Pétreo, la puerta solitaria que ha resistido el infructuoso ataque de mi horquilla tantas veces que he perdido la cuenta.

—Joder. No me dijiste que estuvieras tan mal.

—No es asunto tuyo —dice Rhordyn con tono absolutamente letal.

Algo en mi interior se queda inmóvil como un cadáver.

—Rhor...

—No.

Baze se aclara la garganta y hasta desde donde estoy noto la tensión que agarrota el aire.

—Bueno, ¿y por qué no le pi...?

—No termines la frase, Baze. Me niego a aceptar más que el mínimo necesario. Fin de la conversación.

Me aparto de la pared y me arqueo como una flor que busca el sol.

Baze está saliendo por la puerta, con los ojos hinchados como si llevara días sin dormir. Rhordyn es el siguiente en cruzarla, con sus habituales pantalones negros, una camisa arremangada hasta los codos y el pelo apartado de la estructura cincelada de su rostro.

Verlo hace que la sangre ardiente acuda a mi bajo vientre, que me muerda los labios para reprimir el gemido humillante asentado en mi lengua.

Empieza a cerrar la puerta y yo me alargo un poco más, con los ojos entornados, para intentar ver qué hay en el pozo de negrura que desaparece a toda prisa.

Hace una pausa, hincha el pecho y mueve la cabeza hacia un lado. Un gruñido emerge de su garganta, casi tangible, y cierra de un portazo. Los músculos parecen tensársele contra los límites de la camisa.

Baze suelta una maldición entre dientes y retrocedo hasta fundirme con la sombra.

—Ve tú —le espeta Baze—. Ya me encargo yo.

—Ni un puto dedo —gruñe Rhordyn, y algo en su tono afilado calienta el fuego que bulle en mí hasta adoptar un nuevo nivel de calor.

Cierro los párpados y una gota de sudor empieza a recorrerme la sien. Me hormiguean los dedos con las ganas de introducirme uno entre las piernas y apretar la fuente de humedad que noto que me empapa la parte interna de los muslos.

—Olvidas que le tengo mucho cariño a mi polla —responde Baze con un deje jovial que me parece forzado.

Le sigue un extraño y breve silencio antes de que un cerrojo emita un chasquido y unos pasos asolen la piedra y se alejen. Cuando ya no oigo ningún rastro de vida, asomo la cabeza por el recodo y suelto un grito cuando veo a Baze apoyado en la pared, con las piernas cruzadas sobre los tobillos y los brazos sobre el pecho. Un depredador holgazán con una expresión divertida en la cara.

—¡Me has asustado! —grazno, con las manos encima del martilleante órgano del pecho—. Deberías probar a respirar más alto. No te imaginas lo bien que les iría a mis nervios.

—Se supone que deberías estar en tu torre.

Miro hacia abajo para comprobar que todas mis partes están tapadas antes de imitar su pose. Reprimo un gemido cuando el movimiento me roza los duros y sensibles pezones.

—He oído gritos. En el bosque.

—Rhordyn pondrá orden.

—¿Él solo? —Casi se me sale el corazón por la boca.

—Pues claro. —Baze ladea la cabeza.

«Pues claro...».

¿Él sabe qué es lo que hay ahí fuera? ¿Lo que hay de verdad?

Porque si lo supiera seguro que no estaría tan tranquilo con nuestro Alto Maestro lidiando con ello por su cuenta.

Entrelazo las manos y me muerdo el labio inferior mientras miro hacia la dirección por la que acaba de marcharse Rhordyn.

—Estás poniendo esa cara.

—¿Qué cara?

—La que pones cuando estás a punto de intentar forzar una cerradura con una horquilla.

Frunzo el ceño y fulmino con la mirada al osado capullo.

—Prestas demasiada atención.

—Prestaba. —El tono informal es un contraste total con el brillo marrón de los ojos—. ¿Qué cerradura estás pensando atacar esta vez?

Me doy golpecitos sobre la sien con los dedos, como el pico de un pájaro carpintero.

—Esta —digo con los dientes apretados.

«La que me impide salir de las tierras del castillo».

Los ojos se le iluminan cuando sin duda se da cuenta de a qué me estoy refiriendo.

—No —me ordena—. Olvídalo, Laith. No va a pasar. Si te pilla cerca de esa línea en tu estado actual, las cosas acabarán mal.

—Y si él muere, serás tú el que…

Baze gruñe, vuelve a apoyar la cabeza en la pared y empieza a agitar los dedos.

—Oye, ¿qué estás haciendo?

—Contando el número de amenazas que he recibido hoy. Me da que estoy a punto de llegar al doble dígito. Todo un récord.

El fuego de mi interior se aviva y me azota las entrañas con latigazos implacables que me dificultan mantener la compostura. No se lo está tomando en serio y a mí ya se me ha agotado la paciencia. Nadie sobrevive a eso a lo que Rhordyn ha ido a enfrentarse.

Nadie salvo yo.

La importancia de esa línea que mi mente ha dibujado alrededor de las tierras del pastillo palidece comparada con la idea de que Rhordyn sea víctima de una de esas criaturas despiadadas y no vuelva a llenar estos pasillos con su presencia ni a recoger mi ofrenda noche tras noche.

Una imagen de él destella en mi cabeza, una en la que está herido en el suelo, sangrando.

... «Ojos enormes y abiertos que no ven nada».

Me encojo.

«Él no. Que mis putas pesadillas acaben conmigo si quieren, pero que no se lo lleven a él, joder».

No me percato de que he dado pasos adelante hasta que Baze está justo enfrente de mí poniéndome la punta de un puñal de madera en el cuello. Su rostro duro y bello está endurecido por una máscara de gravedad que nunca le había visto.

A él no.

—¿Vas en serio?

—Totalmente —masculla, mostrándome los dientes, que bajo la tenue luz se ven afilados y peligrosos.

—Creía que ibas a apoyarme para que extendiera las alas —consigo reponer con la mandíbula apretada.

—Siempre, pero no voy a apoyar tu estupidez provocada por las hormonas. No estás preparada para enfrentarte a lo que hay allá fuera. Es evidente que no, tal como estás.

—Ya he sobrevivido a un ataque de esas criaturas —respondo, intentando ignorar el temblor de la voz, esa parte maltrecha de mí que está de acuerdo con él. Porque el fuego ardiente de la barriga amenaza con convertirme en una antorcha si no voy tras Rhordyn ahora mismo.

—No me refiero a los vruks —gruñe Baze mientras se desliza hacia delante hasta que apenas un centímetro nos separa—. Va, que estoy hasta los cojones de respirar por la boca. O das media vuelta y subes la torre o te cojo, te pongo encima de mi hombro y te llevo yo mismo.

—No te atreverías.

—Por supuesto que sí. —Aplica presión al puñal y se me encienden los ojos mientras refreno la necesidad de tragar saliva, por si me clavo esa maldita daga en el cuello—. Y lo pagaría muy caro, así que por qué no te comportas como una buena chica y haces lo que se te ha dicho, para variar.

En su orden no hay margen para moverse y se me ocurre que

está aprendiendo unas costumbres espantosas de nuestro mandón Alto Maestro.

—Vale —siseo, y le estampo las manos en el pecho para darle un empujón bien fuerte.

Retrocede varios pasos con la mirada clavada en su torso. En el punto en el que lo he tocado. Suelta un largo suspiro dramático, se guarda el puñal en el interior de la bota y masculla palabras que no entiendo. Cuando termina, sus ojos son de un negro azabache.

—Ahora, Laith. —Señala mis escaleras con la barbilla—. Antes de que la líes más aún.

En el tono áspero de su voz hay algo desenfrenado que se restriega por cada centímetro de mi piel.

Da un paso adelante, un gesto tan suave que me recuerda al gato montés que vi un día merodeando por el bosque, y el corazón se me pone a latir desbocado.

Esta vez tengo el buen juicio de no discutir con él.

Desde mi torre oigo los aullidos, un ruido que procede directamente del núcleo de mis pesadillas. Ni siquiera mis almohadas mullidas rellenas de plumas consiguen amortiguar el jaleo.

Rhordyn está por allí. Con ellos.

Se me escapa otro gemido afligido.

Con los ojos cerrados y la bata pegada a mi cuerpo empapado en sudor como si fuera una segunda piel, me llevo las rodillas hasta el pecho y me meto otro trozo de corteza nocturna en la boca. El tercero en apenas tres minutos.

Sabe a tierra y es corrosivo para los dientes, pero es mi último recurso. Un sedante de acción rápida que se pasa al poco de haberte sumido en un oscuro mar de sueño. Aunque sus efectos no duran mucho, espero que sean suficientes, teniendo en cuenta que apenas he dormido en varios días.

Tan solo necesito sentirme libre de este ansioso dolor que tengo entre las piernas y de esos sonidos de los que no puedo huir; necesito librarme de la vacía desesperación que me apremia a bajar el Tallo Pétreo a toda prisa y correr hacia la Línea de Seguridad. A seguir a Rhordyn hasta el bosque.

Recuesto la cabeza en la funda de almohada hecha una bola que huele a él y cierro los ojos a la espera de que el sueño me arrebate de esta pesadilla real. Rezo por que los monstruos no me persigan hasta el abismo. Pero me persiguen.

«Como siempre».

Sueño con sus mortíferas garras, con el fuego que me acaricia los pies y con ojos enormes que nunca parpadean. Sueño con un niño con iris brillantes y los brazos extendidos, pero está tan lejos de mí que creo que nunca seré capaz de alcanzarlo.

Sueño que tengo una mano firme alrededor del cuello; es de un hombre que me parece reconocer.

Sobre todo, sueño con él.

Con Rhordyn.

Y, curiosamente, ese es el sueño más aterrador de todos.

23
ORLAITH

Demasiada sangre... El olor metálico es tan potente que se me queda atascado en el fondo de la garganta. La tierra se sacude, una y otra vez, como si unos gigantes la pisotearan.

Si yo no los veo a ellos, ellos no me ven a mí.

Me hago un ovillo y me oculto en una burbuja de protección de la que no quiero salir. Pero ¿bastará? ¿La cascarán como si fuera un huevo al bajar del techo y me mutilarán una extremidad tras otra?

Me pregunto si mi sangre será del mismo color que la de los demás o si de mis partes cercenadas saldrá algún líquido negro.

¿Los monstruos me devorarán como han devorado al niño con la cara salpicada de estrellas? El niño que me pide que lo coja desde el rincón más oscuro de mis sueños...

Me escondo, voy a otro recodo de mi mente, a algún lugar donde no huela a persistente agonía. Pero sigo oyendo los arañazos, como si algo afilado se restregara contra un plato una y otra y otra vez...

Un sonido muy agudo sale de mí, cuyo filo puntiagudo es una pala forjada con fragmentos de mi dolor, y cavo, pero no doy con nada. Formo un abismo que crece y crece hasta que parece eterno.

Algo me persigue. Algo me persigue reptando. Y me observa.

Me duele la garganta, y, aun así, ese abismo sigue creciendo mientras chillo y chillo y chillo y excavo y excavo hasta las hondas profundidades de mi mente.

Como si fuera una semilla, planto mi dolor en el fondo del precipicio, lo cubro de tierra y lo asiento con golpecitos.

El alivio es instantáneo.

Ha desaparecido. Está enterrado en un barranco tan oscuro y colosal que la luz jamás logrará arrojar ni una pizca de vida sobre esa semilla marchita. No le permitirá erguirse y mostrar mi verdadera naturaleza en una flor nacida de la muerte.

Mis gritos se calman...

Los sonidos se esfuman. También los aullidos.

No hay nada más que un silencio estremecedor, pero siento frío. Tengo el corazón de hielo. Un golpe con un cincel y me haré pedazos...

Noto que algo me levanta del colchón y la dureza y la humedad de una superficie, como una piedra envuelta en seda.

Al abrir los ojos, veo el contorno de la mandíbula de Rhordyn entre una cortina de lágrimas. Me doy cuenta de que estoy sobre su pecho, chillando, con unos gritos broncos y oxidados que saben a sangre.

Dejo que se asiente la conciencia de dónde estoy y huelo el intenso y terroso aroma de su esencia. Suele reconfortarme.

Ahora mismo hace justo lo contrario.

Estoy chisporroteando. Me da la sensación de que me va a estallar la cabeza. Noto un dolor entre las piernas que me va a matar, un vacío que no puedo quitarme de encima por mucho que mueva las caderas.

Intento hablar y él me aprieta más fuerte con los brazos cuando lo único que emito es un ahogado grito de socorro.

—Estoy aquí. Estás bien.

«No lo estoy».

—La ca-cabeza —consigo mascullar mientras algo cálido y húmedo me gotea de la nariz hasta la barbilla.

—Joder.

Rhordyn me levanta, me estrecha contra sí y me pasa a través de las puertas del balcón. Un manto de gotas de lluvia nos cala a los dos y él se sienta en el suelo empapado, conmigo sobre sus fuertes muslos de tal forma que tengo la espalda recostada en su pecho.

Noto sus respiraciones. Inhala, exhala.

Apenas consciente de que la bata abierta me deja a la vista los pechos, cierro los ojos y espero a que las nubes llorosas me aplaquen la presión de la cabeza. Las ascuas del corazón.

Rhordyn me inclina hacia delante, se quita la camisa y me coloca sobre su piel desnuda, que está fría como el hielo. Me tapa con una tela húmeda y pesada.

«Opresiva».

—No —gruño, aferrándola con las manos—. No, no, no...

No necesito que me cubra el cuerpo. Necesito exponerlo.

«Destrozarlo».

En mi cabeza, mis dedos son garras largas y letales. Las utilizo para apartar la tela, para enseñar la piel enrojecida y tierna del vientre, una piel sin tacha que me araño y me desgarro con oleadas de cólera descontrolada. Porque ya no puedo más...

«Se acabó».

El calor me ha encendido hasta no ser más que un pedazo de ansia lasciva y debo ponerle fin a este sentimiento. Tengo que conseguir que se extinga para así volver a ser yo.

—Para, Orlaith, te estás haciendo daño.

—¡Lo estoy intentando arreglar! —grito—. ¡Me lo voy a arrancar con las manos!

Un potente gruñido emerge de su garganta mientras me sujeta las muñecas y me las clava sobre su pecho desnudo. Intento tirar para liberarme y así vaciarme y terminar con esta agonía, pero aprieta más las manos.

—¿Qué estás...?

—¡No puedo más!

Gimoteo, desesperada por apagar el fuego que arde en mi interior.

Muevo las caderas en busca de... de..., hasta que una repentina presión amenaza con partirme el cráneo por la mitad y profiero un aullido con balbuceos ahogados.

—¡Arréglame! —le suplico, y el pecho se le queda inmóvil—. Por favor. Ya no puedo soportarlo más. Necesito... Necesito...

Algo. Lo que sea.

Forcejeo contra su agarre, decidida a romperme las muñecas si es lo que hace falta para zafarme de él.

—Joder, Milaje. Para.

—Por favor...

Rhordyn gruñe, el sonido de un tormento muy arraigado.

—Vas a acabar conmigo.

—Pues arrástrame contigo —es mi temblorosa respuesta y, durante unos segundos, incluso la lluvia parece suspenderse en el cielo, como si el mundo hubiera soltado un jadeo con los labios separados.

—Jamás.

Arranca la palabra de la noche de un mordisco y la escupe con repulsa; aterriza en mi pecho como una roca que amenaza con impedir que los pulmones sigan tragando aire. En su afirmación hay algo que me mitiga la presión de la cabeza, pero que aviva el fuego hasta transformarlo en llamaradas que se bifurcan y que me llevan a sacudir más y más las caderas.

Me pica la piel por la furia ferviente que intenta emanar de mis poros y quiero rascármela. Quiero arrancarme pedazos de carne para liberar el calor en forma de lenguas de fuego y vapor y...

Gimo, un sonido imperfecto por culpa de mi garganta desgarrada que se sobrepone a la sinfonía de las gotas de lluvia.

Creía que antes estaba agonizando, pero esto... esto es algo más. Algo mortal.

Con una oleada de adrenalina, consigo liberar un brazo, pero me lo sujeta de inmediato y cierra las manos en torno a mis muñecas como si fueran grilletes.

Mi siguiente aliento es ácido.

—Me estás matando ahora mismo.

Rhordyn suelta un gruñido salvaje que amenaza con partirme por la mitad. Sin dejar de sujetarme fuerte, me mueve las muñecas para coger las dos con una sola mano y así liberar la otra.

Me da un vuelco el corazón.

Con los dedos sobre la delicada curva de mi clavícula, acelera la respiración para igualarla a la mía, pero no estamos acompasados, como si nuestros pulmones jugaran al tira y afloja.

Nunca en la vida he querido ganar con tanta desesperación.

Transcurre una corta eternidad antes de que baje los dedos por mi cuerpo, me acaricie la piel y se detenga brevemente donde la carne hinchada alberga mi vulnerable y ansioso corazón.

Con la respiración entrecortada, arqueo la espalda.

Su mano es rugosa y dura, fría como las gotas de lluvia que me golpean la piel y como esos pedazos de hielo que me la besaron en la bañera. Durante unos segundos, me pregunto si él también será víctima del fuego de mis venas. Si se disolverá como el aliento vaporoso que sale de mí con cada febril exhalación.

Sigue avanzando con un ritmo glacial, quizá a la espera de que yo emita algún sonido, de que le grite que se detenga. Me da miedo moverme por si para.

Persigue el camino que hacen las gotas de lluvia por la curva de mis pechos, por la pendiente de mis costillas, y deja atrás el cinturón empapado que me rodea la cintura para detenerse justo debajo de mi ombligo.

«No pares. Por favor, no pares».

Lo oigo tragar por encima del repiqueteo de la lluvia y noto que apoya la barbilla en la coronilla de mi cabeza, como si le faltara la energía para mantenerla erguida.

Mis músculos sufren un espasmo bajo su mano, igual que mis entrañas, que no logran sujetarse a nada. Están expectantes.

Sacudo las caderas, una desenfrenada respuesta a la súplica de mi cuerpo, desesperada por que explore con sus caricias la ardiente humedad que tengo entre las piernas.

Está tan cerca…, a apenas unos centímetros de derribar la barrera que nos separa.

—Me vas a prometer que no volverás a intentar hacerte daño.

—Sí, sí, lo que quieras…

Ahora mismo, le daría todo cuanto me pidiese.

Le daría mi alma. El aire de mis pulmones. Le entregaría mi corazón en una bandeja de plata y le dejaría beber directamente de mis venas.

—Dilo, Orlaith. O no sigo.

—¡Te lo prometo!

Un suave y vibrante gruñido le zarandea el pecho.

Desciende los últimos centímetros con la mano y cubre a tientas en la parte más íntima de mi ser para proporcionarme un frío apoyo en el que restregarme.

Mi cuerpo entero se estremece y amenaza con darse la vuelta, toda mi sangre parece acudir corriendo hacia la zona que me está tocando. Me abro a su narcótico contacto, que me está aflojando las articulaciones, me hace mover las caderas como la marea del océano.

Con suavidad. Con confianza. Arrancando oleadas de placer de su mano inmóvil, siento que empiezo a latir desde dentro, mis piernas se dejan llevar mientras avivo el calor hasta convertirlo en algo que ruge y que cuenta con su propio latido..., pero no es suficiente.

Necesito que me llene, que me separe, que me enfríe desde el interior. Necesito que extinga esas llamas.

—Más...

Su pecho se estremece y algo duro se me clava en la espalda.

—Te vas a arrepentir —masculla y desliza sus hábiles dedos por mi abertura y la separa.

Y amenaza con tomar posesión de mí.

Lo necesito como el aire en los pulmones.

Traza círculos con el dedo alrededor de mi entrada y me sume en un frenesí de anhelo intenso y desesperado antes de hundirse en el centro de mi núcleo ardiente y sensible. Sucede tan de repente que echo la cabeza hacia atrás y luego hacia delante, con el cuerpo arqueado para acoger mejor la conexión.

Lo es todo y es más. Es mucho más.

«No quiero que este momento acabe nunca».

Con cierto escozor en los ojos, jadeo cuando sale de mí y oigo unos ruidos húmedos mientras hace círculos antes de volver a entrar, una y otra vez, golpeándome con embestidas que en ningún momento van más allá de su segunda falange.

Echo las caderas hacia delante con la esperanza de que se hunda en mí por completo hasta que me llene, pero sus reflejos son veloces y se aparta con la misma destreza.

—Para. Si sigo, te romperé, y no pienso abandonarte aquí e irme con tu sangre en las manos.

—Pues no me abandones.

Mis palabras provocan un gruñido helado que amenaza con destrozarme.

Me introduce otro dedo y acelera el ritmo, rozándome con breves y deliciosas caricias, elevándome más y más, hasta que no soy más que un nudo de deseo carnal, sonrojado, hinchado y extendido.

Dentro de mí algo está a punto de estallar.

—Rhordyn... Necesito... Necesito...

Tiene los labios cerca de mi oído, me recorre la raja con el dedo y hace círculos antes de volver a tocarme el sensible brote de nervios.

—Córrete —gruñe, y me golpea un relámpago que me impulsa el cuerpo hacia delante en lo que me convulsiono con una explosión de éxtasis.

La superficie no existe. El fondo tampoco. Solo estamos él y yo y esta corriente que cae entre nosotros y que amenaza con separar el mundo en dos con un fragor de fuego y truenos.

En este momento, no podría importarme menos. Lo único que importa es esto. Nosotros.

Cuando creo que ya no puedo más, todo se relaja: mi cuerpo, mi mente y mi alma ansiosa. Me vengo abajo y respiro hondo por primera vez en días. Mi fuego es una bestia saciada.

Los dedos de Rhordyn siguen dentro de mí cuando me recuesto en su pecho, jadeante, y me recupero en sus brazos mientras las réplicas del terremoto laten alrededor de la maravillosa intrusión.

Ya no quiero mover las caderas, ni desgarrarme la piel ni arrancarme las vísceras. Ya no quiero gritar mis frustraciones al cielo.

Soy libre. Pero sobre todo...

Este momento de calma rebosa posibilidades. Quizá la puerta que nos separa ya no sea necesaria. Quizá por fin me deje entrar, hable conmigo y coma conmigo. Y me permita ir a su Guarida.

Quizá me tumbe en el balcón y alimente mi deseo medio dormido hasta que sea un incendio rugiente que solo se extinguirá cuando introduzca otras partes de su cuerpo en mí.

Quizá sus planes para darle su cupla a Zali se hayan esfumado...

Cojo una enorme y desatada bocanada de aire y percibo el olor de un perro mojado. Un olor que se sumerge en mi conciencia y da vida al recuerdo de dónde ha estado él.

Los músculos se me agarrotan.

—Has ido con... con los vruks —susurro, afectada por el mismo estrés que he sentido antes al subir la torre, seguido por una tardía sensación de alivio.

Rhordyn sigue vivo.

Tan enredada estoy con la revelación que apenas noto su inmovilidad hasta que respira hondo y suelta el aire con un bronco suspiro.

—Sí.

Su respuesta entrecortada resquebraja el alivio que siento, pero aparto esos pensamientos para insuflar vida a la anhelante emoción que me aligera el corazón y me lo hincha.

Está aquí, conmigo, aplacando mi cuerpo y sembrando esperanza en mi pecho.

—¿Cómo es posible que sigas vivo?

—Mi espada acabó antes con ellos.

Me suelta las muñecas y me levanta, inerte y lánguida. Recostada en su pecho con la cabeza sobre el intenso latido de su corazón, me lleva adentro, donde me golpea la mezcla botánica de olores que persiste en mi habitación. Eso y la fragancia predominante de mi calor.

Se me calientan las mejillas cuando avanza por el cuarto, deja atrás mi cama y mi tocador y se dirige hacia la bañera. Me mete en el agua helada, con la bata y todo, y el líquido es un bálsamo sobre mi piel enrojecida.

Debo contenerme para no atraerlo al agua conmigo.

—Sus garras...

—No sirven de nada si no asestan un golpe.

Se gira y deja una abertura en las cortinas para que lo vea cruzar mi habitación en dirección hacia la puerta; sus músculos desnudos se tensan con cada tosco paso, su camisa empapada está arrugada y cuelga de un puño apretado.

—Un momento, ¿a dónde vas? No te irás a marchar, ¿verdad?

Rhordyn se detiene en seco y gira la cabeza para que vea el perfil de su cara encima de la vasta anchura de sus hombros.

No hay contacto visual. No hay más que una fría indiferencia.

Se me forma un nudo en el estómago antes siquiera de que tome la palabra.

—Recuerda tu promesa. Y te sugiero que aprendas a usar tus propios dedos. No vas a volver a usar los míos.

Esas palabras son un golpe devastador que me rompe la esperanza en un millón de pedazos confundidos.

Al volver a coger aire, me ahogo.

Con las rodillas apretadas contra el cuerpo, que de pronto me parece demasiado desnudo y demasiado vulnerable, lo veo dirigirse hacia la salida como si fuera su salvación.

Se detiene en el umbral, una silueta de sombras y músculos furiosos. Ladea la cabeza un segundo antes de marcharse y cerrar con un portazo para volver a poner en su sitio la barrera que nos separa.

Mi cuerpo se sobresalta por la arremetida.

Oigo sus pasos al descender, cada uno de ellos hunde una nueva aguja en mi magullado y maltratado corazón. Para cuando ha llegado a los pies de la torre, me falta el aire por culpa de una sucesión de emociones perniciosas, aunque hay una que eclipsa las demás tanto como para hacer que me estremezca a pesar de la fiebre...

La vergüenza.

24
ORLAITH

Afuera, el mundo es gris y sombrío. La lluvia ha amainado, pero las altas nubes impiden que ni siquiera en lo alto de mi torre entre un poco de luz.

Echo de menos el sol, echo de menos cómo me llena. Es como si mi alma se estuviera alejando, como si me estuviera marchitando.

Estoy vacía.

No ha ayudado que esta mañana me haya despertado por fin sin fiebre, que he celebrado durante dos segundos antes de darme cuenta de que olía a muerte.

Con la sensación de que me había meado encima, he apartado la colcha y, humillada, he visto la mancha roja que se ha extendido por todo el colchón. No solo hemos tenido que sustituirlo por completo, sino que ahora llevo una gruesa capa de material absorbente en las bragas.

Con un suspiro, desplazo la mirada hacia las nubes grumosas y me aparto del alféizar de la ventana con los ojos clavados en el maniquí que se encuentra junto a la pared del fondo, envuelto con un vestido rojo sangre que va del cuello al suelo.

«Ojos enormes y abiertos que no ven nada». Me enfurezco.

Tanith lo ha traído esta mañana y ahora ocupa mi espacio personal, un recordatorio constante de que el baile, el Tribunal y el Cónclave están a la vuelta de la esquina. Una tríada de tortura obligatoria.

El Tribunal mensual es necesario para que la gente de Rhordyn cuente con un lugar en el que dar voz a sus preocupaciones, pero que además venga gente de todo el continente para el baile y para el Cónclave... Van a ser unos días difíciles. Cuanto menos piense en ello, mejor.

Cojo una manta a los pies de mi cama y la lanzo sobre el maniquí para ocultar la prueba de la insistencia de Rhordyn para introducirme en la sociedad en contra de mi voluntad. Cojo mi mochila, le doy la vuelta y vuelco sobre el colchón todo lo que contiene. Estoy a punto de llenarla con las cosas que voy a necesitar durante el día cuando toda la energía se esfuma de mí y suelto la bolsa de tela sobre la cama, abandonada.

Es que... no tengo fuerzas.

Me quito el camisón, me pongo unos pantalones vaporosos y una blusa holgada y me dirijo hacia la puerta.

Kai me animará. Él siempre me anima.

Nada más plantar el culo en el borde de la roca, la cabeza de Kai emerge del agua, con el pelo hacia atrás y los ojos como dos gemas resplandecientes. Abre las aletas de la nariz, frunce el ceño y nada hacia mí; sus hombros poderosos sobresalen de la plateada superficie mientras su latido me golpetea en los nervios.

—Estás sangrando.

Suspiro y le doy vueltas a una manzana en las manos.

—Pero creo que no es una herida que puedas curar con un lametazo.

Kai arquea las cejas y ladea la cabeza, mostrando así las tres líneas delicadas que le trazan el costado del cuello.

—¿Estás segura?

Tardo unos instantes en entenderlo, pero, cuando por fin lo comprendo, le lanzo la manzana a la cabeza.

Se sumerge en el agua y la manzana se hunde al cabo de un segundo. Kai reemerge justo delante de mí, con la fruta en la mano, y me observa mientras le pega un crujiente mordisco.

—¿Por qué me miras así? —digo, revolviendo el agua con los pies.

—Te veo triste.

—Es lo que tiene cuando alcanzas la madurez sexual y vuelves a llevar pañales en la misma semana.

—No me extraña. —Me sonríe—. No puedes nadar…

—No lo digas.

—Porque atraerías a los tiburones.

Gruño y se echa a reír. Se me acerca más, le da otro bocado a la manzana y la deja en el agua. Me arremanga el dobladillo de los pantalones hasta las rodillas y acto seguido me coge por las caderas y me levanta con una impresionante demostración de fuerza para alguien que está medio sumergido en el océano. Me coloca en el filo mismo de la roca y se encarama entre mis muslos abiertos.

Con la sensación de que necesito apoyarme en alguien que no sea duro y gélido, me inclino hacia delante y ladeo la cabeza para disfrutar de la piel sedosa que me acaricia la mejilla mientras aspiro su intenso aroma salado.

No hay ninguna pausa. No hay ningún atisbo de incomodidad que se cargue el momento. Aunque seamos de mundos distintos, hemos difuminado la línea que los separa y hemos construido un cálido y acogedor hogar para nuestra amistad. Es donde soy más feliz.

Me envuelve con los brazos y nos mantiene unidos apretándome contra sí.

—¿Te he dicho últimamente que eres mi mejor amigo?

—Pues sí —murmura, y me acaricia la espalda con las puntas de los dedos como si fueran el trazado de un pincel para decorarme con su cariño—. Y nadie conseguirá que deje de ser así.

Pasan varios minutos en los que seguimos estrechados en paz y calma; su tierno abrazo logra que me sienta un poco más entera.

—Orlaith…

—¿Mmm?

—Creo que sé lo que necesitas —susurra y posa la mano por debajo de mi cintura. Percibo un matiz áspero en su voz que nunca le había oído.

—Ah, ¿sí?

—Mmm. —Su pecho ruge con el sonido y me aparto, cautivada por su pícara sonrisa.

El corazón me da un vuelco.

Kai me pasa un mechón de pelo por detrás de la oreja y deja la mano tranquila alrededor de mi cuello, y me fijo en el ligero rubor que le tiñe las mejillas.

—Es una especie de... regalo.

Me hormiguea la piel bajo su contacto, que me provoca chispas que me recorren los hombros y llegan hasta los oídos.

—Me gustan tus regalos...

—Ya lo sé. —Sonríe y le brillan los ojos con un destello de canalla mientras me acaricia el duro ángulo de la mandíbula con el pulgar—. Y a mí me gusta dártelos.

Asiento, aunque no sé muy bien por qué.

Quizá sean los nervios que me burbujean en el estómago los que me han llevado a sentarme un poco más recta, consciente de mis respiraciones y agradecida por haber caído en cepillarme los dientes antes de bajar el Tallo Pétreo.

Quizá sea su cuerpo, una columna de músculos esculpidos que se alza entre mis piernas como si quisiera dejar claras sus intenciones.

O quizá sea el hecho de que él es mi refugio. Y ahora mismo, con el corazón vulnerable, envuelta en una piel que no parece apropiada y con un alma feroz que curiosamente no impide que me sienta vacía del todo, no quiero estar en ningún otro lugar que no sea aquí. Con él.

En eso pienso mientras contemplo sus ojos verdemar.

—Venga, va —susurro, y noto que se me acelera el pulso—. Dispara.

Un profundo y tembloroso rugido emerge de él y juraría que sus ojos centellean con un verde fluorescente. Es la única advertencia que me hace antes de poner los labios sobre los míos y moverlos en un baile hambriento que no tiene nada de delicado.

Y le estoy agradecida. Si hubiera sido amable conmigo, mi inexperiencia saltaría a la vista.

Desliza las manos por detrás de mi cabeza, me explora con la lengua y no hay margen para pensar en nada más mientras profiere un gruñido famélico que me vuelve líquida.

Me estremezco entre sus brazos, anhelante.

Y exploro.

Con el sabor de la sal sobre los labios, dejo que me mueva a voluntad. Dejo que entierre la mano en mi pelo y que me enseñe a moverme. A soltarme.

Cuando pone fin al beso, se queda a un centímetro de mi cara, con la respiración acelerada, envolviéndome en el olor del océano.

—Así es como se besa a alguien a quien quieres, Orlaith. —Su aliento entrecortado reproduce el ritmo de mi acelerado latido—. Si es menos que eso, la otra persona no se merece ni tu corazón ni el poder de rompértelo. ¿Entendido?

Asiento y me inclino hacia delante hasta apoyar la frente en la suya.

—Entendido.

A medida que subo la escarpada escalera tallada en el acantilado, me paso el pulgar por el labio inferior, que está hinchado y tierno y sabe a océano.

El sabor me recuerda a Kai, a cosas alegres y divertidas, a instantes livianos y sanos. Ese sabor es un alivio frente a las extrañas emociones que me han secuestrado el cuerpo en los últimos días.

Quiero volver a ser invisible. Volver a fingir que no soy más que una niña que necesita con desesperación un techo, una cama y una comida caliente por la noche. Alguien demasiado joven aún para sobrevivir por su cuenta fuera de las tierras del castillo.

Pero ya no soy la niña pasiva que no se podía defender. Soy una mujer sexualmente madura, lo bastante mayor como para recibir una cupla y abandonar la seguridad de mi nido.

Esa idea me estremece. Por desgracia, mi montón de excusas para quedarme se está agotando.

Atravieso la puerta en lo alto de las escaleras y la cierro con el pie. El golpe sordo persigue mis pasos por el pasillo tenuemente iluminado. Al doblar un recodo, apreso el pulgar con los labios, noto de nuevo el sabor del mar y me embebo de su tranquilizador consuelo.

Algo se abalanza sobre mí con una fuerza tan temeraria que me arranca todo el aire de los pulmones. Una poderosa e implacable montaña de músculos me tira hacia atrás y me estampa contra la pared; mi cabeza se ahorra el impacto gracias a la mano que me rodea la nuca.

Cojo una bocanada de aire, con los ojos como platos, y veo la mirada ciclónica de Rhordyn.

Una furia pura e irrefrenable emana de él como el virulento latido de una tormenta. Noto el matiz agrio y punzante en el aire. Y también que se me queda atascado en el fondo de la garganta.

Me está observando con unos ojos tan fríos que me queman.

Al final consigo coger un poco de aire, pero no me alivia en absoluto.

—Serás cap...

—¿Lo has disfrutado? —La pregunta es como un disparo.

—¿El qué, Rhordyn?

Me pone una mano sobre la mandíbula como si fuera de piedra, no de carne y hueso, y luego me separa los pies de una patada y me inmoviliza con las caderas.

Jadeo y tomo aire de forma tan brusca que juraría que me he desgarrado la garganta.

—Tenerlo entre las piernas —gruñe con voz salvaje y ahora ya no son solo las caderas lo que me clava a la pared.

Es otra cosa igual de dura e igual de brutal.

Una calidez sensual y natural cobra vida en la expuesta abertura entre mis muslos.

Con el pulgar, me recorre el labio interior y lo curva y observa cómo se pliega, como si estuviera doblando el pétalo de un brote inmaduro para obligarlo a florecer.

—Tener su lengua en la boca.

Se me congela la sangre.

Levanta la mirada; me pilla desprevenida y doy un brinco. Rhordyn aprovecha la oportunidad para hundir la otra mano en mi pelo y tirar. Con fuerza.

Un gemido me sale de los labios cuando me ladea la cabeza para dejar a la vista mi cuello y el jadeante ascenso de mis pechos.

—Dejar que te tocara así y que cogiera las putas riendas.

Tal vez sea por cómo me está sujetando, como si fuera la adulta que he fingido no ser, pero le escupo la verdad como si fuera una piedrecita sobre la lengua.

—Sí. Lo he disfrutado.

Emite un sonido gutural y vuelve a poner la cara sobre mi cuello para acariciarme la piel sensible con su barba incipiente, con la fuerza suficiente como para dejar una marca.

—Qué interesante que ahora sí me digas la verdad, «tesoro». Porque no suele ser el caso.

—Que te jodan.

La piel agredida se incendia cuando al final se aparta de mí.

—No —ronronea y me pone los labios cerca del oído—. Pero con él tampoco vas a aliviar tu necesidad.

Sus palabras son gélidas e inquietantemente certeras.

—Pues...

Me cierra la boca con una mirada cruel.

—Que sepas que, si te vuelvo a sorprender besando al Pececito, lo abriré en canal desde la barbilla hasta la polla, lo herviré en leche y lo serviré acompañado de puré de patata.

La amenaza me introduce piedras en la columna.

Gruño y libero la barbilla de su agarre.

—Hazlo y desapareceré de tu vida para siempre.

Mis palabras son un golpe serrado y me las imagino haciendo pedazos sus intenciones y convirtiéndolas en una montaña de carne ensangrentada entre ambos.

Lo digo en serio. Me largaré, algo que probablemente le dé una gran alegría. Pero me pregunto si ha reparado en lo que se deduce entre líneas en mi amenaza...

Jamás tendrá ni una sola gota más de mi sangre.

Rhordyn se echa atrás, quizá pensando que me caeré al suelo sin la sujeción de sus caderas, con las que me tenía inmovilizada contra la pared. Pero, tras la amenaza al bienestar de Kai, estoy más serena de lo que he estado en los últimos días y arraigo los pies con firmeza por más que lo vea a él marcharse por el pasillo.

—Inténtalo, Milaje. Tú inténtalo.

25
KAI

Hace tiempo, dormir con un ojo abierto era una obligación. Una necesidad. Si cerrabas los dos, a saber quién pasaba delante de ti y te robaba las posesiones más preciadas.

Cuesta abandonar las viejas costumbres.

Pero no estamos durmiendo. Solo lo intentamos. Y no lo conseguimos.

Aovillado entre las rocas de la entrada a nuestro tesoro, mi draco vigila el océano y observa las sombras que van a la deriva.

Sombras enormes. Sombras diminutas. Sombras con brazos largos y ondulados, y algunas que persiguen a otras a una alarmante velocidad.

Zykanth ni se inmuta. Grandes o pequeñas, rápidas o lentas, él sabe que no hay gran cosa que temer. Ya no.

Un sonido discordante llega hasta nosotros desde arriba. Una estridente llamada.

Tap... Tap... Tap...

Tras llenarnos los pulmones de agua helada, Zyke suelta un rugido enorme y perturbador que resuena en el océano y ahuyenta a un cardumen de tiburones tricolor que estaban mordisqueándonos las algas de las escamas.

Mi draco no se mueve, ni siquiera una aleta. Tampoco nos abre el otro ojo.

—No va a parar.

Como si quisiera darme la razón, el ruido se repite. Más rápido esta vez.

Tap-tap-tap.

Zykanth sacude nuestra cola serpenteante y una sucesión de brillos plateados resplandece en el agua.

«*¿Comer hombre hambriento?*».

—No. No nos lo podemos comer... Por desgracia.

Resopla, suelta un chorro de agua hirviendo y hace un gran esfuerzo para cerrar el otro párpado.

Tap-tap-tap-tap-tap-tap-tap...

Gruñimos al unísono y retiramos el labio superior del arsenal de fauces bien afiladas.

«*Hombre hambriento no tener ritmo.* —Zykanth empieza a inquietarse—. *Hombre hambriento mejor muerto*».

—Zyk...

Nos impulsa del saliente con una potente sacudida de nuestra cola y pasamos entre rocas afiladas y bosquecillos ondulantes de algas marinas. Varios bancos de peces salen disparados y el océano aguanta la respiración mientras nos dirigimos hacia arriba.

Suspiro y recupero el control antes de que emerja a la superficie.

Nuestra mandíbula se disloca con un doloroso crujido que no se vuelve más fácil con el tiempo, y nuestra columna convulsiona mientras nos encogemos más y más y las vértebras se compactan una a una. Los huesos se parten y se astillan, nuestra piel se tensa y encierra a Zyke en la jaula de mi pecho, desde donde me atiza las costillas, unos golpes dolorosos que crean ondas en el agua.

Estaba dispuesto a comérselo de verdad.

Al sacar la cabeza a la superficie, arqueo una ceja al ver la sombra de un hombre encima de un montoncito de piedras afiladas. Va vestido de negro y sus ojos son dos medialunas idénticas que escrutan la oscuridad.

—¿No deberías haberte acostado ya?

—Sal —gruñe, mostrándome los dientes y lanzando a un lado una vara metálica, la que ha usado para llamarnos.

La vara repiquetea sobre la piedra con un latido errático que me enfurece. Y a Zykanth le ocurre lo mismo.

Arrugo la nariz y procuro que no me tiemble el labio superior.

—Solo porque me lo pides muy educadamente.

Meto la última porción de la esencia de Zykanth en el caparazón del pecho y la cola se me divide, los huesos se solidifican y las articulaciones se doblan. Las últimas escamas se esconden bajo la piel mientras hundo unos pies recién formados en las rendijas de una roca para impulsarme y, a continuación, abandono el seguro abrazo del océano.

En pie delante de Rhordyn, lo miro de arriba abajo, con el ceño fruncido y la masculinidad colgando entre mis piernas desnudas.

—Ponte los pantalones. —Me lanza una prenda al pecho y dejo que caiga sobre las rocas.

—¿Intimidado?

No me responde. Se limita a cruzarse de brazos.

—Me lo tomaré como un sí. —Me inclino hacia delante sin dejar de mirarlo a los ojos mientras cojo la prenda—. Ahora no es momento, ¿no crees?

Me los pongo, me los abrocho y meto las manos en los bolsillos.

La luna aparece entre las nubes y nos baña con su luz plateada mientras seguimos sumidos en un silencio que se prolonga y se prolonga...

—¿Me vas a decir algo, bruák? ¿O nos vamos a quedar aquí mirándonos a los ojos?

No me responde.

—Supongo que me tocará adivinarlo, pues. Vamos a ver. Ceño fruncido, ojos espeluznantes... —Bajo la mirada y Zykanth me golpetea las costillas cuando me doy cuenta del bulto que tiene Rhordyn en el bolsillo izquierdo.

«*Tesssoro*», trina Zyke. Su esencia revolotea sobre los confines del misterioso objeto.

Enseguida aparto la vista y sorbo un par de veces con la nariz.

—La peste de la rabia me dice que, de no ser por... —señalo con la mano las letras plateadas que le asoman por el cuello— todo eso de ahí, estaría sangrando a tus pies. —Me encojo de hombros—. Otra muesca en tu cinturón.

Rhordyn da un paso adelante, quedando casi cara a cara con nosotros, y yo echo atrás los hombros.

—Fue un accidente. Una baja en una guerra.

Zyke se detiene y debo agarrotar la columna cuando me golpea las costillas, los pulmones y el corazón y me dificulta coger aire.

—Si así duermes mejor por la noche, sigue repitiéndotelo. —Bajo la mirada de nuevo—. ¿Qué llevas en el bolsillo?

La pregunta dirige la atención de mi draco a su misión previa de estudiar la forma y el tamaño del curioso objeto mientras las facciones de Rhordyn se endurecen.

—¿Crees que duermo, Malikai?

—Espero que no. Espero que no puedas cerrar los ojos sin querer arrancarte los sesos. —Finjo un bostezo y lo alargo antes de proseguir—. Ahora que lo pienso, quizá es lo que deberías hacer. No me importaría verte sangrando por los ojos, la boca y las putas orejas.

Igual que le pasó a ella.

—Asha también era mi amiga.

Detrás de mí, el océano se queda paralizado. A la escucha.

—Era mucho más que eso para mí. ¿Sabías que era la última hembra?

Rhordyn abre mucho los ojos, un indicio muy revelador que desaparece al poco.

—Me lo tomaré como un no. —De rodillas, cojo una piedra afilada del suelo e inspecciono sus cortantes bordes antes de erguirme, con la mirada nuevamente clavada en su bolsillo. Un lapsus momentáneo que intento fingir lanzando la piedra y observando cómo rebota sobre la superficie del agua—. Condenaste el destino de toda mi especie con ese golpe.

Una baja en una guerra…

Una parte de mí se ve tentada de lanzarle a Zyke, acomodarme y contemplar cómo se lleva a cabo la carnicería. Rhordyn se defendería muy bien, pero eso es la mitad de la diversión.

«*Tesoro en el bolsillo. No poder comer al hombre hambriento con tesoro en el bolsillo*».

—No digas tonterías. Solo tendrías que masticar con cuidado, para variar.

Rhordyn se aclara la garganta y vuelve a cruzarse de brazos.

—¿Le diste tú la garra?

—Sí. Y espero que te destripe con ella.

Sacude el pecho y una carcajada estalla desde su interior.

—¿Qué te parece tan divertido?

Todo el humor parece desvanecerse de su rostro y transformarlo en la fría impasibilidad a la que estoy acostumbrado.

—En realidad, nada. Te lo creas o no, estamos en el mismo bando. Por lo menos hasta que te has pasado de la raya. —Me señala con la barbilla—. Ya sabes a cuál me refiero.

En ese caso, ha visto el beso. «Genial».

—No estamos en el mismo bando, Rhordyn. No desde que tú condenaste a mi pueblo. —Me arriesgo a mirar hacia la torre que se alza cielo arriba, en parte iluminada por un destello de la luna—. Y Orlaith me necesita más a mí que a ti. No haces más que liarle la cabeza y luego soy yo el que tiene que aclararle las cosas.

Rhordyn contempla el océano y aprovecho la oportunidad para estudiar con más detenimiento el bulto de su bolsillo.

Zykanth reacciona. Parece pesado. Grande. Los extremos quizá sean un poco abruptos, pero a veces son esas líneas duras las que definen una pieza. Y las que la hacen destacar entre las otras, pulidas por el agua y por el paso del tiempo.

Aprieto los puños y me los meto en los bolsillos. Y luego los saco de nuevo.

—¿Cuándo fue la última vez que viajaste a la isla, Malikai?

Me da un vuelco el corazón.

Sigo su mirada hacia mi mano extendida, que sin querer se tiende hacia su bolsillo. Con un sobresalto, la bajo y me cruzo de brazos para imitar su postura.

—Te he hecho una pregunta.

No le contesto. No me atrevo a soltarle una mentira que sin duda reconocerá. No le voy a proporcionar el placer de diseccionarla y hacerla añicos.

Rhordyn niega con la cabeza, con un grave gruñido en la garganta y una expresión parecida a la repulsa en el rostro.

—Yo no condené a tu pueblo. Os condenasteis vosotros solos.

Un siseo sale de entre mis labios, que contraigo para mostrar unos incisivos puntiagudos y unos colmillos más puntiagudos aún, dientes que amenazan con alargarse y duplicarse hasta tener la mandíbula entera repleta de pinchos mortíferos.

—Es cuestión de tiempo que la ira del Mar de Shoaling haga mella en ti, ¿y qué pasará luego? Esa chica lo ha perdido todo y tú tienes el valor de darle algo pasajero. —Ladea la cabeza y entorna los ojos—. ¿O estás preparado para renunciar a tu bestia por ella?

La furia bulle en mi interior con la fuerza de mil olas.

Tenso los músculos, los huesos se me rompen por la presión de retener a Zyke y abro una y otra vez la mandíbula. Incluso la piel me empieza a picar y a hormiguear y sé que, si me mirase las piernas, vería partes donde brillan escamas. Me vería los tobillos e incluso los pies cubiertos de ondas.

Rhordyn chasquea la lengua y me mira de arriba abajo.

—Me lo imaginaba.

Me crujo el cuello de izquierda a derecha. Aprieto los puños.

—Estamos en el mismo bando, Malikai. Un bando que a ella no le hace ningún bien. —Da un paso hacia mí hasta que veo el remolino de sus inquietantes ojos, como si una nube de tormenta los atravesara—. La próxima vez que te pille besando a Orlaith, te clavaré una estaca en el corazón. Y me la pela si eres el primero o el último de tu especie o si estás de pie o no. Tómatelo como tu primera y última advertencia.

No es la amenaza lo que me coge desprevenido, sino la convicción de su voz. Y los ojos, que están más vacíos que llenos, a pesar de la intensidad con que me observa. Es una mirada que he visto demasiadas veces en los iris violeta de Orlaith. Pero también hay otra cosa…

—¿Qué tienes que perder, Rhordyn?

—Todo. —Levanta la barbilla.

De reojo detecto el brillo de algo, una gema en el interior de su puño de blancos nudillos, demasiado grande como para que la rodee por completo con los dedos.

Pero no es una gema cualquiera. Es iridiscente. El corazón sin pulir de un arcoíris previo a una tormenta. Y solo hay un lugar del que podría haber salido.

Zykanth canturrea, se asoma a mis ojos y proyecta su esencia alrededor de los dedos de Rhordyn para ordenarle que suelte el tesoro.

Pero no lo hace.

Se limita a echar el brazo hacia atrás y a moverlo por los aires mientras me mira con reprobación y yo intento contener a Zykanth.

Ese ploc lejano me aniquila el autocontrol.

Los labios se me agrietan, los ojos crujen y se destrozan y se hinchan, los músculos se tensan y se alargan y el agua nos devora de un bocado al zambullirnos en el mar.

Para cuando regresamos a la superficie, con nuestro incalculable tesoro a buen recaudo en la zona más protegida de nuestra colección, Rhordyn ha desaparecido.

26
ORLAITH

Me voy a morir.

La espada de Baze silba por los aires, me golpea en la camisola y me hace trastabillar sobre el Tablón, el árbol caído que va de un lado a otro sobre el estanque profundo y grisáceo. El codazo que me asesta consigue que me resbale el pie y agito los brazos para no perder el equilibrio.

Aunque el agua brillante parezca tranquila, las altas hierbas que circunnavegan el lago son una verja que contiene la siniestra verdad. Algo en lo que estoy intentando no pensar mientras me tambaleo sobre el talón del pie derecho.

Encuentro mi centro de gravedad y me pongo de cuclillas, con el pecho jadeante y sudor sobre las sienes.

—Orlaith, concéntrate. —Baze me apunta con la espada de madera—. Un poco de sangre no es excusa para ser una vaga.

Dudo de que se comportase de esa forma si a él le sangrara la polla.

—No estás siendo justo —gruño, doblándome como una hoja de helecho, pero ni por asomo tan glamurosa.

Abre los ojos como platos y despega el labio superior de los dientes.

Me echo hacia atrás.

—Y tú no estás ocultando tu punto débil. —Vuelve a dirigir un golpe contra mí, pero lo esquivo de un salto—. Y estoy siendo más que justo. No te he hecho vendarte los ojos, pero tengo una venda por aquí por si sigues moviéndote como la melaza.

—¡No me muevo como la melaza!

—Y tanto.

Siseo y me precipito hacia delante tan deprisa que le hago un tajo en la camisa. Sonrío, regodeándome en la victoria, y me olvido de que tengo el costado expuesto hasta que me acierta con la espada en las costillas y me deja sin aliento.

Me resbala el pie y lo último que veo antes de hundirme en la superficie del estanque es la cabeza de Baze inclinada hacia el cielo.

El agua me envuelve con un agarre helado y la cruda frialdad del líquido me sacude los pulmones y casi me convence para que coja aire. Pateo, con la espada sujeta todavía en el puño cerrado.

Este estanque no es como el océano. No es salado ni revuelto ni el hogar de mi mejor amigo. El agua está quieta y estancada y apesta un poco a muerto.

Salgo a la superficie y cojo aire mientras me aparto pegajosas hierbas de la cara. Soy el centro de la furibunda mirada ardiente de Baze.

—¡Ayúdame a salir! —grito, intentando ignorar unos chapoteos que claramente no estoy produciendo yo.

—¿Has soltado la espada? —me pregunta arrastrando las palabras, como si tuviéramos todo el tiempo del mundo.

Muevo el arma por encima de la cabeza.

—Qué suerte… —Se agacha y me observa con expresión divertida—. Pero en realidad debería hacerte nadar hasta la orilla por haber bajado tanto la guardia.

Algo me roza un pie.

—¡Dame la mano! —chillo y al final me tiende un brazo. Me lanzo hacia delante, lo agarro y sacudo las piernas mientras me saca del agua aterradora y me suelta sobre el tronco.

Cojo una bocanada de aire; el pelo mojado es un ancla a mi espalda.

Baze se arrodilla y endurece las facciones, con los ojos gélidos como la tierra una fría mañana de invierno.

—Te has despistado, Orlaith.

—Has estado a punto de convertirme en cebo para selkies —escupo.

—Despístate en una batalla real y estás muerta. —Frunce el ceño—. Y no será una espada de madera la que te dé un golpe en las costillas. Será una de metal muy real la que te atravesará el corazón.

—Ya lo sé.

—¿Seguro? Porque esta —me señala con la mano que tiene libre— no es la chica a la que llevo cinco años entrenando. Sé que todavía te estás acostumbrando a la nueva espada, pero has cometido un error de novata que no te veo desde que tenías diecisiete años.

Odio todas las palabras que salen ahora mismo de sus labios, sobre todo porque son dolorosamente certeras.

Pongo los ojos en blanco, me quito una brizna de hierba del pelo y la lanzo al estanque, que ahora luce una quietud mortal.

Demasiada. Juraría que noto los incontables pares de ojos que me observan como la presa herida a la que seguro que me parezco en el olor.

—Suenas superaltivo para ser un tío con un ojo morado —mascullo, mirando hacia el sauce recién plantado, que busca felicidad con sus ramas disparadas.

«Nada».

Baze se pone en pie y me tapa con la alargada línea de su sombra.

—No se trata de mí, Laith.

—Nunca me habías importado menos que ahora.

—Ya lo veo. ¿Es porque besaste al draco oceánico?

Me giro tan rápido que casi pierdo el equilibrio.

—¿Cómo lo sab...?

—¿Por eso estás tan decaída? —prosigue, con una ceja tan arqueada que casi se oculta debajo de la mata de pelo castaño que le cuelga sobre la frente—. Es por su cola, ¿verdad? ¿O quizá por sus bonitas escamas? A algunas chicas les gustan las cosas que brillan.

—Eres un gilipollas —le espeto, con las mejillas al rojo vivo.

—Qué maleducada —me suelta, y su ceño fruncido no consigue ocultar lo mucho que le centellean los ojos—. Acabo de salvarte la vida.

Si las miradas matasen, ahora sería pasto de los selkies y yo me podría ir a comprobar la trampa para darle a Shay su primer ratón en varios días.

—Así que fuiste tú el que se lo contó a Rhordyn, ¿no?

—Rhordyn no necesita que yo le cuente nada. —Se encoge de hombros.

—¿A qué te refieres con eso?

—Lo que he dicho. —Me señala para que me levante y me incorporo con un gruñido, un poco mareada por la pérdida de sangre y convencida de que me voy a volver a zambullir en el estanque sin que sea necesario que me coaccione lo más mínimo—. Ahora, con la mano izquierda.

Me da un vuelco el corazón y se me encoge el estómago al mismo tiempo.

—Pero ya sabes que es la que manejo peor. Y estoy sangrando.

—Correcto. —Levanta la barbilla y me cambio la espada de mano a regañadientes—. Finjamos que sangras por el brazo y no por tus... —baja la mirada, la levanta y se aclara la garganta— zonas íntimas.

Casi se me escurre la espada y me habría tenido que volver a sumergir en el frío estanque mortal para recuperarla.

—¿Qué te parece si te doy un golpe en la entrepierna y así los dos partimos con la misma desventaja...?

Me ataca demasiado deprisa y no me da tiempo a verlo, pero me muevo por puro instinto y me aparto.

—Así me gusta. —Una sonrisa le tuerce los labios y me llena de arrobo. Es la que suele cruzarle la cara cuando está semiorgulloso de mí y siempre me muero por verla.

Me ataca de nuevo, pero me hago a un lado y la espada me pasa junto a las costillas. Su próximo gesto es veloz, un estoque brutal hacia el cuello, pero consigo desafiar la gravedad y esquivarlo agachándome antes de poner todo el peso en una pierna y darle una patada con el otro directa a los pies.

Se cae y se zambulle con tanto estruendo que seguro que todos los selkies del estanque lo han oído.

Con una sonrisa engreída y blandiendo la espada en el aire, observo las aguas revueltas. Al cabo de unos segundos, Baze emerge a la superficie con los ojos más abiertos que nunca.

Agarrado al tronco con un largo brazo, me tiende el otro.

—Rápido, antes de que me devoren.

Pongo los ojos en blanco y extiendo una mano, pero entonces me fijo en que la suya está vacía...

—Un momento, ¿y tu espada?

Baze abre la boca, se propulsa hacia delante, me coge la mano y tira de mí...

Salgo volando por los aires.

El agua fría es igual de implacable la segunda vez. Igual de intimidante, plagada de la amenaza de unos dientes afiladísimos que se aferran a las zonas más vulnerables y te sacuden.

Salgo a la superficie boqueando, con las manos vacías.

—Serás imbécil. —Clavo la mirada en lo que parece ser una roca pálida que rompe la superficie a poca distancia, con una peluca de hierbas marrones.

Sigue inmóvil..., por lo menos hasta que abre unos enormes ojos negros.

—Ahora tendremos que nadar hasta la orilla —le espeto al ver al selkie abrir las estrechas fosas nasales.

—Y deprisa —masculla Baze. Me lleva a mirar en la misma dirección que él y veo seis, ocho, doce cabezas más que salen a la superficie y nos observan con ojos sombríos—. Por lo visto, los atrae el olor de la sangre...

—Pero ¿y las espad...? —Con el corazón en un puño, dejo la frase a medias al ver cómo las criaturas se zambullen al mismo tiempo.

Los selkies atacan desde debajo.

—Olvida las espadas, joder —me larga Baze—. Los pies son más importantes.

Se precipita hacia los juncos y me deja tosiendo y analizando su doble moral.

Si hubiera sido solo la mía, me habría dejado debajo del agua, hurgando entre el estanque lodoso y luchando contra las criaturas con las manos desnudas. Una gran entrega para una espada que no me gusta demasiado.

Echo a nadar detrás de él, encantada de dejarla pudrirse en las profundidades. Cruzo los dedos por que el próximo par que elabore Baze sea de una madera más suave y menos estridente…

La esperanza es lo último que se pierde.

27

RHORDYN

Bajo la pesada tapa del baúl de madera y cierro el candado mientras noto la nerviosa mirada de Greywin, ardiente como el calor que derrama su horno. Percibo su atemperada emoción en el denso aire lleno de humo.

A pesar del ambiente sofocante de este sitio, a mí siempre me ha gustado. El olor a valor y a determinación se ha filtrado en las paredes de piedra y en las mesas de madera de alrededor. Se percibe en los utensilios desgastados y en el yunque maltrecho, así como en el hombre curtido que ha dispuesto un catre en el fondo de la cueva para así no tener que abandonarla nunca.

Greywin me mira por encima de su abarrotado puesto de trabajo y el espeso manto de cejas plateadas le ensombrece los ojos. La forja llamea detrás de él y arroja a la estancia cavernosa un resplandor rojizo.

«¿Bien?», me pregunta con los dedos, nudosos por la edad.

Toda su familia fue masacrada hace unos cuarenta años en un ataque de los vruks y después de eso se desgarró los tímpanos con un palo como castigo por no haber estado allí. Su oficio es lo único que le queda.

Aprieto un puño y asiento mientras me levanto y me clavo el pulgar en la palma antes de mover las dos manos en dirección opuesta para indicarle lo impresionado que estoy.

Él gruñe. Sin apenas poder disimular una sonrisa, se vuelve a poner los guantes y se gira. Coge unas tenazas para sacar un filo largo y ardiente del horno antes de someterlo con un martillo.

Tin-tin-tin.

Clanc.

Me recuesto en la pared y lo observo trabajar. Hasta que lo trasladé aquí hace dieciocho años, solía vivir en las tierras del castillo. Esta cueva es subterránea, así que ninguno de los ruidos que hace llega al bosque ni consigue ascender hasta la torre de Orlaith.

Unos pasos fuertes retumban en la entrada de la cueva con un ritmo que no se acompasa al de los golpes metálicos. El hedor a whisky y el olor de la mujer que anoche le humedeció la polla a Baze me golpea antes de que lo ilumine el destello del taller; lleva el pelo hecho un desastre y tiene oscuras ojeras. Lleva los primeros botones de la camisa desabrochados y ni siquiera se ha molestado en ponerse las botas.

Dos días libres y recupera las viejas costumbres.

—¿Una buena noche? —Arqueo una ceja.

Evita mirarme a los ojos mientras se rasca la cabeza y reprime un bostezo.

—¿Querías verme?

Me quedo observándolo durante un buen rato.

Clanc. Clanc.

Me aclaro la garganta, me alejo de la pared y cojo una de las dos espadas que hay sobre la mesa de trabajo de Greywin, ambas elaboradas con una madera casi negra y con empuñadura de piel.

Son armas sencillas y bien confeccionadas. Le paso la más pequeña a Baze y frunce el ceño mientras la examina con ojos más atentos que hace unos segundos.

—Un momento… —Mira por encima del hombro hacia nuestro plan maestro: troncos de distinto color apilados contra la pared del fondo. Un trampolín para que Orlaith esté cada vez más cerca de usar armas de metal—. ¿Madera de ébano?

Asiento.

Mira la espada como si estuviera a punto de moverse en su propia mano y rebanarle el pescuezo.

—La estás presionando demasiado.

Tiene razón, claro. Pero la paciencia es un lujo del que llevo años bebiendo, un lujo que ya no me puedo permitir. No en lo que a ella respecta.

—No. No la estoy presionando lo suficiente.

Baze suspira y sopesa el arma con las dos manos.

—Apenas soporta el chasquido de los cubiertos durante la cena ¿y crees que está preparada para esto? Casi duplica la densidad de su última espada. La diferencia de sonido...

—Puede ser estremecedora —termino la frase por él.

Me mira entre los bucles revueltos de su pelo.

—Exacto. Convinimos en pasar al nogal cuando se hubiera acostumbrado al pino petrificado. Cosa que no ha hecho, por cierto. Si no hubiéramos perdido las espadas en el estanque de los selkies, la habría hecho seguir con el pino durante otros seis meses.

«Seis meses...».

—El otro día me pareció que la manejaba muy bien.

—Porque estaba drogada, joder.

«Una imagen que me llevaré a la tumba».

Me aclaro la garganta.

—En cualquier caso, ya no tenemos tiempo de pasar al nogal. Casi ni lo tenemos para el ébano. He estado a punto de ir directamente a la madera de olivo plateado... —Me encojo de hombros. La gruesa piel que llevo alrededor de los hombros no tiene nada que ver con el peso que llevo años acarreando—. Le he pedido a Greywin que afinara un poco su empuñadura.

—Ya lo veo —responde Baze mientras balancea el arma y la hace silbar—. Se quejará...

—No me cabe ninguna duda.

Coge la espada un poco más grande que he forjado para él con la misma madera y golpea una contra la otra, llenando el aire de un fuerte chasquido. Y se encoge. Internamente, yo también.

—¿Y puedo achacarte a ti toda la responsabilidad? —masculla, mirándome por encima de las armas cruzadas—. Pienso aprovecharme al máximo, porque te digo desde ya que no le va a hacer ninguna gracia.

—Es decisión mía. —Me cruzo de brazos y me apoyo en la pared—. No me importará pagar el precio.

Recibir su odio.

—Eso lo dices ahora —murmura mientras inspecciona las espadas desde todos los ángulos—, pero la última vez que cambiamos me metió algo en el té y estuve haciendo pis verde durante toda una semana. Solo para que lo sepas.

Greywin suelta una sincera carcajada y Baze mira al anciano con los ojos entornados.

—Pensaba que estaba sordo.

—Sabe leer los labios la mar de bien. —La comisura de mi boca amenaza con curvarse en una media sonrisa—. Aunque raramente se molesta en hacerlo.

Clanc. Clanc. Clanc.

—Me lo tomaré como un cumplido.

—Y yo que me alegro.

—¿Qué hay ahí? —Señala el baúl con la barbilla.

—Una contingencia que espero que no necesitemos —mascullo. Paso por delante de Baze y cruzo la longitud de la sombría cueva.

Él suelta una grave maldición antes de seguirme con pasos apresurados.

—Necesita saberlo, Rhor. —Cruza tras de mí la cascada de enredaderas que hace las veces de puerta natural hacia el bosque cubierto de rocío iluminado por débiles rayos de luz del sol de la mañana.

—¿El qué?

—Todo. —Me fulmina con la mirada—. O por lo menos lo básico, joder.

—No.

Las plantas adoptan su forma habitual detrás de él y yo doy media vuelta para esquivar las rocas con musgo y las raíces de los árboles que sobresalen de la tierra.

—Eres cruel con ella. Esperaba que con la edad te ablandaras, pero con cada puto año que pasa te vuelves peor.

Rozo un árbol con la mano.

—Elijo tomármelo como un cumplido.

—Y yo que me alegro —dice mientras me devuelve mi comentario anterior, negándose a ceder. Nos sumimos en el silencio durante un rato—. Espero que estés preparado para recoger los pedazos cuando todo se venga abajo.

—Esta chica lleva hecha pedazos desde que la levanté de los escombros —repongo, y lo veo esquivar una sombra muy profunda—. No hay nada por aquí. No hace falta que evites la oscuridad.

Rodea la sombra de una roca que es más alta que nosotros y se mete hasta las rodillas en un rápido riachuelo.

—Con el debido respeto, no estoy preparado para correr ningún riesgo. ¿Has visto recientemente la sombra a la que le da de comer justo en el borde de tu línea? —Se estremece al salir a la tierra seca—. Casi ha doblado de tamaño.

—La he visto, sí.

—¿Y sigue sin preocuparte?

Al advertir el ruido de un distante aleteo, miro hacia el este y veo una pequeña esfera borrosa precipitándose hacia mí.

—No le hará ningún daño —le digo mientras extiendo la mano como si fuera una rama.

Una duendecilla no más grande que mi dedo índice aterriza en la palma de mi mano, con orejas puntiagudas que sobresalen entre su pelo blanco y liso. Tiene la piel tan pálida que casi resulta translúcida y unos ojos negros que son una declaración de intenciones en su carita.

De la espalda le salen unas alas de opalina, como si fueran hojas afiladas, que me llenan la mano de polvo al revolotear antes de encogerse para adornar su vaporoso vestido.

Se extrae un pergamino de la pechera y me lo entrega mientras da botecitos y palmadas con las manos.

Baze suelta una mezcla entre carcajada y resoplido, apoyado en un árbol bajo un turbio rayo de luz, con las espadas sobre una roca delante de él.

—Los mimas demasiado.

Me meto una mano en el bolsillo del abrigo, saco una gema pálida pequeña como la cabeza de un alfiler y se la tiendo.

La duendecilla suelta un gritito de emoción y coge el regalo tan rápido que apenas veo el movimiento.

—Los duendes contentos son un servicio más fiable —digo, y observo a la criatura salir disparada hacia el bosque con su botín.

Irá directa a una guarida en alguno de esos árboles y molerá el diamante hasta convertirlo en polvo, que usará para cubrirse las alas, y luego se pasará horas admirando su reflejo en algún que otro estanque.

—Un servicio agresivo, querrás decir. El otro día uno me mordió porque solo le pude ofrecer una nuez.

Bajo la atención hacia el pergamino y lo desenrollo.

—No veo por qué va a ser culpa mía.

—Los has consentido con tus diamantes de bolsillo. ¿Algo importante?

—Novedades del regimiento. Ha sido un invierno duro y escasean las provisiones. Les he dicho que se acerquen a Punto Quoth. —Doblo el manuscrito y me lo guardo en el bolsillo—. Allí podrán utilizar los viejos barracones y hay suficientes peces en el océano como para alimentarlos.

—¿A Punto Quoth? —Baze abre mucho los ojos.

—Es una medida preventiva.

—Preventiva... —repite antes de respirar hondo y soltar el aire a toda prisa.

Dejo que el silencio se alargue mientras digiere la información. Cuando por fin se aparta del tronco, los hombros parecen pesarle más. Incluso las manchas de debajo de los ojos se ven más oscuras.

—Bueno, en ese caso, la madera de ébano ha sido una sabia decisión —dice, contemplando las espadas—. Hablando de lo cual, más vale que vuelva.

Coge las dos armas y se dirige hacia el oeste, caminando entre árboles ancianos que proyectan sus sombras alrededor de él.

—¿Baze?

Se detiene y me mira por encima del hombro con una ceja arqueada.

—Lávate. Apestas a taberna.

«Contrólate antes de que tenga que venir a arrancarte de los muros de la taberna».

Baja los ojos, asiente y retoma el camino hacia el castillo.

Nunca lo admitirá si se lo pregunto, pero depende tanto de la chica como yo.

28
ORLAITH

Me despierto cuando oigo el ruido que hacen las cortinas al deslizarse.

Con un gruñido, abro un ojo y uso una mano como protección contra el rayo de luz moteada, aunque me arrepiento enseguida, cuando el gesto me provoca agudas punzadas de dolor por todo el hombro. Es como si me hubiera pisoteado un caballo.

—Es demasiado temprano —murmuro, y veo a Tanith revolotear por mi cuarto con una sonrisa radiante que parece tallada con la luz de la luna.

—Son las nueve y algo —gorjea, y pasa el plumero por mi colección de piedras pintadas con una mano mientras abre la ventana con la otra—. Baze me ha pedido que te despertara para entren...

—Chist —la mando callar. La señalo con un dedo y me gano una mirada de fingida inocencia—. No lo digas. No uses esa palabra, Tanith. Sabes que me duele.

—Entrenar —la termina y emito el ruido que haría un animal moribundo mientras observo la espada oscura que descansa sobre mi mesita de noche y que se burla de mí con la promesa de golpes estridentes—. En el Agujero Infernal... o comoquiera que llames tú a ese lugar.

No le había puesto nombre, pero ahora ya lo tiene.

—Voy a volver a dormirme —murmuro mientras me pongo una almohada sobre cada oreja—. Quizá para siempre.

Valoro las consecuencias de añadirle a mi ofrenda algo que haga que Rhordyn sufra tanto como yo.

Puta espada de ébano. Es ruidosa, pesada… La odio. En comparación, el pino petrificado parece papel.

—No puedes volver a dormirte. También he recibido órdenes de asegurarme de que te da un poco el sol.

—¿Órdenes de quién? —suelto, mis palabras amortiguadas por la almohada.

La pregunta es un poco mordaz, lo admito.

—Del Alto Maestro en persona. Me ha dicho que, si protestas, debo recordarte que es el propietario del techo y que está en todo su derecho a quitártelo si decides abusar de los privilegios.

Y él va a descubrir lo que pasa cuando ingieres demasiada sena.

Mientras aparto la almohada, echo un vistazo por la ventana y veo las vagas nubes que flotan por el cielo.

—Pero si ni siquiera hace sol. —Respiro hondo y percibo la promesa de un aguacero en la brisa que ondea mis cortinas—. De hecho, va a llover.

Tanith abre las puertas de mi balcón y observa el cielo con las manos sobre las caderas.

—En ese caso, más vale que salgas cuanto antes.

Preferiría quedarme aquí, donde no tendré que ver a nadie. Y mucho menos a dos mulas tercas que se niegan a dejarme zambullirme en el fondo del estanque y recuperar las espadas que perdimos el otro día, espadas que eran de ensueño comparadas con las nuevas. Sí, los selkies dan miedo, pero en mi sesgadísima opinión la recompensa sobrepasa con creces el riesgo de perder unos cuantos dedos de los pies.

Con un suspiro, me quedo mirando el arma.

Tanith se acerca a la cama y me levanta la manta para darme un bofetón de frío.

—¡Arriba!

—Buf…

Le lanzo la almohada y me responde con una risotada mientras balanceo las piernas sobre el extremo de la cama.

Me deshago la larga trenza dorada que me cuelga pesadamente sobre un hombro y me dirijo al exterior; me apoyo en la balaustrada para recibir la dosis prescrita de (no) sol conforme observo el mundo. Los jardines rebosan de gente vestida no solo con las ropas negras propias del oeste, sino también con abrigos cobrizos del este y unas cuantas túnicas negras del sur.

—Creo que he perdido la noción del tiempo. ¿El Tribunal es hoy?

—Esta mañana —me responde Tanith mientras arruga mis sábanas—. Pero esta tarde se va a organizar un Cónclave, ¿recuerdas? Y el baile será mañana.

Se me cae el alma a los pies.

Doy varios pasos por el balcón, dejo atrás a Hoja Floja y me acerco a una rama de mis glicinas, con la mirada clavada en los barcos que se amontonan en la sonrisa acuosa de la Bahía Mordida. Cuento veinticuatro en total, dispuestos en tres flotillas, y la más grande de ellas consiste en unas embarcaciones marrón oscuro con lagartos de boca abierta en los mascarones de proa.

Una flota más pequeña anclada más alejada de la bahía está formada por barcos negros de aspecto recio, de casco ancho y bastante hundidos en el agua. Los del tercer grupo, el minoritario, son blancos y estrechos, con cascos elegantes destinados a atravesar aguas revueltas y velas azul oscuro enrolladas alrededor de los mástiles.

Miro por la ventana hacia el maniquí, que no he tocado desde que lo cubrí con una manta, y frunzo el ceño al ver asomando por debajo la tela rojiza, que cae hacia el suelo.

Joder.

—Sábanas limpias. Deberías empezar a sentirte más tú misma —exclama Tanith.

—Algo es algo —murmuro, con la atención clavada de nuevo en el montón de gente que explora las frondosas tierras del castillo. Que huele mis rosas. Que recoge mis flores.

Con el ceño fruncido, me concentro en una mujer con el pelo largo y negro que está arrancando una rosa de color salmón de un arbusto cuyas semillas planté yo misma.

—¿Por qué siempre van a por Melocotón?

Tanith se coloca a mi lado en el balcón con los brazos llenos de ropa sucia.

—¿Qué pasa? —Se sopla un mechón de pelo de los ojos y contempla a la gente.

—Melocotón. —Señalo a la descarada mujer, que se está poniendo el preciado botín en la oreja—. Nunca lo veo lleno de flores porque en todos los Tribunales alguien le arranca una. Estoy harta. Y la tía ha cogido la única que no tiene los pétalos rotos, cómo no.

Niego con la cabeza.

—¿Cómo…? —Tanith entrecierra los ojos y arruga el ceño—. Vaya. Debes de tener muy buena vista.

—¿Por qué lo dices?

—Desde tan lejos, yo no veo con tanto detalle. —Se encoge de hombros y da media vuelta para volver al interior—. Ahora entiendo por qué los jardineros podan la mayoría de las plantas durante las comidas.

—¿Qué?

Después de meter mi ropa sucia en un cesto, se pone las manos sobre las caderas.

—Dicen que es el único momento en el que no notan que alguien los mira fijamente.

Parpadeo y me noto un tanto mareada; me pregunto si mi criada sabrá que me acaba de proporcionar un palo con el que golpearé el avispero cuanto antes.

—Gracias, Tanith. Un dato muy interesante…

—Yo no te he dicho nada —me contesta, mirándome con seriedad.

«Ah, pues sí que lo sabe».

—No me has dicho nada de nada.

Me sonríe y me guiña un ojo; yo me giro hacia la escena que se desarrolla más abajo. «Esos capullos mentirosos no sabrán por dónde les da el aire».

Peinándome el pelo con los dedos, examino la frontera y me fijo en una pequeña mancha azul que me forma un nudo en el estómago. Con los ojos entornados, me concentro en el racimo de campánulas que crecen a los pies de un anciano roble, cuatro pasos más allá de la Línea de Seguridad. Que es como si fuera en otro continente.

—¿Tanith?

Como no obtengo respuesta, me giro y veo que se ha marchado; valoro la posibilidad de perseguirla antes de recobrar el buen juicio.

Enviar a mi criada a cruzar la línea de piedras sería bastante egoísta teniendo en cuenta que yo no estoy dispuesta a atravesarla por mi cuenta.

Suspiro con la mirada clavada en el sinfín de personas montadas a caballo y en los carros que traquetean por la entrada principal, un arco de piedra negra colosal cubierto de plantas trepadoras.

Más vale que me vaya a entrenar o Baze me pondrá de vuelta y media por haberle hecho perderse el Tribunal.

Con la mochila dando botes sobre la cadera, cojo un pasillo menos transitado para evitar a los desconocidos que van de un lado para otro y meten las narices por todo el castillo. Entiendo sus anhelos. La curiosidad es algo natural, o eso es lo que me digo a mí misma cada vez que encuentro algo nuevo que explorar en este enorme y viejo laberinto de misterios que no me pertenecen. Me repito el mantra mentalmente al ver a un hombre petulante con ropas del sur acercarse y recorrer el pasillo estrecho y bien iluminado que pensaba que estaría desierto.

Un corredor sin recovecos ni sombras donde esconderme.

Avanza con paso confiado, con los hombros hacia atrás y las manos dentro de los bolsillos.

Levanto la barbilla y me recuerdo que dar media vuelta y echar a correr sería horriblemente sospechoso. Necesito comportarme de forma natural, fingir que no me va a dar algo..., aunque mi desbocado corazón sepa que es al contrario.

A medida que nos aproximamos, me fijo en que es muy guapo y tiene la piel morena y dorada, así como el pelo clareado por el sol y apartado de unos rasgos fuertes y masculinos.

Me mira los pies descalzos y las cejas casi le salen despedidas del rostro.

El calor se dirige a mis mejillas y miro hacia las paredes, hacia el suelo, hacia cualquier lugar menos a él, hasta que ya no puedo evitar la extraña tensión que nos envuelve.

Nos miramos a los ojos.

En cuanto veo ese azul glacial, no puedo apartar la vista por más que lo intento.

Noto un magnetismo que no comprendo, como si él estuviera hurgando en mi alma y me examinara de dentro afuera.

Me quedo sin aliento, retenido este en mis paralizados pulmones.

Entre las cejas se le forma un ligero surco y ralentiza los pasos, mientras que yo adopto un ritmo histérico y lo dejo atrás como el fuego esquiva las piedras en un incendio.

No me atrevo a volver la vista y noto su ardiente escrutinio clavado entre los omóplatos, un atizador llameante que amenaza con atravesarme como un espetón. Es probable que se haya dado cuenta de quién soy y esté sacando sus propias conclusiones sobre la chica que vive en la torre de Rhordyn y que nunca sale de las tierras del castillo. La niña superviviente.

Quizá Rhordyn lo apuntará en mi tabla de progreso.

No puedo respirar hasta que doblo un angosto recodo. A mi derecha hay una puerta de madera y miro hacia atrás antes de empujarla para que se deslice sobre sus sigilosos goznes, que siempre me han permitido moverme por esta zona de la Maraña sin llamar la atención.

El estrecho túnel está labrado toscamente en la piedra y hay muy pocas antorchas que flanqueen las serpenteantes paredes. Las que están encendidas arden como si apenas hubieran cobrado vida y languidecen ante el aire espeso y húmedo.

No pierdo tiempo comprobando si me ha seguido alguien. Quienquiera que sea ese hombre, dudo de que conozca este castillo como yo.

Avanzo por el túnel hasta que llego a una bifurcación y, en ese momento, cojo una antorcha de un aplique de metal forjado. Me proporciona un aura de luz titilante al girar a la izquierda y pasar a un camino que de repente se inclina tanto que podría servir de tobogán, pero no del todo. Ya lo he intentado.

En cuanto el suelo se aplana de nuevo, me detengo y levanto la antorcha para iluminar el tapiz que cuelga en la pared a mi izquierda. Cientos de flores brillantes y cosidas con esmero salpican una colina solitaria y la embellecen con intensos puntos de color.

La solemne visión de belleza casi me hace llorar cada vez que poso los hambrientos ojos en ella.

Es una imagen exótica y tan llena de vida..., pero está oculta en este oscuro túnel.

El centro de la obra maestra oscila como si el pasillo que tiene justo detrás hubiera cogido aire y doblo una esquina para adentrar la antorcha en la garganta de oscuridad que se extiende más allá.

Al entrar en la penumbra, dejo que el tapiz recupere su habitual posición tras de mí y me dirijo hacia el largo y estrecho pasillo, tan lleno de polvo y descuidado como la primera vez que lo recorrí.

Descubrir este pasadizo al poco de cumplir trece años fue mi hallazgo más emocionante en mucho tiempo, algo de lo que me percaté en cuanto pasé por detrás del pesado tapiz y vi el estado en el que se encontraba ese lugar.

Los túneles olvidados siempre conducen a descubrimientos interesantes.

Paso por delante de un habitáculo empotrado en la pared con un asiento corrido que ocupa toda su longitud. Fácilmente se confundiría con un sitio en el que descansar, pero es muchísimo más que eso.

Oigo el lejano rumor de una voz que retumba en las paredes y meto la antorcha en el aplique vacío para tener las manos libres.

Arrodillada, con las palmas sobre la piedra, busco la hendidura de la pared, un agujero del tamaño de una ciruela grande, perfecto para ver desde arriba a toda la gente apiñada en la sala del trono. Llenan la estancia que queda a mi derecha, salvo un punto en forma de luna creciente que separa el estrado de la multitud. Que separa a Rhordyn.

Con el techo iluminado con cientos de candelabros que no se encuentran demasiado lejos de mi visión, la sala parece un pedazo de cielo nocturno tallado. Es preciosa, siempre lo he pensado, pero las cosas preciosas no necesariamente provocan felicidad.

Es curioso que, a pesar de la marea de cuerpos que visten el color negro de Ocruth, la estancia sigue dándome la sensación de ser una cavidad torácica vacía.

Clavo la mirada en Rhordyn, sentado en el trono hecho de tallos plateados dispuestos con inteligencia y soldados entre sí para formar un elegante estrado. A su lado hay un montón de ofrendas que es casi más alto que él: jaulas con gallinas, joyas, telas elegantes, cestos con hierbas y mucho más.

Un hombre se encuentra bajo un arco de un lugar vacío, con el rostro surcado por el paso del tiempo, que acumula sobre los fuertes músculos de los hombros. Un agricultor, quizá, teniendo en cuenta el cesto repleto de enormes frutas amarillas que hay en el suelo, a su lado.

Está apoyado en una rodilla, con los hombros encorvados, y venera a Rhordyn con ojos apagados envueltos en sombras.

—Fue un monstruo lo que destruyó la verja. Un animal gigantesco. ¡Y ahora hay un agujero que da la bienvenida a todo lo que quiera pasar por allí!

—Y se arreglará, Alstrich. —Rhordyn asiente, con la barbilla apoyada en el puño—. Yo me encargo de disponerlo.

Tras coger un saco del suelo, afloja el cordón plateado, hurga en el contenido repiqueteante, saca una ficha negra y se la ofrece.

Alstrich levanta el cesto y coloca su ofrenda al lado de una cabra atada con correa. Luego sube cinco peldaños del estrado y se arrodilla para recibir la ficha. La moneda de las promesas.

Elaborada con un metal casi inútil y estampada con el sello de un maestro, una ficha no puede usarse para comprar grano ni ganado ni tampoco para quitarte la deuda con un vecino. Vale muchísimo más que eso.

Tener una ficha significa que te deben una promesa y solamente te la arrebatan cuando la promesa se ha cumplido.

Un escriba sentado a una mesa cercana garabatea notas en un rollo de pergamino en tanto Alstrich baja la tarima, con la promesa agarrada en su puño de nudillos blancos, y se mezcla con la muchedumbre.

Rhordyn hace señas para que se aproxime la siguiente persona, una joven que reconozco de un Tribunal previo como la medis de un pueblo de los alrededores.

Tiene los ojos grandes y de color ámbar oscuro, las mejillas arreboladas y el pelo largo y castaño recogido en una cola de caballo baja. El vestido negro hasta los tobillos le ensalza la voluptuosa silueta y al final de las mangas largas me fijo en sus manos de porcelana y en la cupla dorada y azul oscuro que lleva en la muñeca izquierda.

Un grillete de promesas. Uno que no portaba la última vez que la vi.

Hace una reverencia con la cabeza inclinada como señal de respeto.

Desplazo la atención hacia Rhordyn, sus labios rectos y sus ojos pétreos, y sé que se ha fijado en la cupla por cómo frunce el ceño.

—Mishka, ¿cuál es tu petición?

La mujer se yergue, frunce el labio inferior y se alisa la parte delantera del vestido.

—Alto Maestro, vengo a hablar con vos con el corazón lleno de alegría y de pesar. —Habla en voz baja, con una cadencia reticente—. He aceptado una cupla.

—Felicidades. —La mirada de Rhordyn no abandona la de la mujer al responderle—. Te deseo que la unión sea larga y feliz.

—Gracias, Maestro. —Se pone las manos sobre el bajo vientre como si fueran un escudo y enseguida las baja a los lados—. He... he venido a veros porque mi hombre no es del oeste.

Hay un ligero movimiento en la frente de Rhordyn, un ápice de sorpresa que no muestra en los ojos tormentosos ni en el tono de su réplica.

—Ah, ¿no?

—N-no. Es del sur. De la capital.

Unos murmullos se alzan en la multitud.

—Callad —ordena Rhordyn con voz grave.

Un silencio sepulcral se apodera de la sala.

Mishka se aclara la garganta, aunque eso no evita que sus próximas palabras suenen broncas.

—Mi designación en Grafton como la medis del pueblo ha sido

el mayor de los honores, Maestro. Me ha dado muchísima felicidad en los últimos años, pero como mis circunstancias han cambiado… —Hace una pausa y se retuerce las manos—. Me gustaría pediros que se me conceda permiso para cruzar la muralla hacia el sur.

La multitud suelta un jadeo colectivo e incluso yo me llevo las manos a los labios.

Por lo general, la gente no suele buscar amoríos fuera de su territorio, pero en las raras ocasiones en las que sucede es el hombre el que se muda para que la mujer pueda quedarse cerca de su familia y así obtener apoyo y ayuda cuando deba criar a los posibles hijos. No al revés.

Y siendo una medis a la que le encanta donde trabaja, y que creo que ya está encinta…, no tiene demasiado sentido.

—Mishka, tengo que saberlo. ¿Es decisión tuya?

En la pregunta de Rhordyn se entrevé una tácita amenaza y la muchedumbre guarda silencio, como si el aire que pueda coger dependiese de la respuesta de Mishka. A mí me pasa lo mismo.

La fuerza de un territorio reside en la capacidad de su gente para criar a hombres fuertes y a mujeres fértiles. Por lo tanto, la ley protege a las mujeres e impide que las coaccionen para cruzar murallas y cambiar de color en contra de su voluntad, un delito penado con la muerte.

Mishka se remueve; su maraña de nervios casi tangibles sirve como leña para avivar mi acelerado corazón.

—Es decisión mía, sí. Pero, como ya he dicho, la he tomado con pesar en el corazón. —Vuelve a ponerse las manos sobre el abdomen—. Estoy embarazada de siete semanas. Aunque la idea de criar a mis hijos sin el apoyo de mi madre es abrumadora, quedarme en Grafton me aterra.

Con la última palabra se le rompe la voz y me inclino hacia delante para apoyar la cara en la fría piedra.

—¿Te aterra? —pregunta Rhordyn con tono tranquilo. Demasiado.

«En su voz hay instintos asesinos».

—S-sí, señor. Después del ataque de hace una semana en Kriesh, he tenido que administrar acónito líquido a todos los que seguían respirando. Hace poco, un bardo que pasó por Grafton nos contó con una canción incidentes parecidos muy cerca de su casa. Sobre vruks que crecen en número y en fuerza. Sobre niños que desaparecían.

«Niños...».

Noto el sabor de la bilis e incluso desde donde estoy percibo el ambiente enrarecido.

—Continúa.

La nuez de Mishka se mueve arriba y abajo.

—Mi hombre dice que los ataques todavía no han llegado al sur, así que, con el debido respeto, creemos que mudarnos es la opción más segura para nuestra futura familia.

Rhordyn se inclina hacia delante en el trono, con las manos unidas por las puntas de los dedos y los ojos como pedazos de hielo iluminados bajo la luna llena.

En la sala hay una expectante quietud, un silencio que se alarga demasiado.

Es tarea de Rhordyn que su gente esté a salvo y ahora mismo... no es así.

Baja las manos al erguirse en el asiento.

—Encontraremos a otro medis para que ocupe la vacante que dejas. Haz lo que sea conveniente para tu familia.

Aunque las palabras suenan sinceras, es como si las hubieran arrancado de un trozo de pizarra.

Mishka se inclina tanto que roza el suelo con el pelo; a continuación, se incorpora y se adentra en la murmurante multitud.

Yo me echo hacia atrás y me doy la vuelta para apoyar la espalda en la piedra.

Niños que desaparecen. Cantidades de vruks que van en aumento. Gente que ya no se siente segura...

Cierro los ojos y visualizo mi invisible línea de protección, dura como un diamante. Lo bastante como para hacerme de escudo. Y como para mantener alejados a los monstruos.

Pero es una mentira que me digo a mí misma, puesto que los monstruos ya están aquí, en mi cabeza.

Ya me han alcanzado.

29
ORLAITH

Sigue sin haber campánulas. Tan solo hay tallos marchitos que no lucen ninguna flor de ese azul marino tan oscuro que necesito con desesperación.

Con la mochila colgada al hombro, salgo del Brote y me meto corriendo detrás de un espeso arbusto. Aprieto los puños y las uñas y casi me desgarro la carne de las palmas al pensar en las florecillas que he visto al otro lado de mi Línea de Seguridad, muy cerca y muy lejos al mismo tiempo.

Sale un grito de mi mochila y levanto la vista hacia el cielo, cubierto de densas nubes que amenazan lluvia de nuevo. Frunzo el ceño y miro hacia la frontera, donde la cuidada hierba de color verde lima se une con los altos árboles desaliñados.

Quizá está lo bastante nublado como para que mi amigo salga a jugar.

Consciente de los numerosos desconocidos que visitan el castillo, corro entre matojos podados con esmero, entre rosales y rocas cubiertas de musgo. Normalmente no intentaría llevar a cabo una acción tan arriesgada un día tan atareado como hoy, y es algo que sin ninguna duda sacaré a relucir la próxima vez que Rhordyn se meta conmigo por mis esfuerzos.

Envuelta en la sombra de un enorme roble a pocos metros de mi Línea de Seguridad, miro a izquierda y a derecha para comprobar que nada ha desperdigado mi frontera de piedras irregulares antes de observar el mundo que se alza más allá.

El bosque está oscuro debajo del dosel de copas de árboles. El suelo es un lienzo de troncos musgosos y raíces rebeldes que emergen de la tierra como si fueran tentáculos, iluminados por escasos rayos de luz.

Las florecillas azules me miran desde el suelo, colgando de unos tallos curvados.

Mientras me muerdo el labio inferior, hurgo en la mochila y saco el tarro en el que he atrapado la rata enorme que esta mañana he encontrado en el interior de la trampa.

La Cocinera se ha llevado tal alegría por la captura que me ha prometido un montón de bollitos de miel, a pesar de su apretada agenda antes del baile.

Los pájaros dejan de trinar y un silencio se apodera del bosque; el aire parece contener la respiración. Mi ofrenda para el sacrificio acerca el hocico a un agujero de la tapa y sacude los bigotes.

Se me eriza el vello de la nuca... Al levantar la vista, veo una sombra oscura que utiliza las de unos árboles muy viejos como camino para aproximarse.

Es Shay. Avanza deprisa, un oscuro parpadeo que solo se detiene cuando se acerca tanto que percibo el vacío de su cuerpo. Y noto la atracción que siente por estarlo menos.

Siempre me lleva a visualizar un pulmón hueco que intenta hincharse.

Puede que Kai tenga razón sobre estas criaturas, pero mi experiencia con Shay es muy distinta. No lo veo como un arma ni como algo fiero ni mortífero. Lo veo como a mi amigo solitario y escurridizo.

Una sonrisa coquetea con las comisuras de mis labios cuando se cierne y la sombra que le envuelve la cabeza se esparce como un humo negro que cede al viento. Emerge una cara, parecida al cráneo pálido de un perro muerto hace tiempo.

Tiene la frente plana y ancha y sus ojos son dos bolas negras en unas cuencas demasiado grandes. Su nariz es un gancho pálido, y su boca, una sucesión de dientes tapada a duras penas por unos labios del color de la leche.

Muchos retrocederían al ver su apariencia real, pero he visto demasiados monstruos en mis pesadillas como para que me dé miedo su cara.

Frunce los labios en una sonrisa afilada y muestra muchos dientes puntiagudos. Con la mirada clavada en el tarro, la sonrisa desaparece y emite un sonido que reconozco, como si tuviera una pandereta atascada en la garganta.

«Hambre».

Asiento y cojo la tapa del bote.

—Es para ti, Shay. Pero —miro hacia las campánulas— me estaba preguntando si...

Shay observa las plantas y luego se gira hacia mí con la cabeza ladeada. Transcurren varios segundos antes de que dé media vuelta y se dirija hacia las flores como si lo arrastraran las manos de una suave brisa.

Mi corazón adopta un alocado ritmo de latidos eufóricos.

Mi amigo llega junto a las preciosas campánulas y desplaza la vista para mirarme fijamente de reojo.

Asiento y me acuclillo en el suelo, con los brazos alrededor de las rodillas, como para contener mi creciente emoción.

Shay vuelve a contemplar las flores. Sus garras marmóreas sin carne emergen de su manto de denso vapor y las mueve en el aire con cuidado. Junta los dedos al extender el brazo hacia las flores y sonrío cuando agarra los tallos curvados.

Las campánulas se vuelven marrones y se encogen hasta que no forman más que un montoncito de briznas como de paja. La sonrisa se me esfuma, los pulmones se me quedan sin aire. Han muerto... en un visto y no visto.

Shay sisea y aparta la mano, con la cabeza hacia un lado, como si me suplicara con su negra mirada.

La tristeza de esos ojos es un veneno amargo e innecesario. No me hace falta ver su pena. La percibo en la atmósfera, la veo en la disminución del brillo enjoyado del bosque.

Kai tenía razón en una cosa: Shay es un depredador, pero dudo de que mi amigo disfrute de lo que debe hacer para sobrevivir, a excepción de la breve satisfacción al alimentarse.

—No pasa nada —le digo con voz amable, y le brindo una sonrisa cálida que espero que me llegue hasta los ojos—. No eran importantes.

Vuelve a mirar hacia los tallos marchitos y me recuerda a Rhordyn. O a la forma en la que me miró antes de marcharse hacia el este, como si yo fuera la suma de su autodesprecio.

«Te odio».

«Ay, preciosa. Ni siquiera sabes el verdadero significado de esa palabra».

O quizá se ha hartado de tenerme merodeando por su castillo y hurgando entre sus cosas.

Me aclaro la garganta y sacudo el tarro que le arranca un grito a la rata.

Shay clava sus ojos brillantes de depredador en mí y emite otra vez ese sonido mientras deja los cadáveres de mis campánulas junto a la base del árbol.

Se aproxima y noto la atracción de su silueta hueca intentando absorber el aire del entorno. Durante unos segundos, me pregunto qué sentiría al caerme en su abismo, si me dolería o si me parecería que me quedo dormida en los brazos de un amigo.

Cierro los ojos y giro la tapa, pero la mantengo encima del bote mientras busco mi inexistente valentía. Aparece cual ola más tarde de lo que me gustaría admitir, pero cuando pasa extiendo la mano.

El golpe de un cuerpo al caer al suelo rompe el silencio y la aparto para ponérmela encima de mi galopante corazón.

Al abrir los ojos, veo que Shay se cierne sobre la presa como un aluvión de sombras. Se oye un sonido húmedo, un suave sorbido, mientras se mueve al compás y se alimenta.

Cuando se aleja, en su lugar no queda nada más que un bulto de pelaje y huesos; levanta la vista y olisquea el aire, expectante, como si pensara que voy a echar a correr o a acobardarme. Pues que espere sentado.

Abro la boca para hablar, pero las palabras se quedan sin pronunciar cuando el agudo estruendo de un golpe metálico me sacude hasta los huesos. Le sigue otro al poco, una fuerza sónica y tangible que atraviesa el aire.

Clanc.

Los golpes no se dirigen hacia mí, pero se suceden de todos

modos, agresivos como clavos martilleados sobre un suave trozo de madera.

Clanc.

Doblo la espalda y me tapo los oídos con las manos cuando empieza a aumentar la oleada de dolor que me hincha el cerebro.

Es incesante. Insoportable. «Me va a matar».

Shay avanza unos pasos, duplica su tamaño y se detiene justo delante de la barrera invisible que nos separa. Suelta un fuerte siseo en el que intento concentrarme, pero no consigue suavizar los golpes.

Clanc.

El aullido que amenaza con salir de mi interior encuentra su propio tono. Crece y crece hasta que es casi más fuerte que el chasquido de espadas en plena guerra, hasta que me desgarra la garganta en carne viva y paladeo el sabor de la sangre.

Me mezo adelante y atrás, sosteniéndole la mirada a Shay como si así pudiera no romperme en un millón de añicos.

Algo me sale de la nariz, me recorre la barbilla y gotea sobre mis extremidades flexionadas.

No miro de qué se trata. No me atrevo a apartar la vista de Shay hasta que él abre la boca y suelta su espeluznante chirrido. Sus dientes afilados parecen cortar el ruido, fragmentarlo en cientos de gritos ensordecedores que se alzan a la vez.

Es una ráfaga helada sobre mi hinchado cerebro.

El sabor de la sangre se espesa, mi grito sigue bullendo cuando me ladeo hacia él. Lo único que quiero es caerme de bruces en su manto de vacío. ¿A lo mejor me transporta a un esplendor indoloro en el que dejo de existir? A algún lugar en el que ya no esté en guerra conmigo misma.

Shay sale disparado hacia delante y yo cierro los ojos con fuerza mientras gimoteo y más líquido cálido me recorre la barbilla.

Lo habría hecho. Me habría lanzado a sus brazos para huir del dolor.

«Estoy atrapada. No hay forma de huir».

De repente, hay una multitud a mi alrededor, me tocan manos desconocidas y me envuelven olores exóticos que no reconozco.

Unos dedos me acarician las extremidades y gimo tan fuerte que el ruido se convierte en mí.

Si abro los ojos, ¿todo el mundo estará hecho pedazos? ¿Su sangre estará empapando la tierra?

Quiero que se larguen. «¡Largaos de aquí!».

El suelo parece temblar y me convence de que me he sumido en una de mis pesadillas. Oigo un fuerte gruñido, casi tangible por encima de mis torturados lamentos.

«Están aquí».

«Finalmente han venido a por mí».

Grito más alto.

Unas manos fuertes me cogen por detrás de las rodillas, por la espalda, y me encuentro recostada en un pecho duro que huele a cuero y a día frío de invierno.

No es un agarre que resulte tranquilizador, sino una jaula formada por brazos que me inmovilizan. Que me reclaman y me ordenan, la clase de agarre que solo puede pertenecer a una persona.

Abro los ojos y veo al hombre del pasillo con los pies separados a la altura de los hombros y la vista fija encima de mi cabeza, en la persona que me transporta.

En esos ojos cerúleos brilla un ápice de odio, ligeramente velado por una oleada de confusión.

Un destello de luz me llama la atención hacia la espada plateada que le cuelga del puño de nudillos blancos y noto un hormigueo en la boca y la amenaza de mi estómago de vomitar.

Pero no puedo apartar la mirada.

Una mano me tapa los ojos y me impide observarlo, creando una burbuja protectora que me permite fingir que no hay innumerables aldeanos viéndome desmoronarme.

Mi siguiente grito es amortiguado, absorbido por un pecho frío y robusto, y no es hasta que el ruido se desvanece cuando me doy cuenta de que el pulso del corazón de Rhordyn ya no es lento ni fangoso.

Es violento.

30
ORLAITH

Estás bien —murmura Rhordyn como si intentara suavizar la voz.

«Una tarea imposible».

Se balancea conmigo mientras un agua cálida que apesta a azufre me envuelve. Es un bálsamo para mi piel ardiente, aunque no consigue mitigar las palpitaciones de mi hinchado cerebro.

Estoy convencida de que se va a partir por la mitad y a derramar mis pensamientos, mi esencia, mi ser.

Intento abrir los ojos, pero la antorcha de un aplique arroja una luz que me acuchilla y me difumina la visión.

—Me duele —gimoteo, con la garganta de papel de lija y las manos sobre las sienes.

Rhordyn me acaricia la frente y me recuesto sobre su pecho, con la respiración acelerada, en busca de ese punto de calma en mi interior.

Me sobresalto al notar otra oleada de presión y un potente aullido me sale de la boca cuando la columna se me retuerce como una serpiente.

—Orlaith, necesito que te relajes.

—No puedo —consigo decir, con los dientes apretados.

—Puedo conseguir que te quedes dormida si crees que te ayudará. Hay un punto justo aquí. —Me roza con sus firmes dedos la hendidura entre dos tensos músculos del cuello—. Solo tengo que apretar un poco.

—No.

Dejarme inconsciente no arreglará el problema. No paro de huir, de esconderme, y estoy cansada ya. Necesito aprender a gestionarme.

Le pongo las manos en el pecho, lo empujo y me sorprende que me permita zafarme de su férreo agarre.

Las gotas me recorren los pechos cuando me levanto, tambaleante. Después de coger aire, me sumerjo y me hundo en un agua que va calentándose progresivamente. Y oscureciéndose.

Solo cuando golpeo el fondo con el culo abro la boca y chillo, con lo que suelto un chorro de burbujas que me atacan en su carrera hacia la libertad.

Golpeo la piedra con los pies y me dirijo hacia la superficie, donde cojo aire y ni siquiera me molesto en abrir los ojos antes de zambullirme de nuevo para proferir otro aullido.

El proceso lo repito una y otra vez hasta que la presión se disipa y me quedo lánguida y suspendida, sin que me importe si floto hasta la superficie o no.

Unas manos fuertes me cogen los hombros y tiran de mí para liberarme del abrazo del agua y obligarme a ponerme recta antes de sentir una palma golpeándome la espalda.

—Respira...

Suelto una bronca exhalación y me muevo hacia delante para apoyar la frente en un hombro que es más roca que músculos. Aspiro el aroma de Rhordyn mientras floto a la deriva contra una pared, entre un hombre y la piedra, los dos igual de inflexibles.

Pero es Rhordyn en quien me estoy apoyando. Quien me atrae hacia sí. A quien uso como tónico.

Mierda. Siempre termino buscando consuelo en él cuando estoy en mis momentos más vulnerables y nunca acaba haciéndome ningún bien.

Maldiciéndome, echo la cabeza hacia atrás y cojo una inestable bocanada de aire mientras abro los párpados.

Lo que veo me estrecha los pulmones.

Los ojos de Rhordyn, que suelen ser dos rendijas metálicas en las que rebota la luz, me están absorbiendo. Tiene el ceño ligeramente fruncido y algo en los labios que les da un aspecto menos desapasionado que de costumbre.

La preocupación que veo en su mirada es desconocida. Nunca he visto nada más que la dura coraza que se pone, un límite impenetrable.

Es igual que la puerta cerrada con llave justo delante de la entrada del Tallo Pétreo. Como la Guarida o el Dominio.

Es otra cosa que quiero abrir y explorar, aunque nunca se me ha dado la oportunidad de mirar más allá de la cerradura.

«Hasta ahora».

Nuestros pechos acelerados se chocan con cada respiración, el mío vendado y vestido, el suyo cubierto por una fina camisa negra que se le pega a la piel como un guante. Me está observando como si intentara ver detrás de una máscara que no existe.

Soy un libro abierto y es ahí donde nuestro equilibrio de poder está muy descompensado.

Revelo demasiada información, como cuando me estremezco cada vez que su voz atraviesa el aire. Como cuando su cercanía me deja sin aliento o cuando siento que estoy a salvo y protegida en la linde de las tierras de su castillo.

No tiene nada que ver con el castillo, pero tiene todo que ver con él.

—Estoy bien —susurro, y de inmediato me doy cuenta de mi error.

Las palabras eran demasiado suaves, demasiado apaciguadoras, y cuando abandonan los labios agarrotan el aura de Rhordyn como si fuera una plancha de hielo.

Se aclara la garganta y dirige la vista hacia el techo. Después de respirar hondo varias veces, baja la barbilla y me mira con unos ojos que lucen una máscara gélida a la que estoy demasiado acostumbrada.

«Se acabó».

De repente, mirarlo me resulta doloroso.

Muevo la cabeza a un lado para apartarme de su imagen.

Cuatro apliques bañan la estancia con un suave resplandor dorado que ilumina las paredes talladas que se sumergen en el enorme manantial.

No hay forma de recorrer el contorno, no hay nada más que una escalera que se alza del agua, que llena la cámara por completo. Incluso el techo es bajo y los colmillos minerales están mucho más cerca de perforar la superficie que en la sala en la que suelo bañarme.

Confundida, me giro hacia Rhordyn.

—No estamos en el Charco...

—Pues no.

Me sostiene la mirada, con un pequeño mechón de pelo sobre la frente.

—¿Dónde...?

—En mis baños privados.

Se me cae el alma a los pies.

Miro debajo de la superficie hacia el agujero de la pared en la que estoy apoyada, en cuya entrada se arremolina una suave corriente.

Es como el que hay en el Charco. En mi charco, el manantial al que me siento atraída en las raras ocasiones en las que Rhordyn me regala una pizca de su olor.

Mi puto placer inconfesable.

Lentamente, levanto la vista hacia el hombre estoico que se cierne sobre mí.

El ambiente ha cambiado, ahora está cargado con la mezcla de nuestras esencias. Pero hay algo más...

Es la forma en la que me está mirando.

En sus ojos veo un hambre tan intensa que me chamusca las mejillas y me llena de calor líquido ese punto íntimo entre los muslos.

Suelto un tembloroso suspiro que suena medio ahogado porque me estoy mordiendo el labio inferior; con la lengua me recorro la carne hinchada como si quisiera saborear el aliento de él.

La nuez del cuello le sube y baja y recorro con la mirada la fuerte columna antes de ascender hasta su afilada y masculina mandíbula. Me quedo embelesada con el hoyuelo de su barbilla y con la oscura capa de barba incipiente y recuerdo lo que sentí al notarla frotándome el cuello. Y recuerdo la marca que me dejó, una irritación que me duró un par de días.

Y luego su boca: esculpida, sensual, con los labios apenas separados. Si ladeara la barbilla, podría saborearlo. Saborearlo a él de verdad.

Con ese pensamiento en lo hondo de la cabeza, las valiosas caricias de su aliento sobre la piel me resultan totalmente insignificantes. Porque lo quiero todo.

Quiero que esa boca me devore con la misma voracidad primigenia con que va a buscar mi sangre cuando lleva demasiado tiempo sin tomársela. Quiero que me mordisquee el labio, que se alimente de mí mientras yo hago lo mismo de una forma del todo distinta.

«Alimenta mi hambriento corazón».

Con el pulso latiéndome en los oídos, me inclino hacia el poco espacio que nos separa...

Mi mente se aleja del momento presente y viajo de vuelta a un baño helado, con lágrimas en las mejillas. Rhordyn se aleja y de mi corazón sobresalen sus palabras afiladas.

«Te sugiero que aprendas a usar tus propios dedos. No vas a volver a usar los míos».

Ese recuerdo me saca de mi lascivo ensimismamiento y veo la situación como es en realidad.

Estoy conduciendo mi corazón hacia el poste de los latigazos.

Le pongo una mano en el pecho, observo mis dedos extendidos y pienso en lo pequeño que se ve todo comparado con su corpulencia; luego suelto un profundo suspiro y lo empujo.

Él se aparta con la suavidad con la que un cuchillo corta la mantequilla y me permito apretar los puños a ambos lados, que de repente me parecen demasiado delicados. Demasiado débiles.

—Ya estoy bien —gruño, aunque las palabras saben a la mentira que son.

«No estoy bien».

Hace años que no lo estoy. Me he limitado a esconderme, a mantenerme ocupada. Ahora la sinfonía perfecta de mi rutina ha perdido su ritmo y estoy a la deriva. Perdida.

Vadeo hacia el tramo de escaleras que se alza desde algún punto por debajo de la superficie del agua y desaparezco en la penumbra. Es una salida que probablemente atraviese la Guarida.

Mi desbocado corazón delata mis nervios.

Huele a él por todas partes, es un elixir embriagador que se aferra a mí, que me llena...

¿Allí percibiré también el olor de otra persona? ¿La esencia de Zali será espesa e intoxicante? ¿Reciente? ¿Oleré la mezcla de sus aromas después de que hayan unido sus cuerpos?

«Joder».

Ya casi he llegado a las escaleras cuando algo me coge por detrás y me empuja contra la pared de cara y con la mejilla contra la piedra. Rhordyn me sujeta por ambos lados con los puños y arrima su cuerpo de granito a mi espalda.

Hunde la cara en el recodo de mi cuello y toda yo empiezo a temblar. La carne sensible ansía más agresiones de su áspera barba. Otras partes de mí anhelan la misma posesiva crueldad, palpitantes y desesperadas.

Rhordyn respira hondo, como si se alimentara al inhalar, pero expulsa el aire como si fuera un invitado inoportuno. Un grave rugido me pone los nervios de punta, como si esperasen algo más.

Tres veces inspira de tal forma que suena a semillas de palabras.

Tres veces en las que las semillas no consiguen brotar.

—¿Qué pasa, Rhordyn?

Otra inhalación, esta brusca y deliberada.

Espero palabras que no llegan, tan solo oigo un fuerte resoplido que asesta un golpe y me envuelve en el perfume indeseado de su esencia.

—Justo lo que me imaginaba. —Me abro paso en la jaula que supone su cuerpo y arrastro la frente por la piedra hasta que puedo respirar sin ahogarme en su olor.

Ya he subido treinta escalones cuando me llama por mi nombre. Casi me manda de regreso a las profundidades, donde sin ninguna duda acabaré hecha un ovillo a sus pies.

De ahí que eche a correr.

Corro hasta que llego a una habitación que me niego a analizar. Cuando alcanzo la puerta, con la mano alrededor de la manecilla, mi llameante curiosidad me chamusca las reservas.

Miro por encima del hombro y abro los ojos al examinar el aspecto de sus aposentos.

«No son lo que esperaba».

La estancia es más grande que mi cuarto y está escasamente amueblada con una cama negra con dosel. A su lado se encuentra una mesita de noche elaborada con el mismo material y coronada por un candelabro apagado.

Un fuego chisporrotea y alumbra su dormitorio con un destello mantecoso y calienta su olor hasta el punto de que me atasca la garganta y me deja la mente avanzando entre melaza. Pero lo que en realidad hace que me tambalee, a pesar de estar sujetando el pomo de la puerta, es el caballete.

Casi tan alto como Rhordyn y ancho como sus hombros, está colocado junto a la ventana, acompañado de una mesa abarrotada de cuencos de carbón.

El resto de la habitación pierde todo brillo, porque lo único que veo es el lienzo del que presume el caballete.

Es un boceto a medias. Un par de manos delicadas inmortalizadas en la tela. Una palma hacia arriba, mientras que la otra descansa sobre ella, con las puntas de cuatro dedos asomadas al reverso, como si estuvieran bebiendo a sorbos de un pozo de ausencia.

Irradian una especie sosegada de calma que hace que mi corazón parezca demasiado pesado para que lo albergue mi cuerpo.

Dibuja. Rhordyn dibuja.

Pero no solo es eso.

Es que observa. Ha capturado un momento de gran belleza y tristeza y me ha hechizado, me ha dejado totalmente sin aliento y con un ligero picor en los ojos.

Rhordyn irrumpe en la habitación como un vendaval y nuestras miradas colisionan y las sostenemos durante varios segundos. Unos remolinos plateados amenazan con consumirme, igual que verlo aquí, empapado y vestido por completo, pero de algún modo parece estar muy desnudo.

Todos los músculos de su cuerpo están delineados por la tela mojada y de pronto envidio esa camisa de botones y manga larga por pegarse a él.

Tiene los ojos abiertos y frenéticos y cada punto de color metálico resplandece como estrellas en una galaxia llena de humo. Los bucles del pelo le caen en un despreocupado desorden que luce su propia clase de perfección y que lanza gotas de agua sobre sus poderosos hombros.

Es guapo. Tanto que me desgarra el corazón. Y ahora me toca a mí apresar las palabras tras los dientes.

Parpadeo varias veces y aparto la mirada de él con amabilidad. Porque me merezco esa amabilidad.

Merezco amabilidad porque este hombre me está destrozando con audacia.

Con la nariz congelada, tiro de la puerta y salgo al largo y frío pasillo que carece de vida y latidos. Un corredor que solo comunica con la Guarida, un camino que he recorrido más veces de las que me convienen.

No es hasta que he subido al Tallo Pétreo, desplomada en el suelo contra la puerta cerrada con llave, cuando vuelvo a respirar por la nariz. Y con ello aparecen las lágrimas desenfrenadas que salen directamente de mi patético corazón.

Estoy enamorada de un hombre que jamás será mío, que no está disponible de ninguna de las maneras, y estoy convencida de que mis sentimientos van a acabar conmigo.

31
ORLAITH

Unos fuertes nudillos golpean la puerta.

Lo noto en la columna y viaja hasta los pies. Lo noto en los huesos y en mi puta alma.

—¿Qué? —susurro, pero ya sé quién es. Lo he sabido desde el momento en el que he oído sus pesados pasos ascendiendo las escaleras más lento de lo normal, como si por una vez estuviera siendo precavido—. Todavía no es la hora de que me deis comer.

El silencio se alarga tanto que me imagino lanzada por la puerta del castillo como si fuera un saco de grano.

Se oye un débil carraspeo y luego:

—Muy graciosa.

Eso he pensado yo.

—He venido a llevarte hasta el Cónclave —me ordena, y todos los músculos del cuerpo se me agarrotan.

Nadie me había dicho que se esperaba mi asistencia. Y pensar en estar delante de toda esa gente después de lo que ha pasado en los jardines… Sinceramente, asistir al Cónclave es lo último de mi lista de prioridades.

—No lo creo —respondo, con la vista clavada en la ventana abierta. En el manto de nubes espesas que se niegan a permitir siquiera que un poco de luz del sol las atraviese y me caliente la piel.

Y me desentumezca un poco.

—¿No lo crees?

—No te hagas el sorprendido. He hecho esfuerzos, como me pediste, y el resultado no ha sido ninguna maravilla. Paso de ir.

—En ese caso, te va a tocar ir encima de mi hombro.

«Será capullo».

—Mi puerta está cerrada con llave por algo.

—Y no sería la primera vez que la echo abajo. ¿Voy avisando al carpintero? Es su cumpleaños y se ha ido a pasar el día libre con su familia, pero le diré que es urgente.

—No metas al pobre hombre en esto —mascullo mientras me contemplo la ropa y me doy cuenta de que en el tiempo que he estado aquí sentada, mirando a la nada, casi se ha secado del todo—. ¿Allí...? —Me aclaro la garganta y vuelvo a examinar las nubes—. ¿Estará ese hombre? El que...

Aprieto los dientes cuando mi mente me devuelve el recuerdo de esos sonidos que me han roto por la mitad poco a poco, de ese hombre que me resultaba familiar, con sus ojos cerúleos y una espada al lado.

Estoy... inquieta. No soy yo misma. No sé si tengo las agallas de enfrentarme a él, sobre todo. No después de que me viera desmoronarme de esa forma.

Y no solo él. Me ha visto una gran multitud de gente que segundos antes estaba merodeando por las tierras del castillo; la misma que ha cruzado Rhordyn conmigo después de que me recogiera y me pusiera contra el pecho como si fuera una niña pequeña.

—Sí, pero estarás a mi lado en todo momento.

El corazón me da un vuelco y se me acelera.

«A su lado...».

No debería usar esa clase de lenguaje conmigo.

—¿Zali no asistirá? —pregunto con voz plana, y él suelta un suspiro.

En este percibo cansancio.

—Orlaith, te necesito en esa sala conmigo —insiste y provoca que yo también suelte un suspiro de exasperación.

—No voy vestida acorde...

—A mí me parece que estás perfecta.

Me aparto de la puerta, me giro y la taladro con la mirada.

—Ni siquiera me ves.

—No me hace falta.

Pongo los ojos en blanco y lo oigo gruñir, un ruido profundo y gutural que enciende todas las células de mi cuerpo. Pero el fuego se extingue a toda prisa cuando recuerdo hacia dónde se dirige esta discusión.

—¿Tendré que hablar? —pregunto, con los ojos cerrados con fuerza.

—No tendrás que hacer nada que te incomode.

—¿Me lo puedes poner por escrito?

No me contesta.

Exhalo todo el aire, me paso las manos por el pelo y me pongo de pie; me aliso la blusa con unos cuantos firmes tirones. Después de pasarme el pelo húmedo por detrás de los hombros, levanto la barbilla y abro un poco la puerta, donde veo un atisbo de su postura: inclinado hacia delante y con la cabeza gacha, como si estuviera recostando la frente sobre la piedra.

Arquea una ceja plateada, retrocede hasta bajar tres escalones del Tallo Pétreo y sus ojos quedan por debajo de los míos.

Es la viva imagen de la realeza salvaje, vestido con un traje elegante que se ciñe al contorno de su esculpido cuerpo, tan impecable y hecho a medida que es como si Dolcie lo hubiera cubierto de sombras.

Aparto la mirada antes de que mi disposición mengüe todavía más. Ojalá ella y su cinta de medir se cayeran por una zanja.

Rhordyn cuadra los hombros y me ofrece el brazo. Lo ignoro y paso por delante de él, con cuidado de respirar por la boca. El sonido de su sincera carcajada me pone los nervios a flor de piel conforme bajo las escaleras.

Me está dedicando su sonrisa de nuevo, pero ahora está mancillada.

Esa sonrisa pertenece a otra persona.

La puerta de madera desgastada no consigue mitigar la cháchara que procede del otro lado. «Gente».

Mis dedos flexionados delatan mis nervios asustadizos, igual que el sudor que me baja por la espalda.

Rhordyn me impide ver la puerta, una sombra galvanizada que se entromete entre las dos. Pero ahora mismo no me apetece mirarlo a sus ojos desconcertantes, así que me quedo observándole el pecho, que solo resulta un pelín menos intimidante.

Extiende un brazo para coger la piedra y la concha que llevo alrededor del cuello, las sitúa debajo de mi ropa y me abotona la parte delantera de la blusa hasta dejarlas ocultas.

Trago saliva, dolorosamente consciente de su cercanía y de sus dedos inmóviles.

El silencio que nos separa parece respirar por su cuenta y apretarse contra mí con el peso de todo un cuerpo para reclamar mi atención.

Rhordyn se mueve, me posa las manos sobre los hombros y me arriesgo a mirarlo a los ojos.

Percibo sinceridad en ellos, una franqueza que me ata a su atención y que cura heridas que estaban empezando a infectarse.

No puedo evitar deleitarme.

¿Sabe que es mi sustento? ¿Sabe que me da todo y nada al mismo tiempo?

Al coger aire de nuevo, no es en absoluto tan satisfactorio como la última vez, como si nada se pudiera comparar a los sorbos de él con que me alimenta.

«Y con que me tortura».

—Orlaith —dice con voz un poco ronca—, ¿estás preparada?

«No».

Detrás de esas puertas, dejaremos de estar solos. Detrás de ellas, lo que compartimos en este breve instante de libertad estará sobrecargado con el peso de la realidad.

De todos modos, asiento.

Rhordyn baja las manos y se gira para ocultarme mientras abre; los goznes oxidados sueltan un doloroso chirrido.

Una ráfaga de viento frío me golpea. Una luz gris se derrama del vacío que se ensancha cuando Rhordyn entra en la sala. Lo sigo, atada a su esencia, una marioneta que se mueve con cada gesto de sus pies.

Los murmullos se interrumpen cuando entramos en la estancia, que rebosa de energía e inquietud. Miro alrededor y me fijo en la bóveda rocosa de un lugar que se parece mucho a una tumba, o por lo menos a la imagen que me he hecho por los libros que he leído: un vacío sombrío, opaco y dramático.

Un rayo de luz marrón entra por una solitaria ventana tallada en lo alto de la bóveda y aterriza sobre la mesa de piedra que domina la sala. Penetra en la rejilla oxidada que cubre un agujero en el centro y baja hasta las entrañas de a saber qué.

Odio esta estancia; noto los fantasmas de conversaciones pasadas atrapados en esta cripta como si fueran objetos tangibles. Y hace frío. Un frío escalofriante.

Cuando abrí por primera vez esta vieja puerta de madera y descubrí esta sala en el centro mismo del castillo, me eché hacia atrás como si me hubiera quemado.

Un vistazo; fue lo único que necesité para saber que no es una sala alegre. Este sitio... me inquietó. Sigue inquietándome, pero la sensación se ve ligeramente eclipsada por la ansiedad que me estruja el corazón al ver a gran cantidad de personas sentadas alrededor de la enorme mesa redonda, que me observan con una curiosidad apenas disimulada.

La piel me hormiguea y se me agarrota la columna. Debe de haber unos cincuenta pares de ojos clavados en mí, un gran círculo de asombro.

Rhordyn agarra el respaldo de una de las pocas sillas vacías, la levanta, da un paso atrás y luego vuelve a dejarla sobre el suelo.

Desplazo la mirada a sus ojos grisáceos. Me hace señas con la barbilla para que me siente, sin soltar el asiento. Sin embargo, tengo los pies paralizados.

Las sillas que chirrían en el suelo solo me molestan un poco, pero debe de haberse dado cuenta.

—Milaje.

Sus preciosos labios curvados dan forma al apodo y consiguen hacerme reaccionar.

El asiento me sorprende por su frialdad, que amenaza con arrebatarme el poco calor que me quedaba. Me estremezco y me pongo las manos entre los muslos para conservar algo de calidez.

Rhordyn toma asiento a mi lado y las conversaciones se retoman.

En un esfuerzo para evitar los ceños fruncidos y las miradas que se clavan en mí, observo a través del agujero del techo el atisbo de nubes enormes que me proporciona.

No hay ningún cristal que impida la entrada de un suave chispeo de lluvia.

Dirijo la atención hacia la superficie de piedra pulida que circunnavega la rejilla oxidada que se encuentra en el centro de la mesa —que por lo demás es muy elegante—, justo debajo del agujero del techo.

Me pregunto dónde irá el agua.

Con un nuevo estremecimiento, noto la fría caricia de los ojos de Rhordyn y lo miro de soslayo.

—¿Qué pasa? —susurro, y me libera de su escrutinio para pasar la vista a la mesa.

—Tienes los labios azules.

—Porque me has arrastrado hasta un sótano —le espeto, y me responde con un gruñido.

La puerta se abre detrás de mí y lanza una ligera bocanada de calidez antes de cerrarse; unos pasos fuertes preceden el chirrido de la madera contra la piedra.

Aprieto los dientes y noto el calor apoderándose de mi rostro al dirigir la mirada hacia el hombre que acaba de entrar.

Dos esferas cerúleas me contemplan de un modo que me parece demasiado íntimo. No en términos sexuales, sino de una forma muchísimo más profunda.

«El hombre del jardín».

Se recuesta en la silla como un gato que se tumba al sol y posa una pierna sobre uno de los reposabrazos. Ese movimiento hace crujir su elegante tela del sur, una túnica que acentúa su físico musculoso y que añade una pizca de indiferencia a su semblante, ya desenfadado.

Mientras tanto, no aparta la mirada en ningún momento. Me quedo observándolo con la misma intensidad.

Es atractivo, debo reconocerlo, con una especie de fuerte y exótica masculinidad a la que no estoy acostumbrada.

Ya he visto antes hombres de Bahari —hay otros dos sentados ahora mismo a la mesa, un tanto separados entre sí—, pero a ninguno como él.

No he visto nunca una piel con ese perfecto tono de bronce.

Sé que se tiene en gran estima por cómo yergue la barbilla y los hombros. Por cómo me examina con osadía, como si no pudiera importarle menos el hombre que está a mi lado y que inunda este lugar con su creciente esencia. Alguien me posa una mano en el hombro y me sobresalto antes de relajarme en el asiento al reconocer la reconfortante presencia: Baze.

Algo en su roce consigue que me sienta un poco menos vacía. Y me doy cuenta de que doy por sentada su compañía. Incluso su cercanía parece desatarme el nudo de ansiedad y plantarme una semilla de fuego en las venas, que se lleva una pizca del frío que me cala los huesos.

Se inclina hacia delante y noto su aliento frío en el oído.

—¿Estás bien?

Asiento y reprimo la necesidad de apoyar la cabeza en su brazo y usarlo como almohada tranquilizadora.

—Sí.

Las conversaciones cesan y poco a poco la sala va quedándose en silencio.

Baze aparta la mano, pero se queda detrás de Rhordyn y de mí. Un centinela a nuestra espalda.

—¿Le damos otra hora? —pregunta alguien, y trato de localizar el rostro alargado de un hombre oriental de pelo cobrizo. Es delgado como un cardo e igual de irritable, con ojillos brillantes del color de las agujas de pino. Pero el modo en el que se yergue resulta poderoso.

—No —responde Rhordyn—. No va a venir.

—¿Quién? —le pregunto a Baze, intentando ignorar esos ojos azul cristalino que me analizan desde el otro lado de la mesa.

—El Alto Maestro de Fryst —me susurra él al oído, y Zali se levanta, a cuatro sillas de nosotros.

Verla me deja sin aliento. Su grácil belleza contrasta enormemente con una estancia abarrotada sobre todo de hombres.

Lleva pantalones de piel oscura y blusa marrón, además de una armadura que le recorre las curvas —una coraza que, por lo visto, está hecha de planchas de bronce—. Parece impenetrable, pero el modo en el que se estrecha y se hincha resalta su cuerpo ágil y femenino.

Lleva el pelo rosáceo hacia atrás y recogido en un tenso moño, con las mejillas sonrojadas por un frío al que probablemente no esté acostumbrada, porque es del territorio oriental de Rouste, donde el sol quema las dunas y las convierte en colinas de desolación.

Apenas la reconozco, anonadada ante su actitud confiada delante de una sala llena de gente.

—Todos sabéis por qué estamos aquí —anuncia con voz clara y rítmica—. Por lo tanto, voy a ir directa al grano.

Echo un vistazo a Rhordyn, que parece cómodo en su asiento. Quizá Zali está llevando las riendas de la reunión.

—En los últimos cuatro años, ha habido un alarmante número de ataques de vruks en Fryst y en Ocruth. No solo cada vez son grupos más numerosos, sino que las bestias están creciendo en tamaño y en ingenio a un ritmo altísimo. Y es igual de inquietante que familias enteras a las que sus hijos les habían sido arrebatados en otras circunstancias hayan desaparecido sin dejar rastro.

Un gélido escalofrío me recorre la columna.

—Esos posibles secuestros a menudo dejan una escena demasiado tranquila como para ser el objetivo de una manada de perros canallas y sedientos de sangre —prosigue Zali, escupiendo la palabra «perros» con asco—. Y eso significa que las desapariciones y las delirantes redadas de los vruks, o bien no tienen ningún tipo de conexión, o bien alguien las está coordinando para debilitar nuestras regiones más pequeñas, instaurar miedo y desangrar nuestras poblaciones. —Da golpes sobre la piedra con los puños mientras observa a todas las personas sentadas a la mesa.

Los cuerpos se inclinan hacia delante como atraídos por la pausa que ha hecho.

—Sé que parece una exageración después de años de relativa calma, pero debemos prepararnos para la posibilidad de una guerra entre territorios.

Late un segundo de silencio antes de que se alce una algarabía de gritos; los Bajos Maestros y Maestras están lanzando ataques verbales a un lado y a otro de la mesa. El fuerte olor del miedo me da ganas de respirar por la boca.

Según tengo entendido, las verjas fronterizas llevan años donde están. Ha habido pequeños enfrentamientos regionales entre Bajos Maestros y Maestras, pero nada que haya amenazado los muros que nos vinculan a nuestros territorios principales. Nada que haya amenazado los colores que vestimos.

Varias voces directas retumban en las curvadas paredes de piedra y me agreden desde todos los ángulos. El hombre de Bahari, sentado delante de mí, se está quitando la suciedad de debajo de las uñas, con una expresión parecida a un absoluto aburrimiento.

Está claro que la situación no le interesa lo más mínimo.

—¿Qué sugerís que hagamos? —exclama un hombre con cabello color chocolate y penetrantes ojos verdes. Lo reconozco como uno de los Bajos Maestros del territorio de Rhordyn, que a menudo se presenta en el Tribunal mensual.

—Unirnos —asevera Zali sin vacilar.

—¿Y qué pasa con el Alto Maestro Vadon? —grita alguien a mi izquierda, y frunzo el ceño.

—Hace cuatro años dejó de comerciar con nosotros —afirma Rhordyn. Su voz grave retumba en la sala como un trueno y cauteriza cualquier otro estallido verbal.

Está recostado en su asiento, con los brazos cruzados, sin ni siquiera mirar hacia la mesa, al hombre que acaba de formular la pregunta. Está mirando al de Bahari.

—Ni él ni ninguno de sus Maestros Regionales están aquí hoy y no han regresado los duendes mensajeros que he enviado a su territorio desde que los barcos mercantes dejaron de bajar por el río Norse. Sumad dos más dos.

—¡A lo mejor solo le han afectado las tormentas! —vocifera alguien, y más murmullos caóticos le siguen.

Zali se dirige al final de la sala, donde coge del suelo un gran saco y se lo pone encima de los hombros con las mejillas coloradas.

En cuanto vuelve a encontrarse delante de su asiento, lo deja sobre la mesa con un golpe seco.

La sucesión de cuerpos parece apiñarse cuando todos nos inclinamos hacia delante, incluso el tipo de Bahari. Todos menos Rhordyn.

Un olor me golpea, pero no es el hedor irritante de la carne medio descompuesta el que me atenaza la garganta. Es el matiz subyacente de perro mojado, un aroma que tira de mis recuerdos y envuelve algo demasiado grande y malvado como para sacarlo a la superficie.

Estoy a punto de levantarme y marcharme de la estancia cuando Rhordyn me coge la mano y se la estampa sobre el muslo.

Me giro para sisearle algo, pero Zali coge las esquinas del saco y tira de él: una cabeza enorme, peluda y congelada sale rodando por encima de la mesa.

La mano me vuela hasta los labios en un esfuerzo para contener el sonido incoherente que me sale de la boca.

La gente se levanta y señala entre arcadas mientras los gritos rebotan en las curvadas paredes. La mesa acaba cubierta de vómitos agrios, aunque el hedor pútrido enseguida se ve sustituido por el olor a ceniza de un miedo puro y concentrado.

Rhordyn me aprieta la mano y me proporciona un ancla helada mientras soy presa del fuego que irradia esa mirada perdida... Es un vruk.

Boquiabierta, observo las enormes fauces, cuyos labios contraídos dejan a la vista dientes manchados de sangre, como si la criatura hubiera muerto en pleno rugido. El pelaje gris y desgreñado se lo han cortado a machetazos para mostrar una porción de carne desnuda, huesos y sangre seca.

Es el cuello grueso que estaba pegado a un cuerpo descomunal.

—Respira, Orlaith.

Lo intento, pero mis pulmones son de piedra. Si los obligo a hincharse, estoy segura de que se resquebrajarán.

«Los temblores del suelo».

«Ese espantoso grito».

No.

«No, no, no...».

Baze me planta sus manos cálidas sobre los hombros y me clava a la silla con su reconfortante peso, pero no es suficiente para aplacar la presión que me crece en el interior del cráneo.

—Mírame.

Apenas oigo la voz de Rhordyn por encima del zumbido de los oídos, pero no puedo hacer lo que me pide. No puedo apartar los ojos de esas fauces devastadoras; me preocupa que, si lo hago, cobren vida y me muerdan. Me desgarrarán hasta que de mí no queden más que unos pedazos desperdigados por el suelo.

Rhordyn me suelta la mano y, durante unos segundos, voy a la deriva, flotando sin ancla alguna. Pero entonces me coge el muslo por debajo de la mesa y un aliento me golpea en la nuca.

—Que me mires —me gruñe al oído con tanto ardor que atraviesa la confusión.

Me aparto de mi pesadilla y observo unos ojos implacables, dos lagos crudos y congelados que no ofrecen compasión.

—Está muerto, Orlaith. Nada podrá hacerte daño mientras estés conmigo. ¿Lo entiendes?

Creo que asiento con la cabeza.

—Ahora vas a respirar —me ordena, y me clava los dedos con mucha fuerza en el punto en el que noto el dolor; cojo una áspera bocanada de aire.

La fría oleada de oxígeno irrumpe en mis pulmones, acompañada del olor de él. Es un bálsamo para mis entrañas y el alivio instantáneo me calma.

El zumbido de los oídos disminuye lo suficiente para oír la conmoción reinante y las voces que hablan de un lado y de otro.

Baze levanta las manos. Rhordyn se aclara la garganta y deja de apretarme, pero no me suelta. Sigue con la mano alrededor de mi muslo mientras barre la sala con la mirada.

—Silencio.

No hace falta que grite para que su voz se abra paso entre el alboroto.

Algunos se sientan, otros siguen en pie, todos con la atención clavada en la cabeza decapitada. Tras tragar saliva con dificultad, me doy cuenta de la gran diferencia que hay con los vruks que me acechan en los sueños. El de la mesa tiene un pelaje largo y greñudo.

—¿Por qué es tan... peludo? —pregunta alguien, señalando con un dedo tembloroso.

—Casi todos los vruks con los que me he encontrado en los últimos años tienen el mismo pelaje grueso invernal, sin que importe la época del año —contesta Zali, que fija en mí la mirada. Una breve línea le aparece en la frente y acto seguido vuelve a guardar la cabeza congelada en el saco.

Intento no mirar hacia la mancha oscura de la mesa a medida que ella regresa al fondo de la sala, suelta la cabeza, que golpea el suelo, y se limpia las manos con los pantalones.

—Hoy por hoy, el territorio de Fryst está congelado casi por completo durante todo el año. A juzgar por las pruebas, parece que los perros están ganando fuerzas y creciendo en número en las profundidades del norte antes de adentrarse en los alpes.

El estómago amenaza con dárseme la vuelta.

Más susurros escapan de labios tensos y de dientes al descubierto.

—¿Eso qué quiere decir? —pregunta alguien desde la otra punta de la mesa.

—Una de dos —replica Zali—. O los vruks mandan en Fryst, hasta el punto de que se han quedado sin comida y están cruzando las montañas en busca de nuevas presas, o el Alto Maestro Vadon está criando y alimentando a los perros a propósito para luego soltarlos en la frontera y que hagan el trabajo sucio.

El silencio que se instala en la sala es tan sepulcral que se oiría la caída de un alfiler. Noto el peso de miles de pensamientos recostados sobre los hombros; lo veo en los numerosos pares de ojos abiertos como platos; algunos miran hacia la Alta Maestra de Rouste y otros hacia el espacio vacío que los separa.

—Ninguna de esas dos opciones resulta ideal —continúa diciendo Zali, con los ojos color miel desprovistos de su habitual calidez—. Si los vruks siguen creciendo en número, en fuerza y en astucia, puede que los búnkeres ya no basten.

—¡No bastan ya! —grita el tipo espinoso escupiendo babas, y unas cuantas personas murmuran en conformidad con él—. ¡Nos estamos acobardando cuando deberíamos luchar!

—Deberíamos prepararnos —lo corrige Zali con una voz alta que acalla a los presentes—. Hace poco, Rhordyn envió un barco de exploración por el río Norse y ahora mismo hay una puerta más grande que este castillo bloqueando el paso fronterizo.

Los ojos se ensanchan y los gritos se suceden. Intento aparentar la misma sorpresa, como si no fuera una ermitaña recluida que apenas sabe gran cosa de lo que ocurre en el mundo al otro lado de mi Línea de Seguridad.

—No queremos que nos pillen desprevenidos si las puertas se abren y de allí sale algo perverso —sigue Zali—. Una guerra entre territorios siguiendo las normas de otros podría reducir nuestras fronteras, diezmar las poblaciones y hacernos retroceder varios siglos. Nadie quiere eso, y tampoco seguir viviendo con miedo a que los vruks arrasen nuestros pueblos y despedacen a nuestros seres queridos.

La gente asiente, con ojos fríos y sombríos, mientras que yo intento no marchitarme bajo las miradas que se atreven a clavar en mí: un vivo recordatorio de las consecuencias de un ataque como el descrito.

—Por lo tanto, la pregunta es la siguiente. —Zali se quita una insignia oscura de la solapa y la lanza sobre la mesa. El emblema se detiene cerca de la oxidada rejilla, a unos pocos centímetros de caerse por uno de los agujeros hacia el abismo desconocido—. ¿Nos quedamos de brazos cruzados mientras arrasan nuestros pueblos más pequeños uno a uno? ¿Mientras secuestran y hieren a nuestra gente en un campo y nos vemos obligados a darles acónito líquido a los que sigan vivos pero gravemente heridos? ¿O nos unimos, combinamos nuestras fuerzas, reforzamos nuestros muros y nos preparamos no solo para defender lo nuestro, sino para atajar el problema de raíz y asegurarnos el futuro próspero de nuestras tierras?

La mano que me aferra el muslo me aprieta más.

Rhordyn lanza una insignia negra sobre la mesa, una estampada con su sello en forma de espada, y vuelven los murmullos.

Un hombre fornido de pelo rojizo y espalda encorvada se levanta con la ayuda de dos jóvenes que visten de color cobrizo. Los años le han dejado surcos alrededor de esos ojos que observan a la Alta Maestra de Rouste con ternura; él también lanza su propia insignia sobre la mesa.

—Mi región es pequeña y cuento con recursos limitados desde que una manada de perros arrasó mi pueblo hace un mes, pero llegado el momento será un placer cumplir la promesa.

Miro hacia Zali y me fijo en su sonrisa, que parece más triste que alegre.

Más insignias se añaden a la creciente pila. Decido evitar la fuente del ardiente escrutinio que me quema la cara desde el otro lado de la mesa.

Rhordyn es como una roca a mi lado. Ni siquiera sé si está respirando a medida que la pila crece y crece, hasta que solo queda el hombre de Bahari, que lleva el sol en la piel.

Levanto la vista al fin y me quedo sin aliento cuando nos miramos y me abraso por el ardor de sus ojos entornados. No puedo respirar por culpa de la fuerza de una mirada que me marca a fuego, pero me niego a dejar que se note.

El tipo se aclara la garganta y baja la pierna del reposabrazos de la silla antes de inclinarse hacia delante. Pasan varios segundos que parecen minutos antes de que desplace los ojos hacia Rhordyn.

—Solicito una audiencia privada.

Las palabras son truenos roncos y graves que retumban en la sala, en la que, sin contarlo a él, se ha instalado un gran silencio, y me golpean una y otra vez.

Miro de reojo, oigo a Rhordyn apretar los dientes y noto un nudo que se me forma en el estómago.

—De acuerdo.

32
ORLAITH

Sacudo los dedos dentro del guante de piel, una nueva capa que me ayuda a repeler el frío a medida que bajo el Tallo Pétreo, viendo sin ver, caminando sin caminar, repasando todo lo que acabo de oír.

Hace una semana, mi mundo era enorme, por lo menos en mi cabeza. Ahora me parece diminuto comparado con la imagen mayor que me ha metido Rhordyn a la fuerza al arrastrarme hasta la reunión.

Debe de saber que estoy hirviendo. Seguramente es la razón por la que le ha pedido a Baze que me acompañe a mi torre después del Cónclave mientras él salía al pasillo para dirigirse como un vendaval en dirección contraria, dejándome con mi curiosidad devorando el plato de sorprendente información como si fuera una niña hambrienta.

«Tengo preguntas».

Ha conseguido tenerme justo donde quería: interesada y lo bastante inquieta como para querer saber más. No me está obligando a cruzar mi Línea de Seguridad, sino que está metiendo el brazo en mi jaula y alimentándome a base de migajas del mundo exterior. Quizá intenta demostrar lo frágiles que son en realidad los barrotes que he alzado a mi alrededor.

El muy capullo.

Mientras jugueteo con el otro guante, dejo atrás las escaleras y entro en el pasillo de la quinta planta, pero entonces se me eriza el vello de la nuca.

Me giro, levanto un pie hacia un riñón desprotegido y acorralo a un hombre que mide el doble que yo contra una pared apuntándolo en la carótida con una horquilla.

El tipo suelta un gemido de asombro, se lleva una mano al abdomen y abre los ojos, sorprendido.

«El hombre de Bahari».

—Vaya —murmura—. Eso sí que no me lo esperaba.

El pelo se me desenreda como si se hubiera dado cuenta de que ya no está recogido y me cae pesadamente sobre los hombros.

—¿Tienes por costumbre acercarte con sigilo a las mujeres? —le siseo mientras aprieto más con el arma, lo suficiente como para que aparezca una gota de sangre.

Es una idea tentadora. Estoy con los nervios a flor de piel y este gilipollas no para de encontrarse conmigo cuando estoy a solas, lo que me recuerda que el castillo está atestado de desconocidos, algo que estoy intentando olvidar con todas mis fuerzas.

El tío arquea una ceja.

—Si hubiera querido ser sigiloso, ahora mismo no estaría en la posición en la que estoy.

—¿Insinúas que me has dejado vencerte?

Esos ojos resplandecen como cristales del mismísimo cielo y tan de cerca veo puntitos morados alrededor de los iris.

—Insinúo que no me opongo a que una mujer guapa me estampe contra la pared.

Doy un paso atrás y él se apoya en la pared con una sonrisilla curvándole las comisuras de los labios. Veo una marca donde le he clavado la horquilla en el cuello, que me produce una extraña sensación de satisfacción.

Baze estaría orgulloso, por más que este tío dé a entender que ha bajado la guardia adrede. Ningún hombre dejaría tan pancho que alguien le diese una patada en el riñón.

Entorna los ojos y ladea la cabeza, mostrando así las marcas de su peinado. Entreveo las líneas que le surcan el pelo, como si un artista hubiera acercado la navaja al lienzo medio rapado y lo hubiera convertido en una obra de arte.

Cohibida de repente, cojo la horquilla con los dientes y me echo el pelo hacia atrás para recogérmelo en un moño encima de la nuca antes de dejarlo sujeto.

Su mirada no titubea y sigue cada uno de mis movimientos como un tiburón que hubiera percibido el olor de la sangre. Aunque en sus ojos hay algo… algo más. Como si me arrancaran todas las capas, una a una, y me analizaran en busca de defectos.

—Una flor demasiado bonita como para mantenerla encerrada en un enorme castillo de rocas.

—¿Cómo dices? —Doy un paso atrás.

Levanta la barbilla hacia la entrada del Tallo Pétreo. Me doy cuenta con un sobresalto de que insinúa que Rhordyn me tiene encarcelada.

—No… —Niego con la cabeza, y hablo con voz firme—. No me ha encerrado. No es así.

—Pues es lo que me parece a mí —ronronea y cruza los brazos y los tobillos, como si estuviera más que cómodo a los pies de mi torre—. ¿Te ha dicho alguien lo llamativo que es el color de tus ojos?

Aprieto los puños, que me cuelgan a ambos lados.

—¿Cómo te llamas?

—Cainon —responde demasiado rápido, como si la palabra hubiera estado aguardando en la lengua a la espera de salir despedida—. Pero llámame Cain si lo deseas.

—¿Quieres algo, Cainon? ¿Te has perdido de camino a la reunión con Rhordyn? ¿O a lo mejor necesitas que te acompañen hacia los aposentos de los invitados de la planta baja?

Se aparta de la pared y mete las manos en los bolsillos, con los hombros distendidos al dar un paso adelante. Hay un cambio en sus ojos: la altiva arrogancia ha desaparecido, sustituida por remolinos líquidos de un mar de verano.

—Quiero pedirte disculpas. Por lo de antes.

Abro la boca, la cierro de nuevo, con un nudo en la garganta.

«Vaya».

Mis pies se mueven por su propia cuenta y me llevan a recorrer el pasillo sin pensar, envuelta por los haces de luz grisácea que se cuelan por las ventanas y dejando esa conversación en particular bien detrás de mí.

No quiero sus disculpas. Quiero que olvide lo que ha pasado y que me deje sola, joder.

—No hace falta —exclamo por encima del hombro mientras camino como si tuviera un destino en mente.

Pero no. Es que no quiero estar aquí, a solas con un hombre que por lo visto da demasiada importancia al modo en el que lo observo. Esa es la única razón por la que ha subido a la quinta planta, para disculparse por algo que seguramente cree que me ha avergonzado.

De pronto, está a mi lado dando unas grandes y perezosas zancadas.

—Caminas muy deprisa.

Frunzo el ceño, con la mirada clavada delante.

—¿Por qué has venido? —Escupo la pregunta como si fueran ascuas que me chamuscan la lengua.

—¿Por qué he venido? —repite, y me detengo.

Nos giramos al mismo tiempo, cara a cara pero a dos palmos de distancia, yo con la cabeza ladeada para contemplar los torbellinos de sus ojos. Es casi tan alto como Rhordyn, pero no permito que me preocupe el hecho de que mi barbilla le llega a la altura del esternón.

Está en mi castillo. En mi territorio. Y hasta el momento sus acciones han sido cuando menos cuestionables.

—Sí. No te has sumado a la causa —digo, señalando con el dedo índice la insignia que lleva en la solapa, de azul de Bahari, con el sello de una montaña que sobresale del océano—. ¿Por qué has venido, pues?

—Veo que no eres solo una cara bonita… —Arquea las dos cejas.

Pongo los ojos en blanco internamente.

—No hace falta ser un genio para escuchar. Y tus cumplidos conmigo no sirven de nada. Ni tampoco —señalo su… todo— lo demás.

—Una pena —murmura con un matiz divertido en el tono que me alisa la frente—. ¿Y quién dice que no me he sumado a la causa?

La frente lisa da paso a un fruncimiento de ceño. Este tipo es igual de difícil de interpretar que Rhordyn. Quizá estoy condenada a codearme con hombres intensos que hacen cosas con poquísimo sentido.

—No has entregado la insignia. He supuesto que…

—Todos los que estaban sentados a la mesa tienen mucho menos que ofrecer que yo, y, a diferencia de Zali, yo no me estoy follando a Rhordyn como recompensa.

Sus palabras se me clavan como puñales. La imagen se hunde en las profundidades de la tierra de mi cerebro, pero me esfuerzo por que mis facciones no delaten el desorden interno.

—¿Eso es lo que buscas? —Lo fulmino con la mirada, como si ese mero gesto pudiera convencerlo para contármelo todo—. ¿Recompensa?

Se encoge de hombros.

—Quiero muchas cosas, Orlaith.

—No te he dicho cómo me llamo.

—No ha hecho falta.

Una réplica se me queda atascada en la garganta y la suelto antes de dar media vuelta.

—Debo irme. Tengo cosas que hacer. Lugares a los que ir.

«Y alguien a quien evitar: tú».

—Orlaith… —La voz me persigue por el pasillo, me sujeta los tobillos y me deja paralizada.

Lentamente, me giro.

No se ha movido de donde lo he dejado, pero la intensidad de sus ojos ha regresado y ha solidificado esos charcos de agua hasta convertirlos en algo que me asesta un golpe mucho más fuerte.

—¿Asistirás al baile?

Una tormenta de energía desenfrenada se me arremolina en el corazón y lo zarandea al pensar en la fiesta a la que Rhordyn me obliga a ir. Como si dejar que me haya sentado a su lado hoy en la sala no hubiera bastado para que todo el mundo viese que soy… solo yo. Nada más.

—Sí —mascullo y veo que curva los labios.

—No cabes en ti de la emoción.

—Muy perspicaz por tu parte —murmuro mientras le doy la espalda—. Veo que no eres solo una cara bonita.

Su estruendosa carcajada me envuelve la espalda al alejarme por el pasillo.

33
ORLAITH

Situada entre las sombras, observo el salón de baile e intento fundirme con una de las dos enormes macetas desde las que salen enredaderas nocturnas que ascienden por la pared y flanquean la gran entrada de la sala.

No suelo salir a buscar a Rhordyn, pero necesito respuestas y esta vez el cabrón me las va a dar.

Este enorme salón está medio decorado ya para el baile de mañana por la noche. Unas largas cintas de raso plateado cuelgan del alto techo y lo transforman en una nube ondulante. Miles de finos hilos de metal descienden de las cavidades con haces de luz en forma de lágrima en la punta, como si la lluvia fuera algo que venerar.

Una marea de sirvientes van de un lado a otro bajo el precioso dosel y colocan los muebles, unas mesas enormes y redondas que solamente había visto guardadas en uno de los numerosos trasteros. Las cubren con una tela negra que se arruga en el suelo y las superficies están decoradas con arreglos de flores grises demasiado grandes y exuberantes como para que los lleve una sola persona.

Frunzo el ceño y abro las aletas de la nariz al notar el perfume floral que inunda el salón de baile.

Esas flores deberían seguir en el jardín, pero por lo menos han cogido cátedras grises. Hay un montón de ellas alrededor del castillo. Si hubiesen arrancado alguna otra, ahora estaría hecha una furia.

Al notar movimiento de reojo, miro hacia el pasillo, donde veo que se acerca Sophia, una criada con ojos enormes y bonitos y pelo oscuro, con una pila de fuentes de plata en los brazos. Le hago señas.

—¡Perdona!

Se sobresalta, casi suelta lo que lleva y luego hace una tensa reverencia que me provoca cierta vergüenza.

—¡Señorita! Santo cielo, no os había visto.

—¿Sabes dónde puedo encontrar al Alto Maestro? Esperaba verlo por aquí..., no sé, inspeccionándolo todo —digo, señalando el salón de baile con una mano.

—No, señorita. —Las cejas casi se le unen—. Y no estoy segura, señorita.

Vuelve a hacer una reverencia y se apresura a cruzar las puertas como si ardiese en deseos de alejarse de mí cuanto antes. El personal no suele ser tan esquivo conmigo.

Alguien me da un golpecito en el hombro. Cuando me giro, me encuentro delante de un guardia corpulento con ojos oscuros y una mata de pelo de ébano apartada del rostro gracias a una sustancia brillante.

—Jonas. —Arqueo una ceja.

—Orlaith, ¿qué estabas...? —Mira detrás de mí—. ¿De qué estabais hablando Sophia y tú?

—¿Ahora mismo, dices? —Levanto el pulgar en su dirección.

El guardia asiente.

—Es que estoy buscando a Rhordyn. Creía que Sophia sabría dónde encontrarlo.

—Ah... —Suelta un profundo suspiro y se remueve sobre los talones con el semblante más relajado—. ¿Nada más?

—¿De qué íbamos a hablar si no?

—Bien. El Alto Maestro está ocupado. —Se gira y empieza a alejarse a paso vivo, pero me abalanzo y lo cojo por la muñeca.

—¿Ocupado dónde, exactamente? No tengo paciencia para pasarme los dos próximos días buscándolo en cada rincón del castillo. —Baja la mirada hasta mi mano de nudillos blancos y lo suelto—. Perdona.

Se aclara la garganta y mira hacia otro guardia apostado junto a las puertas. Es difícil estar segura, pero juraría que se lanzan una mirada exasperada.

—¿Qué crees que voy a hacer? ¿Piensas que le voy a hacer daño?

—Vas a meter las narices en los asuntos del Alto Maestro.

No le falta razón.

La mayoría de los guardias desconfían de mí, pero no los puedo culpar precisamente. A lo largo de los años, los he pillado a casi todos en momentos comprometidos. Por lo visto, camino con demasiado sigilo y supongo que por eso lo pillé metiéndole la lengua a Marcus hasta la campanilla, a pesar de que está cortejando a Sophia.

—Suéltalo, Jonas.

—No. —Y se cruza de brazos.

Imito su postura, entorno los ojos y espero, dando golpecitos en el suelo con el pie.

Silencio.

Cuando la impaciencia amenaza con acabar conmigo, me inclino hacia delante.

—¿Cómo está Marcus? —susurro.

Jonas abre los ojos como platos y el instante se alarga tanto que me da tiempo a apartarme y recostarme en un lugar cómodo contra la pared.

Jamás lo delataría, pero eso él no lo sabe. Y no me sorprendería pillarlo meando sobre mis rosales después de este encuentro.

Masculla algo imperceptible y suspira.

—Rhordyn está en su despacho de la tercera planta.

«Debería haberlo imaginado».

—Graci...

—Está en una reunión privada. —Pone énfasis en «privada», como si estuviera a punto de abrir un diccionario y señalar ahora mismo lo que significa—. Él y la Alta Maestra de Rouste han dicho que no se los debe molestar bajo ningún concepto.

Se me agarrota la espalda y me da la sensación de que el corazón se me ha enredado en una trampa espinosa.

«Una reunión privada... con Zali... en su despacho...».

El regusto amargo es difícil de tragar. Igual que la imagen que se me ha clavado en la mente como un mástil.

Zali está tumbada en la mesa de Rhordyn como la mujer del libro, con la espalda arqueada y los pechos desnudos bajo unas manos masculinas; Rhordyn se inclina sobre ella como una sombra plateada, con el rostro enterrado en sus muslos, gruñendo...

«Y dándose un festín».

Joder.

—Vale —respondo, y hago lo imposible por comportarme como si tal cosa, aunque lo que me apetece es vomitar—. Supongo que... volveré a mi torre, pues.

Jonas pone los ojos en blanco y se aleja por el pasillo, como si lo desconcertara mi mera presencia.

Con el corazón en un puño, me dirijo a la tercera planta, directamente al gran pasillo que da al despacho de Rhordyn.

Me doy la vuelta cinco veces, diciéndome que esta clase de lúgubre curiosidad es perjudicial. Y destructiva. Sin embargo, mis pies piensan por su cuenta y me conducen hacia el camino que sin ninguna duda me va a destrozar.

Avanzo con mucho cuidado y me acerco hasta oír el rumor irregular de algo más que una voz masculina. Me detengo.

«No suenan como un hombre y una mujer entregados a la pasión». El alivio que siento es tan intenso que debo apretar fuerte los labios para no soltar un suspiro.

Me apoyo en la pared opuesta y me agacho detrás de una espesa cortina de terciopelo que se amontona al lado de una ventana cerrada. Me ofrece un lugar perfecto, lo bastante cerca como para oír todo lo que se pronuncie en el despacho de Rhordyn, y si asomo la cabeza por el extremo es probable que vea algo por la puerta abierta de par en par.

Si la reunión era tan privada, debería haber cerrado la puerta, la verdad. Si Rhordyn me pilla husmeando, esa será exactamente la línea de mi defensa. Todo el mundo sabe que las puertas son mi debilidad. Dejar una abierta durante una reunión privada... En fin, debería saberlo.

—Ha sido un gesto bonito, lo de la cabeza del vruk, Zali. Nunca dejas de sorprenderme.

«Es Cainon».

—No ha sido bonito en absoluto —le espeta Zali—. Encontré a ese perro devorando a un agricultor y a su hijo. Los otros cuatro vruks de ese mismo ataque en estos momentos están despellejados y clavados en estacas como advertencia. No fueron los primeros y claramente tampoco serán los últimos.

Me da que Zali acaba de ganarse mi respeto.

Cainon se aclara la garganta y casi me lo imagino cruzándose de brazos o inspeccionándose las uñas, como si la conversación lo aburriera.

—Por mucho que me encanten tus historias, necesito hablar con Rhordyn a solas.

—Vale —replica Zali, una palabra que precede sus fuertes pasos, como si todo el peso de su rabia se contuviese en las suelas de sus zapatos.

Pasos que se dirigen hacia mí... «Mierda».

Aguanto la respiración y cierro los ojos mientras me arrimo contra la pared con la esperanza de que no vea mis pies desnudos, que sobresalen de la parte inferior de la cortina.

Las pisadas se aproximan y me empiezan a arder los pulmones al aguantar y aguantar...

Zali se detiene y pasan varios segundos antes de que corra la cortina y un poco de la suave luz de la tarde revele mi escondrijo.

Pongo una mueca y miro hacia los enormes ojos miel enmarcados de oscuras pestañas, a la espera de que me aseste el golpe verbal, el que probablemente vaya a conseguir que me escolten guardias armados hasta el Tallo Pétreo.

No obstante, me lanza una sonrisa tímida, me guiña un ojo y vuelve a poner la cortina en su sitio.

Boquiabierta ante la gruesa tela, oigo los pasos alejarse.

—La necesidad de estar a solas también va por ti, Baze.

Doy un paso a la izquierda, aparto la tela y miro hacia el estudio.

Cain está apoyado en la puerta y sus anchos hombros me impiden ver más allá. Baze está fuera de mi visión, supongo que recostado en alguna pared, pero sí que veo a Rhordyn. Está sentado en su silla, delante de su enorme mesa negra.

—No se irá a ninguna parte —estalla Rhordyn, y algo en la forma en la que observa a Cainon me pone la piel de gallina.

Cainon se aclara la garganta y separa los pies.

—Muy bien.

—Muy bien —repite Rhordyn. Aparte del movimiento de los labios, en su cuerpo todo lo demás está petrificado.

—¿Queréis usar mis barcos?

«¿Los barcos de Cainon?».

Rhordyn da golpecitos en el reposabrazos de su silla.

—Solo unos cien o así —responde, encogiéndose ligeramente de hombros—. Tienes cinco veces esa cantidad. Seguro que puedes prescindir de unos cuantos.

«Quinientos barcos».

¿Quién coño es ese hombre?

—Si Vadon se ha corrompido, será... problemático —comenta Rhordyn, moviendo la cabeza de un lado a otro—. Goza de una enorme protección gracias a las montañas. Sus únicos puntos débiles son el río Norse, que ahora está bloqueado, y la zona occidental de los alpes de Reidlyn, a la que solo se puede acceder en barco. Nuestras opciones son, o bien arriesgarnos a suicidarnos por el puerto de montaña, o bien optar por un viaje mucho más seguro por el Mar de Shoaling. —Se inclina hacia delante, junta las manos y fulmina a Cainon con una mirada que habría hecho sangrar al aire vacío que los separa de haber tenido corazón—. Necesitamos esos barcos.

Aprieto los labios con fuerza...

Sus palabras son murallas fortificadas de una fortaleza impenetrable. Seguras. Confiadas. Decididas.

Aunque me apetece cobijarme tras su barricada, algo me dice que debería hacer lo contrario. Que debería echar a correr y no mirar atrás jamás.

—A ver, si tus sospechas son correctas, solo es una amenaza inminente para tus bonitas tierras —responde Cainon con voz afilada—. ¿Por qué iban a ser los vruks un problema para nadie que no seas tú?

Me muevo más a un lado para verle la cara a Baze, que tiene apoyado el hombro en la pared y ha cruzado los brazos. Busco cualquier indicio que delate su expresión, teniendo en cuenta que por lo general está bastante más vivo que Rhordyn...

Hoy no. Está igual de serio y estoico y mira a Cainon como una pitón a punto de atacar.

Me doy cuenta de la espada que lleva en el cinturón y se me seca la boca.

«No es su espada de madera». Nunca había visto esa empuñadura metálica ni esa enorme joya iridiscente que recorre el mango en toda su longitud.

—Pronto la situación no se limitará a los vruks y a las extrañas desapariciones. —El tono de Rhordyn es como el estanque en pleno invierno.

Plano, frío y mortalmente tranquilo.

Cainon ladea la cabeza, lo suficiente como para que me dé cuenta.

—¿Es una amenaza?

—Es un hecho.

—A ver, el Mar de Shoaling engulle una décima parte de todo cuanto lo surca, así que, en el momento en el que te dé mi insignia, estaré mandando a la mierda por lo menos a diez barcos. Si no hay ningún acuerdo formal —repone Cainon, encogiéndose de hombros—, no puedo prometerte nada.

La temperatura desciende tan de pronto que el aliento se me vuelve vaporoso y debo reprimir un estremecimiento al ver a Baze llevarse una mano a la empuñadura de la espada.

—Elige con cuidado tus próximas palabras, Cain. —Los ojos de Rhordyn se vuelven oscuros.

—La huérfana a la que mantienes encerrada en la torre —dice sin vacilar.

Me quedo paralizada. Estoy tan quieta que oigo el zumbido de mi latido palpitando por las venas.

—¿Qué le pasa?

La voz de Rhordyn es tan monótona que me recuerda a la muerte. A una muerte fría, implacable y cruel.

—Quiero darle mi cupla —responde Cainon y de repente me da la sensación de que este castillo es demasiado pequeño como para albergar la energía nociva que emana del Alto Maestro del oeste.

—Ah, ¿sí?

Se levanta con lentitud y tranquilidad, como si estuviera jugando con el tiempo y acompañase cada uno de sus gestos con un signo de exclamación. Rodea el extremo de la mesa con paso fuerte y firme y Cainon se mueve hasta que están frente a frente y yo dispongo de una vista directa de los dos poderosos perfiles.

Son la noche y el día. El sol y la luna. No podrían ser más diferentes el uno del otro, pero los dos son dueños del cielo a su malvada manera.

Rhordyn es más alto y lo aprovecha en su beneficio para mirar a Cainon desde arriba como si no fuera más que un bicho en la mampostería.

—Hay que ser muy atrevido para dirigirse a la propiedad de un Maestro vecino y sobornarlo de esa forma. Una parte de mí está impresionada, aunque sea una parte minúscula. El resto quiere arrancarte la piel de los testículos y hacer que te la comas para obligarte a ingerir las semillas de tus futuros descendientes.

Cainon levanta la barbilla y se mete las manos en las profundidades de sus bolsillos, como si estuvieran hablando de algo tan trivial como el tiempo.

—Yo que tú no me amenazaría, Rhor. Menos aún cuando en tu rocosa torrecilla estás acogiendo a una mujer con unos clarísimos atributos... de Bahari.

«¿Cómo?».

Rhordyn se echa hacia delante hasta que ya no los separa nada de espacio.

—¿Es necesario que te recuerde con quién estás hablando?

Tengo el corazón en un puño. La situación ha desarrollado su propio latido voraz.

Entre ellos hay mucho más, una historia que no comprendo.

Cainon da un paso atrás. Es una breve concesión, pero parece significativa.

Rhordyn gruñe y regresa hasta su silla, en la que se recuesta igual que si estuviera sentado en un trono.

—¿La mantienes encerrada y dejas que se pudra cuando podría ser la llave de vuestra salvación?

—Orlaith no va a sufrir las consecuencias de un emparejamiento político. —Se encoge de hombros—. Por lo tanto, a no ser que por arte de magia le hayas robado el corazón —dice, con un gesto frívolo de una mano—, puedes irte a tomar por el culo. Tú y tus barcos.

Trago el nudo que tengo en la garganta y me apoyo en la pared para que la cortina vuelva a su sitio.

Rhordyn necesita esos barcos. La gente necesita esos barcos.

—La oferta caducará mañana a medianoche —lo informa Cainon, y siguen unos fuertes pasos—. Toma la decisión correcta para tu pueblo, Rhor. Y para ella.

Las tres palabras de despedida están teñidas de repulsa y muestran su claro desagrado por la idea que se ha hecho de mi situación. De nuestra situación.

No me escabullo hasta que oigo alejarse los pasos de Cainon; me muevo por inercia, la mente me da vueltas sin parar.

Esa conversación me ha sacado a la luz, me ha metido un palo de culpabilidad en las profundidades de la conciencia. Porque yo sobreviví a un ataque de los vruks a pesar de ser una niña pequeña y me obsequiaron con una vida cómoda, abandonada en mi torre, mientras el mundo se viene abajo a mi alrededor.

Sí, sufro cada vez que abro los ojos, pero soy la afortunada. Soy la que sigue viva. Pero ¿qué vale esa vida si es a costa de la de otros?

La mayoría de las personas que trabajan en el castillo tienen familia en los pueblos cercanos. Madres, padres, hijos, nietos.

De una u otra forma, mi círculo de seguridad se está estrechando, como unas manos que me rodean el cuello. Y que me aprietan.

¿Podría soportar la pena de la Cocinera tras la muerte de su nieta recién nacida por el mero hecho de haber sido incapaz de romper los barrotes que yo he alzado alrededor de mi propia mente?

Sé la respuesta a esa pregunta y es aterradora. Una respuesta igual de mortífera que el círculo que he dibujado en torno al castillo.

Tiempo extra. Es lo que han sido estos últimos diecinueve años... Y, por lo visto, ese tiempo se está agotando.

34
ORLAITH

A pesar del fuego avivado que lanza calor por toda la habitación, el suelo de piedra está frío y es implacable bajo mis rodillas y espinillas desnudas. Resulta adecuado. Es una forma de prepararme para mi inevitable y gélido encuentro.

Estudio la bonita constelación de mi puerta, un espolvoreado de estrellas que envuelven la luna creciente como si fueran admiradoras.

El eco de los pasos que se acercan llega hasta mí y el corazón se me pone en modo ataque cuando miro hacia la Caja Fuerte...

Cierro la mano alrededor del frasco de cristal con tapón de corcho.

«Se va a cabrear muchísimo».

Las pisadas retumbantes de Rhordyn invaden la torre y cojo aire, que suelto a trompicones, con el pelo como una especie de velo grueso que cuelga en torno a mí como una armadura plateada. Aunque no creo que me vaya a servir de mucho.

Hay una pausa antes de que meta la llave en la cerradura. La oigo rechinar y luego correr el cerrojo.

Lo oigo abrir la puerta y coger el cáliz...

Silencio. No hay nada más que un escalofriante silencio.

Intento no sonreír y me muerdo los labios para controlarlos. Supongo que no debería parecerme tan divertido.

Un gruñido grave de animal me pone la piel de gallina y precede un empujón a mi puerta, que cede. Rhordyn irrumpe en la estancia y me lanza una mirada penetrante.

Los ojos se le ensanchan antes de que los alce hacia el techo, con los puños apretados a los lados, y entonces derrama un agua cristalina por el suelo.

—¿Qué estás haciendo, Orlaith?

—Solo quiero hablar —le digo, y lo señalo con el frasco de sangre antes de guardármelo dentro de la cinta que me constriñe el pecho—. Esta noche, vas a tener que mantener una conversación conmigo a cambio de mi ofrenda. Eso implica hablar de verdad y no solo llenar silencios y proferir extraños gruñidos.

Masculla algo en ese lenguaje desconocido para mí antes de dejar el cáliz en una mesita y apretarse el puente de la nariz.

—¿Qué pasa? —le pregunto, con los ojos entornados.

—Nada.

—¿Te duele la cabeza? —insisto y señalo mi colección de tarros, todos llenos de varios tipos de flores secas—. Tengo el antídoto perfe...

—Si intentas meterme una hoja en la boca, te muerdo el dedo, cojo lo que he venido a buscar y me largo antes siquiera de que notes la presión de mis dientes. Y ahora levántate y ponte unos pantalones, joder.

«Qué borde».

—¿Tanto te cuesta ser educado de vez en cuando? —le pregunto mientras me incorporo y le doy la espalda. Hurgo en mis cajones en busca de pantalones largos, ya que por lo visto los cortos que uso para dormir son inadecuados—. Además, no parecían disgustarte tanto mis muslos antes, cuando me apretabas uno con la mano.

No me responde. Y no me sorprende nada.

Me pongo unos pantalones holgados, me los ciño a la cintura y me señalo el cuerpo con una dramática floritura.

—¿Mejor?

Me mira fijamente, con la mandíbula tan apretada que me pregunto si los huesos se le han fundido.

—Supongo que es un sí. Este diálogo de dos ha empezado con mal pie. Tendré que ponerte retos más a menudo.

Casi me despedaza con la mirada, pero aparto los ojos con la suficiente velocidad como para ahorrarme mayores daños y señalo un paquete de calicó que sobresale de su puño apretado.

—¿Qué llevas ahí?

Lo lanza por los aires y lo cojo. Cuando desato el cordón y aparto varias capas de tela húmeda, descubro al fin un brote diminuto de un color violeta tan oscuro que casi parece negro. Un olor potente y familiar mancilla el aire.

—Una sola dosis de caspún para sacarte esta noche de apuros. Zali ha conseguido provisiones para un mes de un mercante ambulante al dirigirse hacia la frontera.

—Qué considerado por su parte.

—También le ha sonreído la suerte si tenemos en cuenta lo difícil que es de conseguir. Se acabó usarlo como medida preventiva —dice, exhibiendo su control, con lo que no consigue más que clavarme tornillos en los nervios.

Tuerzo el gesto.

—Ya veo.

Estoy harta de estos juegos. Harta de todas las paredes que nos separan. Harta, frustrada, embargada de información que me revuelve las entrañas, y ya no puedo más.

Separa los pies, se cruza de brazos y me mira con indisimulada curiosidad.

—Ve al grano, Milaje.

Pues lo haré.

—A ver, para empezar, ¿ibas a meterlo en la Caja Fuerte y a marcharte sin decírmelo? —le suelto mientras agito en su dirección el valiosísimo brote que alivia la presión cerebral.

—No. Iba a llamar a la puerta, informarte de que había algo ahí dentro y luego marcharme. —Se encoge de hombros. Sus ojos son como celdas de cárcel de barrotes plateados—. Ya sé que no está molido, pero, si eres capaz de preparar suficiente exotrilo para explotarle el corazón a todo un ejército con una sola tanda, estoy convencido de que podrás lidiar con esto. —Señala con una mano mi caspún y me hierve la sangre.

—Necesitas echar una cabezada.

—¿Cómo dices? —Arquea la ceja izquierda.

—Ya me has oído —murmuro, mirando por la ventana.

Cómo no, lo único que recibo como respuesta es un gruñido que hace las veces de bofetón en la cara. Le sigue un largo silencio que dura tanto que valoro la posibilidad de estrellar el frasco de sangre en el suelo solo para sacarlo de quicio. Pero entonces el silencio se ve interrumpido por un suspiro tan profundo que parece el retumbo de una montaña.

—Empieza con tus preguntas, Orlaith.

Al volver a mirar hacia él, lo veo masajeándose el puente de la nariz de nuevo, como si mi presencia le provocase ganas de meterse un dedo en el ojo y arrancarse el cerebro. Ahora mismo, el sentimiento es mutuo.

—¿Has conseguido la insignia que faltaba?

—Todavía no —contesta, bajando la mano.

La respuesta me muerde tan fuerte en el pecho que juraría que me ha abierto un agujero en el martilleante corazón.

«Todavía no».

Es decir, o bien está repensándose la respuesta a la propuesta de Cainon..., o bien está valorando ganarse su apoyo por la fuerza. Las dos opciones me ponen los pelos de punta.

No quiero que me entreguen a Cainon como un saco de verduras deformes que nadie desea comer y no quiero que Rhordyn y Zali se vean obligados a mermar sus recursos para así obtener la llave que necesitan para cruzar el Mar de Shoaling hacia Fryst.

Debe de haber otra opción. Tiene que haber otra opción.

—Y... ¿qué vas a hacer al respecto?

«Dime que no hay que hacer nada. Dime que has encontrado cien barcos escondidos en una cueva olvidada en algún punto y que ya no necesitas la ayuda de Cainon».

Rhordyn se encoge de hombros con recelo.

—Los que no están con nosotros están contra nosotros. Así de sencillo.

El corazón se me detiene de repente, en parte por el alivio y sobre todo por el miedo. Porque no es sencillo. Para nada.

Son vidas desperdiciadas. Recursos desaprovechados.

«Otro clavo sobre mi ataúd».

—¿Y no podéis... esperar? ¿Cavar búnkeres más profundos? ¿Atrancar las...?

—No —me interrumpe—. Es lo que hemos estado haciendo, y están masacrando nuestro pueblo. Cuanto más esperemos, más débiles seremos y menos oportunidades tendremos de resistir a lo que sea que salga por esas puertas.

Me envuelvo el cuerpo con los brazos en un esfuerzo por no desmoronarme, aunque no me ofrece demasiado consuelo. Ya estoy desparramada y me ahogo en el furibundo latido de una ansiedad que me atenaza el pecho.

Solo veo una opción... Y para llevarla a cabo tendré que echar mano de toda la osadía que consiga reunir. Voy a tener que mentirme a mí misma. Que decepcionarme. Que obligarme a hacer algo que había esperado poder evitar el resto de mi vida.

Voy a tener que convertirme en una persona distinta. En alguien intrépido y desalmado. Y valiente.

—¿Por qué me has llevado a rastras hasta el Cónclave? —le pregunto, levantando de nuevo la vista hacia sus ojos distantes y rocosos.

—Para que abrieras los putos ojos, Orlaith. El mundo ahí afuera es muchísimo más grande que esto —gruñe mientras barre con una mano mi habitación. Mi universo entero—. Necesito que te prepares para el peor de los casos.

Todavía tiene algunas palabras en la lengua, las noto ahí, preparadas para salir volando.

—¿Y?

—Y tu torre quizá sea alta, pero nadie mejor que tú sabe que el blanco de las tijeras suelen ser las flores más altas —dice con dolorosa precisión—. He pensado que te gustaría estar al corriente de la situación.

El golpe es brutal, destinado a herirme y a arrancarme de la seguridad de mi caparazón. Destinado a hacer que me sienta expuesta. Ahora mismo, lo último que necesito es un amargo recordatorio de lo expuesta que estoy. Ya lo siento hasta en el tuétano de los huesos.

Aprieto los puños y me muerdo el labio inferior tan fuerte que percibo el sabor de la sangre.

Rhordyn abre las fosas nasales. Sus ojos se tornan oscuros y tormentosos y me miran de tal forma que me hacen sentirme desnuda a pesar de la ropa y de la espesa protección del pelo.

—¿Algo más? —masculla entre dientes.

—Sí —le espeto. Quiero que se marche. Odio la indiferencia que desprenden sus ojos, porque lo único que necesito es un abrazo, que alguien me diga que todo saldrá bien. Una mentirijilla que me suelde la espalda—. Una última pregunta. —Hundo la mano entre la ropa y saco el frasco mientras reduzco el espacio que nos separa con tres breves zancadas—. ¿Por qué eres tan gilipollas?

Abre mucho los ojos.

Le estampo el frasco en el pecho con tanta fuerza que un hombre cualquiera retrocedería, pero Rhordyn no es un hombre cualquiera. Lo recuerdo en cuanto aparto la mano. No lo suficientemente rápido.

Coge el frasco, me sujeta la muñeca como si fuera un arma blandida y tira de mí hasta que me golpea con el torbellino de su gélido aliento, inmovilizada a punta de cuchillo por las espadas que tiene por ojos.

—¿Quién te ha enseñado esa palabra? —Su voz es un filo que me desgarra de manera inapropiada. Que me deja cortes tiernos en carne viva por el cuerpo, que se unen entre las piernas y me hacen palpitar.

Trago saliva con dificultad.

Técnicamente, aprendí la palabra de uno de sus guardias, pero dudo de que ahora sea el mejor momento para mencionárselo. Por tanto, me encojo de hombros, finjo indiferencia y cubro con una bravuconería mi forjada realidad.

—No soy tan inocente como crees.

Suelta una brutal carcajada sin remordimiento alguno.

—Algún día recordarás este momento y te darás cuenta de lo equivocada que estabas.

«Incorrecto».

Será al revés, pero enseguida se percatará.

Me suelta el brazo, da media vuelta y acto seguido se encamina hacia la puerta. Se detiene en el umbral de las escaleras, donde la luz que arroja una antorcha de la pared en parte lo baña de un resplandor que lo convierte en una estatua de belleza oscura y arrogante.

—Ya no es necesario que asistas al baile —anuncia por encima del hombro, palabras presentadas como si fueran un cuenco de gachas.

Una deslucida mentira para que me atragante con ella.

La inquietud se me asienta con fuerza sobre los hombros.

—¿Y por qué no?

Se gira ligeramente, apenas me mira a los ojos y se encoge de hombros.

—La gente ya te ha visto bastante. Estás liberada de la obligación. Felicidades.

Sus palabras martillean el último clavo de la tapa de mi ataúd, que se hunde en mi cadáver, a punto de descomponerse, dejándome inundada por el temor.

Y, acto seguido, se marcha.

35
ORLAITH

Me esfuerzo incansablemente para formar con algunos mechones unos rosetones dorados que me sitúo en lo alto de la cabeza. Al disponer el último de los recogidos, dejo unos cuantos cabellos sueltos alrededor del rostro y así termino el peinado en forma de ramo, que es demasiado regio para mi gusto.

Pero encaja por completo y me proporciona el aspecto que se le presupone a la tutelada de un Alto Maestro. O eso espero.

Miro hacia abajo y me aseguro de que los colgantes que penden entre mis pechos sin vendar no queden a la vista debajo del vestido de tela color sangre.

Pobre Tanith. Recuerdo el momento en el que ha venido a recoger el vestido y se ha encontrado un maniquí desnudo y a mí asegurándole haber condenado el traje a una tumba marina durante la visita que le he hecho esta mañana a Kai.

La mentira ha salido disparada de mi lengua y he notado una punzada de culpabilidad al verla palidecer y aseverar que le habían ordenado ir a buscarlo. Pero no la suficiente como para cogerlo de debajo del colchón y entregárselo.

Rhordyn no me ha puesto las cosas fáciles ni una sola vez y eso significa que está intentando deliberadamente mantenerme alejada del baile. Quizá cree que Cainon me envenenará la mente, pero tiene los ojos tapados por anteojeras y no ve que ese hombre es el antídoto. Que yo soy el antídoto.

Tarde o temprano se desprenderá de mí... Ya puestos, que me deje en un territorio que todavía no ha sido invadido por los vruks.

Quito el tapón de un botecito de brillo de labios que he elaborado a partir de pétalos de rosa, aceite perfumado y un poco de grasa. En los Tribunales, las mujeres a menudo se los pintan de rojo, así que se me ha ocurrido que encajaría si hiciese lo mismo.

Tras coger un pequeño pincel, respiro hondo y miro mi pálido reflejo.

Esta noche, el espejo no es mi enemigo. Porque esta noche no soy la Orlaith que se ha pasado la mayor parte de su vida oculta detrás de una línea inventada usando a Rhordyn como escudo. Esta noche, soy una persona fuerte, serena y resiliente.

—Fuerte, serena, resiliente...

Hundo las cerdas afiladas y con una mano firme me pinto los labios de rojo con una delicada precisión. El color me resalta el violeta de los ojos y es el tono perfecto para complementar mi vestido. Pero lo más importante es que consigue que parezca otra persona y esta noche es justo lo que necesito.

Una máscara.

A continuación, le llega el turno a un poco de kohl alrededor de los ojos, para darles un toque ahumado y misterioso. Incluso utilizo una ramita con punta para trazar una línea por encima de los párpados que se difumina en la comisura.

Una vez que he terminado, dejo la ramita sobre el tocador.

Irradio confianza y majestuosidad, nada que ver con la mujer que ayer se desmoronó en los jardines. Soy una bonita ofrenda sacrificial engalanada lo suficiente como para atraer las tijeras de podar sobre la que Rhordyn se empeñó tanto en advertirme. Perfecto.

Me pongo en pie y aliso el tejido que me envuelve las piernas antes de sacar los zapatos de debajo de la cama.

Los tacones parecen unas espinas gigantescas y me aguardan casi ciento cincuenta escalones que bajar. Con eso en mente, decido ponérmelos luego para no arriesgarme a caerme hasta la base del Tallo Pétreo y partirme todos los huesos.

Después de tirar del borde de mi ceñido vestido, bajo la torre por tramos, con una mano apoyada en la pared mientras con la otra sujeto los zapatos y el dobladillo de la falda. Cada uno de los pasos está anunciado por una palabra incisiva.

«Fuerte. Serena. Resiliente».

Para cuando llego al rellano que está a los pies de mi torre, casi me las he creído.

Me agacho para ponerme los zapatos y me fijo en la bandeja con la cena que espera en el suelo cerca de la puerta abierta, cubierta por una tapa de madera con una bolsita de terciopelo en lo alto. Con el ceño fruncido, me acerco a ella... Y la puerta se cierra de golpe.

El ruido de un cerrojo al girarse hace que se me caiga el alma a los pies. Me abalanzo sobre la puerta, cojo la manecilla de latón y tiro. No se mueve.

Nunca la habían cerrado con llave. Yo ni siquiera sabía que tenía cerradura.

—¡Eh! —grito, y golpeo la madera tan fuerte que me palpita la palma—. ¡Abrid la maldita puerta!

La única respuesta que obtengo es un conveniente silencio.

«No oigo pasos que se alejan».

Quienquiera que me haya encerrado aquí está al otro lado y me oye gritar, y solo hay una persona a la que considero capaz de hacerlo.

—¡Rhordyn! ¡Sé que estás ahí! ¡Abre la puerta ahora mismo!

Nada.

Le doy una patada, estampo el hombro sobre la madera, busco los goznes, a ver si consigo desmontarlos...

—¡Rhordyn!

Unos pasos fuertes se retiran por el pasillo mientras yo pateo y gruño y chillo. Con los dientes apretados, me quito una horquilla y con ella recorro el lado de la puerta donde creo que puede estar el cerrojo, pero no sirve de nada. No hay ningún punto débil que manipular.

Con la horquilla doblada entre mis dedos palpitantes, me desplomo en el suelo, frustrada y sudada.

«Cómo se atreve».

Tumbada sobre la cama, fulmino con la mirada la bolsita de terciopelo que me cuelga del dedo. La que acabo de abrir, en cuyo interior hay unos cuantos capullos de campánulas..., sin los tallos.

Con el ceño fruncido, me tomo el regalo por lo que es en realidad.

«Una forma de aplacarme».

Quizá Zali le ha contado a Rhordyn que estaba escondida detrás de la cortina. Quizá no es más que un cabrón controlador. Sea cual sea la causa de mi repentino encarcelamiento, el resultado sigue siendo el mismo.

Estoy cabreada, atrapada, nerviosa..., y esa es una combinación peligrosa.

No soy idiota. Sé que Cainon ha visto algo en mí que le gusta y que me está usando como moneda de cambio. Y claramente Rhordyn se opone con todas sus fuerzas.

Sé que cree que puedo aspirar a algo mejor que a un emparejamiento político, pero lo que me comentó Cainon en la base del Tallo Pétreo insinuaba que el propio emparejamiento de Rhordyn es por lo menos en parte político. Y lo que sea bueno para Rhordyn es lo bastante bueno para mí.

Tal vez yo no sea una Alta Maestra, pero podría serlo mejor que Zali. Puedo conseguirle a Rhordyn cien barcos y los medios para poner fin a la carnicería que se extiende por las tierras. Y ayudar a hacer del mundo un lugar más seguro tan solo aceptando una simple cupla.

Pero no puedo hacerlo desde lo alto de mi torre y la propuesta de Cainon caducará esta medianoche.

«Nos estamos quedando sin tiempo».

Siseo al montón de capullos y una parte de mí se ve tentada de lanzarlos por la ventana y ver lo rápido que caen.

En realidad... «A la mierda».

Salto de la cama y abro la puerta para salir al balcón como un vendaval rojizo. Después de acercarme a la balaustrada, observo las tierras del castillo, abarrotadas de gente vestida con varios colores que decoran la hierba como si fuera un prado de flores silvestres.

Hay carruajes aparcados, enganchados a caballos que mordisquean montañas de paja. Una hilera de antorchas conduce hacia la entrada principal, dispuesta para iluminar el camino a los invitados, cuya cháchara llega hasta mí con el frío aire del crepúsculo.

En otras circunstancias, este aislamiento de una gran multitud me daría una gran alegría, pero esta noche no soy esa chica. Lo único que veo son potenciales víctimas de un futuro ataque que yo podría haber evitado.

«Así no vamos bien».

Suspendo la bolsita de flores por encima del borde y miro hacia la larga viga de metal que apuntala la estructura del Tallo Pétreo desde la base hasta la quinta planta, atraviesa un patio y se hunde en un ala más recia del Castillo Negro.

Me da un vuelco el corazón.

—Pues claro.

Corro a mi habitación y dejo la bolsita sobre la almohada, pero no antes de olisquear el interior. No busco la fragancia de las campánulas, sino que saboreo el olor a piel y a lago helado.

Rhordyn me ha dejado esta bolsita. Y ha recogido las flores. Habrá adivinado que me resultaban necesarias. Y luego les ha quitado los tallos, que hacen falta para preparar más exotrilo, y solamente ha dejado las flores para la pintura. Qué cabrón.

Me aplico una nueva capa de rojo sobre los labios antes de coger los zapatos y correr hacia las escaleras. Están inundadas por la luz marronácea del atardecer, los apliques no están encendidos aún. Es probable que no lo lleguen a estar, teniendo en cuenta que la puerta está cerrada y yo en teoría estoy escondida en mi torre. Pero, como ya he dicho, esta noche no soy esa chica.

Soy fuerte. Serena. Resiliente. Alguien que no se acobarda ante una mirada fija ni el golpe de una palabra. Alguien que luce con orgullo quien es.

Me apoyo en la pared cóncava y con una mano aferro la base de la ventana alta y rectangular. Tengo el corazón en un puño al observar el vacío del barranco y recorrer con la vista la larga viga metálica que sale desde debajo de la ventana y se extiende hacia una zona muy robusta del castillo. Un destino sólido y seguro, que es mucho más de lo que puedo decir de la viga.

Desplazo la vista hacia el patio de piedra cinco pisos más abajo... La caída parece implacable, pero, a mi parecer, o bien bajo de puntillas por la traviesa y llego al maldito baile, o bien sufrirá más gente inocente.

«No hay alternativa».

Levanto la pierna y el vestido se me rasga de la rodilla a la cadera por la costura, dejando tras de sí una raja. Con un gruñido, lo rasgo hasta el dobladillo para que parezca un atuendo un tanto arriesgado antes de subirme al alféizar de la ventana y mover las manos para sujetarme mejor.

Si no muero ahora, lo haré cuando Rhordyn me vea meneando el culo delante de la muchedumbre.

Rezando por que nadie levante la vista, miro hacia el suelo.

—Mierda...

Mi única salvación es la experiencia que tengo recorriendo el Tablón, algo que espero que me ayude a mantener firmes los pies sobre el metal. Por lo menos, esa es la teoría.

Tras respirar hondo, afianzo la cola del vestido y clavo los ojos en la ventana de delante. Pongo los pies sobre la viga lo bastante separados como para aprovechar toda la anchura del metal y dejo de agarrarme al alféizar; me paso un zapato a la otra mano para mantener el equilibrio.

Levanto los brazos como si estuviera volando y mi otro pie se mueve por propia voluntad para alejarme de la seguridad del Tallo Pétreo. El abismo de negrura se extiende debajo de mí mientras recurro al rincón de mi mente que está tranquilo, totalmente naíf.

Se me detiene el corazón a medida que avanzo, con pasos largos y delicados, ligera como una pluma.

No estoy a cinco pisos del suelo y mi vida no depende de una ráfaga de viento. Soy fuerte, serena y en este mundo no hay nada capaz de detenerme.

El aire parece mecerme mientras recorro los últimos metros y una carcajada me burbujea en la garganta. Me paso los dos zapatos a una mano y me aferro la falda para balancearme por encima de la ventana abierta. Aterrizo en un corredor estrecho como un gato ágil.

La sonrisa es tan ancha que me da la sensación de que me parte la cara.

Corro por el pasillo flanqueado de altas ventanas a mi izquierda. El corredor vira de pronto y luego martilleo el suelo con los pies por un tramo de escaleras, con un paso más rápido. Termino en un rellano y deslizo las manos por la pared a mi derecha, donde aplico presión hasta que se abre y da paso a una entrada secreta a la Maraña.

Es un recodo estrecho, serpenteante y oscuro, un camino que debo recorrer a tientas, pero es corto y me conduce hacia un arcón. Abro la tapa y salgo; me encuentro en el polvoriento trastero lleno de viejos muebles. Me arreglo el pelo, me afianzo los cabellos sueltos y luego salgo por la puerta, que da a un pasillo abarrotado y estruendoso en el que reina el olor del pescado asado.

La cocina se encuentra a mi izquierda. Un río de criados van y vienen sin parar.

Camino a paso vivo, con la barbilla alta y los ojos al frente, al pasar por delante de la puerta y escabullirme entre un arroyo de sirvientes vestidos de negro.

—¡Detente ahora mismo, señorita!

«Maldita sea».

Me giro para dar con la fuente del ardiente escrutinio que me quema la cara.

—Hola, Cocinera...

La mujer chasquea la lengua antes de llevarme hacia una zona más tranquila del pasillo y mirarme de arriba abajo mientras se sacude la harina que le mancha el blanco delantal y yo intento no salir corriendo.

—Me han dicho que no ibas a asistir y que debía dejarte un plato de bollitos de miel a los pies de tu torre cuando se pusiera el sol. —Se mete la mano en el bolsillo y extrae una llave negra que hace que me encoja internamente.

—Pues la persona que te lo ha dicho debe de haber entendido mal el mensaje —le aseguro, señalando con el pulgar a la legión de criados—. De hecho, ahora voy hacia allí, así que...

—Me lo ha dicho el mismísimo Alto Maestro.

Ah. Mierda.

Asiento. No me gusta nada que la Cocinera me haya pillado mintiéndole, pero su familia vive en un pueblo de los alrededores... Lo hago por todos ellos.

—A veces Rhordyn no sabe qué es lo que le conviene —mascullo, y ablanda los ojos.

—Bueno. En eso estoy de acuerdo. —Se guarda la llave en el bolsillo y me hace señas para que me acerque—. Rápido, deja que te ayude a ponerte los zapatos. Como te agaches, se te va a rasgar el vestido hasta las tetas.

Con las mejillas sonrojadas, suelto un suspiro de alivio y planto los zapatos en las manos expectantes de la Cocinera tan deprisa que casi la golpeo con ellos. La mujer se arrodilla, los deja en el suelo y yo me pongo uno y luego el otro.

Mientras abrocha la hebilla, observo a un criado tras otro pasar por nuestro lado con bandejas de plata redondas coronadas por burbujeantes copas de champán y oigo a uno de ellos comentar que está a punto de hacerse un anuncio.

Frunzo el ceño.

—¿Qué anuncio?

La Cocinera se levanta, me mira de arriba abajo y me recoloca unas cuantas horquillas del pelo.

—Las dos sabemos a qué anuncio se refieren, mi niña.

Se me cae el alma a los pies al contemplar el pasillo. Ojalá no me escocieran los ojos, ojalá el arrebato de determinación extra se debiese a mi voluntad para hacer el bien y no estuviera manchado por la espina de resentimiento que me perfora el corazón.

«Sí, sé perfectamente a qué anuncio se refieren».

36
ORLAITH

La rítmica melodía de un alejado violín acompaña la marea de cuerpos que entra y sale del gran salón de baile.

Algunos son de criadas portando bandejas de plata con copas de champán; otros, de mujeres tranquilas con vestidos ceñidos a la cintura cuyas faldas ondean a su alrededor como si fueran líquidas. Las sonrisas maquilladas y los peinados adornados las vuelven casi intocables.

Hay dos que lucen un vestido gris que les cubre cada centímetro de la piel a partir del rostro enjuto. Tienen el pelo recogido hacia atrás de tal forma que enseñan la cicatriz en forma de uve que les recorre la frente.

Esas personas... Hago un esfuerzo extra por evitar mirarlas a los ojos.

Los hombres visten trajes a medida que les cuadran los hombros y les estrechan la cintura. Trajes de ante, de terciopelo, de seda brillante como su pelo engominado.

Por lo general, se sabe de qué territorio es alguien por la ropa que lleva, pero el baile es una expresión de personalidad colorida y ecléctica.

Al mirarme el vestido rubí que se ciñe a las dunas de mis curvas, casi pierdo la valentía. Casi echo a correr hacia la Cocinera para suplicarle que me dé la llave del Tallo Pétreo. Solo me convenzo de lo contrario al ver a una niña de pelo oscuro agarrada a la cadera de su madre; sus ojos enormes y redondos me inmovilizan en el suelo.

Al parecer, es la única que me ha visto entre las sombras y me mira como si lo supiera, como si advirtiese el abismo de mi alma.

Si regreso a hurtadillas a mi torre, sus segundos están contados, y no soporto la idea de que se le apague la luz de los ojos.

Alzo la mano hacia los tesoros que llevo ocultos bajo una capa rojiza: una joya que me recuerda que yerga la espalda y una concha que me protege el corazón.

La música cambia de ritmo, se vuelve más densa y rápida, y me impulsa a ponerme en marcha. Me aparto de las sombras arremolinadas junto a la pared y el peso de mis pasos recae sobre mis atormentados pies.

Las cabezas se giran, los ojos se abren como platos y los murmullos emergen de labios que apenas se mueven a medida que me dirijo hacia la gran entrada.

Debo admitir que, cuando Hovard se presentó con el boceto del vestido, no pensé que me haría destacar tanto. Estaba cabreada, desequilibrada y desesperada por golpear a Rhordyn de todas las formas posibles. Pero ahora que estoy aquí, con un traje que no es más que una seda que se me pega a la piel como una capa de sangre, el arrepentimiento me inunda.

No llevo corsé, como la mayoría de las otras mujeres. Tengo la espalda totalmente al aire. Tengo una raja en el vestido que deja a la vista una rendija de piel desde la cadera hasta el pie cada vez que doy un paso adelante con el derecho.

La multitud se separa como un libro abierto, como si yo hubiera salido de la nada. Aunque me arden las mejillas, contemplo sin obstáculos el elegante salón de baile, sumido en un resplandor perlado. Y miro directamente al hombre recostado en la pared del fondo, cerca de un estrado, con los brazos cruzados, y que parece haberse quedado sin aliento.

La música se detiene conforme la multitud me observa y alivia su curiosidad, mientras unos ojos fríos y acerados me contemplan. Y me agujerean el corazón.

Puede que me arda la piel con la atención colectiva de una estancia llena de ojos interrogativos, pero son los suyos los que me dejan una herida gélida. A los que me aferro a pesar de su espino.

Me quedo unos instantes en el umbral de mi inevitable deceso, convencida de que no voy a sobrevivir a la ira de él por lo que estoy a punto de hacer. No cuando me está fulminando con la mirada tan solo por haber huido de mi jaula.

Pero es que me pidió que me esforzara. Únicamente estoy siguiendo órdenes.

Veo que le resplandecen los ojos cuando yergo la barbilla y echo atrás los hombros. Porque ahora mismo, con este vestido que me perfila las curvas y revela una forma nunca vista, no soy una chica herida. No soy la cría que tiene demasiado miedo de abandonar las tierras del castillo y tampoco la niña que no está a gusto consigo misma.

Soy fuerte, serena, resiliente…

Rhordyn les hace un gesto a los músicos y estos retoman su actividad, disolviendo así el hechizo de silencio. El gentío empieza a moverse de nuevo, aunque no dejan de echarme miradas mientras llenan el espacio vacío y me alejan de los ojos de Rhordyn.

Tras soltar un áspero suspiro, me adentro en el impresionante salón, cuya atmósfera rebosa de olores exóticos y empalagosos, pero apenas doy cinco pasos antes de que Baze salga de la multitud con un traje negro que acentúa el fuerte contorno de su formidable complexión.

—¿A quién tenemos aquí? —masculla, aferrándome el brazo, con el rostro demudado por una sonrisa que muestra demasiado los dientes.

Se me lleva con tanta fuerza que en el brazo deja de circularme la sangre por debajo del codo, así que le clavo los dedos en el costado y lo pellizco. Muy fuerte.

—Ay —murmura sin mover los labios.

—Siento llegar tarde. —Finjo una sonrisa educada—. He tenido un problemilla con el vestido.

—Ya lo veo —repone Baze, guiándome por la muchedumbre y avanzando entre mesas redondas adornadas con centros florales y fuentes con comida—. Y yo que pensaba que íbamos a tener una noche tranquila sin ningún contratiempo.

Cojo una copa de una bandeja de un criado y apuro el champán de un sediento trago. Pongo una mueca cuando el líquido burbujeante desciende por la garganta.

—Pues prepárate, querido.

Me arrebata la copa de las manos y me la agita delante de las narices.

—Esto no es para ti.

—Joder, ¿y por qué no, si puede saberse?

—Porque eres incapaz de controlarte.

Frunzo el ceño.

Me está volviendo a tratar como si fuera una niña pequeña y está logrando que disminuya mi certidumbre. Estoy a punto de decirle exactamente eso cuando alguien me tira de la otra muñeca, que termina enlazada con el brazo de Rhordyn. Me alejo de Baze, que me guiña el ojo sin miramientos antes de desaparecer entre la gente. Será traidor...

—¿No llevas ropa interior o qué? —me pregunta Rhordyn. El pulso de su voz gélida me golpea el lóbulo de la oreja.

—Nunca lo sabrás —ronroneo, como si sus palabras no me hubieran afectado. Ni el aroma masculino que me envuelve como unos dedos avariciosos ni el modo en el que me está reteniendo contra la fuerte columna que es su cuerpo.

Suelta un gruñido y de pronto soy muy consciente de sus pantalones de ante negro, que me rozan la piel desnuda de la pierna.

Me guía entre la multitud, sujetándome como si no quisiera aflojar nunca, lo cual me está volviendo loca.

No me gusta nada este... efecto que tiene en mí.

«Y ahora menos que nunca».

Una criada se aproxima y nos ofrece unos canapés de pan con huevas y algún tipo de crema. Cojo uno a pesar de tener el estómago revuelto y mi corazón sufre una esperada decepción cuando Rhordyn la despide con un gesto y con el ceño fruncido, como si aquella simple imagen le diera asco.

Algo se rompe en mi interior.

Quizá sea el hecho de que soy el centro de atención de una sala llena de miradas que examinan mi máscara en busca de defectos. Quizá sea que estoy caminando por la fina línea que separa la compostura y otro colapso nervioso público si algo llega a provocarme. Quizá sea que él está aquí, jugando con mi mente, pero le acerco el canapé a la cara y observo los dos pozos idénticos de entereza apenas disimulada.

Abiertos. Sin parpadear.

Ahora mismo, este bocadito antes de cenar es igual de amenazante que un arma que le apuntase al cuello. Rhordyn lo sabe. Veo en sus ojos que ha reconocido el desafío que he dispuesto entre ambos.

La pregunta es la siguiente: ¿qué va a hacer?

Pasan varios segundos, el silencio ruge a nuestro alrededor, y me da la impresión de que somos las dos únicas personas del salón. Nosotros... y el canapé.

Rhordyn ladea la cabeza y me mira con la intensidad del cincel de un artista, como si buscase con los ojos donde golpear a continuación.

Me aseguro de que no vea nada más que una fría determinación que ojalá no hubiera aprendido de él.

Una línea se le forma entre las cejas y baja la vista hacia mi ofrenda.

Levanto la barbilla, imito el gesto con la mano y le acerco más el canapé.

Rhordyn se aclara la garganta y coge el bocado para metérselo en la boca. Juraría que casi no lo ha masticado antes de tragarlo y algo le prende los ojos y me provoca un escalofrío que me baja por la columna.

Algo parecido al odio.

—¿Contenta? —me espeta y suelto el aire que retenía, ajena a que llevaba todo este tiempo conteniéndolo.

«Acaba de comer delante de mí...».

Debería ser insignificante, pero para mí lo es todo.

Asiento.

—Muy bien. Ahora que ya hemos dejado eso atrás, ¿cómo cojones has salido de tu torre?

Es difícil permanecer impasible al gruñido de su voz y a esos ojos que arden con amenazas no verbalizadas.

Me aparto de su mirada y finjo desinterés.

—Tengo mis propias formas de salir.

Vuelve a sujetarme el brazo y me guía mientras rodeamos a una criada con una bandeja de copas de champán.

—Lo investigaré.

—Yo que tú no lo haría —digo mientras intento zafarme de su mano para coger otra copa. El champán estaba muy rico y me gusta cómo me ha calentado la barriga.

—¿Por qué no, Orlaith?

Sus palabras me desgarran y pongo una mueca al pensar en mi excursión sobre la viga...

Lo descubrirá y es probable que para entonces yo hubiera preferido haberme resbalado, caído y muerto.

Lo miro y lo veo observándome con los ojos bien abiertos.

—Vaya, ahora sí que me tienes muy intrigado —masculla mientras me guía hacia un rincón repleto de enormes macetas con lirios nocturnos, los dos con la espalda contra la pared para contemplar a la multitud.

Aunque su proximidad me congela hasta los huesos, también me prende fuego en la piel.

—Recuerda que eres tú el que quería que viniese.

—Quizá no fui demasiado claro —murmura; su voz de barítono solo sirve para que me flaqueen las rodillas—. Pero decirte que no vengas, intentar ir a por tu vestido y luego encerrarte en la torre era mi forma de retirar la invitación.

Rezando por no tener las mejillas tan rojas como las noto, compongo las facciones hasta adoptar la que imagino que es una postura regia.

—Me llevaste a la reunión porque querías que cruzara mi línea. Si crees que estoy preparada para enfrentarme al mundo, ¿por qué me lo impides?

—Lo que quiero, lo que necesito y lo correcto son tres cosas totalmente distintas. —Endurece la mirada.

Casi me echo a reír mientras barro con la mirada a la muchedumbre, que nos proporciona un buen espacio en forma de medio arco.

—Tan críptico como siempre.

¿Oirá el martilleo de mi corazón? Porque yo lo oigo. Me zumba en los oídos, sacudiéndome hasta el centro de mi ser.

Me está diciendo que lo empuje más, que le dé golpes y más golpes hasta partirlo para inspeccionar su interior. Y ver si es de piedra, igual que la dura superficie.

No me doy cuenta de que me ha aflojado el brazo hasta que me acaricia la piel desnuda del final de la espalda con sus dedos fríos... Doy un brinco al notar el roce.

—A pesar de lo cruel que soy —masculla, y percibo cierta ondulación en sus palabras, como si hubieran tenido que girar para llegar hasta mí—, estás espectacular con ese color.

Me quedo sin aliento, con la cabeza ladeada y la sangre corriendo a las mejillas cuando empieza a trazar circulitos sobre mi crepitante piel. Son caricias tensas, provocativas y más delicadas que la pasada de un pincel. Me revuelven por dentro, me retuercen una cadena de nervios en el bajo vientre, como si fuera una serpiente viva de sangre ardiente.

Noto la humedad formándose entre las piernas y aprieto los muslos al sentir que el rubor baja de las mejillas al cuello, donde me pellizca los pezones hasta transformarlos en duras cumbres.

Soy una estatua de piedra, reacia a moverme por si lo espanto de mi lado. Me preocupa que, si lo hago, huela la reacción de mi cuerpo a la pequeña dosis de atención que me está regalando.

—Gracias —susurro, apenas lo bastante alto como para remover el aire.

—Aunque no sé cómo me hace sentir que todo el mundo tenga acceso a... todo esto —suelta, dibujando los círculos más y más abajo, hasta que oscilan alrededor de los dos hoyuelos que tengo estampados encima del culo.

Me aclaro la garganta e intento no retorcerme.

Nunca me ha tocado así, de forma directa y exploradora, como si estuviera pintándome secretitos sobre la piel.

—Solo es una espalda...

—No es una espalda cualquiera, Orlaith.

Trago el sabor agrio de la indecisión, que cuestiona todo lo que voy a hacer a continuación.

Con unos pocos movimientos de un dedo, Rhordyn ha descosido mi resolución y me ha convertido en un patético charco de necesidad. Soy esclava de los sorbos de atención con que me alimenta, los necesito como el aire en los pulmones, y no me lo puedo permitir. Es un precio demasiado alto.

«Fuerte, serena, resiliente...».

—¿Por qué has cerrado mi puerta con llave? —le pregunto, palabras que atraviesan la fachada de mi endurecida resolución.

Durante unos segundos, creo que se le forma un surco entre las cejas, pero cuando parpadeo ha desaparecido.

—Un gesto de amabilidad.

Seguramente sea un mal momento para decirle que, si bien agradezco la intención, debe mejorar mucho cómo la lleva a cabo.

—¿Y ya?

—Sí. Pero ahora estás aquí —dice, observando a la multitud. Me clava los ojos y me doy cuenta de por qué hay tanto espacio separándonos de los demás, como si hubiera una barrera física que impide que cualquiera se acerque demasiado.

En esos ojos plateados brilla una destreza letal que te consume.

—¿Por qué has venido, Orlaith?

Trago saliva y aparto la mirada antes de que se me derramen las entrañas.

—Porque me vuelven loca los castigos, supongo.

Detiene los dedos. El silencio se prolonga mientras me acaricia la mejilla con su cortante y frío escrutinio, antes de que gruña y aparte la vista para permitirme coger por fin media bocanada de aire cuando vuelve a trazar los círculos.

—¿Y qué has hecho con las campánulas? —Clavo la atención en el perfil de su rostro, si bien él sigue examinando el gentío—. ¿Las has lanzado por el balcón o las has puesto a secar?

—Nada de eso —le espeto—. No eres tan listo como te crees.

—Están en tu almohada, ¿verdad? —Me mira a los ojos y me deja sin aliento durante un estremecedor instante.

«¿Cómo lo sabe?».

—No paso casi nada por alto, Orlaith. Menos aún cuando tiene que ver contigo.

Un jadeo me corta por la mitad.

—Conozco todas las formas en las que te brillan los ojos, los arrebatos que ponen tu alma a cantar. Sé que ahora mismo tienes la espalda rígida no porque quieras, sino porque tiro de ti con los dedos como si fueras una marioneta —dice mientras intensifica el delicioso remolino y hace que me palpiten zonas que no deberían.

«No por él».

Se inclina hacia delante, su aliento un golpe frío sobre mi oído, y me arqueo como si fuera una flor y él el sol, no escarcha gélida que seguramente me destrozará.

Y me enfado. Me enfado mucho conmigo misma, porque es probable que Rhordyn lo esté disfrutando. Que me destroce sería mejor que no volver a beber los sorbos de su afecto.

—Sé que tienes las mejillas sonrojadas porque te avergüenza ese dolor sordo que sientes entre las piernas. Y la humedad que te empapa los muslos. Te preocupa que yo note el olor. Pues lo noto.

El corazón me golpea las costillas. Me despelleja con la mirada y luego me devora las entrañas.

—Sé que estás librando una batalla interna, porque, aunque percibo tu excitación, también noto la rabia que irradias sobre mi piel como si fuera una llama.

Pasa un segundo, un limbo agradable e inocente. Un instante tranquilo y robado que está condenado a padecer una muerte horripilante.

Lo sé. Lo percibo en el ambiente, como si el océano cogiera bocanadas de aire acuoso.

Cuando separa sus bellísimos labios esculpidos, casi levanto una mano y se los cierro.

—Deja que gane la rabia, Orlaith. —Cesa de dibujar círculos con los dedos y la puerta vuelve a cerrarse de golpe entre nosotros—. Deja que gane la rabia.

Y, acto seguido, se marcha y me deja sola contra la pared, hecha añicos por sus palabras de despedida.

Un seco recordatorio de que quizá yo sea suya, pero él jamás será mío.

37
ORLAITH

Una lágrima me cae por la mejilla y me la aparto rápidamente con la mano, como si esa simple gotita no contuviese el peso de mi corazón roto. Otra le sigue al poco.

Rhordyn sube a la tarima, acompañado de una Zali sonriente que lleva un vestido de bronce ondulante que se funde con sus curvas.

La multitud centra la atención en el Alto Maestro y la Alta Maestra, que se alzan por encima de los demás como si estuvieran hechos el uno para el otro. Y hechos para gobernar, conquistar y salvar el mundo juntos.

No portan coronas ni diademas de poder. No es necesario, porque irradian tanta majestuosidad que el mismo aire parece inclinarse ante ellos.

Me hormiguea la piel del brazo izquierdo y miro de reojo, donde veo a Cainon apoyado en la pared a un palmo de mí, con las manos en los bolsillos.

Lleva el pelo recogido en un moño que muestra las líneas crudas de su peinado y su atuendo es mucho más informal que el de los demás: pantalones ceñidos azul marino y camisa blanca ajustada, arremangada para mostrar unos antebrazos fuertes y gruesos y con el cuello desabrochado, lo que deja a la vista la superficie pulida de unos músculos dorados.

Es un rayo de luz del sol que atraviesa la penumbra, la viva imagen de la elegancia desenfadada que luce un atractivo sexual con un punto de desenfrenada inhibición.

—¿Por qué llora la bonita flor? —me pregunta con la cabeza ladeada mientras me lanza una mirada despreocupada.

Pero percibo un pozo de sinceridad detrás del gesto de esos labios libertinos y en la profundidad de esos ojos azul claro. La pregunta es muy… intrusiva. Como si se hubiera puesto a pescar en mi garganta para intentar echarle el anzuelo a mi corazón.

No estoy acostumbrada a que nadie que no sea Kai me haga este tipo de preguntas.

Levanta la mano e invade el espacio que nos separa, y no me queda aire en los pulmones para protestar antes de que me acaricie la mandíbula con el pulgar y recoja una lágrima como si fuera una gota de pintura.

Pese a mi sorpresa, una tóxica clase de gravedad atrae mi ojo hacia ese pódium. Por más que intento evitarlo, me derrumbo.

Baja el pulgar en cuanto aparto la mirada.

—Ya veo —murmura—. La flor ha echado raíces.

—La flor ha sido estúpida.

Un tintineo interrumpe el alboroto festivo. La música se detiene y un silencio se instala entre la multitud, aunque a mí no me parece silencioso. Es estremecedor y ni una sola parte de mí desea estar aquí para ver cómo se desarrolla la historia.

Me aparto de la pared, decidida a atravesar la hechizada multitud a fin de encontrar un rincón alejado de ojos curiosos. Algún lugar donde recomponerme y volver a ser una mujer resiliente, fuerte y segura…

Cainon desplaza la mano hasta la mía y me ancla al suelo. Me ancla a su lado.

Clavo la vista en nuestros dedos entrelazados, su piel muy dorada en comparación con el tono claro de la mía.

—No. —Una palabra gruesa e incriminatoria que me lleva a dirigir los ojos hacia los lagos sin olas de los suyos—. Te quedas aquí y lo presencias —susurra mientras me coloca de nuevo sobre la pared con un suave movimiento—. Si permaneces en este castillo, es lo que vas a ver todos los días. Aunque será mucho, muchísimo, peor.

Las cejas se me juntan mientras él se encoge de hombros.

—Podrás olerla a ella en su cuerpo. Verás cómo se hincha con los hijos de él, porque es lo que se esperará de ambos para que las apariencias resulten creíbles.

Se me entrecorta la respiración cuando mi imaginación conjura una visión clara y precisa.

Y me duele. Me duele una puta barbaridad.

—Y tarde o temprano... —Suaviza la expresión—. Tarde o temprano, esos sentimientos se transformarán en amor. No importa quién eres ni de dónde vienes; está en nuestra naturaleza enamorarnos de los grilletes que nos amarran.

Otra lágrima me baja por la mejilla y Cainon la coge de nuevo y se lame los restos del pulgar. Algo dentro de mí se retuerce al ver ese íntimo gesto.

—¿Y a ti por qué demonios te iba a importar?

Cainon me dedica una sonrisa de consolación que no le llega hasta los ojos.

—Porque hay otras opciones que podrían beneficiarnos a los dos.

Qué sincero. Bueno, ya es algo. Normalmente no recibo más que respuestas enrevesadas.

—Esta noche —ruge Rhordyn, cuya potente voz llena el salón—, me dirijo al pueblo de Ocruth y a todo el continente.

Se me agarrota la espalda, la vista fija en el estrado gracias al tono grave de esa conocida voz, que amenaza con destruirme.

Rhordyn se dirige a la muchedumbre durante un largo y espeluznante minuto, provocando cientos de gritos de sorpresa y ladeando cientos de barbillas, agrandando cientos de pares de ojos antes de cogerle la mano a Zali.

Se me congela la sangre. Es como si me hubiera metido esa misma mano entre las costillas y me hubiese aferrado el corazón. Porque ahora mismo él controla los latidos y decide si permitirle palpitar o arrancármelo del pecho y lanzarlo al suelo.

No me mira. Ni una sola vez. Tan solo cuadra los hombros y prosigue:

—He encontrado el amor en las seguras raíces de una amistad que llevo mucho tiempo atesorando, así como atesoro la protección de mis tierras. De mi pueblo.

La multitud estalla en vítores y el salón de baile se inunda de un banquete de alegría que a mí me deja hambrienta de aire.

Rhordyn levanta la mano izquierda de Zali y muestra su muñeca desnuda como si fuera una especie de trofeo.

Se burla de mí, consigue que el pecho empiece a cederme.

«No lo hagas, Rhordyn».

«No, por favor...».

—Esta noche le hago nuestra promesa más sagrada a la mujer que está a mi lado.

No puedo respirar, no puedo pensar. He escalado a la rama más alta del árbol más elevado, he roto todas las demás y ahora el único camino consiste en caer.

—Pero también quiero hacerle la misma promesa a nuestro pueblo. Porque Zali y yo no solo nos uniremos en amor, sino que también uniremos nuestros territorios.

«Amor». Esa palabra me cava un agujero en el corazón y provoca una nueva oleada de lágrimas que amenazan con verterse.

—¡Difuminaremos la frontera entre nuestras tierras con la intención de que vuelvan a ser seguras!

Esta vez, cuando la multitud empieza a chillar, es ensordecedor. Un aplauso estruendoso acompañado de pisotones, silbidos y gritos, las súplicas desesperadas de gente que lleva demasiado tiempo viviendo con temor. Personas que creen que la unión de esta pareja será la cura de sus peores pesadillas.

Y quizá lo sea, pero a mí me está matando. Me está saqueando el corazón y plantando una semilla de sombras entre la carne desordenada de mis entrañas.

Dirijo los pies hacia delante cuando Rhordyn coge la cupla que lleva en la muñeca y la mano que me ancla al suelo me aprieta más.

—No lo hagas —gruñe Cainon.

—Que te den.

Estoy a punto de dar otro paso cuando el muy capullo me coge el brazo y me lo oprime contra su torso.

—Eres un cabrón —le espeto mientras observo a Rhordyn rodearle la muñeca a Zali con el juramento de obsidiana y siento una parte de mí romperse y marchitarse al verlo.

—No lo dudo, pero luego me darás las gracias.

—No lo creo.

Con la cupla ya cerrada, la multitud explota en un jaleo de vítores y brinda con copas espumosas mientras yo reprimo la necesidad de arrancarme el brazo del hombro y salir corriendo hacia el Tallo Pétreo, donde pueda lamerme las heridas en paz.

«Lo ha hecho. El hijo de puta lo ha hecho».

Cojo una copa de una bandeja y me la bebo toda de un solo trago.

—Impresionante —exclama Cainon por encima del rugido del tumulto, y lo asesino con la mirada, dándole la espalda a la tarima.

Es obligatorio sellar el regalo de una cupla con un beso, algo que no tengo ningún interés en ver. Por cómo estalla la muchedumbre con otra ronda de aplausos, sé con precisión cuándo sucede.

Transcurren unos cuantos segundos de agonía antes de que algo en mi interior tire de mí y me obligue a girar la cabeza. Me niego, pero el impulso es más y más fuerte, hasta que al fin cedo y me atrevo a volverme hacia la tarima.

«Craso error».

Rhordyn me despelleja con la mirada cuando estampo la copa vacía en el pecho de Cainon y esos ojos metálicos y abiertos parecen albergar brotes de llamas plateadas. Juraría que su presencia se expande, que ocupa más espacio en el alegre salón, bañándolo de una rabia helada que seguramente mucha gente no identificará.

La música empieza a sonar, los asistentes se remueven y un manto de júbilo me aparta de su mirada.

Suelto un fuerte suspiro mientras una cólera líquida me recorre las venas.

Lo ha hecho. «Ya no me queda nada que me retenga aquí».

Baze aparece entre la gente y le lanza una mirada herrumbrosa a Cainon en lo que tiende una mano hacia mí.

—Orlaith, ¿me concedes este baile?

No me está dando alternativa. Me está dando una orden.

Pero me siento valiente y desatada, me bulle el estómago con valentía líquida que se me está filtrando en las venas y volviéndome ingrávida y caliente. «Fuerte, serena, resiliente».

—No, gracias —respondo, con una sonrisa educada, mientras pestañeo en dirección a Cainon, quien arquea una ceja morena—. Ya me lo ha pedido Cain.

Este curva las comisuras de los labios, un gesto que endurece cuando Baze emite un rugido que consigue alzarse por encima del alboroto de la alegría.

No me atrevo a mirar hacia él al dirigirme a la enorme y cuadrada pista de baile, donde solo unos cuantos bailarines decoran su superficie de obsidiana pulida.

La sonrisa se me esfuma en cuanto giro hacia el pecho de Cainon.

—No tengo ni idea de bailar —siseo, sumamente consciente de la seguridad con que él se mueve al compás de la música. Hay una certeza desenfadada en el modo en el que me agarra la cadera y me sujeta la mano en alto mientras me dirige para que dé los pasos correctos como si de una marioneta se tratara.

—No lo estás haciendo mal. Sígueme a mí y ya está.

Me gira y me aseguro de plantarme semillas de amor en los ojos y esbozar una sonrisa tan lujuriosa como convincente. De mostrar mis sentimientos con miradas largas y penetrantes, así como en la forma en la que me inclino hacia él.

Me da la vuelta contra su pecho, que se sacude con una profunda risilla que intenta liberarse.

—Eres de lo más interesante. —Me lleva a dar otro giro—. Y ese vestido… —ronronea mientras observa la tela roja que me envuelve las piernas— es precioso.

—Gracias —es mi respuesta, con los labios tensos para no romper mi falsa sonrisa. Cuando me coloca con la espalda sobre su pecho musculoso, noto que todos los ojos se clavan en nosotros, incluidos los de Rhordyn y Zali, que están codo con codo en el extremo de la pista de baile.

Rhordyn me agarra con la mirada desde la otra punta del salón y en sus ojos hay violencia.

Una violencia fría y despiadada.

«Él me lo pidió. Quería que me esforzara».

Aparto la vista.

—Todos nos están mirando —murmuro, concentrada en no pisarlo con mis afilados tacones. Dudo de que hacerle daño sirva para conseguir los barcos que por lo visto tiene controlados.

—Pues sí. —Cainon me roza con los labios el lóbulo de la oreja—. Y nunca he visto un numerito más convincente.

—Me alegra saber que no te estás engañando al pensar que hay algo más —digo, sin alterar la sonrisa, pintada a la perfección.

Me gira y luego me estrecha hasta que quedamos frente a frente y me veo atrapada en la trampa de sus ojos oceánicos.

Ojos que de pronto se ponen serios.

—No soy demasiado orgulloso como para robar el tesoro de otro hombre, Orlaith.

Me aplico una nueva capa de amor en los ojos para fingir que de mi chamuscado corazón no sobresale ninguna flecha glacial.

—Ya lo sé.

—¿Seguro? —Me aprieta tanto contra su cuerpo que me duelen los pechos—. ¿Hasta dónde estás dispuesta a llegar a pesar de tu corazón roto?

«Fuerte, serena… Resiliente».

—Hasta donde haga falta —mascullo con toda la confianza que consigo reunir.

Hasta donde haga falta para asegurar los barcos, para salvar a más niños y evitar que vivan las mismas pesadillas que a mí me destruyeron.

Curva los labios de nuevo y muestra un profundo hoyuelo en su mejilla derecha.

—Ya lo veremos.

Y, a continuación, los posa sobre los míos y los mueve en un ataque que pretende capturar, herir y reclamar.

La sala se queda paralizada cuando hunde la lengua en mi boca y la recorre. Y cuando indaga y explora y me arrebata el aliento de los pulmones.

Es un beso feroz de depredador, que desata una fiera oleada de deseo masculino que me coge desprevenida y no puedo resistir. Es como si acabara de sentarse a cenar y su apetito voraz me calentara y me hiciera arquear la espalda.

Tengo fuego en las venas y hielo en la columna y los dos están librando una batalla.

Cuando se aparta, me quedo jadeando. Hecha añicos.

La multitud empieza a murmurar y con las puntas de los dedos me acaricio los labios hinchados, que me hormiguean tras su ardiente ataque. A pesar de los inquietos espectadores, noto cierto silencio y miro de reojo fuera de la burbuja de tensión que nos envuelve.

Me doy cuenta de que solo estamos nosotros dos en la pista de baile. Y de que contamos con una densa barrera de mirones; algunos dirigen susurros a sus acompañantes, otros están observándonos boquiabiertos, otros tantos le lanzan miradas a Rhordyn...

Me atrevo a observarlo, una sombra de fuerza furiosa que contempla a Cainon con algo peor que muerte en los ojos.

En las profundidades de mi cuerpo, algo empieza a latir, fuerte y doloroso, como si una herida interna empezara a derramar fluidos vitales.

Desplaza la atención hacia abajo y sigo sus ardientes ojos hacia la cupla azul y dorada que ahora llevo alrededor de la muñeca.

Se me forma un nudo en la garganta. Apenas capaz de introducir aire en mis abrumados pulmones, levanto la vista, pero Cainon no me está contemplando. Está mirando a Rhordyn con los mismos ojos amenazantes, cargados con el mismo mensaje amenazante.

—Es lo que querías, ¿no?

Lo único que puedo hacer es asentir.

—Bien. Pues no pongas esa cara de sorpresa. Pasma a la gente con otra de esas sonrisas radiantes.

—¿Y si te pasmo a ti con otra patada en el riñón? —le espeto, con una forzada sonrisa.

—Eso luego, cuando no haya tanta gente mirándonos. ¿Yo también debería hacer un discursito y declarar mi amor con adornada verborrea?

«Dioses, no...».

—No será neces...

—¡Silencio! —grita, acallando un centenar de labios chismosos con una sola palabra.

Internamente, me doy una palmada en la frente.

Me coge la mano y la levanta por encima de mi cabeza, como si estuviera izando una bandera de guerra.

—Y alzad las copas para saludar a la futura Alta Maestra del sur.

Alta Maes… Un momento.

El instante se alarga y la tensión chisporrotea antes de que un mar de copas se alce hacia el techo.

«Mierda».

38
ORLAITH

Con los pies descalzos en el último escalón del Tallo Pétreo, me contemplo la mano, con la que sujeto una antorcha ardiente y en la que tengo la cupla alrededor de la muñeca como si fuera un grillete azul oscuro.

El único color que me imaginé vistiendo era el negro.

Mi corazón ha perdido el ritmo, la compostura no anda por ninguna parte. Noto mi máscara de fuerza y resiliencia manchada un poco más con cada gota que me sale de los ojos.

«No estoy bien».

Las lágrimas quizá sean silenciosas, pero por dentro estoy chillando.

Observo la puerta que normalmente nos separa a Rhordyn y a mí durante nuestro ritual nocturno, suelto los zapatos y los escucho caer por las escaleras tras de mí. La llave del Tallo Pétreo va detrás enseguida, la que le he suplicado a la Cocinera que me dé antes de salir corriendo del baile.

Me paso la lengua por el labio inferior y descubro que sigue teñido del sabor de Cainon...

«He besado a Cainon».

Meto la antorcha en un aplique de hierro que sobresale de la pared y respiro hondo, temblorosa; me asfixio con el olor a cítrico y a sal y me doy cuenta de que tengo el vestido empapado con ese desconocido aroma. Un gimoteo burbujea en el fondo de mi garganta cuando, de pronto, la tela sedosa y ceñida empieza a sofocarme.

El vestido era otro tipo de máscara y, en las hondas profundidades de un vergonzoso recodo de mi mente, había albergado la esperanza de que Rhordyn la atravesase. Y me la arrancase.

Que me hubiera mirado una vez y visto el vestido por lo que era en realidad: un bonito torniquete que me mantenía entera mientras por dentro me derrumbaba.

Pero no lo ha visto y la prenda ha funcionado demasiado bien.

«Demasiado bien, joder».

Ya. Necesito quitármelo ya. Forcejeo con los nudos de la nuca, pero me tiemblan los dedos y la frustración emerge de mí en forma de devastados sollozos que delatan todo lo que siento por dentro.

Un gruñido se adueña del aire cuando llevo las manos a la parte delantera y ceñida. Me arranco el vestido y jadeo al ver la facilidad con que se rasga en el torso y deja al descubierto mis pechos desnudos.

Sigo tirando, alimentándome del sonido de las costuras al romperse, con el deseo de que mis manos y mi rabia fueran las de otra persona. De alguien frío y brutal y...

No es mío.

«Él no es mío».

Vuelco la rabia, la confusión y la tristeza en esta obra de arte que no quise ponerme en ningún momento y el vestido va chillando a medida que lo obligo a liberarme poco a poco.

«Lo que quiero, lo que necesito y lo correcto son tres cosas totalmente distintas»...

Profiero un sonido perverso cuando cae el último pedazo de tela. Los trozos raídos decoran el suelo como si fueran un charco de sangre. Jadeante y desnuda, me quedo sobre las escaleras con nada que calentarme que no sean las llamas furibundas de mi autodesprecio y del odio que siento hacia él, así como el montón de astillas psicológicas que hay entre nosotros y que por fin han visto la luz.

Quieta y embargada por la incertidumbre, miro hacia el montón de jirones. Puede que yo me haya llevado a mí misma hasta este momento, pero el latigazo me ha dejado dando vueltas sin dirección.

Ahora estoy atada a una fecha de caducidad. Mi red se disolverá y ya no seré bienvenida aquí porque estoy comprometida con otro hombre. «Con el Alto Maestro de otro territorio».

Al enfundarme el vestido esta noche, he derribado las paredes de las que estaba acostumbrada a depender.

«No estoy bien».

Aferro la oxidada manecilla y abro mi puerta. La habitación está tal cual la he dejado. No ha cambiado nada. Solo yo.

Con la columna como una vara de acero, me dirijo hacia el cáliz de cristal situado sobre mi mesita de noche y lo cojo por el tallo. Lo llevo hasta mi mesa, donde lo dejo volcado y cojo una de las rocas sin pintar para golpear el borde.

Pequeños fragmentos de cristal salen despedidos.

Giro, golpeo. Giro, golpeo. Giro, golpeo.

No paro hasta que toda la superficie del borde está lo bastante afilada como para cortar. Todas las putas noches sangro por él —una acción que ahora me parece vacía—, ya va siendo hora de que él también sangre por mí.

Dejando tras de mí un desastre de cristales rotos, cojo mi aguja y la sitúo sobre la llama de una vela.

La punta se enrojece, pero la dejo ahí para que el calor me alcance los dedos y me chamusque la piel como un hierro de marcar. Cierro los ojos y aguanto y aguanto..., hasta que las lágrimas que me recorren las mejillas son tanto de dolor como de desamor.

«Deja que gane la rabia, Orlaith. Deja que gane la rabia».

—Que te jodan.

Para cuando aparto la mano y soplo sobre la aguja, el índice y el pulgar me palpitan con dolorosos latidos y el olor a carne quemada me atormenta e intenta despertar mis recuerdos. Recuerdos oscuros. Recuerdos dolorosos que he guardado en la mente.

Me quedo mirando la aguja...

Mi insaciable curiosidad no ha sido nunca una moneda de cambio en lo que se refiere a darle mi sangre a Rhordyn. Por más que desee saber por qué la necesita, el simple hecho me ha bastado durante muchos años para pincharme el dedo noche tras noche.

He construido mi vida alrededor de este acto. Me he aferrado a él con cada ápice de mi ser.

Lo he ansiado. Me ha alimentado. He dependido de él. Me he convencido de que en cierto modo nos hacía especiales…

Pero Rhordyn ha asesinado esa teoría en cuanto ha cerrado su cupla alrededor de la muñeca de Zali.

Me pincho en la punta del meñique con la aguja y suelto un siseo cuando casi se hunde hasta el hueso, pero no es nada comparado con el pinchazo que me lacera el corazón.

Aparece una gotita de sangre y la vierto sobre el cáliz vacío; ojalá pudiera desprenderme tan fácilmente de mis sentimientos. Giro el dedo y dejo que mi rabia, mi tristeza y mi desamor concentrados goteen hasta que ya no quede nada de él en mi interior.

Pero Rhordyn sigue ahí, bien asentado en mi corazón. Y hace que el estómago me dé un vuelco y otro y otr…

Me pincho de nuevo, esta vez en el pulgar, y me clavo la aguja más que nunca. El reguero de sangre es instantáneo, pero el peso de él no mengua.

Por lo tanto, me pincho una y otra y otra vez y solo me detengo cuando los diez dedos temblorosos se han entregado al cáliz y contribuido a ampliar ese charquito rojizo de concentrado de mí.

Odio este color, el color de los secretos. El color de mi pasado y de mi presente, pero ya no el de mi futuro. Pero también lo adoro.

En el denso charco de sangre, casi veo el reflejo de Rhordyn y el modo en el que me ha mirado desde el borde de la pista de baile.

En sus ojos he visto traición. Y si retiro las capas de desamor que yo misma he ido alimentando convenciéndome de que éramos mucho más, le veo cierto sentido…

Llevo los últimos diecinueve años a salvo en esta torre. Alimentada, vestida y tutelada. Me han entrenado y me han permitido deambular libremente por un castillo que pertenece a alguien que parece valorar la privacidad por encima de la mayoría de las cosas.

Nada me ha hecho daño. Nadie me ha obligado a salir de mi zona de confort.

Sí, Rhordyn me hirió primero, pero yo contraataqué, y no por el bien común. Una pequeña parte de mis acciones bebía de ese interno pozo de venganza, un deseo burbujeante de hacerle el mismo daño que me ha hecho él a mí.

Lo que... hay entre nosotros me está convirtiendo en un monstruo.

Me dirijo a las escaleras, recojo unos cuantos jirones de mi vestido y cierro la puerta para dejar de contemplar el resto de la carnicería. Arrodillada, abro el pestillo de la Caja Fuerte para observar la tumba vacía de madera.

«Estás espectacular con ese color». Tuerzo el gesto.

Meto la prenda en el compartimento, incluyo el cáliz destrozado entre la tela raída y cierro la puerta con fuerza.

Me giro y me deslizo por la implacable madera con los brazos alrededor de las rodillas, como si pudieran evitar que me descompusiera.

Una parte de mí espera que Rhordyn suba corriendo el Tallo Pétreo de inmediato. Y que de algún modo presienta que le he servido una abundante ofrenda concentrada y acuda a toda prisa. El resto de mí espera el castigo de su tardanza.

Pasan los minutos y mis revueltas emociones me llevan a contar cada segundo.

«¿Vendrá, acaso?».

La idea de ese charquito de mí dentro de un cáliz indeseado, inutilizado, me duele. Al igual que la idea de no volver a darle jamás un poco de mi ser.

A pesar de todo, una parte de mí disfruta sabiendo que mi sangre termina en su interior y que, gota a gota, encuentro la forma de colarme en su sistema. De invadirlo.

Pero no son pensamientos apropiados para una mujer prometida, hasta yo lo sé. He leído suficientes libros como para tener una idea de las normas a las que se debe una mujer en cuanto acepta una cupla.

Oigo un débil sonido de pasos que suben el Tallo Pétreo y el corazón me da un brinco de alivio antes de desplomarse al darse cuenta de que será una de las últimas veces en las que me sacie con ese ruido.

Pum... Pum... Pum...

Cada paso parece ser más lento que el anterior, más suave que de costumbre.

«¿A dónde ha ido su estruendo?».

Con un débil chirrido de los goznes oxidados, la puertecita se abre y yo cojo aire bruscamente mientras me imagino mi vestido desparramado como las vísceras de un animal muerto en torno a mi afilada ofrenda de sangre.

¿Está observando el cáliz y viendo todo el dolor que he vertido en la copa? ¿Ve el borde destrozado como un ruego silencioso para que me muestre el dolor que siente él?

Con otro chirrido, la puerta de madera se cierra y luego llega el silencio. Nada más que una usurpadora quietud que se alarga tanto que me da la impresión de que la habitación empieza a dar vueltas.

«Llama a mi puerta. Irrumpe en mi cuarto. Grítame a la cara. Dime lo decepcionado que estás».

«Dime que, mientras sigas viviendo, no me lo perdonarás jamás».

Pero no hace nada de eso. Y por ello me veo obligada a tragarme mi propio veneno en lugar de lanzárselo a él.

Rhordyn desciende el Tallo Pétreo y yo suelto el aire de golpe, vestida con nada más que una piel demasiado tensa y los grilletes de mis acciones. Y también con una espesa capa de decepción.

Lo he golpeado y ni siquiera se ha defendido.

El fuego de mi barriga chisporrotea como una mecha gastada cuando oigo que sus pasos se van debilitando.

Se ha ido. Rhordyn se ha ido.

Abro la Caja Fuerte y en el centro del estante de madera veo un paquete envuelto en calicó. Cuando retiro las capas, veo un brote de caspún ya molido que me apetece esparcir por el suelo.

No lo quiero. Me va bien, pero él me va mejor.

«No es mío».

Me pongo de pie entre tambaleos y me dirijo hacia mi mesa antes de mezclar mi tónico como antesala de los horrores nocturnos que ya noto clavándome las garras en la conciencia. Salgo al balcón y miro hacia la noche cubierta de terciopelo mientras imagino a Rhordyn paseando por las tierras del castillo, barriendo el perímetro antes de desaparecer en el frondoso bosque.

No tardo demasiado en castañetear los dientes y en correr hacia dentro, donde saco una camiseta de la cómoda y me la pongo.

Mientras observo la hambrienta chimenea, que no ofrece alivio alguno, empiezo a quitarme las treinta y tres horquillas para soltarme el pelo antes de ponérmelo todo sobre la cabeza y sujetármelo con una diadema para dormir. Me lavo la cara, cojo el candelabro del alféizar y me dirijo a la cama.

Me agacho, aparto la alfombra y abro mi compartimento oculto.

Puede que esté destrozada, confundida y dolorosamente decepcionada por el hombre que me lo ha dado todo menos lo que deseo de verdad, pero nada de eso me impide levantar la losa, sacar la funda de almohada de Rhordyn y hundir la nariz en los pliegues sedosos.

Nada de eso me impide estrecharla fuerte al meterme en la cama y soplar la vela para sumirme en un pozo de negrura.

Hecha un ovillo, me llevo una mano a la nuca. El cierre plateado resulta desconocido para mis dedos chamuscados y palpitantes porque nunca me he quitado el collar. Nunca he querido quitármelo.

Los dientes metálicos ceden por fin y la cadena cae con un golpe sordo sobre mis sábanas.

Un sollozo emerge de entre mis labios cuando recorro la solitaria piel. Sin la presión del colgante, me da la sensación de que estoy desnuda, como si una tensión me hubiera despellejado y dejado en carne viva.

Es extraño. Antinatural.

Pero Rhordyn me dio el collar y ya no puedo ponérmelo. No con la cupla de Cainon amarrada a la muñeca. No con la cupla de Rhordyn amarrada a la de Zali.

Mi vida está cambiando. Cuanto más me oponga, más se me rasgarán las costuras.

Dejo el colgante de cristal y la concha sobre la mesita de noche y busco refugio bajo la sábana mientras acaricio con la nariz la funda de almohada que desprende el olor de un hombre que se ha comprometido con otra mujer. Porque mañana encenderé el fuego y la convertiré en ascuas.

Lo liberaré, algo que debo hacer antes de liberarme a mí de esta jaula de mi propia creación.

Rhordyn llevaba razón… Soy mejor que esto. Soy más fuerte que esto.

«Ya va siendo hora de que madure».

39
ORLAITH

Me doy la vuelta y, tumbada de espaldas, me quedo mirando un techo que no veo. Ojalá estuviera iluminado con un potente resplandor para que viese cómo la luz y las sombras luchan bajo la melodía de los crujidos de la madera. Una nana espeluznante que a veces me proporciona un poco de paz.

A este paso, no me voy a dormir.

Suspiro y voy a por el tarro de corteza nocturna de mi mesita de noche cuando un lejano ruido de fuertes pasos hace que me incorpore de pronto; las sábanas se me agolpan sobre el regazo y me aprieto la funda de almohada contra el pecho.

«Ha pasado algo».

La estruendosa cadencia se incrementa hasta que parece que me encuentro atrapada en el centro de una violenta tormenta. Sin hacer ni una pausa en el ritmo, mi puerta sale disparada de los goznes, se estampa contra mi atestada estantería y lanza al suelo casi la mayoría de mis libros.

Una sombra inquietante irrumpe en mi habitación como si fuera un animal salvaje, gruñendo y derribando cosas. El olor a piel y un viento invernal me abofetean los sentidos.

El corazón se me detiene de pronto.

—¿Dónde está? —ruge Rhordyn, cuya silueta arranca un cajón de la cómoda y vuelca el contenido sobre el suelo. Una caja con baratijas es la siguiente víctima de su caos desenfrenado, piezas preciosas que he coleccionado con los años y que ahora se encuentran desperdigadas sobre la montaña de ropa como la pimienta que sazona un plato.

Entorno los ojos. «Será capullo».

—¿Dónde está el qué? —siseo, observando cómo vacía otro cajón. Su cuerpo robusto apenas está iluminado por la luz que entra en la habitación desde las escaleras.

Un aluvión de ropa interior sale volando por los aires y se me colorean las mejillas.

Aquí estoy, aferrada a una funda de almohada impregnada en su olor como si fuera mi posesión más preciada mientras él arroja mis prendas delicadas como si estuviera hurgando en una pila de basura de hace tres días.

Se encamina hacia la cama, se agacha y pasa un brazo por debajo antes de detenerse un segundo.

—Rhord...

Se incorpora y clava la atención en mi mesita de noche. La tensa línea de sus hombros parece suavizarse al coger mi collar de la bandeja. Acto seguido, me sujeta los antebrazos, tira de mí con manos implacables y me rodea el cuello con la cadena.

—¿Qué demonios estás haciendo? —pregunto.

Nunca me ha manoseado así, como si no fuera más que una muñeca.

El trozo de cristal y la concha aterrizan sobre mi pecho y tintinean mientras él manipula el cierre; me roza el cuello con los dedos y me provoca escalofríos que me recorren la espalda de punta a punta. Y toda la piel.

Rhordyn suelta un profundo suspiro y se aparta. Se sienta en el extremo de mi cama y apoya los codos en las rodillas antes de cogerse la cabeza con las manos.

Oigo el latido retumbante de su corazón. Percibo el olor intenso y salado de su desesperación.

Resulta muy inquietante ver a un hombre de su tamaño, que suele ser todo dureza y firme determinación, inclinado hacia delante como un árbol caído.

No lo reconozco lo más mínimo.

—Rhordyn —susurro, tendiendo un brazo.

En cuanto le rozo el hombro con los dedos, se aparta y yo retiro la mano.

—Hay algo que te tengo que enseñar —gruñe y el tono desmoronado de su voz me eriza el vello de la nuca.

Rhordyn nunca habla así, como si una parte de sí mismo estuviera tan destrozada como yo.

Tras levantarse, camina hacia la oscuridad; sus fuertes pasos son el único indicio que me informa de su paradero. Enciende una cerilla y prende una vela cerca de mi tocador, bañando así la estancia de una luz titilante.

Desplazo los ojos hacia el reflejo en el espejo. Sus facciones viriles emergen de un lienzo totalmente negro gracias a la luz dorada.

Arrastra un pequeño taburete de madera por el suelo y me hace señas para que me siente.

Frunzo el ceño.

—¿Qué haces?

Baja los ojos hasta la funda de almohada que sigo aferrando. Abre las aletas de la nariz e hincha el pecho. Suelta todo el aire y clava la vista de nuevo en la mía, ojos de acero reforzado que me rajan con amabilidad, como si me deslizara el extremo afilado de una cuchilla por la piel.

—Ven —murmura, señalando el espejo con la mirada—. Ven a verlo.

Por una vez, sus palabras no son un desafío. Tan solo una simple petición.

Me pregunto qué carga oculta lo ha llevado a pedírmelo con tanta delicadeza.

Bajo las piernas de la cama y me pongo de pie, sin dejar de estrechar la funda contra el pecho al dirigirme hacia él.

Ya no sirve de nada que intente esconderla. Es demasiado tarde.

Rhordyn lleva la camisa negra arremangada hasta los codos y la imagen de sus musculosos antebrazos bajo la luz de la vela me forma un nudo en el estómago.

Cada paso prudente que doy implica que el dobladillo de la

camisola me roce los desnudos muslos, pero él no desplaza la mirada hacia la piel expuesta y yo no me molesto en intentar ocultarme. No veo por qué, puesto que ya se ha introducido en mi interior de maneras que no creo que jamás vaya a ser capaz de explicar.

Me detengo y observo su perfil impecablemente esculpido mientras por dentro maldigo al mundo por hacerme presenciar su tentadora belleza.

Bajo la atención hasta sus puños apretados y sus nudillos blancos, como si en sus poderosas manos sujetara toda la tensión que le embarga el cuerpo.

—Laith.

Nos miramos a los ojos. Veo agonía en los suyos y no consigo sacarle ni un poco de sentido.

Poco a poco, me siento en el taburete y mi culo desnudo se choca contra la fría madera. Un estremecimiento me zarandea la columna.

Miro hacia el espejo, contemplo al hombre que está ante mí y examino la irreconocible dulzura de sus ojos.

Frunzo el ceño cuando me doy cuenta de que no es la clase de dulzura que lleva a derribar muros y a permitir que la gente vea tu verdadero yo.

Es pena. Ya le he visto antes esa emoción, hace muchos años, pero casi ni lo recuerdo. O quizá es que no quiero recordarlo.

Me aclaro la garganta y entrelazo las manos sobre el regazo.

Rhordyn respira hondo antes de dirigirse hacia mi pelo.

—¿Puedo?

Extrañada, asiento.

Casi se me cierran los párpados cuando explora con los dedos el tenso moño que tengo sobre la cabeza, deshace el lazo y libera una gruesa cortina de bucles dorados que me caen en forma de cascada sobre los hombros y por la espalda. Me recoge todo el pelo, rozándome con las puntas encallecidas de los dedos la sensible piel de detrás de la oreja, y reprimo un escalofrío.

Me pasa los espesos mechones por delante del hombro izquierdo mientras aspira grandes bocanadas de mi reflejo.

Veo cómo se le mueve la nuez, cómo hincha y deshincha el pecho antes de coger el cierre del collar de mi cuello.

Intenta manipularlo, forcejea con él, y aparta los ojos finalmente de los míos para analizar el delicado cierre, con las cejas bien definidas en forma de línea contraída sobre sus ojos tormentosos. La cadena cae sobre mi regazo y él clava la vista de nuevo en mi reflejo, dos remolinos plateados que se vuelven dos pozos tan anchos que parecen dominar la habitación.

Oigo sus latidos volverse irregulares y advierto que pierde el color de las mejillas mientras una tensión me abandona el rostro, el cuello, los hombros, como una mandarina a la que se le quita la piel para liberar la fruta del interior.

Rhordyn suelta un suspiro que cuenta con su propio tempo caótico.

—¿Qu...?

Detecto de reojo algo que brilla y miro hacia mi propio reflejo para calmar el órgano acelerado de mi pecho.

Y me da un vuelco el corazón.

Desde el mundo que hay detrás del espejo, una persona me devuelve la mirada. Una mujer con piel de opalina y una tormenta de pelo iridiscente que le cae sobre el lado izquierdo del cuerpo como una cascada que resplandece por el abrazo del sol. La oreja termina en forma de punta y tiene el extremo salpicado de finas espinas que centellean. Y los ojos...

Parecen tallados de cristal y brillan con un océano de facetas iridiscentes.

Las pecas le espolvorean la nariz como un mapa en miniatura de las estrellas, muy parecidas a las que yo misma pinté en la puerta de mi habitación. Tiendo una mano para rozar una y los dedos se topan con el cristal. Dedos que pertenecen a una mano que no he visto nunca.

La piel es lisa y pálida, como los pétalos de una delicada flor color marfil. Me la rozo y me echo atrás al notarla suave y sedosa y muy distinta a la mía.

Un bronco jadeo me embarga cuando la realidad me vacía el menguante pozo de compostura.

No. «No, por favor».

Me da la impresión de que el suelo se eleva y me aferro al tocador con los ojos como platos...

—¿Qué...? ¿Cómo...?

«¿Qué demonios es esto?».

Una lágrima me deja un camino brillante por la mejilla, un sendero tan intenso y claro que es difícil no mirarlo. Tras enjugármela, me fijo en una marca que asciende por un lado del cuello y que me llega hasta el hombro derecho, una mancha negra que parece la punta afilada de una enredadera.

La tentación de tocarla me chisporrotea en la barriga en lo que cierro los párpados para dejar de ver y vierto más humedad por las mejillas.

«Una pesadilla. Estoy atrapada en una de mis pesadillas».

—Orlaith...

Abro los ojos de pronto, pero ignoro el reflejo y dirijo mi intensa ira hacia el hombre que está detrás de mí. Señalo el espejo con un dedo.

—¿Quién es esa?

—La niña a la que salvé de un ataque de los vruks cuando tenía dos años —masculla, y apenas reconozco su voz. Es tan dura como de costumbre, pero las palabras lucen grietas en la superficie. Están deslustradas por el paso del tiempo y resquebrajadas en algunas partes.

Esas palabras llevan tantísimo tiempo encadenadas en su interior que no están dispuestas a liberarse.

—Eres tú —prosigue—. Es quien eres tú en realidad.

«Quien soy yo en realidad».

Me pongo en pie y me tambaleo. Rhordyn abre el puño izquierdo y le cae sobre el costado mientras yo me agarro al tocador para no perder el equilibrio, con la funda de almohada de seda olvidada en el suelo.

—¿Cómo?

No me responde.

—¿Cómo me has ocultado de mí misma?

Me contesta con una mirada penetrante que dice muchísimo más que la ausencia de palabras.

Trago saliva y el gesto es como intentar que un cristal me baje por la garganta. Enseguida me doy cuenta de que son los cantos afilados de la traición, que me desgarran al descender por el cuerpo.

—Me has mentido.

—Te habría mentido eternamente si hubiera pensado que me saldría con la mía.

Que lo admita me golpea como una piedra en la cabeza y trastabillo, parpadeando rápido para intentar despejar mi emborronada visión.

Ha pronunciado esas palabras con una certeza fría y distante.

—¿Por qué?

—Porque le hice una promesa a una mujer moribunda. —Da un paso adelante, una sombra medio iluminada que se cierne sobre mí y que perfora mi escasa estabilidad—. Una promesa que tengo la intención de cumplir.

—¿Y qué implicaba esa promesa? —pregunto, con un fuerte nudo en la garganta.

—Mantenerte a salvo.

A salvo…

—¿Y ya está? —Todas las células de mi cuerpo parecen detenerse—. ¿Es la única razón?

—Sí.

Su respuesta es instantánea, una palabra como un látigo que me amputa algo vital.

Cierro los ojos y noto mi corazón cerrarse también. Esa sola palabra es una aguja que hace sangrar mi burbuja de incertidumbre. Levanto la barbilla y, al abrirlos, veo que él endurece los suyos.

—Muy bien. Pues tómatelo como que te estoy liberando formalmente de esa promesa.

Me encamino hacia la cama, pero él mueve una mano, me rodea la muñeca para impedir que retroceda y la cabeza me da vueltas.

—Lai…

—Suéltame ahora mismo.

La baja con un fuerte gruñido antes de extender la otra y tirar de mí para estrecharme tan cerca que noto el latido de su rabia en el movimiento ascendente y descendente del pecho. Agacha la cabeza, coloca el rostro justo delante del mío y me ataca la corriente de su gélido aliento.

—Nunca te librarás de mí. Puede que no tengas sombra, pero estás atada a la mía para los restos. ¿Crees que esto significa algo? —dice, zarandeándome la muñeca, la que me engrilleta la cupla de Cainon, y una carcajada malvada emerge de sus labios y me escuece la piel—. Márchate y cásate con tu querido Alto Maestro, pero te perseguiré hasta los cuatro confines del continente. No porque quiera, joder, sino porque no puedo evitarlo.

Me empuja la muñeca con tanta fuerza que me tambaleo tres pasos hacia atrás. Rhordyn avanza esa misma distancia hasta que me estampo de espaldas contra uno de los postes de mi cama con dosel.

Suelto un jadeo cuando me estrecha contra sí y noto la presión de sus ángulos duros, la hinchazón de sus músculos. Desliza un muslo entre mis piernas y se queda quieto ahí, apretándose contra mi zona más íntima... Una parte desnuda de mí que de repente está enrojecida y anhelante.

Debería tener miedo al estar inmovilizada junto a un poste por un hombre que me dobla en tamaño y cuyos ojos irradian cólera.

«Pero no tengo miedo».

Estoy atrapada en algún punto entre las ganas de desollarle la cara y el deseo de que levante el muslo y aplique un poco más de presión sobre el punto ardiente e hinchado entre mis piernas.

Desvía los ojos hacia un lado. Con sumo desdén, coge *La gitana y el rey de la noche* de los pies de mi cama.

—¿Quieres un cuento de hadas? —me escupe, agitando el libro delante de mí—. Yo soy tu puto cuento de hadas. Estoy clavado a tu alma, Orlaith, y créeme si te digo que no tendrá un final feliz. No lo tendré yo y obviamente tampoco tú.

Arroja el libro encima de la cama y da un paso atrás, dejándome boqueando en busca de aire y aferrándome al poste.

Mi mundo se ha inclinado sobre su eje. No me reconozco y no tengo ni puñetera idea de quién es el hombre que está ante mí y que me mira como si lo repugnase. Como si lo repugnase de verdad. Ahora mismo, el sentimiento es mutuo.

Odio que me haya mentido durante todos estos años, que me haya herido de formas imperdonables. Y odio que incluso ahora, después de todo lo que ha hecho, mi cuerpo siga ardiendo y deseándolo, mis músculos palpiten con el ansia por que se hunda en mi interior.

Estoy confundida, dispersa y harta. No puedo más, joder.

—Lárgate —murmuro lo bastante fuerte como para que me oiga.

Es una palabra frágil, dentada, y veo algo romperse en los ojos de Rhordyn. Incluso la fornida anchura de sus hombros se suaviza al soltar un suspiro y masajearse el puente de la nariz.

—Mila…

—¡Que te largues! —le grito, y esta vez las palabras ya han perdido toda delicadeza. Son fuertes y tercas, rocas arrojadas para desfigurarlo.

Unos escudos le endurecen los ojos y lo veo alejarse. Es como un bofetón en toda la cara, pero disfruto del escozor.

Asiente, se mete las manos en los bolsillos y se aparta, con la mirada clavada en mí en todo momento.

—Como quieras.

Se dirige hacia la puerta, que está tendida en el suelo, la coge y la recuesta contra la pared antes de hacer una pausa.

Contemplo su corpulenta silueta y espero a que cruce esa línea para venirme abajo en paz.

—El collar. —Me mira por encima del hombro—. Necesito que te lo vuelvas a poner.

No es una petición, pero percibo una vulnerabilidad en su vista que se hundiría en mi inquisitivo corazón si se lo permitiese. Y por eso no se lo permito.

Me limito a lanzarle un cubo lleno de amargura.

—No me lo has pedido con educación.

Rhordyn abre mucho los ojos; una sombra los atraviesa cuando contrae el labio superior y me enseña los dientes.

—No te voy a suplicar que te protejas, Milaje. Ponte el collar ahora mismo, maldita sea.

Su voz suena más grave que de costumbre, más seria, casi animal. Pero le sostengo la mirada; me niego a parpadear, a moverme, a acobardarme, y me pregunto si le gusta el sabor de su propia medicina.

Quiere ocultarme, protegerme, y a mí me encantaría entender por qué. Pero nunca me cuenta nada.

Yo también me niego a suplicar. Me niego a arrojar las gotas que me quedan de orgullo a los pies de un hombre que me ha dejado en la puta inopia durante diecinueve años. Y no pienso volver a ponerme el collar con él aquí presente, observándome. Quizá la Orlaith de antes ya lo habría hecho, pero esa chica ha desaparecido.

Rhordyn se ha asegurado de ello.

—Vete.

Juraría que lo he oído crujirse los nudillos.

Suelta un gruñido y niega con la cabeza con gestos rápidos y desenfrenados antes de encaminarse hacia la salida y dejarme sumida en un vacío invasor que me estrecha los pulmones.

Me desplomo en el suelo y me sujeto la cabeza con las temblorosas manos. «He estado viviendo en una mentira».

No me extraña que me pareciese que mi propia piel resultaba demasiado tirante para albergar mis protuberantes huesos, como si mis colores no acompañaran mi alma. ¿Cómo iban a hacerlo si he estado atrapada dentro del caparazón de una mujer que no soy yo?

Rhordyn me ha visto en apuros, pero aun así me ha dejado envuelta en una piel de alambre de espino.

Apartándome el pelo con las manos, miro por la estancia hacia la cadena, la piedra y la concha que yacen en el suelo de cualquier manera.

«Ninguna explicación concreta, ni un solo ápice de remordimientos».

A pesar de las piernas inestables, me obligo a levantarme y a acercarme al tocador. Por el camino cojo el collar e ignoro la funda de almohada hecha un gurruño a su lado.

Durante todo este tiempo me ha cautivado esta joya, como si fuera el corazón de Rhordyn el que me rodeara el cuello, pero no era más que una treta para retenerme.

Aprieto el puño alrededor de la cadena mientras echo un vistazo a la mujer del espejo.

Es una obra de arte, como si a la rosa más bella del jardín le hubieran dado forma, vida y latido. Es el sol, la tierra y la luz que baña el mundo en un día espectacular.

Está rota, sola y escondiéndose del pasado. Pero es difícil seguir ocultándose al contemplar la cruda verdad.

«La forma de los ojos... El perfil de la barbilla... El mapa de pecas...».

Me parezco a él, al niño que he pintado tantas veces que he perdido la cuenta y que vive en mis pesadillas. Solamente en mis pesadillas.

«Ojos enormes y abiertos que no ven nada».

Cierro los párpados y dos lágrimas idénticas me recorren las mejillas al apartar la vista de lo que he perdido.

Yo sobreviví. Él no. Y algo en las profundidades de mi ser grita entre la negrura que debería haber sido al revés.

¿Cómo se supone que voy a gestionarlo? «No puedo».

Y sé que esta noche, mientras mi conciencia duerma, mi subconsciente se posará al filo del sombrío abismo que existe en mis sueños para intentar obligarme. Y me amenazará con saltar.

Volveré a negarme, porque más vale monstruo conocido que monstruo por conocer.

Abro los ojos, levanto el collar y cedo a la ráfaga invasiva que me sofoca la piel al ponerme la cadena en el cuello... y al ver mi brillo desaparecer. Solo pasan unos pocos segundos antes de que mi verdadero yo quede velado por una simple estratagema que me irrita el alma y que esconde la persona que soy en realidad.

La bella.

La herida.

La cobarde.

40
ORLAITH

Suben las escaleras a toda prisa, voces estruendosas que no dejan de hablar en todo el trayecto. Pensaba que uno de ellos habría derribado al otro antes de que llegaran a la cima, pero por lo visto no ha habido suerte.

Se encuentran ya al otro lado de mi puerta recién recolocada y se lanzan vulgares improperios como un par de brutos idiotas.

Suspiro y me aparto de la ventana. Avanzo entre mis pertenencias, que siguen esparcidas por el suelo por culpa del arrebato de Rhordyn. Al pasar junto al tocador, me detengo, con hormigueos en la piel. Y se me encoge el estómago.

Lentamente, muy lentamente, miro de soslayo hacia el espejo para atisbar la mentira. Analizo la trenza de pelo dorado que me cuelga sobre el hombro en busca del más ligero indicio de iridiscencia. «Nada».

La treta es perfecta, una idea que me revuelve las tripas. No tengo ni idea de cómo funciona ni de qué habrá hecho Rhordyn para que su sucia mentira sea un éxito.

Tras apartar la vista del espejo, me dirijo hacia la puerta y la abro. Veo a Cainon estampado contra la pared por un Baze de rostro fiero; el Alto Maestro luce una burlona sonrisa en los labios.

El puñal de madera de Baze apunta al cuello de Cainon, y una solitaria gota de sangre recorre la piel dorada.

Taladro a mi escolta sobreprotector con la mirada.

—Baze.

—Orlaith. —Masculla mi nombre con los dientes apretados—.

Perdona la interrupción. Sé lo mucho que te desagrada tener visitas imprevistas en tus aposentos. Solo estaba acompañando a Cainon a bajar las escaleras.

El Alto Maestro del sur le quita una mota de polvo de la solapa a Baze, como si todos los días le dirigieran una daga al cuello.

—¿Por qué no dejas que mi prometida decida si le gusta que yo visite o no sus aposentos? —dice mientras le da una palmada al otro en la mejilla, el muy capullo condescendiente.

Baze se pone hecho un basilisco y aplica más presión sobre el pecho de Cainon.

—¿Quieres que lo lance escaleras abajo o que lo arroje por el balcón?

«Por el amor de...».

Terminará consiguiendo un duelo. O una decapitación si algún día visita tierras sureñas.

—Ni lo uno ni lo otro —le espeto. Hago un arco amplio con la mano para invitar a Cain a mi habitación.

—¿Estás de coña? —Baze me lanza una mirada de incredulidad.

—Está claro que no —interviene Cainon innecesariamente, a lo que Baze responde gruñéndole a un centímetro de la cara.

Estoy a punto de cerrarles la puerta en las narices a los dos.

Baze me mira con fijeza; quizá espera que cambie de opinión y me escabulla en mi refugio. Pero ya no soy la misma chica de ayer. De hecho, ya no tengo ni idea de quién soy.

Lo único que sé es que estoy cabreada, confundida y que tengo que ajustar cuentas. Por desgracia para él, se interpone entre esas cuentas y yo.

—Déjalo entrar.

Oigo a Baze rechinar los dientes y veo cómo le late la sien. Al final da un paso atrás y aparta el puñal de la muesca que le ha hecho en el cuello al Alto Maestro.

Cainon se barre la gota con un dedo y se limpia la sangre en los pantalones.

—Debería pedir que te corten la cabeza por esto, muchacho.

—Tú inténtalo —le espeta Baze, apoyado en la pared.

Una grave carcajada de depredador emerge del pecho de Cainon.

—Ten cuidado con lo que deseas.

Con un gruñido, les doy la espalda y me encamino hacia la ventana. Aparto libros y montañas de ropa antes de sentarme en la cornisa. Miro a tiempo para ver la sonrisa triunfal de Cainon desaparecer al detenerse en el umbral de mi abrumante caos.

—¿Estás..., mmm, redecorando? —pregunta, con un pie suspendido en el aire, como si intentase encontrar por dónde avanzar.

Baze se coloca cerca de la puerta y le da una palmada a Cainon en la espalda como si visualizara las formas horripilantes en las que quiere despedazarlo.

—Se le da fatal mantener el orden en casa. Pero supongo que ahora es problema tuyo, ¿verdad?

«Lo voy a matar».

—Te puedes ir —le dice Cainon con un gesto despectivo de la mano.

Baze recuesta el hombro en el marco de la puerta y se quita la suciedad de debajo de las uñas con la punta afilada de su daga.

—Habiendo un canalla en su habitación, no me iré.

El Alto Maestro del sur coge una botella del suelo, la descorcha, olisquea el contenido y pone una mueca.

—Te estás acercando a una raya muy peligrosa, viejo amigo.

—Repito que me importa una puta mierda.

—Ba...

—Hasta que necesitéis mi ayuda, ¿verdad? —le espeta Cainon.

Me masajeo las sienes y me pregunto si Kai tendrá alguna burbuja de aire en su colección de tesoros para que me lleve una temporada de vacaciones.

—Baze, vete, anda. Ya soy mayorcita y sé cuidar de mí misma.

—Con el debido respeto —responde mientras vuelve a concentrarse en las uñas—, tus acciones de los últimos días contradicen las palabras que acaban de salir de tu boca. Y, mientras sigas viviendo bajo este techo, es mi trabajo asegurarme de que estás a salvo. Si él se queda aquí, yo también.

Cainon abre la boca, pero lo interrumpo con una mirada penetrante que, curiosamente, funciona. Con una ceja arqueada, se sienta en el borde del tocador y se dispone a presenciar el espectáculo.

Tener a un casi desconocido en mi habitación me fastidia, pero quiero oír lo que tenga que decirme. En cuanto al otro, no deseo que se marche todavía. Debemos mantener una conversación.

—No te pido que abandones tu puesto, Baze, solo que retrocedas unos cuantos pasos y que me des un poco de intimidad.

Gruñe a pesar de mi tono apaciguador, que no delata el burbujeante anhelo que siento de darle una buena paliza, y hace lo que le pido mientras masculla algo acerca de cobrar poco y no ser valorado al desaparecer de mi vista.

Las facciones de Cainon se endurecen. Se dirige hacia mí y me estremezco bajo su escrutinio, afilado como una cuchilla.

—No tienes buena cara.

—Estoy bien —digo, jugueteando con las puntas de la trenza.

—Me estás mintiendo.

Con toda mi alma. Y probablemente nuestra relación no debería cimentarse sobre mis mentirijillas, pero es lo que hay.

Suelta un suspiro y mira por la habitación antes de poner rumbo al taller de pintar, el largo banco de madera que ocupa una tercera parte de mi curvada pared. Las ventanas suelen arrojar luz sobre la mesa y las macetas de plantas que hay en el alféizar, pero hace días que no es así porque las nubes se niegan a marcharse.

Acaricia la tela que cubre mi pieza de los Susurros medio terminada mientras analiza mi colección de rocas y pasa los dedos por una ilustración diminuta de unas manos pintadas con trazos grises.

Me da un vuelco el corazón y aparto la vista. El propietario de esos brazos solo vive en mis pesadillas.

—¿Lo has pintado todo tú?

—Sí.

Coge una piedra de la mesa, el esbozo que hice antes de pintar la de Kai.

La roca está decorada con una isla de afilados pinchos de metal ubicada en un océano vacío. En el cielo hay pajarillos y un río rojo cereza mana de lo alto de un géiser cónico en el centro.

Cainon asiente y veo una suerte de veneración en sus ojos mientras sopesa la piedra con una mano.

—Esta isla… Conozco una que se le parece mucho. Era un sitio que solía visitar con mi padre… antes de que muriera.

Sus palabras son pesadas y crean una apenada tensión que espesa el aire y me estremece el corazón.

—Te acompaño en el sentimiento, Cainon.

—Fue hace mucho tiempo.

Asiento y me deshago la trenza para tener las manos ocupadas.

—Bueno… Si te gusta tanto, quédatela si quieres.

Espero que me diga que no. No es obligatorio que una mujer le dé algo a su prometido a cambio de la cupla, pero me parece adecuado teniendo en cuenta nuestras… extrañas circunstancias.

—¿Estás segura? —me pregunta, y acaricia la piedra como si estuviera a punto de hacerse añicos.

—Claro.

La fornida columna que tiene por cuello se activa y una sonrisa le asoma en las comisuras de los labios cuando se guarda la piedra en el bolsillo y avanza hacia mí.

Miro por la ventana y me peino el pelo con los dedos hasta que Cainon llega a mi lado. Me recoge todo el cabello, lo divide en tres partes y acto seguido empieza a tejer una trenza lateral con movimientos suaves y controlados.

Se me agarrota la espalda y se me desboca el corazón ante el desconocido contacto. Observo sus manos, que se afanan durante un largo minuto antes de que por fin tome la palabra.

—Debo volver a la capital de Bahari. He recibido un mensaje urgente y mi barco se marchará con la siguiente marea.

Habla con voz plana. Firme.

Algo se enreda en mi interior, como una serpiente que se prepara para atacar.

—¿Y?

—Y tú me vas a acompañar.

«No es una pregunta».

La sangre me abandona la cara y juraría que toda mi torre se ha inclinado.

«No estoy preparada».

—¿A-ahora? —balbuceo, con el corazón acelerado y la mente revuelta.

¿Qué pasa con Shay? ¿Y con Kai? ¿Y quién va a regar mis plantas? No sé si puedo confiar en que alguien sea capaz de mantenerlas vivas.

Lanzo una mirada hacia la tela que estaba acariciando Cainon. Hacia lo que esconde...

Mi pared de los Susurros no está acabada. Ni siquiera he podido moler las campánulas para preparar la maldita pintura porque he estado encerrada en mi propia cabeza.

—Ahora, Orlaith.

La orden de partida me cae sobre el regazo como una roca.

Miro por la ventana y espero a que las palabras se formen sobre la lengua.

Cainon me sujeta la barbilla y la utiliza como manecilla para girarme la cabeza.

—Llevas mi cupla. Eres mi prometida. Sé que has estado... protegida, pero que sigas viviendo bajo el techo de otro hombre es una ordinariez. Sobre todo si ese techo pertenece a otro Alto Maestro.

—Todo eso ya lo sé —mascullo, bajando la vista hacia la cupla.

¿Unos grilletes o una manera de huir de una jaula en la que estaba viviendo sin saberlo? No estoy segura. Ya no sé nada. Es difícil diferenciar la verdad de las mentiras cuando te has pasado la mayor parte de tu vida en un cuerpo que en ningún momento te pertenecía.

Lo único que sé es lo que tengo delante. A lo que siempre me he aferrado. Lo que siempre me ha mantenido en el buen camino.

Los círculos que doy.

Hay vueltas que todavía no he terminado y, si me marcho antes de finalizarlas, estoy convencida de que todo se vendrá abajo. Y el mundo se descentrará.

—No puedo.

Cainon arquea una ceja color caramelo y la línea de la mandíbula se le endurece. Las manos se le quedan paralizadas. En los ojos le destella algo que consigue que me sienta totalmente indefensa.

—Todavía no —me apresuro a añadir, pintándome una sonrisa en los labios. Una máscara encima de otra—. Hay unas cosas que debo acabar antes de irme. Es importante.

«Para mí lo es».

Me coge la goma del pelo de la muñeca y me ata la trenza. A continuación, se encamina hacia la ventana occidental que da a la bahía. Arranca una hoja muerta de una de mis magnolias y la lanza al suelo.

—Aquí te estás marchitando, Orlaith. Cualquiera que venga de fuera lo ve clarísimo.

Oigo a Baze aclararse la garganta y se me sonrojan las mejillas.

Me pregunto cuánta parte de esta conversación será transmitida a Rhordyn. Y si acaso le importará que otra persona muestre tanto interés en mi bienestar o si estará más preocupado por el hecho de perder su fuente de sangre.

Observándome los pies, jugueteo con los pulgares.

Sí que me estoy marchitando, pero solo desde que descubrí que Rhordyn lleva todos estos años mintiéndome. Desde que me dijo que lo hacía para cumplir una promesa hecha a una moribunda y desde que me di cuenta de que no soy más que una carga. Una espina clavada en su piel.

—¿Necesitas más tiempo, pues? —me pregunta Cainon, sacándome de mi ensimismamiento. Parece abierto a ceder y eso es algo que no estoy acostumbrada a gestionar.

Yergo la barbilla e intento enderezar la espalda.

—Sí.

Aferra el alféizar con las manos, los nudillos blancos, y durante unos segundos creo que no me lo va a conceder. Pero, después de respirar hondo, da media vuelta y veo una sonrisa asomada a la comisura de los labios que deja a la vista el hoyuelo de la mejilla con el que estoy comenzando a encariñarme.

Es un hombre muy guapo. Extremadamente masculino; irradia atractivo sexual y confianza en sí mismo.

Un emparejamiento forzoso podría ser mucho peor.

—Dos días, Orlaith. —Vuelve a sujetar la goma de la trenza—. No más.

Se me cae el alma a los pies.

Eso a duras penas sirve como ejemplo de cesión…

—Dejaré un barco y dos guardias personales para que te escolten hasta mi territorio cuando hayas… —se aclara la garganta y mira alrededor— terminado tus cosas.

Intento ignorar los lejanos murmullos de Baze.

—Eso es muy generoso por tu parte —digo, con una ligera sonrisa, aunque en realidad me parece ridículo.

Tira de la trenza hasta que me inclino hacia él y noto su cálido aliento en el oído.

—Arranca las raíces. Córtalas si lo ves necesario. Este no es un lugar apropiado para ti. —Me suelta el pelo y da media vuelta—. Dos días. O de lo contrario te escoltará una flota entera.

Abro la boca de par en par cuando atraviesa la puerta sin mirar atrás en ningún momento.

¿Por qué ha soltado esta afirmación tan absurda? A lo mejor intenta impresionarme con sus barquitos. O eso o cree que la amenaza me ayudará a salir de la torre.

En realidad, tan solo ha hecho que me entren ganas de asestarle un puñetazo.

Sus pasos se alejan y por fin me relajo; apoyo la mejilla en el frío cristal de la ventana mientras examino el bosque que hay más abajo.

Desde arriba, parece un manto de musgo, suave y acogedor, comparado con los cantos afilados del Castillo Negro. Pero aquí estoy, observando la espesura como si estuviera a punto de mover las fauces y devorarme.

—Entra —murmuro con voz monótona.

Unos pasos fuertes avanzan y se detienen a poca distancia de mí.

Dejo que la rabia se acumule hasta ser una ventosa tormenta de fuego y aparto la mejilla del cristal, pero entonces es la propia mirada ardiente de Baze la que me chamusca.

—¿Qué pasa? —Echo atrás la cabeza.

—Ya lo sabes —me espeta mientras separa los pies, como si estuviéramos blandiendo las espadas y se preparase para un duelo—. ¿Y tu entrenamiento? ¿Y tu vida y toda la gente a la que le importas? —Aprieta los puños a los lados, con los nudillos blanquecinos—. Las personas que preferirían morir antes que verte convertida de nuevo en la niña pequeña y callada que no había aprendido a sonreír.

Me lo quedo mirando durante mucho rato antes de negar con la cabeza.

—No me acuerdo de eso.

—Exacto.

Tal vez no empuñemos armas, pero me suelta esa palabra como si fuera un golpe en la espalda.

Baze da un paso adelante y señala la mesa de pintura con la barbilla.

—¿Quién crees que confeccionó tu primer pincel, Orlaith?

Se me acelera el corazón, pero mantengo los labios sellados y el escudo en alto para que su omisión tenga algún sitio en el que rebotar.

Señala la ventana occidental con el brazo extendido.

—¿Quién crees que plantó las glicinas y sembró tu amor por la naturaleza? ¿Y quién te vio sonreír por primera vez cuando plantaste tu primer rosal en las tierras del puto castillo, ese que creció a partir de una mera semilla? ¿Quién, Orlaith?

«Él…».

Me pican los ojos, pero me niego a parpadear. Me niego a permitirme llorar. Sus palabras son pinchos llameantes lanzados para cercenarme; mi anterior yo estaría cuidando de sus heridas… Pero esa persona ha desaparecido.

Ahora mismo, su fuego no tiene donde prender porque ya estoy hecha de cenizas.

Me aparto de la ventana y me llevo las manos a la nuca para quitarme el collar. El colgante cae sobre la alfombra con un golpe seco y la tensión me despelleja centímetro a centímetro con compasión antes de dejarme con una piel en carne viva que parece que acaba de coger aire para salvarse.

Baze se tambalea y tiende una mano para sujetarse al poste de la cama. Todo el color le ha desaparecido del rostro y abre y cierra la boca.

No dice nada. No hace más que observar y veo fragmentos de mi brillante reflejo en sus ojos vidriosos.

«Lo odio».

Respiro hondo y luego le formulo la pregunta, una soga alrededor del cuello de nuestra larguísima relación.

—¿Tú lo sabías?

—Orlaith…

—¿Lo sabías sí o no?

Inclina los hombros hacia delante y suelta un brusco suspiro que no consigue apartarme del golpe que se cuece en su mirada suplicante.

—Sí…

Es como un puntapié en todo el pecho.

«Más fuerte incluso».

Me asesta tal golpe que me sorprende ser capaz de respirar.

Una parte de mí quiere arrancar las glicinas del balcón y verlas caer al suelo, porque es justo lo que ha hecho con nosotros.

Asiento con la cabeza.

—Te puedes marchar.

Baze abre mucho los ojos y adelanta un pie.

—Laith…

Hurgo a ciegas a mi espalda, abro el cajón de mi cómoda y extraigo la daga con la garra, cuya empuñadura me marca la palma cuando la desenfundo y la muevo en el aire que nos separa.

—¿De dónde cojones has sacado eso? —Da un vacilante paso adelante.

—¿Acaso importa?

La garra es muchísimo más que una amenaza, es algo que sé que ha identificado por la derrota que irradian sus ojos, por el modo en el que levanta la vista al techo como si mi perdón estuviera esculpido en la piedra.

Pero no. Antes preferiría vivir mi peor pesadilla que aceptar el consuelo que quiere ofrecerme.

Me ha perdido. Lo que creía que teníamos se ha roto.

—No —dice y traga saliva—. Supongo que no.

—He dicho que te vayas.

Asiente brevemente, se gira y cruza la habitación con la cabeza gacha y los hombros encorvados. Espero hasta que ya no oigo sus pasos para enfundar el arma y lanzarla contra la pared. La garra cae al suelo y se desmenuza.

41
ORLAITH

Sentada a media altura de la escalera escarpada tallada en el acantilado, veo el barco de Cainon surcar la revuelta bahía mientras arranco florecillas verdes de un pretencioso arbusto del precipicio y las guardo en un tarro.

La paciencia nunca ha sido mi virtud y esta pobre planta está padeciendo las consecuencias.

Estoy frustrada, preocupada... Necesito ir a ver a mi mejor amigo, pero no puedo hacerlo hasta que la mirada lejana de Cainon deje de calentarme el rostro y las manos, que parece incapaz de apartar la vista. Está en la proa del estrecho barco, una silueta alta e imponente con un catalejo apuntado hacia mí.

¿Verá el tembleque nervioso de mi rodilla o cómo deshojo el arbusto con tanta violencia que me estoy dejando los dedos rojos e irritados?

Observo el barco solitario que sigue atracado al final del muelle, con la vela recogida alrededor del mástil. Esperándome.

«Dos días...».

—Qué dramático —mascullo, arrancando unos cuantos brotes más con un pelín de violencia extra. Por lo general, no suelo arrancar los ramilletes si no han florecido del todo, pero no sucederá hasta dentro de un mes. Y para entonces ya me habré marchado.

En cuanto el arbusto se queda sin flores, cierro el bote y observo el majestuoso barco de Bahari acercarse a la línea que nunca he atravesado, entre dos puntos de la enorme bahía rocosa. No es una frontera física, pero en mi mente es tan férrea que una parte de mí espera que el barco de Cainon se estampe contra ella y se hunda. Que no es el caso, claro.

La bahía escupe el navío en el mar abierto, con la hinchada vela azul y sus adornos dorados, que destacan en la penumbra. Los ojos que me observaban desaparecen y respiro hondo por primera vez desde que empecé a bajar las escaleras.

Las nubes grises bulbosas rugen cuando me deshago la trenza que Cainon me ha peinado con tanto esmero y contemplo la cupla.

En la muñeca llevo una piedra azul oscuro salpicada de hilos dorados, sujeta a una cadena dorada que junta los dos extremos. Se perciben unas ranuras en uno de los lados de la piedra, la prueba de que se ha separado de la mitad de Cainon.

Está mal visto quitársela, es una vieja costumbre que se remonta miles de años. Tan pronto como está comprometida, se supone que la mujer debe llevar ese brazalete hasta el día que muera.

Me encojo de hombros, me quito la cadena y me la guardo en la mochila antes de levantarme.

No estoy preparada para contárselo todo a Kai ni para arrastrar mis problemas a las profundidades de nuestra amistad, pero me muero por verlo, abrazarlo y absorber su consuelo.

El viento me azota el pelo suelto mientras bajo las escaleras hacia la bahía, donde aterrizo sobre la arena negra hundiéndome hasta los tobillos. Cierro los ojos y dejo que la atracción de la tierra suavice mi desorden interno, por lo menos hasta que una voz ronca irrumpe en mi trance.

«Arranca las raíces. Córtalas si lo ves necesario. Este no es un lugar apropiado para ti».

Abro los ojos de pronto, ladeo la cabeza y suspiro.

«Es muy fácil decirlo, Cainon».

Dejo mi mochila sobre una roca escarpada y troto hacia las olas estrepitosas, que me recuerdan demasiado a mis circunstancias actuales: se mueven con una cadencia muy rápida y arrítmica que no muestra señales de ceder. Vestida por completo, echo a correr sobre la arena y me zambullo en un agua que me paraliza los pulmones.

El lecho marino se aleja al instante y levanto los pies para nadar, aceptando azote tras azote de espuma que me empequeñece tanto en tamaño como en poder. El agua tira de mí, me acosa, se me mete por la nariz y hace que me escuezan los ojos. Me mece el pelo y mi piel falsa y me envuelve de algas, pero sigo nadando...

Las olas me recuerdan a los golpes psicológicos que me asesta Rhordyn, porque, igual que ellas, él no para nunca.

Es implacable. No tiene remordimientos. Es tan firme en sus castigos que apenas tengo tiempo de coger aire. Y mira que asestarme ese golpe brutal cuando ya me estaba costando mantenerme a flote... «Cabrón».

Venzo las olas con las manos y con los pies y les doy tanto como ellas a mí mientras me siguen zarandeando como si no fuera más que una alga.

Me acuerdo de los días de verano en los que salía a nadar de pequeña, cuando el agua cristalina era cálida y lamía con suavidad la arena iridiscente. Los únicos ruidos eran los gritos de las gaviotas y las fuertes carcajadas de Kai.

Ahora el océano me ruge y yo quiero responderle a voz en grito y decirle que pare.

«Por favor, para».

Llegar más allá de la zona donde se forman las olas es lo único que debo hacer. En cuanto esté allí, el mar me calmará y por fin podré detenerme. Y respirar hondo. Y recuperarme un poco...

Nado y nado y nado. Las olas me empujan hacia atrás y me da la impresión de que no avanzo. Pero en ese momento el océano se calma y lo atravieso sin dificultad.

Al darme cuenta de que he superado donde nacen las olas, me detengo y me giro. Me enjugo los ojos escocidos e intento coger aire, con los hombros ardientes y el cuerpo entumecido por el frío.

La euforia estalla cuando veo que he nadado más lejos que nunca, casi he llegado a medio camino de mi Línea de Seguridad.

La corriente empieza a tirar de mí hacia delante y un estruendoso rugido me atraviesa con una cuchillada de miedo.

Me giro. Se me abre la boca, los ojos como platos...

—Joder.

No he llegado a esa zona en absoluto.

«Ni siquiera me he acercado».

Algo me golpea y una ola más alta que los árboles ancianos del bosque de Vateshram se forma ante mí.

Alargo el cuello para ver la cresta, que desciende como un monstruo marino colosal que me mira antes de darme un golpe mortal...

«Voy a morir».

Cojo la que seguramente sea mi última bocanada de aire, pero entonces una poderosa fuerza de músculos sedosos y escamas resplandecientes atraviesa la cara de la ola y me rodea con unos firmes brazos; con una mano me sujeta la cabeza y me urge a recostarme en su cuello.

Todo el aire sale de mí en forma de gimoteo y rodeo las caderas esbeltas de Kai con las piernas.

Al cabo de medio segundo, la ola rompe encima de nosotros como un alud y nos envuelve con sus fauces espumosas. Aferrados el uno al otro, damos vueltas y vueltas y vueltas, hasta que ya no sé dónde está la superficie.

Y dónde está el fondo.

El agua nos arrastra sin descanso, como si nos hubiera apresado un puño violento que quisiera comprobar cuánto soportan nuestros huesos sin partirse.

Me da la impresión de que se me va a romper el cráneo y me zumban los oídos con una explosión de dolor.

Reprimo la necesidad de abrir la boca y de gritar, resisto la tentación de coger un aire que me condenaría. Pero al poco nos abalanzamos hacia delante, ya que la recia cola de Kai nos impulsa por la oscuridad rumbo a la luz.

Pu-pum. Pu-pum. Pu-pum.

Me arden los pulmones, se me agarrotan los músculos...

Salimos a la superficie y cojo aire, desesperada. Revivo al aspirar enormes bocanadas del olor de Kai. Me inclina la cabeza y me obliga a toser y a escupir y a jadear contra su pecho hasta que no me cabe ninguna duda de que se me va a salir un pulmón por la boca.

—Tesoro, ¿te encuentras bien?

—Viviré —gruño, y me estrecha más fuerte mientras nos mantiene a flote con el suave movimiento de sus caderas.

Al mirar alrededor, me fijo en que hemos dejado muy atrás el nacimiento de las olas, si bien la superficie sigue estando lo bastante agitada como para salpicarnos. En esta zona, el viento es gélido y me estremezco. Me castañetean los dientes y me sigue dando vueltas la cabeza por el poderío de la onda.

Le acaricio con la nariz el cuello a Kai y dejo que mi cuerpo agotado se relaje. En parte porque quiero llenarme de su calor, pero sobre todo porque me preocupa lo que verá en mí si me mira.

¿Reparará en mi máscara? Ahora que sé que la llevo puesta, me resulta extremadamente evidente. Como si se estuviera resquebrajando y mostrara mi verdadero yo subyacente.

La brillante. La horrible.

Solo quiero fingir que todo va bien. Como si en el destino no me aguardara el barco anclado en el precario muelle al otro lado de mi Línea de Seguridad, inquietándome con su oscilante presencia. Quiero fingir que no tengo una cupla azul y dorada oculta en mi mochila, en la orilla.

Kai hunde una mano en el pelo y me lo aprieta.

—No deberías haber venido hasta aquí tú sola, Orlaith. Ya sabes que no es seguro.

«Estoy con el agua hasta el cuello. Me ha parecido apropiado». Casi lo digo en voz alta, pero no quiero arrastrarlo a él conmigo.

—Necesitaba nadar un poco...

—¿Con este mal tiempo?

Cierro los ojos y me encojo de hombros.

Le vibra el pecho, como si una gran bestia estuviera atrapada en el interior y le zarandeara los barrotes de las costillas.

—Eres muy inteligente y sabes que no deberías haber salido. ¡Quién sabe lo que te podría haber atrapado!

—¿Y si era lo que quería? —Mi respuesta es instantánea.

Demasiado instantánea.

Me tira del pelo y me obliga a levantar la barbilla.

—Abre los ojos, Orlaith.

Una orden pronunciada con una poderosa resaca marina imposible de desobedecer.

Aleteo las pestañas y observo unos ojos marinos que irradian tanta cólera que casi me encojo. Pero, en cuanto nuestras miradas se cruzan, toda la rabia desaparece de su rostro, sustituida por una ternura que me escuece detrás de los ojos con mil agujas.

—¿Qué pasa?

Esa pregunta me rastrea el alma y me estremece. Me encanta que quiera saberlo, que le importe tanto como para interesarse. Aunque no me apetece contestar.

Me suelta el pelo y vuelvo a recostarme en su pecho.

—Nada. Estoy bien.

Me roza el cuello con los labios y me planta las siguientes palabras justo en el lóbulo de la oreja.

—Tus mentiras no funcionan conmigo, tesoro.

Su amabilidad ante mi mentira me reconforta, como si me reprendiese con cariño.

Aun así... Aspiro profundas bocanadas de su olor salado en lugar de verbalizar lo ocurrido con una respuesta. Sin que sea la primera vez, deseo tener branquias para escabullirme para siempre hacia su red de seguridad. Ojalá hubiera algún tónico para borrarme la memoria, las emociones y disolver este agobiante sentido de la obligación.

—Ya lo sé.

Hundo la nariz en su cuello y respiro. Su latido palpita contra cada centímetro de mi cuerpo, como si estuviera en las profundidades del corazón del océano.

—Entonces, ¿qué ocurre? —me pregunta sobre el cuello—. Regálame todos tus problemas, tesoro. Yo los tiraré a mi colección de cachivaches.

Me aparto y veo sus bellos ojos, de gruesas pestañas.

—¿Tienes una colección de cachivaches?

Se encoge de hombros y curva los labios en una semisonrisa que enseña la punta afilada de su colmillo.

—Por ti, lo que haga falta.

Su sonrisa es contagiosa y me inclino hacia delante; ojalá pudiera quedarme para siempre entre sus brazos.

Pero, en cuanto cierro los ojos, aparecen las sombras y todo rastro de felicidad se me esfuma de la cara.

—No quiero perderte —le digo, con un nudo en la garganta.

Juraría que el océano se calma un poco, como si nos estuviera escuchando. Hay una larga pausa.

—No voy a irme a ninguna parte, tesoro —repone Kai al fin.

Reprimo un sollozo. Quizá él no se irá... Pero yo sí.

42
RHORDYN

Cada paso es una proclamación, como si estuviera librando una guerra con la piedra. No hay antorchas que iluminen mi descenso por las escaleras, la oscuridad es casi demasiado densa como para respirar y más aún para ver algo. Pero he bajado estas escaleras miles de veces.

Demasiadas veces. Y es probable que las baje otras mil más.

Aprieto las pezuñas con más fuerza mientras el lomo húmedo del ciervo me calienta la nuca. El suelo resbala bajo mis pies y no solo por la sangre que mana de mi cuerpo, moja la piedra y arroja hedor de muerte al aire enrarecido.

En estas profundidades del castillo, las paredes parecen llorar.

Quizá a lo largo de los años han visto demasiadas cosas... Sé que es mi caso. Mis ojos están tan agotados como mi alma, pero, a diferencia de estos muros, yo estoy totalmente seco.

Llego hasta un rellano bloqueado por una puerta con una rejilla que invita a echar un vistazo a la estancia que hay al otro lado, un poco menos sombría que la escalera de piedra que acabo de descender.

Balanceo al animal sobre los hombros, aparto el candado y le doy una patada a la puerta. Se abre de par en par y los oxidados goznes protestan con un chirrido.

Se me eriza el vello de los brazos.

Ella me mira, me vigila.

Entro en una sala de almacenamiento que es del tamaño de los aposentos de Orlaith, con paredes de piedra en tres de los lados y unas fuertes barras metálicas en el otro. Un redondo haz de luz de luna plateado se cuela por la alta ventana del techo y proporciona poco consuelo, que solo sirve para entrever la silueta de la estancia cuadrada y hacer brillar mi sangre, que se vuelve negra.

Me deslizo el ciervo de los hombros y el animal aterriza tras de mí con un golpe húmedo. Bajo las manos a los costados y aprieto los puños, con la barbilla sobre el pecho. Noto la muñeca demasiado ligera.

«Me has mentido». Puede que me lo dijera con voz frágil, pero todo lo demás era lo contrario. Curvaba el labio superior con odio, lanzaba chispas por los ojos y me miraba como si hubiera visto a través de mi piel al monstruo que hay por debajo.

Una parte de mí sintió alivio y le gritó para que observara más adentro. Para que se zambullera hasta que se despellejara con mis fragmentos afilados. Quizá entonces sabría por qué estoy atrapado en su órbita... de mala gana. Y por qué acercarse demasiado lo destrozaría todo.

Pero, en lugar de mirar, me dijo que me fuese.

Supongo que debería estar contento.

Niego con la cabeza, suspiro y me crujo los nudillos con el deseo de poder hacer estallar la burbuja de mi furia con la misma facilidad. Está anudada a mis hombros, a mi cuello. Me ha hundido sus putas garras en la espalda y en los pulmones y en el pecho.

Doy un paso hacia los barrotes y miro la cadena atornillada al suelo. Es más gruesa que mi brazo, totalmente tensada, y va hasta el techo, donde está atada a un agujero de la piedra.

La cojo con las dos manos, vuelco todo mi peso y tiro de ella.

A lo lejos se oye un ruido, un suave gimoteo, mientras la longitud de la cadena me somete. Pero, centímetro a centímetro, tiro de su terquedad a través del agujero, hasta que el sudor me chorrea por la espalda y los eslabones metálicos se acumulan en el suelo, a la altura de mi cintura.

Engancho la cadena a un clavo que sobresale del suelo y la suelto mientras sacudo las manos e intento coger aire.

Siempre es una batalla. Ella ni una sola vez me lo ha puesto fácil.

La puerta de los barrotes no tiene candado. Solo un cerrojo que descorro antes de abrirla de un puntapié. Me doy la vuelta y veo que a mi presa ya no le queda más sangre que derramar. La llevo yo toda encima.

Solo pretendía partirle el cuello, una muerte rápida e indolora. Pero entonces he oído el desgarro de la carne, de los músculos y de los tendones y la cabeza se ha separado del resto del cuerpo y me ha obligado a dejar los restos de mi ira en el bosque, para que las moscas se den un buen festín.

Un grave gruñido repiquetea por la estancia.

—Ya voy, ya voy...

Me cargo el animal sobre los hombros y me adentro en la celda, que huele a mierda, a pis y a muerte. A una rabia animal y caótica que no tiene otro sitio en el que liberarse.

Llego a la mitad y suelto el ciervo. Observo a la criatura muerta, consciente de que ella me vigila desde un sombrío rincón.

—Tu preferido, pero sin la cabeza.

Su única respuesta es un rugido grave y bestial que me saca más de quicio de lo que debería.

Miro hacia el techo, hacia el pedazo de luna que veo desde el agujero superior.

—No te pongas así. Ya sabes que detesto que discutamos.

No me contesta.

Clavo la atención en unas piedras desperdigadas junto a los pies de la pared del fondo y resoplo.

—Has vuelto a intentar lo del agujero, ¿eh? —Arqueo una ceja y contemplo las sombras que hay más allá de los barrotes, miro directamente a unos ojos negros iluminados por un destello de luz plateada—. ¿Creías que no me daría cuenta?

Un parpadeo y un ligero ladeo de cabeza. Aparte de esto, no recibo más que silencio. Siempre silencio, nunca nada más.

Suspiro y me aprieto el puente de la nariz.

—No lo devores demasiado rápido —mascullo mientras salgo a toda prisa de la celda. Cierro la puerta, corro el pestillo y desato la cadena; veo que retrocede hasta volver al agujero tan deprisa que es como si me encontrase en el centro de una tormenta eléctrica.

Los huesos crujen, se rompen y se astillan; se oyen ruidos húmedos y unos graves gruñidos de satisfacción que me llevan a mover la cabeza de un lado a otro antes de dirigirme hacia la puerta.

A veces me imagino que ese ser es mucho más perspicaz de lo que es en realidad, pero es solo una mentira que me digo a mí mismo.

Salgo de la estancia, cierro la puerta y acto seguido subo las escaleras envuelto en una oscuridad tan densa que parece una segunda piel.

«Me has mentido...». Sí, así es.

Orlaith detesta la máscara que le he obligado a llevar. Mensaje recibido alto y claro. No hay honor en mi decisión, pero la defenderé hasta que me entierren. Antes haría trizas el mundo que permitir que ellos atisben un destello del brillo de Orlaith.

Si en su opinión eso me convierte en un monstruo... En fin.

Ya iba siendo hora, joder.

43
ORLAITH

Un pícnic al aire libre parecía una buena idea, pero esta gruesa y esponjosa tostada empapada en mantequilla y un poco de miel no está consiguiendo endulzar el regusto amargo que tengo en la boca. Es el primer alimento sólido que he podido mirar en varios días sin que se me revolvieran las tripas y ni siquiera logro disfrutarlo.

Frunzo el ceño y me lleno la boca, con la espalda recostada en el muro y observando el patio, salpicado de raíces que sobresalen entre las grietas del pavimento. Son las anclas del anciano roble del centro, que casi está totalmente enjaulado por tres murallas negras del castillo; las ramas del árbol proporcionan un refugio más o menos protegido. La abertura da a una zona de hierba que termina adentrándose en el bosque de Vateshram, cuyo denso follaje está bañado por una deprimente luz grisácea.

Hace varios días que ni un solo rayo de sol consigue colarse entre las nubes.

Un trueno aporrea el cielo y levanto la vista.

—Ha sonado muy fuerte —murmura Kavan mientras se aparta el pelo color caramelo de los ojos azul claro. Mira entre las ramas hacia las amenazadoras nubes con el ceño fruncido.

Vanth gruñe y ni siquiera se molesta en alzar la vista desde el punto del suelo que ha estado observando durante los últimos diez minutos.

Lleva el largo pelo trigueño recogido en un moño bajo, que por lo visto es un peinado común en los hombres del sur. Tiene aspecto taciturno; sus impresionantes ojos azules quedan en un segundo plano por culpa de los finos labios, que siempre están fruncidos en una mueca enfurruñada que le proporciona un semblante adusto.

Los dos guardias de Bahari están apoyados en el nudoso tronco del roble, enfundados en sendas túnicas azules y con botas de combate que les llegan hasta las rodillas y que lucen hebillas doradas pulidas y muy brillantes. Lanza en mano dondequiera que vayan, ellos siempre están dispuestos a librar una guerra, y yo, a que me dejen en paz.

La cuestión es que no tienen ni idea de cómo aligerar el paso y en todo momento van tras de mí, por lo que es más probable que atraigan, y no que espanten, los peligros.

Ya no puedo merodear por ahí ni ir sola a hacer mis cosas. Escoltan cada uno de mis movimientos. Incluso se quedan al otro lado de la puerta cuando uso la letrina, tan cerca como para oírme mear.

Suspiro y observo la tostada, medio envuelta en el material ceroso con que la ha preparado la Cocinera. Iba acompañada de una sonrisa forzada que nunca le abandona el rostro y que solo ha añadido sal a mi herida.

—¿Está buena? —pregunta Vanth, contemplándola.

—Lo sabrías si anoche no hubieras insultado a la Cocinera diciéndole que la ternera le había quedado cruda —repongo, pero lo único que obtengo como respuesta es un gruñido de palabras que me provocan más satisfacción de la que deberían.

Por lo general, a estas horas estaría desayunando con Baze, una idea que se me hunde en el pecho como si fuera un pedazo de plomo. Aunque han pasado varios días desde que le mostré mi verdadero ser, todavía no he podido enfrentarme a él.

No hemos desayunado juntos, comido, cenado ni entrenado… Nada.

Baze sabe la mar de bien lo mucho que me está costando aceptar mi identidad. Mañana tras mañana, aireo esa frustración con él. El muy capullo ha tenido el antídoto durante todo el tiempo y ha decidido no usarlo. Un amigo de verdad no me haría eso.

Los guardias murmuran algo entre sí sobre las muchas ganas

que tienen de regresar al sur y yo como otro bocado, preparándome para la pregunta de Vanth antes de que emerja de sus labios.

—¿No se suponía que íbamos a zarpar ayer?

—Todavía tengo cosas que preparar, Vanth. Soy una persona muy ocupada, ¿sabes?

No me molesto en sacar a colación mi profundo temor por cruzar la Línea de Seguridad, un paso que tengo la intención de ignorar hasta que me haya quedado sin tácticas evasivas. Todavía no me han sacado a empujones por la puerta y albergo la esperanza de que Cainon envíe los barcos antes de mi llegada; así dispongo de un poco más de tiempo para abandonar mi caparazón.

—Por el momento —exclama Vanth mientras se aprieta el puente de la fina nariz—, no habéis hecho más que recoger y plantar flores, arrancar la corteza a un árbol, cortarle las espinas a una zarza, recopilar plantas, abordar a un jardinero que no hacía más que su trabajo, quitar el musgo de una roca, coger setas de una montaña de mierda de caba...

—Gracias a ti me acabo de acordar —lo interrumpo mientras hurgo en mi mochila con la mano libre—. Tengo que limpiar esos champiñones, pero antes debo ir a por un poco de agua termal del Charco. Crucemos los dedos por que tenga por aquí un bote vacío o, de lo contrario, me tocará subir a lo alto del Tallo Pétreo...

Los dos gruñen al unísono.

—He encontrado uno —anuncio, y se lo muestro. Vuelvo a guardarlo en mi mochila, junto a los restos de mi desayuno y al lado de la roca que he terminado de pintar de madrugada, pues me costaba quedarme dormida.

Sonrío para mis adentros.

Es la perfecta incorporación para mi pared, la pieza final del tramo actual. Con tantos asuntos por terminar que se ciernen sobre mí, este lo tengo bajo control.

Esta piedra pertenece al mural, pero no la puedo colocar si esos dos me van a la zaga y meten las narices en mis cosas.

Cierro la mochila, me la cuelgo al hombro y me levanto.

—¿Nos vamos otra vez? —pregunta Kavan, con una ceja ligeramente arqueada en lo que Vanth reprime un bostezo.

«Perfecto».

Los he arrastrado por todas partes desde antes de que saliera el sol. Hemos subido y bajado el Tallo Pétreo varias veces para recoger cosas que me había dejado a propósito. Incluso les he pedido que llevaran unas cuantas rocas hasta mi habitación; ya les había echado el ojo, pero eran demasiado pesadas para que las acarrease yo.

Nunca había oído a dos hombres adultos rezongar tantísimo.

Debería ser más amable con ellos, pero el modo en el que se me comen con los ojos cuando creen que no les estoy prestando atención ha sembrado una semilla hiriente.

—Sí. Tengo lugares a los que ir, cosas que hacer. ¿Seguro que no queréis... saltaros este recado? Puedo venir a recogeros más tarde. ¿Os apetece que os traiga un poco de gachas de los criados?

Se apartan del árbol y suspiran en una perfecta sinfonía de desagrado.

—Vamos con vos.

«Mierda».

—Estupendo —miento, esbozando una sonrisa. El gesto desaparece de mi rostro en cuanto me giro hacia la puerta de madera que hay en la pared a mi lado y la abro.

Quizá se les dé bien pegarse a mí como un mal olor, pero cuento con una ventaja muy especial... Me conozco este castillo como debería conocer la palma de mi mano. Y ellos no.

Echo a caminar por un pasillo que no tiene ventanas, solo unos cuantos apliques esporádicos encendidos que cortan la penumbra en ardientes intervalos. Es un corredor especial que alberga toda clase de secretos. El motivo exacto por el que he elegido sentarme donde me lo he hecho para comer mi insatisfactorio desayuno.

Si coges la puertecilla a mi izquierda, te llevará al Charco dando un rodeo. Si coges las escaleras de la derecha, las que ascienden casi verticalmente, acabarás —a saber cómo— en la cocina de la planta de abajo.

Si coges el discreto pasillo que se bifurca en un recodo sombrío, justo por el que voy ahora, te adentrarás en la Maraña antes siquiera de darte cuenta de que no vas en dirección correcta.

Una sonrisa se abre paso en mi cara y echo a correr para avanzar por el serpenteante pasillo a una velocidad endiablada; solo me detengo en cuanto llego a una curva pronunciada, con la espalda apretada contra la pared y el oído atento.

Unos pasos retumban persiguiéndome y ensancho la sonrisa. «Idiotas».

Empiezo a correr de nuevo y escojo túneles y escaleras oscuras y secundarias; retrocedo varias veces por si tienen tan aguzados los sentidos que consiguen rastrear mi olor. Al final, convencida de que los he despistado del todo, recorro un pasillo bien iluminado acompañada nada más por un bendito silencio.

Quizá nunca vuelva a ver a Vanth y a Kavan y ahora mismo no encuentro ni un ápice de empatía en el corazón como para que me importe.

Debería preocuparme por ese bofetón de realidad. Por el hecho de que no hago más que añadir nuevos elementos a la creciente sucesión de pruebas que intento ignorar.

«Estoy perdida».

Camino y prendo antorchas que arrojan un brillo dorado a mi arte que destaca algunos elementos del muro, mientras que sume otros en las profundidades de la roca.

Cuando me encontré por primera vez con este sitio, la necesidad de embellecerlo fue demasiado grande como para ignorarla. Era un lugar oscuro, apartado y abandonado.

«Privado».

Empecé a pintar una piedra cada vez; un mural de decenas, luego cientos, luego miles de susurros encajados entre sí.

Ojos verdemar, una espada plateada con empuñadura floreada, una luna medio devorada, nubes de tormenta que se arremolinan sobre hierba marchita, un árbol en llamas, escamas grises en las que rebota la luz.

Hago una pausa y paso la mano por encima de una flor blanca medio abierta donde se atisban pétalos salpicados de una conocida constelación de pecas resplandecientes.

El niño pequeño siempre me llama la atención más que nada, de una forma u otra.

Lo he pintado muchísimas veces porque es una constante en mis sueños. Me visita a menudo y me regala su poderosa sonrisa y las manos que tiende hacia mí.

Rozo la piedra con los dedos y sigo caminando, pasando la vista por las rocas individuales.

Tardé tres años en darme cuenta de que las diminutas pinturas estaban creando algo mucho mayor, de que mis susurros eran las semillas de algo hundido en las profundidades de mi alma, que germinaba y buscaba la luz del día.

A pesar de mis esfuerzos, ahora mismo lo que veo no son dibujos individuales. Es la imagen más grande que arman.

La multitud de personas que observan desde la piedra, igual de altas y de vivas que yo, como si albergaran un corazón en el pecho que bombease sangre de verdad por las venas.

No son susurros en absoluto... Son gritos.

Algunas lucen unas marcas angulares en la frente, otras no. Algunas están cerca, otras a mucha distancia, con facciones menos definidas, como si mi minúsculo recuerdo de cuando tenía dos años fuera demasiado vago como para que mi subconsciente pintara una imagen definida.

Sigo caminando y paso por delante de una mirada inquietante tras otra, dejando atrás fantasmas que no pretendía pintar e intentando concentrarme en los dibujos individuales que sí. «No lo consigo».

Me observan, miradas espectrales que me queman la piel y que no me permiten que las ignore.

La primera vez que me fijé en que una de ellas me miraba desde el muro, clavándome unos ojos que parecían seguir mis movimientos, me tropecé. Salí corriendo de allí tan rápido que olvidé mi mochila y tuve que volver más tarde, cuando logré recomponerme.

Esa noche vi a ese mismo hombre en mis pesadillas..., pero hecho trizas.

Lo vi siendo devorado por las mismas tres bestias que me acechan cada vez que cierro los ojos.

Me pasé dos meses pintando otra parte del mural, pero al final me di cuenta de que las piedras pequeñas eran bloques que formaban una nueva persona, la cual me contemplaba. Otra persona a la que había visto chamuscada mientras dormía.

Otra persona que ese día perdió la vida.

Y me percaté de que estaba pintando una sepultura; arreglaba rostros de gente muerta que allí, en la oscuridad, existía de otra manera; es un panegírico abstracto que duele observar. Sobre todo ahora. Porque en el extremo mismo del mural, cerca del abismo de hambrienta oscuridad, se encuentra ese niño que es idéntico a mí. A mi verdadero yo.

Y el susurro que me pesa en la mochila... es su último fragmento. Sé que lo es, aunque no fuese lo que pretendía pintar.

Ha tardado años en asomarse a la imagen principal, como si yo lo hubiera ocultado a él más que al resto.

Una idea que se me antoja peligrosa.

Me acerco a la luz y me pongo de rodillas para volcar mi mochila. Dejo a un lado el tarro con un ratón y saco otro con una argamasa recién preparada. A continuación, cojo la espátula y luego la piedra envuelta en estopilla.

Nada de piquetas. Ya no voy a decorar ningún otro fragmento.

Esta historia... acaba aquí. Hoy le pongo el punto final.

Desenvuelvo las capas de tela y contemplo mi obra.

En esta piedra del tamaño de mi puño, he pintado un par de manos que se parecen mucho al esbozo de Rhordyn; suaves y relajadas, están en calma y descansando, a pesar de la planta espinosa con que las he rodeado. Con que las he atado.

Esas malvadas espinas provocan unos profundos surcos rojizos, un fuerte contraste con las flores azules que salen de la planta. Y que se alimentan de la sangre.

Utilizo mi espátula para apartar la argamasa vieja y luego cojo una buena cantidad del bote. Con mano temblorosa, la extiendo por la pared antes de colocar el susurro en su sitio.

Lo tapo con la palma de la mano y respiro hondo para intentar persuadir a mi corazón de que deje de aporrearme.

Porque sé, lo sé de verdad, que, pese a haber pintado estando despierta un par de manos envueltas en plantas espinosas, mi subconsciente ha conseguido que sea la pieza final de él. Lo ha vuelto a recomponer y ya no volverá a aparecer hecho pedazos en mis pesadillas.

Puede que en mis sueños no me lance al abismo, pero esto... esto lo he logrado. He cogido migas de sombras del precipicio y las he soltado con los dedos, aunque no fuera intencional.

«Lo he logrado». Esa idea me proporciona la valentía necesaria para bajar la mano, aunque enseguida la alzo de nuevo para protegerme el corazón.

El niño parece sobresalir del muro, como si fuese a liberarse de las piedras y acortar la distancia que nos separa.

Aguanto la respiración y espero... Y espero...

Pero sigue en el mural, con el ceño fruncido, mirándome con ojos como platos que parecen cristales. Se queda ahí, con los brazos extendidos y las manos vacías.

No sale de la pintura, como una parte de mí había esperado que hiciese. No parpadea, respira ni sonríe. No me dice por qué no puedo soltarlo.

Pero ¿cómo iba a hacerlo? Le he dado ojos de roca. Orejas, boca y manos de roca. Lo he juntado con argamasa.

«No es real».

Noto un nudo en el estómago, tan fuerte que me tambaleo hacia atrás.

Mi visión del niño se emborrona y parpadeo al ver la neblina. Noto una humedad que me recorre las mejillas. La sensación extrae un tapón que estaba en lo más hondo de mi corazón y de repente estoy jadeando y respirando con bruscos y rápidos resoplidos.

Me choco de espaldas contra la pared, deslizo la columna por la piedra hasta que me quedo sentada en el suelo, con las rodillas pegadas a las costillas.

Lo miro a los ojos, sigo las pecas del rostro, examino la pintura como la herida abierta que es... y me permito desmoronarme. Permito que las emociones desenfrenadas me desarmen de forma tal que parece irremediablemente insignificante. Porque el niño está hecho trizas.

«Y yo no».

Y en todo momento me sigue mirando... y mirando... y mirando.

Sin parpadear. Sin ver. Aun así, nunca me he sentido tan observada.

Me quedo sentada durante horas, creo, derramando mi autodesprecio mientras me mezo adelante y atrás; ojalá alguien me rodeara con los brazos y me acariciara.

Se me pone la piel de gallina.

El pecho deja de jadearme y las facciones se me suavizan, como si alguien hubiera taponado el flujo de sentimientos.

Noto una presencia abrumadora, como si de repente hubiera menos aire que respirar. Menos espacio en el que moverme.

Sumamente consciente de la negrura que parece apretarme el costado, miro hacia la derecha y contemplo el vacío.

«No estoy sola». Alguien, o algo, me observa desde las sombras... Noto su firme atención sobre mi piel como la punta afilada de un cuchillo.

—¿Qui-quién anda ahí? —pregunto con voz ronca. Mis sospechas se ven confirmadas cuando, en lugar de regresar rebotando hasta mí como suelen hacer, las palabras se hunden en la negrura, son absorbidas. Como si algo las hubiera devorado antes de que tuvieran la oportunidad de hacer eco.

Trago saliva y noto que se me aguzan todos los sentidos al bajar las manos al suelo y ponerme a gatas para recoger la mochila.

Algo emite un ruido sordo, un sonido grave y potente, como el rugido de una montaña, y me quedo paralizada, incapaz de respirar, hablar ni parpadear, todos los músculos agarrotados por un miedo atroz que no he sentido nunca.

Lo único que quiero es moverme. Gritar y echar a correr y dejar la mochila y no mirar atrás.

Pero a mi instinto se le ocurren otras ideas. Quiere que levante la barbilla y mire con fijeza hacia la negrura. Quiere que retroceda mostrando el menor temor posible.

Aunque no tenga ningún sentido para mí, por una vez le hago caso.

Lentamente, muy lentamente, empiezo a moverme de nuevo, con los ojos fijos en el cuerpo de oscuridad mientras cojo la mochila. Otro estremecedor rugido retumba en la penumbra y amenaza con destriparme la compostura y hacerla jirones.

Agarro la antorcha y me pongo en pie. Con la barbilla en alto, retrocedo por el pasillo; todos los pasos medidos y ciegos parecen latir por sí mismos.

No me atrevo a apagar las otras antorchas a mi paso, consciente de que, si lo hago, no dejaré ningún tipo de espacio entre lo que sea que me acecha en la oscuridad y yo.

Que sigan ardiendo hasta extinguirse. Que no sean más que protuberancias de carbón incapaces de iluminar mi fracaso. Un manto negro que mantenga esta tumba a salvo para siempre, un bonito gesto que ojalá Rhordyn hubiera tenido conmigo.

Pero se entregó a sus mentiras y no a esta dolorosa situación intermedia.

Llego hasta la consoladora luz del pasillo medianero y cierro la puerta con fuerza antes de escabullirme con un estallido de aterrada energía. Estampo la espalda contra la piedra, me caigo al suelo, suelto la antorcha y llevo las piernas hasta el pecho para aplacar los crecientes temblores que homenajean el desbocado latido de mi corazón.

Tarde o temprano, las antorchas se apagarán y entonces ese lugar ya no me pertenecerá a mí...

Quizá esa idea debería aliviar la carga que siento sobre los hombros.

Pero no.

44
ORLAITH

El aire frío me golpea los pulmones y me envuelve con el dulce aroma de la lluvia inminente. No la clase de chaparrón procedente del mar, sino el aguacero que empapa la tierra durante días y siempre me deja vacía.

Tras acercarme a mi Línea de Seguridad, encuentro una posición cómoda detrás de un árbol enorme, cuyas ramas frondosas están abarrotadas de frutos secos. El viejo tronco me ofrece un punto donde apoyarme mientras aparto las bellotas caídas y espero a que Shay sea lo bastante valiente como para apartarse del pozo de sombras que envuelve una enorme roca cubierta de musgo.

A veces necesita que lo convenza un poco, sobre todo a estas horas. Pero soy paciente y relleno la espera arrancándoles los cascabullos a las bellotas y retirando la dura capa exterior hasta que llego a la carne blanda del centro. Molida, es uno de los treinta y cuatro ingredientes necesarios para preparar exotrilo, pero también es la base de mi pegamento casero. Un pretexto perfecto.

He reunido una buena cantidad para cuando Shay empieza a avanzar como una hoja tiznada de hollín zarandeada por el viento sobón. Hoy está tenso, no parece el de siempre y salta de una sombra a otra.

Se me eriza el vello de la nuca.

El bosque está sumido en un tétrico silencio. Incluso los pájaros parecen haber perdido las ganas de cantar; es un vacío mudo interrumpido solo por mi entrecortada respiración.

«Algo no va bien».

Shay corre hasta la sombra en la que estoy sentada yo y el corazón se olvida de palpitar cuando él se cierne sobre mí y me observa con la cabeza ladeada. Como si su esencia me rastreara.

Nada enérgico, tan solo un latido frío de dedos incorpóreos que me rozan las mejillas.

—Shay..., ¿te encuentras bien?

La forma en la que su esencia se une con mi piel resulta muy... íntima. Como si me examinase de un modo en el que sus manos jamás podrían imitar sin arrebatarme todos los fluidos que necesita mi cuerpo para funcionar.

Su caricia abandona las mejillas y me recorre el hombro izquierdo y luego el brazo. Los pulmones se me llenan de piedras cuando analizo su roce fantasmal, hasta que se me posa en la muñeca, alrededor de la cupla que apenas se ve debajo del puño de mi blusa.

Emite un suave chasquido que me agarrota la espalda antes de que la sensación desaparezca y me quedo mirando los hilos de su silueta revolotear, una danza hipnótica que si algo parece es pacífica.

«Sabe que voy a abandonarlo». Darme cuenta es como una patada en el pecho.

Me pongo de rodillas y me acerco a él.

—Shay...

Las sombras que le envuelven la cara se apartan y muestran el rostro tirante de su verdadero ser, con esos ojillos brillantes como chinchetas.

Me detengo. Me toca con la mirada. Me araña. Me perfora.

Sus labios blanquecinos se contraen y dejan a la vista las fauces. Una vez más, suena el chasquido procedente de él, que me agrede con estallidos ventosos que me desportillan los huesos.

«Está enfadado conmigo». La culpabilidad me anega la barriga, me asfixia y amenaza con malograr todas mis buenas intenciones...

—Lo siento —susurro, pero él suelta un agudo siseo que me desgarra el corazón—. Shay, no lo entiendes. Me tengo que i...

Se arrima a mi Línea de Seguridad y me empuja para hacerme caer de culo.

—¡NO!

La palabra sale despedida de su cuerpo como si se hubiera visto obligada a emerger de una garganta que no está hecha para pronunciar.

Muda y sorprendida, separo los labios, levanto la vista hacia mi amigo, con el corazón en un puño, y veo sus ojos más abiertos que nunca.

Suaviza su mirada marrón, emite un graznido y acto seguido languidece y se dobla sobre sí mismo hasta que ya no se cierne sobre mí. Su cara desaparece bajo el velo humoso y en el aire que nos separa noto el sabor de su vergüenza.

—Shay, no pasa nada —le digo mientras me levanto poco a poco—. Lo entien...

Tras proferir un grito, echa a correr hacia los árboles.

Cuando me doy la vuelta, veo que Baze avanza a toda prisa por los prados con los ojos tormentosos y entro en pánico; lanzo el ratón hacia el otro antes de guardar las bellotas en un tarro vacío y esconder las pruebas del descascarillado debajo de un montón de hojas. Me cuelgo la mochila en el hombro, me levanto y mascullo una larga sucesión de improperios mientras me dirijo hacia el prado con la vista clavada en el suelo.

Sé que no puedo esquivarlo, pero a lo mejor reparará en mi lenguaje corporal y me dejará marchar sin entablar conmigo una conversación que no me apetece.

—Tenemos que hablar, Orlaith.

«Menudo día de mierda, joder».

—No me interesa —murmuro, caminando hacia el castillo.

—He rescatado a Tontito y a Bobito de tu... Maraña.

Mis pies se detienen por cuenta propia e imitan el movimiento del corazón. Me giro, con los puños apretados y mirada venenosa.

—¿Y?

Baze abre mucho los ojos y le tiembla un músculo de la barbilla; es difícil ignorar la sorpresa de su aspecto cansado y desaliñado, como si llevara puesta toda mi amargura interna.

Tiene la camisa arrugada, el pelo despeinado, los pantalones sucios...

—Estás en una espiral autodestructiva.

—Estoy bien.

Se cruza de brazos y me lanza una mirada que se me clava en el tuétano.

—Nunca se te ha dado muy bien mentir, ¿sabes?

—No como a ti.

Mis palabras son flechas y sé que han acertado en el blanco por cómo levanta la vista hacia el rugiente cielo.

Suspira y examina las nubes turbulentas y noto que Shay nos observa desde un pozo de sombras entre dos árboles nudosos.

—Hovard te ha dejado un regalo en tu torre —me anuncia Baze antes de volver a fijar los ojos en mí—. Cainon le pidió que lo hiciera de tu talla.

—Vaya. —Frunzo el ceño—. ¿De qué se trata?

—De un vestido —dice, arqueando una ceja—. De seda de araña teñida de azul Bahari.

Toda la resistencia me abandona mientras agacho los hombros. «Mierda».

—Pareces incómoda. —Ladea la cabeza—. ¿Es por el color?

Sus ojos marrones brillan con una diversión apenas disimulada que me aguijonea la compostura, los nervios y la paciencia.

—Por el vestido en sí —le siseo y una grave risotada suya llena el espacio entre nosotros con el mismo humor que una roca sonriendo.

Entra en mi espacio personal con sus ágiles andares.

—Mentirosa —me gruñe. Su cálido aliento me golpea el oído antes de darme con el hombro y hacerme dar un traspié.

Para cuando he recuperado la compostura, ya se ha marchado.

45
ORLAITH

El vestido tiene todo el recato de un árbol de hoja caduca en otoño.

Me quedo mirando ese «regalo» como si los largos hilos azul oscuro salpicados de dorado fueran a saltar del maniquí y estrangularme. Las cintas están dispuestas con elegancia para enfatizar la silueta femenina y lucir sus... curvas.

No tenía ni idea de que era la moda del sur. De haberlo sabido, a lo mejor habría encontrado otra manera de conseguir los barcos. Los habría abordado o... no sé.

Cualquier otra cosa.

El paso del tiempo tiene un sentido del humor muy cruel.

Al acariciar la falda con una mano, me pregunto cómo se espera que me mueva con esa tela si todo el mundo me verá la ropa interior cada vez que dé un paso. O quizá se supone que debo llevarla y el vestido pretende ofrecer atisbos de algo intocable.

Algo que pertenece a otro hombre.

Tras dejar espacio entre la prenda y yo, me quedo mirándola con una renovada oleada de asco. Un tirón de una de las franjas que lo cruzan por delante o por detrás y toda la tela se desparramará en el suelo. Aunque es probable que sea su objetivo, que se desmenuce y caiga en descuidados jirones antes de que se unan los cuerpos y...

—Basta —exclamo, una palabra que se enfrenta al restallido de un trueno—. Cálmate de una vez, Orlaith.

Me recojo el pelo en un tenso moño y me desabotono la blusa.

La prenda cae al suelo, empiezo a liberarme los pechos y acto seguido lanzo el material flexible a un lado antes de quitarme los pantalones y la ropa interior.

Con nada más encima que mi piel enmascarada, desabrocho el vestido, soltando un tenso suspiro. Es muy liviano y me cuesta comprender cómo algo que representa tantas cosas puede pesar tan poco.

Me lo subo hasta la cintura, abrocho el cierre en la parte baja de la espalda y, con el ceño fruncido, trato de adivinar cómo se pone el resto. Debo intentarlo varias veces, pero al final encuentro los agujeros correctos donde meter los brazos y consigo abotonarlo entre los omóplatos sin la ayuda de un segundo par de manos.

Envuelta en azul de Bahari y adornos dorados, me dirijo al espejo y contemplo el reflejo. Se me revuelven las tripas y suavizo la fuerte línea de los hombros.

—Madre de...

Las tiras se deslizan por el cuerpo como pasadas de pintura azul, me cubren y al mismo tiempo... no. Todavía se ve la forma de los pezones, endurecidos por el viento frío, y la parte inferior de los pechos está al descubierto.

Las líneas descienden y se entremezclan para halagar mi silueta y enfatizar las partes de mí que me he esforzado tanto por ocultar. Y, cuando muevo una pierna o doy un paso, una pequeña zona del culo queda a la vista.

Sexo. Este vestido me da un aspecto que grita «¡Sexo!».

Intento deshacer el nudo que tengo en la garganta, con las mejillas un tanto sonrojadas por el fuego que me chisporrotea en las venas. Me he pasado buena parte de la vida ocultándome de mi reflejo, pero ahora mismo quiero evitarlo por un motivo totalmente distinto: vergüenza. Una vergüenza ardiente y llameante, porque este vestido deja una cosa tan clara como el agua.

«He vendido mi cuerpo».

El lejano sonido de los relinchos de un caballo atraviesa la ventana abierta, acompañado de una cadencia angustiada que me hace alejarme del espejo y dirigirme hacia la puerta con largas zancadas que enseñan mi trasero. La abro y salgo al balcón, donde me golpea una ráfaga de viento helado.

Las nubes son espesas y bloquean la luz, lo que consigue que el bosque se vea oscuro y encantado. Hay un cambio en el aire que me eriza la piel de una forma que nada tiene que ver con el frío...

Un movimiento me llama la atención y observo un caballo gris moteado que cruza la puerta principal tirando de un carro por el camino de tierra compacta. Está empapado en sudor, con espuma en la boca, pero no es eso lo que me lleva a entornar los ojos.

Es la mujer sentada en el asiento del conductor, que apenas sujeta las riendas. La cabeza se le balancea tanto que cuesta muchísimo verla por culpa de la cabellera negra revuelta.

«¿A lo mejor está dormida?».

Consiguen llegar hasta la mitad del césped antes de que un relámpago cree mosaicos en las nubes. Al cabo de un segundo, un trueno estalla lo bastante alto como para zarandearme los huesos y el caballo se encabrita, chilla en dirección al cielo y se desploma, con lo cual el carro termina volcando.

La mujer sale volando por los aires y aterriza sin miramientos sobre una hierba bien cuidada.

No se mueve. Ni siquiera grita.

Al instante, regreso a la habitación, abro la puerta y empiezo a bajar las escaleras del Tallo Pétreo.

Se oye ruido de pasos que me persiguen: son Vanth y Kavan y me gritan que me detenga, pero no hacen nada para impedirme seguir descendiendo.

Me muevo como el viento, con las extremidades revueltas y la mente decidida. No hay obstáculos para los pies que desafían las leyes de la gravedad, y eso es lo que hacen los míos. Apenas rozo el suelo.

Llego a la base de la torre y el pelo se me va soltando según me adentro en una sucesión de túneles y escaleras, hasta que la hierba amortigua los pasos. El espacio que hay entre el carro y yo parece evaporarse en cuestión de segundos y me desplomo junto a la mujer en un revuelo de tela azul y pelo suelto.

Con unas manos demasiado firmes como para que sean las mías, la tumbo boca arriba y un sonido afilado quiebra el aire.

Tardo unos segundos en darme cuenta de que lo he proferido yo.

Es bajita, guapa y tiene los ojos marrones y enormes, muy abiertos y vidriosos; me resultan familiares.

Es Mishka, la medis de un pueblo de los alrededores, pero no parece la misma que cuando asistió hace unos días al Tribunal…

Tiene la piel gris y todo el color ha abandonado sus mejillas chupadas. Las pupilas están tan dilatadas que el negro casi ha devorado el marrón y sus ojos ven…, pero en realidad no. Despide un hedor agrio que se me queda atascado en la garganta y le examino el cuerpo en busca de la fuente.

Una mano firme me aferra la barbilla y me la empuja para obligarme a mirar hacia arriba. Unos ojos plateados me dejan sin aliento.

—No —gruñe Rhordyn con los dientes apretados mientras cae de rodillas al otro lado de Mishka y se desabrocha los botones de la chaqueta—. No mires.

Me sostiene la mirada y le cubre el torso con la chaqueta mientras yo examino cada puntito de sus ojos nublados. Ojos que me proporcionan un poco de consuelo y también me llenan de temor.

Más pasos se acercan entre ruidos que suenan a cristales rotos y se detienen.

Rhordyn aparta la vista para observar tras de mí.

—¿Queda acónito líquido?

—Ni una gota.

Rhordyn suelta una maldición tan fuerte que me encojo.

—El caballo, Baze.

—Voy.

Miro por encima del hombro y veo que Baze rodea un morral de piel y se dirige hacia el animal caído, que intenta levantar la cabeza del suelo y me permite fijarme en las marcas de unos arañazos en el cuello. Unas heridas espantosas que despiden un líquido nauseabundo oscuro, espeso y…

«Algo lo ha desgarrado».

—Vete, Orlaith.

La voz de Rhordyn me sobresalta y giro la cabeza para posar los ojos en los de Mishka, que miran sin ver. En sus labios ensangrentados y en su pecho agitado.

—No —mascullo y me la recoloco sobre el regazo—. Necesita que la levantemos y beber agua. Tiene los labios agrietados.

Desplazo la atención hacia Kavan y Vanth, que observan la escena con ojos como platos y la lanza al lado.

—¡Haced algo útil e id a buscar un cántaro!

Nadie se mueve mientras Mishka sigue batallando para coger aire y a mí se me forman nudos muy tensos en las entrañas.

Histérica, me giro hacia Rhordyn.

—¿Por qué no haces nada? —le espeto mientras le aparto el pelo a Mishka de la cara.

La mujer suelta un sollozo que es en parte un gimoteo y luego llama a su madre. Dos veces.

Me parte el corazón.

Le acaricio la cara y le aliso el ceño fruncido, como solía hacer la Cocinera conmigo cuando me ponía enferma.

—No pasa nada. Te vas a poner bien...

Un relámpago baña la carnicería con una intensa luz plateada. Las primeras gotas de lluvia gélida empiezan a caer y me inclino hacia delante para intentar protegerla de la peor parte del aguacero.

Las pupilas le menguan al concentrarse. Tuerce el gesto, como si acabara de fijarse en algo espantoso.

—Ayuda-dadme...

Le cojo la mano temblorosa y se la aprieto mientras observo sus ojos desorbitados.

—Te ayudaré. Ahora estás a salvo, te lo prometo.

Rhordyn se inclina hacia delante y me roza la oreja con sus labios fríos.

—Esa herida se la ha hecho un vruk.

Esas palabras se asemejan a un golpe mortal, pero las rechazo.

—¿Le ha desgarrado algún órgano vital?

—No.

Oigo un breve gorjeo tras de mí y suelto un grito con la atención clavada en el caballo, que ahora sangra por un tajo en el cuello, y en Baze, agachado a su lado con un puñal ensangrentado en las manos.

El animal ya no respira. Ni se mueve. Ni emite ningún ruido.

Parpadeo y una húmeda calidez me baja por las mejillas.

—El vruk no le ha desgarrado ningún órgano vital —prosigue Rhordyn, cuyas palabras son una susurrada agresión en mi oído—, pero la pudrirá. Lenta y gradualmente, de forma despiadada y vil, le sorberá la cordura y la volverá rabiosa hasta que al final se ahogue en los restos de sus propios pulmones.

Suelto una temblorosa exhalación con la atención de nuevo clavada en la mujer, que parece haber perdido el brillo de lucidez de los ojos.

—Pero está... está...

Rhordyn se mueve y un nuevo rayo de luz hace que me fije en el puñal que blande con firmeza.

Nos miramos a los ojos.

—Aparta la vista —me ordena, y en su mirada advierto un salvajismo sin remordimientos.

Me despedaza el pecho y me arranca la capacidad de respirar hondo.

Recuerdo a Mishka de pie ante Rhordyn durante el Tribunal. Recuerdo sus manos, apoyadas en su bajo vientre a modo de escudo.

Mis lágrimas fluyen libremente.

«Aparta la vista», me ha dicho.

«Pero me he pasado la vida mirando para otro lado».

—No.

—Que apartes la vista.

Sus palabras repiquetean con una orden acerada, pero levanto la barbilla y aprieto la mano fría y temblorosa. Bajo los ojos y me concentro en Mishka para que el hombre con la daga no reciba más que los restos de mi atención.

La mujer mueve los ojos, con la respiración entrecortada.

—Háblame de él —susurro; le cojo la otra mano y le apoyo las dos sobre la barriga. Intento ignorar el líquido caliente y pútrido que está empapando la chaqueta de Rhordyn—. Háblame del hombre que te dio su cupla.

La mirada de Rhordyn es un hierro que me marca la cara.

Sé lo que se avecina, pero me niego a apartar la vista y a esconderme detrás de una línea que solo está fortificada en mi imaginación. Él quería que me entrenase, que aprendiese a blandir una espada y a esquivar un golpe mortal, pero no puede protegerme de todo. No puede protegerme de esto.

—Se lla-llama Vale —dice con voz ronca y las mejillas hinchadas con el principio de una sonrisa—. Sus ojos son co-como el mar. Supe que era suya en el momento en el que los vi.

Me tiembla el labio inferior, así que me lo muerdo con los dientes.

—Qué bonito...

Un breve asentimiento.

—So-soñé que el bebé tendría sus ojos —susurra. Cada una de sus palabras es un cincel que me talla el pecho.

Me pregunto si lo sabe. Hasta qué punto es dolorosamente consciente de lo que ha perdido.

—Era una niña... —Desvía la vista y contempla algo muy lejos mientras el pecho le traquetea al coger aire de nuevo—. Pero ya veremos.

Cuando vuelvo a respirar, el aire me descuartiza y me envenena con los residuos de su dolor, apenas disimulado.

Espero que esté viendo ese sueño. Que sea felizmente ajena a lo desgarrada que tiene esa parte del cuerpo. Que crea que está sujetando las manos reconfortantes de su madre y no las de una desconocida.

Una tos la lleva a inclinarse sobre mi regazo y a perfumar el aire con una nueva dosis de ese hedor pútrido. La sujeto más fuerte.

—La verás —miento, con una sonrisa tan vacía que me duele—. La verás pronto.

Mishka separa los labios, pero toda ella se convulsiona y...

Una sustancia cálida me moja los muslos cuando abre los ojos como platos, se retuerce y oigo el siseo de un puñal que abandona su cuerpo.

Me da un vuelco el corazón.

No quiero mirar, pero mis ojos se mueven por voluntad propia y se detienen en el charco de sangre que se forma debajo de un limpio corte en el lado izquierdo del pecho.

—Acabas... —Aparto la vista de la herida, que me surca de un modo que parece permanente—. Acabas de...

Rhordyn limpia la daga con la hierba.

—De poner fin a su sufrimiento —escupe, como si las palabras fueran pinchos sobre su lengua.

Nos miramos a los ojos y, aunque no añade nada más, sus iris fríos y distantes me lo dicen todo.

No es su primera vez...

«Y es probable que no sea la última».

Se me atenaza la garganta y cada inhalación es como el peldaño de una escalera que no me apetece subir.

Esto es lo que me han estado ocultando, las cosas a las que debe enfrentarse Rhordyn cuando abandona las tierras del castillo.

No me extraña que cuando se sienta en ese trono tenga la mirada ausente.

Un nuevo relámpago de luz rompe el silencio ensordecedor y el cielo descarga una cortina de agua entre Rhordyn y yo.

Ninguno de los dos pestañea.

Me está observando. Su escrutinio es tan intenso como pesado mi corazón. Pero percibo algo más en sus ojos, como si estuviese interpretando cada una de mis respiraciones y viera más allá de la apariencia que me ha obligado a mostrar.

Está buscando grietas en mí, pero no hay ninguna. Tan solo tengo sangre en las manos y una firme determinación: «Debo irme de aquí».

—Kavan, ¿sabes dónde se encuentra la morgue? —le pregunta Rhordyn con voz monótona sin apartar la mirada.

—Sí, Alto Maestro. —Oigo a mi guardia dar un paso adelante—. Hemos recorrido vuestro castillo de cabo a rabo... más de una vez.

No puedo evitar pensar que lo dice por mí.

—Llevaos el cuerpo de Mishka y envolvedlo. Quitadle la cupla.

Como su prometido es de la capital de Bahari, ahora es vuestra responsabilidad devolvérsela a él.

Se me forma un nudo en la garganta.

«Su prometido...».

—Vanth, manda un mensaje urgente para que el hombre esté avisado de antemano.

Hay una larga pausa y entonces...

—¿Y qué pasa con Orla...?

La pregunta que Vanth iba a formular muere en la lengua en cuanto Rhordyn se vuelve y lo mira por encima del hombro.

El guardia baja la cabeza con gesto servicial.

—Por supuesto, Alto Maestro.

Trago saliva cuando levantan el cuerpo de Mishka, que no deja más que una marca de sangre y putrefacción que huelo y siento, pero que soy incapaz de contemplar.

Cainon llevaba razón. He echado raíces, oculta de un mundo que está tan herido como yo. Rhordyn puede que me haya puesto una máscara en la cara, pero fui yo la que decidió dar la espalda a la carnicería.

Cada segundo que paso aquí es otra vida perdida. Un nuevo sueño que jamás se manifestará...

Me tengo que ir. Debo irme ya.

—Baze —lo llama Rhordyn, con los ojos fijos en mí de nuevo—. Asegúrate de que encuentran el camino.

—Sí, señor.

Más pasos que se alejan, hasta que los únicos que estamos allí somo Rhordyn, yo, un caballo caído y una fría tensión que quiero hacer añicos.

—No debes ser tú quien acarree ese peso, Orlaith.

—Has perdido el derecho a decidir qué es importante para mí. Ya no eres mi Alto Maestro.

—No tienes ni idea de lo equivocada que estás, Milaje. —Sus ojos brillan, luminiscentes—. Y marcharte de Ocruth no va a mitigar la culpa que alimentas por haber sobrevivido.

La acusación se me aferra al alma y me encojo, con la espalda rígida y los dedos flexionados.

—Márchate —le gruño.

«Márchate de mi cabeza».

Rhordyn contrae el labio superior.

—Jamás.

Una palabra que me lanza como si fuera una amenaza...

Por cómo se está comportando, tengo la inquietante sensación de que subirme a ese barco que se bambolea en el muelle será un problema mucho mayor de lo que me había imaginado al principio.

Debería haberme ido ayer.

«Mierda».

Quizá estoy a tiempo de llegar al sur. En cuanto plante los pies en la cubierta de un barco de Bahari, Rhordyn no podrá cogerme sin comenzar una especie de guerra.

Es autoritario, pero no estúpido.

Mi pulso suena como un tambor de guerra cuando levanto la barbilla y echo atrás los hombros.

—Me voy ahora mismo.

—¿Y qué me dices de tus guardias? —me pregunta, terriblemente tranquilo—. ¿Vas a zarpar y los vas a dejar aquí?

—Que vuelvan a Bahari con un barco mercante.

«No los aprecio lo más mínimo».

—Ahora son tu gente, Milaje. Tu responsabilidad. —Baja los ojos hasta la cupla y luego los alza de nuevo—. Eres su futura Alta Maestra, ¿no?

«Cabrón».

Me pongo en pie y echo a correr.

46
ORLAITH

Consigo dar dos docenas de pasos hacia el océano antes de que de Rhordyn me coja y me ponga sobre su hombro, donde aterrizo con un golpe en el estómago que me deja sin aliento. Resulta difícil que me recupere cuando con cada poderosa zancada que da un nuevo topetazo en la barriga me impide que coja suficiente aire.

Para cuando consigo llenarme los pulmones del todo, ya estamos dentro del castillo. Suelto un grito furioso, le pego puñetazos en la espalda y maldigo como he oído hacer a los guardias cuando creen que no los oye nadie.

Rhordyn no ralentiza el paso, ni siquiera gruñe, como si estuviera hecho del mismo material que los muros del castillo. De ahí que me prepare para hundir los dientes en un sólido músculo de su espalda.

—Nada de morder —murmura y me baja del hombro para llevarme sobre el pecho—. Tus dientes pueden hacer más daño del que crees.

—¡Bájame! —chillo, forcejeando contra su agarre. Libero un brazo y meto una mano por la camisa para arrancarle los botones y arañarle la piel.

Lo único que recibo como respuesta es un rugido gutural antes de que me clave el brazo en el costado.

—Tú sigue así —dice con cadencia grave y cavernosa— y ese ridículo intento de vestido desaparecerá de inmediato.

Dejo de moverme. Al instante.

El destello que veo en su estoica mirada me confirma que obtiene un sádico entretenimiento de mi repentina sumisión, que no hace más que enfurecerme más.

Elijo mirar a otra cosa que no sea su insoportable rostro y, al barrer alrededor con la vista, me doy cuenta de dónde estamos exactamente.

Avanzamos por el pasillo que he recorrido mil veces con los pulmones hambrientos de olor y una vacía esperanza en el pecho. Un corredor que tan solo lleva a una parte.

«A su Guarida».

Con un nudo en la garganta y los nervios en llamas, clavo la mirada en la línea de la mandíbula de Rhordyn, que parece lo bastante afilada como para poder talar madera. Y en la jaula que tiene por ojos.

Hace una semana, que me portase en brazos por este pasillo me habría plantado una semilla de ansiosa emoción, pero eso era antes de que me enterase de las mentiras. Antes de que le clavase un puñal a Mishka en el corazón y nos manchase a los dos con la sangre.

—Rhordyn..., quiero que me bajes.

Me aprieta más fuerte y el corazón me da tal vuelco que me sube por la garganta.

Alcanzamos la puerta de sus aposentos personales y me vuelve a poner sobre el hombro para abrir la manecilla, irrumpir en el interior y cerrar de golpe tras de sí.

Me deja en el suelo y necesito dar cuatro pasos tambaleantes para no perder el equilibrio, una tarea que se complica bastante por el hecho de que de repente me ahogo con el intenso aroma de su esencia. Capas y capas y capas de ese olor que me baja por la garganta y me llena los pulmones. Me atrapa. Me desquicia.

Después de echarme hacia atrás el pelo enmarañado con un rabioso gesto de una mano, me giro hacia Rhordyn y me quedo paralizada.

Hay algo en el modo en el que me mira, un salvajismo que da caza a cada respiración. A cada parpadeo. Al latido de mi pulso en el cuello.

Pero no es solo eso. Es la forma en la que se cierne sobre mí, cubriéndome la vista para que solo lo vea a él. Para que cada aspiración proceda de su pecho y cada exhalación la consuma él.

Enseguida me doy cuenta de que no hago pie y tengo dos opciones: o nado… o me ahogo.

—Tápate —me gruñe, y solo dispongo de un segundo para cubrirme las zonas más importantes del cuerpo antes de que mueva la mano y arranque varias tiras del vestido de Cainon, un gesto tan rápido que apenas noto nada.

Algunos jirones salen volando hasta el suelo, mientras que otros siguen pegados a mi húmeda piel, aunque Rhordyn esté demasiado ocupado hurgando en el armario como para prestar atención a mi semidesnudez. Me lanza una camisa antes de comenzar a recorrer la habitación, de un lado a otro de la enorme cama.

Sus zancadas son largas y violentas y se pasa las manos entre mechones de pelo mojado y salpicado de cabellos plateados.

Como supongo que quiere que me ponga la maldita camisa, me arranco los jirones azules del cuerpo antes de pasarme el cuello de la prenda por la cabeza, pero me quedo enganchada al hacerlo y hago una pausa con la coronilla asomando por el agujero.

Hundo la nariz en la suave tela lujosa y cojo aire entre las fibras mientras me permito cerrar los ojos.

Tan solo lo huelo a él. Se la ha puesto hace poco, quizá incluso ha dormido con esta camisa.

Este material le ha rodeado el cuello. Lo ha tocado de formas de las que yo jamás seré capaz.

Al darme cuenta, el calor me recorre las venas y se dirige justo hacia la entrepierna. Me hormiguea la piel y debo apretar los labios para no soltar un gemido mientras me obligo a pasar el resto de la cabeza por el cuello y suavizo las facciones en un intento de ocultar el éxtasis absoluto que me retuerce.

Pero Rhordyn no me está mirando a mí, ni el dobladillo que me llega hasta medio muslo ni las mangas que me cuelgan por los codos. Está demasiado ocupado dando vueltas como una bestia torturada.

Se observa su propia camisa rasgada como si acabara de recordar que le he arañado el pecho y echa atrás la cabeza mientras murmura palabras hacia el techo que no tienen ningún sentido. Se coge el dobladillo y se la quita de un solo movimiento, mostrando así los poderosos ladrillos de músculo de los que no puedo apartar la vista.

Pero no es su belleza fiera y escultural la que me lleva a observarlo. Es la sangre que le cae por el torso, que emana de cuatro profundos arañazos que le recorren algunos segmentos de su tatuaje de letras plateadas.

Me relamo el labio inferior mientras doy un tambaleante paso hacia delante...

—No —me espeta y levanto la vista de pronto.

Está inmóvil y me señala con un dedo, con los músculos de la barbilla apretados.

—¡Deja de hablarme como si fuera un cachorro desobediente! —protesto.

—Si solamente fueras desobediente, no estaríamos en este aprieto —repone antes de ponerse a caminar de un lado a otro de nuevo.

—¿Qué aprieto, Rhordyn? —Suspiro.

—¿Cuántos días te dio? —me dice, evitando mi pregunta por completo.

—¿De qué demonios estás hablando?

Me taladra con una mirada que hace que me sienta desnuda a pesar de la tela de su camisa y de la máscara que debo llevar en todo momento como una maldición.

—Días, Orlaith. ¿Cuántos?

Ah, vale. Debería haberme imaginado que se referiría a Cainon. Los únicos trazos de color de la habitación son los jirones de tela amontonados a mis pies y la cupla azul oscuro que me aprisiona la muñeca. Eso y la sangre que lucimos los dos.

—No me especificó un periodo de tiempo, capullo.

Se dirige hacia mí y reduce el espacio que nos separa con cuatro poderosas zancadas.

—Dos cosas —gruñe, levantando dos dedos—: Baze no está sordo y, a no ser que aprendas a hacerlo de forma convincente, deja de mentirme a la puta cara.

Una prueba... Debería haberlo sabido.

No pierdo el tiempo fingiendo sentir remordimientos.

—¡Pues deja de hacerme preguntas para las que ya sabes las

respuestas! —le grito, fría y cabreada, a punto de abandonarme a la locura y más que dispuesta a poner fin a la conversación—. Y Cainon solo estaba siendo dramático, así que no saquemos ninguna conclusión.

Rhordyn abre mucho los ojos y esa aura violenta chisporrotea con un nivel nuevo de frialdad; acabo barriendo su habitación con la mirada en busca de algo que pueda usar como arma, algo que lanzarle para que sepa que no estoy aquí para que me mangonee.

—No, estaba siendo diplomático. Hace años que le tiene echado el ojo a Ocruth y las pruebas sugieren que tan solo ha esperado la oportunidad perfecta para atacar.

Esa afirmación hace que todo me dé un vuelco por dentro. Por fuera intento no mostrar más que firme confianza.

—Te equivocas. —Niego con la cabeza—. No se trata de eso. Ha hecho un pacto contigo: puedes usar sus barcos a cambio de mí. No se echará atrás ni se arriesgará a pagar el precio de una guerra con sus dos territorios vecinos por un par de días sin su prometida.

Los ojos de Rhordyn parecen solidificarse y juraría que la temperatura de la estancia ha bajado en picado.

—Primera regla de la política, Milaje: nunca muestres tus cartas a no ser que sepas exactamente a qué te enfrentas.

Abro la boca para responder al darme cuenta de mi error, pero ya se está dirigiendo hacia la pared del fondo, donde hay una ventana abierta; asoma la cabeza y mira a izquierda y a derecha.

—¿Qué buscas? —Frunzo el ceño.

Rhordyn se aparta y los espesos mechones de pelo le gotean riachuelos de agua sobre la espalda, el cuello y los hombros desnudos.

—Vigas de soporte —masculla mientras empieza a caminar junto a la pared.

—Lo has dicho con un tono muy acusatorio. —Frunzo más el ceño.

—¿De veras?

Abre otra ventana y asoma la cabeza. Regresa al cabo de un segundo y se encamina hacia la puerta con una expresión dura como la pizarra.

—Oye, oye, oye. ¿A dónde vas?

—A matar a un vruk.

Se me cae el alma a los pies.

—Pero... pero ¿y yo?

—Como si estuvieras en tu casa. —Se detiene y señala la habitación con una mano—. Te sugiero que te eches una cabezada. A lo mejor tardo un poco.

Vuelve a andar hacia la puerta y no pienso. Solo actúo.

Me abalanzo sobre él y le agarro el brazo en un débil intento por conseguir que no se marche. Pero se gira con una oleada de musculatura y poderío, me coge las muñecas y me las clava en la espalda contra la puerta como si yo fuera tan robusta como él.

Todo el aire me sale despedido de los pulmones mientras con la otra mano me rodea el cuello y me inclina la cabeza hasta que miro hacia unos ojos que no muestran compasión alguna.

Si apretase un poco, me mataría. Lo noto en los fuertes músculos que me protegen el pecho, en su aura, en su confianza y en ese aliento que me ataca sin pudor.

Me tira de las muñecas y me echa hacia atrás el pecho para que me arquee contra su silueta. Mi cuerpo responde a esa cercanía como si fuese una sombra que depende de sus movimientos. La marioneta que me acusó de ser.

Le siseo en la cara e intento zafarme de él. Pero se arrima contra mí más fuerte, lo que consigue que mi calor hierva y palpite como para contrarrestar su helada agresión.

—A mí no me vengas con ese fuego, Milaje. —Chasquea la lengua—. No a no ser que estés preparada para quedar hecha añicos. Y no me refiero a tu cuerpo, me refiero a tu puta alma —dice entre dientes. Me aprieta lo justo como para que note su fuerza mortífera alrededor del cuello. Me acaricia el cuello con la nariz y susurra—: Me refiero a ese bonito corazón que crees que está tan herido.

—No sabes nada.

—No... —Esa palabra me golpea el oído; baja la mano de mi cuello y me recorre la espalda, donde se detiene encima de la sucesión de huesos que rodean mi pulmón y mi corazón—. Sé demasiado.

Me quedo paralizada. Mis ganas de forcejear han desaparecido, como si un minúsculo movimiento me hubiera empalado con un golpe mortal.

—¿Notas esto, justo aquí? —gruñe y me da golpecitos en las costillas con la punta de los dedos—. Los dos estamos aquí dentro. Atrapados juntos en esta jaula frágil.

—Pues escapa —le suplico—. ¡Libérame, Rhordyn!

Su cuerpo parece calcificarse a mi alrededor y durante unos segundos creo que a lo mejor se ha vuelto finalmente de granito. Hasta que me aprieta con tanta fuerza que bien me podría partir los huesos y levanta la otra mano para envolverse el brazo con mi pelo y tirar. Me zarandea como si fuera un arco cargado.

Abro la boca, levanto la barbilla hasta el techo y Rhordyn posa la frente sobre la mía.

El mundo en torno a nosotros se queda inmóvil, palidece en importancia comparado con la montaña de músculos que me rodea.

Estamos frente a frente. Cara a cara. Con los labios tan cerca del otro que su frío aliento se derrama sobre mí.

—Te lo daré todo, Orlaith. Todo menos eso. No me lo vuelvas a pedir.

Pronuncia esas palabras con una inquietante calma, como si el corazón hiciese mucho tiempo que le dejó de latir.

«Otra respuesta enrevesada. Otro callejón sin salida».

Me arden los ojos, se me forma un nudo en la garganta y lo único que quiero es echarme a llorar. Pero no puedo permitirme gastar más lágrimas en él. Ni ahora. Ni nunca más.

—¿Por qué no? —Me enorgullezco por ser capaz de hablar con voz firme—. Respóndeme a esta pregunta y no te atrevas a contestar con un gruñido. Después de todo lo que ha pasado, me merezco la puta verdad, y lo sabes.

Nada. No dice nada. Tan solo me vuelve a matar con su silencio. Y eso me lo dice todo. Me hace sangrar de una forma harto distinta a las gotas de sangre que le ofrendo noche tras noche.

Cierro los ojos y me aparto de un modo que físicamente no consigo. Pero entonces deja de sujetarme el pelo y baja la mano hasta la nuca. Extiende los dedos, los entrelaza con mis espesos mechones y me hace soltar un jadeo.

Expide un aliento helado que me roba el fuego de las mejillas.

—Es simple, Milaje. Me niego a vivir en un mundo en el que tú no existas.

Abro los ojos de pronto.

—¿Qu…?

Me roza los labios con los suyos en un ataque que me arrebata la capacidad de hablar.

De respirar.

De existir.

Me mezcla con su desenfrenada voluntad, mi fuego crece junto a su hielo mientras me abandono al choque de dientes, lenguas y labios.

Somos dos océanos que colisionan en una batalla por el espacio. No hay ganadores, solo caos y desolación. Solo extremos difuminados y la pérdida total de uno mismo. Pero en este momento… no podría importarme menos.

Quizá me besa como si me odiase, pero a mí me ha forjado su amargura. Es el único lenguaje que conozco.

Me abre en dos con la lanza de su lengua, me vierte en el cuerpo un profundo gruñido que me droga con sus notas hambrientas y descarnadas.

Me pierdo en una espiral descendiente de desesperación, de necesidad carnal por saborearlo y por notar sus dientes con el labio inferior, que me ordena que me rinda de una manera que se me antoja sumamente primaria.

Me suelta las muñecas y zambullo los dedos entre sus bucles mientras con las manos él viaja más allá del dobladillo de mi camisa, me la arruga en las caderas y me deja el culo al desnudo.

Clava unos dedos como garras en mi carne rolliza y hormigueante y me apresa el labio inferior. Me lo sujeta con los dientes.

Y gruñe.

Me estremezco desde la base del cuello hasta la punta de los dedos de los pies, hechizada por su mirada mientras me abre y acerca muchos los dedos a ese abismo de sensibilidad que es inmune a sus mentiras. Y eso me recuerda al modo en el que me acarició con ellos la entrada, jugando conmigo, convenciéndome para que…

Cierro los párpados.

Rhordyn ruge, me levanta con las piernas alrededor de sus caderas y me estampa la espalda contra la puerta.

El calor inunda la cima que tengo entre los muslos. Un calor avasallante y delicioso que me pulveriza y pulveriza y...

Gimo. Mi mente es un ser instintivo y caótico movido tan solo por una cosa.

Por él.

—Te vas a quedar aquí, maldita sea, ¿me has oído?

Sus palabras se derraman entre mis labios como si fueran chocolate líquido y las engullo, con la cabeza concentrada en mi centro desnudo y expuesto, embargado por otra oleada de ardiente anhelo.

Lo huelo, huelo mi deseo por él, que me sacia el cuerpo y la mente arrebolada. Que coge mi dolor y lo parte en dos con un arrebato de placer incontrolado. Porque este mundo es frío, cruel y duro y solo quiero sentirme bien durante un rato. Y sentirme cerca de alguien.

Cerca de él.

Me lleva hasta la cama; su boca autoritaria engulle mis gimoteos famélicos y me desplomo sobre el colchón, un movimiento que habría resultado violento si él no hubiera caído conmigo como si de un derrumbe se tratara.

Me pierdo debajo de él, sepultada por su poderío muscular, ebria de su esencia, de sus caricias, de su fuerza...

Meneo las caderas para invitar al bulto duro como el acero que me aprieta contra la cara interna del muslo, me muero por que se adentre en mí.

Y por que se entierre en mi cuerpo como ha hecho con mi alma.

Bajo las manos entre la presión de ambos cuerpos... Desesperada. Anhelante.

Apenas le rozo los pantalones con los dedos antes de que me mordisquee el labio y se levante de la cama.

—Pórtate bien —dice y se encamina hacia la puerta sin mirar atrás. La ha abierto antes de que yo tenga tiempo de parpadear o de lamerme la hinchazón del labio y la cierra de golpe tras de sí, dejándome despatarrada en la cama con las piernas separadas y el intenso aroma de mi excitación espesando el aire.

Oigo el ruido de una llave en la cerradura y el chasquido posterior hace que me dé un vuelco el corazón y me arranca de la nube en la que me ha colocado.

No. No, no, no...

Me incorporo, me dirijo hacia la puerta con piernas que apenas recuerdan cómo caminar y luego cojo la manecilla y tiro. No se mueve.

—¡Rhordyn! —Golpeo la madera con la mano y después con los pies cuando no me contesta—. ¡Rhordyn! Como me dejes encerrada aquí, ¡no te lo perdonaré nunca! ¿Me has oído?

No me responde. No recibo más que el silencio incriminatorio de un pasillo vacío. No noto cerca su presencia.

«Se ha ido».

Eso no impide que chille su nombre una y otra vez, hasta que acabo con la garganta tan destrozada como el orgullo. Asesto puñetazos a la puerta hasta que los huesos se chocan contra la madera y la sangre mancha las vetas.

Pero no es suficiente. Sigo golpeándola. Clavo las uñas, pego con los pies y con las manos, estampo el hombro hasta que me quedo vacía y agotada y las costuras de mi cordura se rompen.

«Te vas a quedar aquí, maldita sea...».

Las espeluznantes palabras de Rhordyn me tintinean como una campana en los oídos y me fallan las rodillas. Me desplomo en el suelo de una forma que probablemente me dolería si sintiera algo.

Pero estoy ida. Entumecida y rota. Mi conciencia se ha hundido para dar paso al fracaso que me desgarra las entrañas.

Ha saqueado mi debilidad. Me ha ofrecido una copa del líquido de su pozo y la he bebido con tragos avariciosos hasta que me ha embriagado y distraído. A continuación, me ha lanzado al vacío y me ha dejado ahí sin modo posible de escapar.

Y ahora lo único que puedo hacer es ahogarme.

47
ORLAITH

Con las rodillas sobre el pecho, me muevo adelante y atrás, con la viciada cabeza en las manos.

«Me ha encerrado en su habitación». Podría hurgar entre sus cosas, obtener mi propia idea de él a partir de su espacio personal, pero no lo haré. He perdido la voluntad de darle importancia.

Ahora que se ha marchado, lo único que veo es la mirada plana y ciega de Mishka. Lo único que oigo es el jadeo de sorpresa cuando Rhordyn le ha atravesado el corazón con un puñal.

Puede que el vruk llegase primero hasta ella, pero fue él quien le arrebató el último aliento, como si quisiera llevarse la peor parte de su muerte.

Me pregunto cuánta sangre le habrá empapado la conciencia a lo largo de los años. Es probable que nunca me entere, porque Rhordyn no me proporciona nada más que vacíos acertijos.

«Me niego a vivir en un mundo en el que tú no existas...».

Me quema la piel del cuello, una ardiente marca de su firme apretón, que parecía amenazarme.

En ese momento, mi vida estaba en sus manos, manos capaces de destrozarme con un simple gesto. Me ha excitado y asombrado al mismo tiempo, ya que una parte de mí quería que me apretase un poco más y me envolviese con las emociones que esconde tan bien.

Quería que me rompiera para así demostrar lo resiliente que soy en realidad. Para demostrar que, aunque me he ocultado en su sombra durante todos estos años, no soy una florecilla frágil que se encierre en sí misma después de que le hieran unos cuantos pétalos.

Quizá era lo que esperaba cuando le ha clavado el filo en el corazón a Mishka. Quizá esperaba que el dolor me marchitase. Pero la muerte te siembra una semilla en el interior y mis entrañas ya están repletas de brotes de los que, por lo visto, no puedo esconderme.

Levanto la cabeza, me paso los dedos entre el pelo y tiro con fuerza mientras observo la pared de enfrente, despojada de todo menos de unas altas ventanas que ascienden hasta el techo y que dan al bosque de Vateshram.

En la habitación de Rhordyn no hay nada que la decore; el único elemento indulgente es su lujosa cama con dosel y una manta negra que ahora apesta al olor punzante de mi excitación.

Clavo la vista en el caballete, en el delicado boceto, que sigue igual de inacabado que cuando estuve aquí la última vez.

Suspiro, ladeo la cabeza hacia la puerta y la examino.

Me pregunto dónde habrá aprendido a dibujar así e intento imaginármelo pintando. Estoy celosa de ese lienzo por la minuciosa atención que ha recibido, por la forma en la que él ha dejado su impronta en la superficie.

Si me estuviera dibujando a mí, lo visualizaría hundiendo el carboncillo en el lienzo, atravesándolo en algunos puntos, arrancándolo del marco de madera, destrozando la imagen, volviéndola a alisar y obligándola a plegarse a su voluntad.

Resulta tentadora la idea de acercarme y destruir su arte por rencor. Pero entonces me doy cuenta de que el cuadro también está encerrado en este dormitorio. Está guardado como si fuera una especie de tesoro recluido.

Miro hacia la puerta que da a su cámara de baño personal y se me acelera el corazón, con los ojos como platos. Y me quedo sin aliento.

Una suave carcajada me burbujea en la garganta y se convierte en un sonido loco y perverso. La semilla de comprensión florece con una ola creciente que promete aniquilar el control férreo de Rhordyn.

Me incorporo y corro hasta la puerta, pero me agarro al marco al cruzarla y me detengo de repente.

Gruño y regreso a la habitación para acercarme a la mesita situada junto al caballete. Un cuenco está volcado, los trocitos de carboncillo desparramados, y utilizo el dobladillo de la camisa para limpiarlo por dentro.

Desplazo la vista hasta mi muñeca, hasta las líneas azules que forman una red debajo de la piel delicada y translúcida.

Me tomo unos instantes para valorar la posibilidad de que me haya vuelto loca de remate antes de gruñir, imaginarme que mi brazo es su maldito cuello y clavar los dientes. Bien hondo.

El dolor es instantáneo, pero los hundo más y me imagino que es él quien intenta zafarse de mí. O quizá ceder a mí, para variar.

Un líquido caliente me inunda los labios y me suelto la muñeca con un grito; la coloco encima del cuenco y veo la sangre llenarlo gota a gota.

Cómo lo odio. Y cómo lo adoro al mismo tiempo.

El sádico regalo de despedida es tanto para mí como para él.

Al cabo de un poco, el flujo de sangre se ralentiza, pero he recogido suficiente cantidad como para que haga con ella lo que le salga de los huevos. Espero que sepa racionársela para que le dure el resto de su vida, porque esta relación tóxica que hay entre nosotros termina aquí.

Si quiere más sangre, tendrá que cogerla de mi cuello rebanado.

Me vendo la herida con un retazo de tela azul y aprieto el nudo con los dientes.

Después de dejar el cuenco en la cama de Rhordyn, donde seguro que no lo pasa por alto, me concentro en su cómoda.

Si consigo encontrar el alijo de caspún, mi vida durante el próximo mes será muchísimo menos complicada.

Abro los cajones y hurgo en sus pertenencias, rebusco entre sus ropas.

—Vamos...

Paso a la mesita de noche y lanzo al suelo sus objetos personales con el mismo poco respeto con que él lanzó los míos, pero entonces una idea me lleva a tumbarme en el suelo y buscar una piedra suelta debajo de su cama.

No tardo demasiado en encontrarla. Está en el lugar exacto que la de mi torre, a cinco losas de la pared.

—Qué original —mascullo, la levanto y descubro una cavidad bajo el suelo. Al introducir una mano, saco un paquete del tamaño de mi puño envuelto en calicó y cerrado con un largo cordón. Al olisquearlo confirmo que he encontrado lo que necesitaba y no me molesto en volver a colocar la piedra en su sitio ni a recoger el desorden antes de bajar las escaleras de las estancias de Rhordyn a toda prisa en dirección a su manantial personal.

Él dejó mi habitación hecha un desastre, es justo que le pague con la misma moneda.

El ambiente se vuelve espeso y caliente cuando el túnel da a una cueva abovedada. Las escaleras descienden debajo de la superficie de un agua que con esa tenue luz evoca un remolino líquido y dorado.

Las estalactitas que cuelgan del techo parecen colmillos de un animal hambriento dispuestos a devorar y el tenso silencio me recuerda a lo recóndito que es este lugar. Intento que esa información no se hunda demasiado en mi cabeza al pensar en lo que voy a hacer.

Me detengo en el umbral, me ato la bolsita de caspún alrededor del tobillo y bajo las escaleras hacia el manantial.

A diferencia del mío, este permite que una persona haga pie durante más rato. El agua me acaricia los pechos mientras camino hacia la pared que separa este lugar del Charco, con la camisa ondeando a mi alrededor con el agua revuelta.

En cuanto me acerco, me fijo en las profundidades, donde hay un agujero en la roca que permite que el agua vaya de un lado a otro entre este manantial y el mío.

No sé si cabré por él, pero es mi única opción. Si espero a que Rhordyn regrese de la cacería, no me cabe ninguna duda de que el barco se habrá visto obligado a volver al sur sin mí.

Cainon estará en lo cierto al suponer que me han retenido en contra de mi voluntad.

Y empezará una guerra que más vale librar contra el verdadero enemigo y que no sea una disputa entre dos Altos Maestros vecinos y posesivos que parecen decididos a ver quién la tiene más larga.

Respiro hondo varias veces, me lleno los pulmones y avivo mi sangre, mi cerebro y mi firme determinación.

Tras coger aire con una última y temblorosa inhalación, me zambullo en el agua y me impulso hacia las profundidades, donde es cálida y densa y la luz apenas llega. Con la visión borrosa, palpo a tientas hasta que encuentro el agujero de la pared. El Charco está justo ahí, al otro lado.

Al pasar una mano por el contorno irregular para saber lo grande que es, me doy cuenta de lo justo que es.

Esa idea queda descartada de inmediato.

«No hay margen para dudar».

Meto un brazo tras otro y luego apoyo las manos en la pared del otro lado. En la barriga me estallan explosiones de ilusión cuando empujo, pero me veo impulsada hacia atrás porque las caderas se me han quedado atascadas.

«Soy demasiado ancha». Ese inquietante detalle me asesta un golpe en el pecho y me roba una bocanada de aire de los pulmones. Con la mente acelerada y la sangre inundada por estallidos ardientes de pánico, los movimientos se vuelven histéricos.

Empujo y empujo y empujo con todas mis fuerzas. Agito las piernas y suelto un chillido que suena distorsionado por un agua demasiado espesa. Y caliente.

Con las extremidades entumecidas y pesadas, el pecho empieza a sacudirse al quedarse sin aire.

«Necesito salir».

Me giro y utilizo las rodillas para propulsarme en la dirección en la que he cruzado el agujero, pero se me atascan los hombros y el impulso hace que me golpee la cabeza contra la piedra y que una nueva oleada de burbujas emerjan de la garganta. Y me vacíen.

Con la mente dando vueltas, pierdo la noción del espacio. No distingo arriba de abajo.

Pierdo el control de las extremidades y de los pulmones, atrapada en el umbral entre dos distintos tipos de cautividad.

Repentina y violentamente, me doy cuenta de que me voy a

morir. De que mis pulmones no podrán coger más aire y me encontrarán aquí, atascada en un agujero porque he intentado escapar de un hombre que me ha ofrecido un techo desde que era demasiado pequeña y joven para cuidar de mí misma.

Un hombre que me salvó de la siniestra cólera de tres vrúks que deberían haberme hecho pedazos.

Mi subconsciente cobra vida de pronto en esos últimos instantes de histeria en los que se me ralentiza el corazón y empiezo a convulsionar. Al despertar, me lanza retazos de recuerdos de modo aleatorio e inconexo.

Noto hierba bajo los pies, el sol en la cara, una casa a lo lejos que expulsa humo por la chimenea.

Me gusta esa casa. Me gustan las enredaderas que cubren las paredes y el modo en el que el sol la acaricia.

«Mi hogar».

Veo de nuevo a ese niño, pero ya no es tan pequeño comparado conmigo. Está sentado en el césped entre una zona llena de flores preciosas, con las piernas cruzadas y las manos tendidas hacia mí. Para que lo coja.

«¡Tú puedes! Mueve los brazos como si estuvieras volando y desliza los pies hacia delante…».

Vuelvo a mirarme los pies.

Y él asiente.

«Ya lo tienes, pequeña».

Me sonríe y quiero ir junto a él. Me remuevo, levanto un pie, piso una flor amarilla… y alzo la vista otra vez.

«¡Lo estás haciendo, Ser! —Su sonrisa es ahora mucho más ancha—. ¡Mamá estará muy orgullosa de ti!».

Me fallan las rodillas y me caigo, pero él me coge, siempre consigue cogerme.

Derrama una carcajada sobre mi rostro mientras me hago un ovillo y noto la verdadera felicidad que me estalla en el interior de la barriga.

«¿Por qué enterré este recuerdo tan hondo? Quiero vivir en él para siempre…».

Nuestras risotadas retumban hasta que se esfuman y ya no me

encuentro en el prado con las mejillas cansadas de tanto reír. Estoy en una estancia acogedora que reconozco. Huele a cosas deliciosas y me proporciona seguridad, pero parece rara desde donde estoy, sentada en un rincón debajo de la mesa del comedor.

Emito un ruido y noto algo húmedo que me recorre la mejilla, pero el niño me tapa los labios con una mano y me sujeta más fuerte.

«Chist. No pasa nada —me susurra al oído—. Yo siempre cuidaré de ti. Siempre».

Pero creo que sí pasa. Hay un montón de gente desconocida en la habitación: veo sus sucias botas por debajo del mantel, oigo sus voces desagradables. Me están asustando el corazón.

«No sé a qué os referís. Y ahora, por favor, ¡salid de mi casa y dejadme terminar de comer en paz!».

«Es mamá», pienso. ¿Por qué está enfadada?

«Hay tres platos en la mesa... ¡Inspeccionad la estancia!».

Los pies se mueven, objetos pesados salen volando por los aires, retazos de papel aterrizan por todas partes y alguien pisotea el dibujo que estaba pintando para el niño que me aprieta con fuerza.

Una mano baja hasta el suelo y lo coge. Rasga el papel y noto ese sonido en algún punto del pecho.

El niño me desliza contra la pared y luego me pone un dedo en los labios para que guarde silencio. Empuña algo afilado y creo que está asustado, como yo, porque le tiembla la mano.

Tiendo los brazos hacia él. Se gira al mismo tiempo que la mesa vuelca y chillo.

Hay personas por todas partes, pero las que conozco están en un rincón, llorando. Siempre las había visto alegres.

Hay más gente, vestida de gris y con unas extrañas marcas en la frente. Me miran con ojos enojados que me provocan ganas de esconderme de nuevo, pero no hay a donde ir.

«No. Se acabó. He visto a estas personas en mi mural, hechas pedazos en mis pesadillas. Sé lo que se avecina y no quiero ver cómo las devoran».

Pero mi subconsciente es fuerte y yo soy débil... y me muero. Me mantiene los ojos abiertos y me obliga a mirar.

La gente enfadada y aterradora se acerca, grita cosas que no comprendo y señala con los dedos.

Uno de ellos sujeta a mi madre. Unas lágrimas resplandecientes le recorren las mejillas. ¿A lo mejor necesita un abrazo?

«Mamá...». Su expresión se viene abajo.

Un hombre enorme se dirige hacia mí y el niño. Tiene la cabeza brillante y lleva en una mano uno de esos utensilios para talar madera. Creo que se llama «hacha».

¿Por qué le gotea un líquido rojizo?

«¡No! ¡Por favor! ¡Os lo suplico, solo son niños!».

No me gusta cómo suena la voz de mi madre. Hace que me piquen los ojos.

El hombre mira hacia el niño. «Apártate, chaval —le dice—. La compasión no se reserva para aquellos que se apoyan en las piedras».

El chico echa a correr con el objeto afilado por encima de la cabeza. Su grito es el que más destaca... hasta que mi madre profiere un sonido más fuerte al mismo tiempo que se balancea el hacha.

Y él deja de correr.

Me pongo en pie e intento seguir...

Y lo veo desplomarse. Y la luz le abandona los ojos.

Doy uno, dos, tres pasos antes de resbalar con la sustancia centelleante que le mana de la herida del pecho. Pero él no me coge. Ni me hace cosquillas.

Mi madre sigue chillando, más y más fuerte.

Gateo entre la humedad, me coloco a su lado y espero que parpadee... Que sonría... Que ría... Espero que deje de mirar hacia la pared y que me diga que no pasa nada.

Unas manos enormes y desconocidas me apartan de su calidez, me rasgan el camisón y me dan golpecitos en el brazo.

Forcejeo, pataleo, grito más fuerte que mi madre y que los aullidos de percibo con los oídos.

Bájame... ¡Bájame!

Pero esa palabra no suena como en mi cabeza porque nunca he tenido que verbalizarla. Él lo hacía por mí, siempre sabía lo que yo quería decir.

Y ahora está hecho trizas en el suelo sobre un charco de humedad.

Noto algo que crece en mi interior, en el lugar donde se encuentra mi corazón, y me duele... Tanto que creo que me voy a romper por la mitad y todo el mundo verá mis entrañas.

«Creo que yo también estoy hecha trizas».

El recuerdo cambia, un océano que se retira antes de que otra ola rompa en la orilla.

El techo cede, alguien grita y solo huele a un dolor ardiente que me provoca ganas de vomitar.

Me estoy viendo desde fuera: ya no estoy dentro de mi cuerpo de niña.

«Nada lo está».

Todo se escapa entre las grietas de mi piel y mis ojos y mis oídos y mi boca abierta, una negrura pringosa que se vierte en feroces chorros torrenciales. Ardientes. Silenciadores. Se adentran en la tierra y se mezclan con el barro.

El suelo desaparece, igual que las paredes. El techo está ardiendo y hecho añicos, bañando la noche de un destello rojizo.

Estoy en el centro de todo, como si el mundo se alejase de mi cuerpo, retorcido sobre la tierra. Tengo las ropas chamuscadas.

«Ya no veo a mi madre». Tan solo fragmentos humanos por todos lados, grandes y pequeños, esparcidos por el suelo como si fueran muñecas de trapo que hubieran lanzado por los aires, desmembradas por el camino. Algunos lucen unas uves del revés talladas en la frente, otros pertenecen a las personas que me cambiaban las sábanas y me preparaban comida deliciosa.

El poder no ha sido quisquilloso. Lo ha hecho sin más. Ha matado.

Esa idea me devuelve la conciencia.

Pateo hacia delante formando con el cuerpo un leve ángulo que me permite colarme por el agujero. Un trozo de roca escarpado me deja una línea de fuego de la cadera a la rodilla mientras forcejeo y me libero de las fauces de la piedra.

De la boca me salen burbujas que me apremian a alcanzar la libertad.

Exploto en la superficie, tosiendo, escupiendo y llenándome los hambrientos pulmones de un aire que intenta apaciguar la tormenta que arrecia en mi subconsciente, pero no lo consigue.

Nado hasta el borde y salgo hasta ponerme a cuatro patas; aspiro vida mientras me observo la piel despellejada de las pantorrillas. Apenas noto el escozor.

Por poco no reparo en los bañistas que gritan y se alejan a toda prisa de los manantiales para recoger la ropa y subir las escaleras corriendo como si hubieran visto la verdad en mis ojos.

Y hubieran visto quién soy en realidad.

Casi consigo llegar a la pared antes de vomitar, una mezcla de agua y bilis que no tiene nada que ver con que haya estado a punto de ahogarme, sino con mi vértigo repentino por la caída.

Porque ya no estoy en el filo del abismo que se abre en las profundidades de mi subconsciente. Estoy en el fondo mismo, intentando escalar con dedos desesperados y ensangrentados.

Escapar del montón de raíces de ébano que se acumulan en una crepitante duermevela, una montaña desbordante.

«Una negrura pringosa que se vierte en feroces chorros torrenciales. Ardientes. Silenciadores».

Vuelvo a vomitar para expulsar de mi cuerpo la dañina revelación que me veo obligada a tragar...

Fui yo.

48
ORLAITH

Matar te consume y te deja tan solo con un caparazón animado. Me doy cuenta de ello al sentarme, aovillada en el suelo húmedo, mientras me mezo adelante y atrás sobre un charco de mi propia bilis.

Durante todos estos años, me he escondido de mí misma. He vivido sin pulso.

Los vruks no mataron a nadie ese día. Tan solo los atrajo el olor a carne quemada y fueron corriendo a darse un atracón con la matanza que creé yo.

Yo. Una niñita de dos años.

Me muevo adelante y atrás, adelante y atrás, mientras me meso el pelo y me araño los brazos, el cuello, el cráneo…

Fui yo.

No hay ninguna forma bonita de pintar algo encima de esa fealdad.

Rompí las ataduras que me unían a la humanidad con tan solo dos añitos; perdí el control y no solo maté a la gente que había irrumpido en nuestra casa y me había quitado a mi hermano, sino también a los criados, a los cocineros…, a mi madre.

«Maté a mi madre»…

Me estremezco, vomito y rezo por que fuese una muerte rápida e indolora.

Rezo por que no sufriera.

Su grito me resuena en la mente, el aullido que profirió al balancearse el hacha…

Pues claro que sufrió. Presenció cómo se desangraba su hijo y luego a su propia hija convertirse en un monstruo. «Me vio morir de otra forma».

Rhordyn fue a por mí y me disfrazó de cordero sin darse cuenta de que en realidad soy el lobo. Pero mis armas no son los colmillos ni las garras, sino un fuego negro tan nocivo que se lo carga todo y deja tras de sí fragmentos de carne burbujeante que lloran su muerte.

El balanceo se transforma en un movimiento tan violento que me desgarro la piel desnuda contra la piedra.

No me extraña que las personas de los Susurros me acechen ni que sus miradas me quemen. Tampoco que una parte de mí se esforzara tanto por juntarlas de nuevo.

Creía que esos dibujos inintencionados eran mi regalo para quienes se perdieron ese día, pero era mi pozo de culpa, que se ha derramado y ha encontrado la única manera posible de salir serpenteando de mi cuerpo. Para obligarme a observarlo.

Tantas caras... Tantos ojos abiertos y miradas condenatorias...

«Asesina...».

Un gemido medio ahogado emerge de mí, descarnado y deforme.

¿Mi subconsciente creó mi Línea de Seguridad como una manera de enjaularme en el interior? ¿Acaso creyó que era mejor mantenerme aislada, por si volvía a perder el control? ¿Y si sucede de nuevo? ¿Todas las personas que viven en el castillo acabarán hechas trizas, sus restos chamuscados y desparramados por los pasillos? ¿Baze también?

¿Y Rhordyn?

Suelto un grave gimoteo gutural.

Dicen que soy la niña que sobrevivió, cuando en realidad soy su muerte desenfrenada, que espera el momento de atacar.

Necesito expiar todo lo que he hecho y no podré hacerlo si estoy atrapada en las nubes.

«No».

Aquí lo único que consigo es malgastar la vida al existir dentro de una burbuja de protección que no merezco, que podría estallar en cualquier momento, sea desde dentro o desde fuera.

La propuesta de Cainon fue más que un regalo y no me di cuenta. El destino me está dando una oportunidad para salvar vidas y me niego a mirar hacia otro lado. Es demasiado tarde para volver atrás y cambiar las cosas, así que tendré que hacer lo que pueda con lo poco que tengo...

Con una cupla azul y dorada.

Me aferro al borde del abismo mental, jadeante y herida, rota y ensangrentada. No hay ni una sola parte de mis entrañas que no sea horrible, muy distinta del verdadero yo que se esconde bajo la piel que llevo.

Comprendo la ironía.

Al llegar a la parte superior, tapo la brecha llena de suficientes sombras como para sofocar el montón de muerte dormida, le doy la espalda y cierro la puerta de mi imaginación.

«Me niego a volver a mirar al pasado».

Levanto la cabeza; me castañetean los dientes, me tiembla el cuerpo.

Me tengo que ir.

Avanzando sobre las rodillas desolladas, cojo agua del extremo del manantial y la uso para limpiarme la cara, las piernas y la bilis de las puntas del cabello. Extraigo el paquete de calicó que llevo alrededor del tobillo y me levanto, tambaleante sobre pies inseguros.

Mi visión se divide y se estampa. Se divide y se estampa...

Respiro hondo y doy un paso hacia las escaleras, luego otro, hasta que llego a la pared, que utilizo como muleta. Comienzo el ascenso a tientas, me tiemblan las piernas bajo mi peso. Sin embargo, sigo adelante y noto que recupero un poco de fuerza con cada respiración.

Pero no es hasta que he llegado arriba cuando me doy cuenta de que la camisa de Rhordyn está raída y deja a la vista mi muslo derecho y una larga herida en carne viva que rezuma sangre.

—Mierda —mascullo y miro hacia atrás, donde veo un rastro rojizo allá donde he puesto los pies.

«Me la tengo que vendar antes de irme a ninguna parte».

Dejo atrás las escaleras y me tambaleo por el pasillo, donde cada uno de mis pasos inestables me lleva más cerca del regreso inevitable de Rhordyn.

Si me encuentra así, estoy jodida. Es probable que me encadene a una pared y me chille hasta que le grite mi verdad.

Con el corazón acelerado, duplico la velocidad y echo a trotar, con los dientes y los puños apretados.

Ignorando el latigazo de dolor que me sube por la pierna cada vez que la impulso hacia delante, casi subo volando el Tallo Pétreo y llego delante de los ecos de una discusión. Vanth y Kavan están delante de mi puerta cerrada, empapados en sangre y en lluvia, lanzándose improperios mutuamente. La desavenencia llega a un apogeo silencioso cuando me ven cuatro escalones por debajo y dan un brinco con el que casi se salen de las botas.

En serio, son los peores guardias de la historia.

Kavan me mira de arriba abajo, con los ojos como platos clavados en mi muslo ensangrentado.

—¿Qué demonios os ha pasado?

—Estáis sangrando —exclama Vanth, como si no fuera evidente—. Y lleváis la camisa de un hombre.

Decido ignorar su asombro justificado y paso por delante de ambos.

—Nos marchamos —gruño, abro la puerta y lanzo sobre la cama las provisiones de caspún para un mes.

—¿Qué? —gritan cuando un trueno zarandea la torre, seguido por un rayo de luz que lo baña todo con un brillo espeluznante.

Sin hacer caso a la hecatombe que está desatando el cielo, me recojo el pelo en un moño en lo alto de la cabeza y utilizo una horquilla larga para asegurármelo antes de hurgar entre mis cajones en busca de algo con que vendarme el maldito muslo.

—¡Maestra!

El uso que le da Kavan al título me pone hecha una furia. En realidad, había olvidado que estaban ahí.

—El barco —les espeto mientras me arranco la raída camisa de un tirón—. Zarpamos hacia el sur. Ahora.

Vanth suelta una mezcla de resoplido y carcajada, aunque es un sonido desprovisto de todo humor.

—¿Te parece gracioso? —Me giro hacia él.

—De hecho, sí. Lleváis unos días dándonos largas ¿y decidís que ahora es el momento de irse? ¿Acaso no habéis mirado afuera? —Señala hacia la ventana occidental—. Solo una persona con ganas de morir zarparía con este tiempo. —Entorna los ojos—. A no ser que queráis que se hunda nuestro barco…

—¿Por qué iba a quer…? —Niego con la cabeza y paso por alto su tono reprobatorio—. Veréis: o zarpamos ahora mismo o volvéis a la capital de Bahari con solamente esto —digo, agitando la muñeca engrilletada en su dirección—. Porque cuando Rhordyn regrese de la cacería me quedaré aquí atrapada. Para siempre.

Cambio la atención del uno al otro y espero.

La verdad sea dicha, no me han estado presionando demasiado para que me subiese al barco. Si se llevan la cupla y se marchan, la teoría de Rhordyn —que Cainon solo lo ha hecho para alborotar el avispero de la política— será cierta.

Nunca lo sabré, pero zarpar bajo una tormenta virulenta en un barco lleno de personas a las que no conozco y en las que no confío sin poner a prueba por lo menos la teoría de Rhordyn sería el colmo de la estupidez.

Ambos se lanzan una mirada y ninguno de los dos da un solo paso hacia mis aposentos.

—Muy bien —gruñe Vanth, y señala hacia un cesto que hay en el rincón de mi habitación—. Disponéis de cinco minutos para llenarlo con vuestras cosas, vendaros la herida y poneros un atuendo más… apropiado. Si nos vamos a marchar, hay que salir de la bahía antes de que desaparezca la poca luz que queda y vuestra ingenuidad nos condene a todos a una tumba marina.

Cierra la puerta antes de que le responda.

Llevo la blusa arremangada hasta los codos y unos pantalones ceñidos de cintura alta que le proporcionan más presión a mi herida vendada. Unas ráfagas de viento esporádicas silban entre los escarpados peldaños tras de mí, me agreden los oídos y amenazan con arrojarme por el precipicio y también, claro, a mis guardias, que blanden sendas lanzas.

Cada pocos pasos, miro hacia atrás; una parte de mí espera ver a Rhordyn persiguiéndome.

—¿No podéis ir más rápido?

Vanth masculla algo y los dos aceleran el paso. No lo sé con seguridad, pero creo que es probable que estén hasta el gorro de mí.

El cesto que llevo pesa poco, contiene tan solo lo más esencial. No hay que tener para nada en cuenta el hecho de que está todo remetido dentro de una funda de almohada que huele a Rhordyn.

Sé que debería haberla quemado, pero no dejan de ocurrírseme motivos para no haberlo hecho.

«No estoy bien».

Estos peldaños mojados y resbaladizos parecen conducirme hacia las galeras. Como si me guiaran hacia un tablón de ejecución y no hacia un barco con destino a un territorio desconocido en el que me nombrarán Alta Maestra, rodeada de gente que no es «mi» gente.

Tanith, la Cocinera, Shay, Kai... Echaré de menos incluso a los jardineros cascarrabias. Añoraré los árboles, las flores y los arbustos que he cuidado desde que los planté. Las vistas desde el lugar en el que siempre me he sentido a salvo a pesar de mi espeluznante pasado...

Se me revuelven las tripas.

La lluvia ha amainado. Si fuera de esas personas que buscan señales por todas partes, pensaría que estoy haciendo lo correcto, por más que el corazón me grite que dé media vuelta y eche a correr, que me esconda en mi torre, cierre la puerta y no salga jamás.

Mis botas aterrizan por fin en la arena; me las he puesto para evitar hundirme en ella y arraigar. No me puedo permitir echar nuevas raíces cuando todavía me estoy cuidando las protuberancias de las que he cortado hace poco.

Atravesamos con apresurados pasos la arena conforme avanzamos hacia la bahía. Ya casi hemos llegado al muelle cuando Baze sale de una línea de rocas escarpadas que siempre me han recordado a los dientes de un tiburón.

El corazón se me detiene. Los pies hacen lo mismo.

Lleva unos pantalones de cuero negros y una camisa holgada de algodón metida a medias por dentro de la cintura. Tres botones del cuello están sueltos, como si se hubiera vestido tan deprisa que no hubiera tenido tiempo de arreglarse del todo.

Se aparta la mata de pelo despeinado con el dorso de la mano y me mira con unos ojos que parecen casi negros y que reflejan las manchas oscuras que luce la piel justo por debajo.

Frunzo el ceño y clavo la vista en la espada de madera que le cuelga del puño. Mascullo una maldición.

—Llevadlo hasta el barco. —Empujo mi cesto hasta el guardia más próximo a mí mientras le sostengo la mirada a Baze—. Enseguida voy.

—Está armado —sisea Vanth, que se niega a aceptar mis pertenencias.

Lo miro de soslayo y veo que aprieta con fuerza la lanza de madera, con los ojos entornados en dirección hacia Baze.

—No os pasará nada. —Vuelvo a empujarle el pecho con el cesto—. Llévatelo.

—No. —Lo coge y se lo lanza a Kavan—. Estoy preocupado por vos.

Ah.

—Vaya... Qué bonito. —Meto una mano por debajo de la blusa y saco la espada de madera de ébano que me había guardado.

Baze entrecierra los ojos y empieza a avanzar hacia mí.

Aprieto el arma con más fuerza.

—Pero, con el debido respeto —digo alto y claro—, los dos estáis justo en medi...

Vanth se abalanza con la lanza preparada, levantando arena con las botas. Gruño y me precipito hacia él, bajo una pierna y la extiendo para ponerle la zancadilla y tirarlo al suelo.

Se desploma como una roca, de espaldas, y boquea con los labios como un pez fuera del agua. Absorbe con los ojos como platos bocanadas heridas de mi imagen cerniéndose sobre él, como si no supiera cómo ha terminado en el suelo, sobre la arena, con mi espada apuntándole la carótida.

—Pero ¿qué cojone...?

—Prohibido tocarlo —le espeto con los dientes apretados y hundo un poco más la punta—. Y si insistes en ponerte entre nosotros, tu lanza antes tendrá que vencerme a mí. Y luego te tocará explicarle a tu Alto Maestro por qué has empalado a su prometida. ¿Ha quedado claro?

—Como el agua. —Se remueve un poco.

La respuesta me irrita tanto que contraigo el labio superior.

Lo libero de la punta de mi espada y le dejo una gota de sangre que le baja por el cuello. Se pone en pie, se limpia la herida y se queda mirando la mancha rojiza de la palma con una insultante cantidad de asombro en los ojos.

—Marchaos —le digo a un Kavan boquiabierto que me observa como si fuera la primera vez que me ve—. Avisad al capitán de que prepare el barco. No tardaré.

Me mira de arriba abajo.

—Cainon se lleva mucho más de lo que negoció.

Está lejos de ser un cumplido.

Se dirige hacia el muelle seguido de Vanth, que, con los ojos entornados, cada pocos pasos mira hacia atrás.

—Espero que estés preparada para ver ese barco zarpar sin ti —exclama Baze, reclamando así toda mi atención.

«Conque esas tenemos, pues».

—Me marcho por voluntad propia —respondo, y desplazo la mayor parte del peso sobre mi pierna fuerte y separo los pies mientras aguzo la concentración. Analizo su respiración, sus parpadeos, en busca de qué es lo que sucederá a continuación.

Si Baze intenta evitar que me marche de esta playa, no me quedará otro remedio que luchar.

—Solo porque no se te ha informado de todo —me espeta, imitando mis movimientos, preparándose para un combate que dudo de que quiera ninguno de los dos. Flexiona los hombros al pasarse la espada de una mano a la otra y las gemas de su anillo resplandecen bajo la tenue luz y despiertan mi atención. Y despiertan mi interés...

Deslizo el pie atrás medio centímetro para clavarme en la arena.

—Me temo que eres tú el que no está informado, Baze.

—Lo dudo mucho. —Curva los labios en una media sonrisa.

Nos abalanzamos al mismo tiempo. Las espadas negras colisionan con un chasquido afilado de madera que parece retumbar por toda la playa y casi me provoca arcadas.

«Maldita madera de ébano».

Nos sostenemos la mirada con la misma fijeza que denotan las armas enfrentadas. Y los músculos. Y la férrea determinación. Aunque yo me yergo con seguridad y firmeza, su postura es un poco menos estable de lo que es en general.

De lo que ha sido siempre.

—No hagas esto —masculla, y su aliento cálido empaña el aire.

Veo tormento en las profundidades de sus ojos. Percibo que esto le desagrada tantísimo como a mí; odia lo que el giro de los acontecimientos le ha hecho a todo lo que hemos construido juntos.

—Ya lo he hecho —le largo, refiriéndome a la cupla que llevo alrededor de la muñeca.

Mi vida empezó a desmoronarse en el momento en el que la acepté, pero no puedo lamentarlo. No cuando de esta unión dependen tantas cosas.

De repente, percibo emociones en su mirada.

—No sabes cómo es el mundo ahí fuera, Orlaith. No tienes ni idea de a qué te deberás enfrentar.

—¿Y de quién es la culpa? ¿Quién me ha mantenido apartada de todo durante diecinueve putos años?

Me aparto y luego asesto un espadazo hacia delante.

Balancea su arma y ladea mi golpe con otro horrible chasquido que se lleva un buen bocado de mi compostura. Gruño y dejo que ese sonido incómodo me dé fuerzas para girarme y atacarlo desde otro ángulo. Baze lo esquiva.

Puede que sea una espada de madera, pero cuando le rasga la tela de la camisa es igual de implacable que el acero y le deja un agujero por el que se entrevén suaves eslabones de músculo contenidos en un impecable envoltorio de piel de porcelana.

Durante unos instantes, creo que ha estado a punto de dejarme darle en el estómago. Pero, cuando subo los ojos hasta su cara, en los suyos veo sendas semillas de sorpresa.

Por lo visto, al final esta nueva espada no es tan mala. Me la paso de una mano a la otra y roto los pies en la arena dejando el máximo posible de peso en el derecho.

Él clava la atención en mi muñeca y una oscuridad le demuda el semblante.

—¿Te han hecho daño?

Pongo los ojos en blanco.

—No debes de estar muy seguro de tus habilidades como entrenad...

Su espada traza un arco y la parte plana consigue asestarme un golpe en el muslo derecho, provocándome una oleada de dolor que me atraviesa la pierna herida.

Aúllo cuando esta cede bajo mi peso y él se gira, me bloquea el brazo armado con el suyo y me lo sujeta a la espalda, aprisionado por el cuerpo de ambos.

—Creía que te había enseñado a esconder siempre tus puntos débiles —me sisea, inmovilizándome el brazo y rasgando la venda con un limpio movimiento de su arma.

El torniquete azul oscuro cae sobre la arena.

Suelta una carcajada mientras estudia la herida profunda y creciente que me rasga la piel.

—¿Qué has hecho?, ¿le has dejado un cuenco para comida de perro lleno de sangre?

El hecho de que lo haya adivinado con tanta rapidez resulta un poco preocupante.

—Pues... sí, de hecho, sí. —Le planto un pisotón en el pie descalzo con la bota, algo que no está acostumbrado a verme llevar.

Baze aúlla y se aparta lo suficiente como para que yo pueda liberar el brazo. Me zafo de su agarre, me agacho y le golpeo detrás de las rodillas con la empuñadura de mi espada.

Se desploma como una roca y profiere un fuerte gemido con

los labios separados cuando le doy un rodillazo en el pecho. Vuelco todo mi peso en ese punto en el que nos tocamos y coloco la punta afilada de mi espada sobre su corazón.

En mi pecho se libra una batalla y me tomo unos instantes para mirar alrededor y asegurarme de que estamos ocultos entre los dientes de tiburón y de que mis dos guardias han desaparecido de la vista por completo.

En la playa estamos los dos solos. Nadie presencia mi victoria, aparte del orgullo herido de Baze.

Observo la mano con que me sujeta la rodilla, como si estuviera valorando la posibilidad de intentar apartarme. Le cojo el anillo y veo que abre muchísimo los ojos mientras toda la sangre le abandona las mejillas.

—Siempre hay que esconder los puntos débiles, ¿eh?

—Orlai…

El cambio es instantáneo: su aspecto es tan sorprendente que me tambaleo sobre las seguras rocas y lo dejo en las fauces de su protección mientras yo me alejo.

Apenas consigo coger aire porque no reconozco a ese hombre. Ni un ápice.

Tiene el pelo tan blanco que parece irradiar su propia luz, las orejas puntiagudas y el contorno exterior con las mismas espinas cristalinas que decoran las mías. Y sus ojos… son enormes y redondos. Me recuerdan a los de él. Pero es como si hubieran estado hundidos en aguas sucias que les han quitado el brillo. Y esas marcas oscuras debajo de los ojos son ahora unas sombrías hendiduras en su cara.

Lo examino con la mirada, sin aliento. Y con el corazón detenido.

Cada centímetro de piel perlada de Baze —sin contar su rostro desconocido e imponente— está chamuscado, decorado con marcas de mordedura pequeñas y grandes. Algunas son perfectas medialunas, como si tan solo los dientes se le hubieran clavado en la carne. El resto son más deformes y no me puedo imaginar el tiempo que debieron de tardar en curarse.

Pero su cuello… En alguna zonas tiene la piel arrugada y acumulada, destrozada en otras, como si hace muchos años se hubiera quedado atrapado en un alambre de púas. Como si hubiera luchado contra él y se le hubiera desgarrado sin remedio.

Se me encoge el estómago al pasar la vista del hombre al que creía conocer al castillo, que nos arroja su enorme y presuntuosa sombra.

¿Rhordyn tuvo algo que ver en esta... esta tortura que lleva años soportando Baze?

Parpadeo y noto una cálida humedad recorrerme las mejillas.

—Y tenías la desfachatez de llamarme mentirosa a mí —gruño con una voz que no es la mía.

Es frágil.

Es la voz de una niña que acaba de darse cuenta de lo sola que ha estado durante los últimos diecinueve años.

Miro los deslumbrantes puntos de sus ojos.

—Qué hipócrita; precisamente tú sabías lo que era vivir en un cuerpo que no te pertenece.

Está abatido e intenta cubrirse el torso con los jirones de su camisa.

Una parte de mí se siente culpable por haberle arrancado la máscara sin su consentimiento, pero la sensación se desintegra en cuanto abre la boca.

—No te va a dejar marchar, Orlaith. Te perseguirá.

Doy un paso atrás con los ojos más serios. Aunque no lo consigo, intento imaginarme a este hombre atractivo y hecho polvo siendo el Baze al que he llegado a conocer y querer.

Al Baze que creía que nunca se desmoronaría.

—Ya me ha perdido —respondo con voz demasiado suave y vulnerable. Levanto la barbilla para contrarrestar la debilidad—. Por lo menos así me aseguro de obtener los barcos para la gente que importa de verdad.

—Qué ingenua —me espeta mientras niega con la cabeza y contrae el labio superior, azul por el frío—. Súbete a ese barco e irá a por ti. No tienes ni idea de lo que es capaz.

«Una negrura pringosa que se vierte en feroces chorros torrenciales. Ardientes. Silenciadores».

—Sí, bueno, creo que es mutuo —gruño tras tragar un poco de bilis mientras hundo esa penetrante imagen en las profundidades del abismo de muerte, destrucción y arrepentimiento que me ensarta el corazón.

Miro el anillo que tengo en la palma de la mano, la máscara perfecta para ocultar su dolor. Igual que mi collar, parece demasiado ligero para acarrear tantos secretos pesados.

Ahora mismo, es mi única garantía de que no me perseguirá hasta el barco.

Trago saliva y meneo la joya en su dirección.

—Lo dejaré en el muelle y, si quieres mantener a salvo tu... tu secreto —digo, con un nudo en la garganta—, te sugiero que esperes a que nos hayamos ido para ir a buscarlo.

Le tiembla el labio y clava la vista en la arena a su lado, como si no soportase mirarme a la cara.

Me lo tomo como un sí y me doy la vuelta para encaminarme hacia el embarcadero.

—Y que alguien me riegue las plantas —le digo por encima del hombro mientras me desarremango la blusa y me cubro la herida de la muñeca.

Con la sensación de que una losa me ha caído sobre el pecho, subo las escaleras de piedra que se alzan de la arena y que se unen al elevado muelle, con los hombros atrás y caminando con una seguridad que en realidad no poseo.

Atravieso desgastadas planchas roídas por el tiempo y resbaladizas por la lluvia, con la barbilla en alto, e ignoro el raro destello de escamas plateadas que brillan en las olas a mi lado.

Espero que Kai no intente acercarse a mí... Si aparece, me vendré abajo. Me desmoronaré en este muelle y me negaré a volver a recomponerme.

Es probable que me estrechase con sus brazos oceánicos y me dijera que todo va a salir bien. Pero no es verdad. Y no debería serlo.

«No para mí».

Cuento cada uno de los quinientos veintidós escalones que hay que subir para llegar al barco con la enorme vela azul, cuya cubierta está abarrotada de enérgicos movimientos de numerosos marineros.

El anillo de Baze me arde en la palma y me atrevo a mirar abajo del muelle, que está envuelto en una llovizna de niebla marina.

No está por ninguna parte y me pregunto de qué estará más avergonzado, si de sus heridas o de su herencia.

¿Y yo? Yo ya no pienso esconderme de nadie, solo de mí. Puede que mi caparazón falso sea tenso e incómodo, pero lo que hay debajo es mucho peor... Un desastre bello y maligno.

Arrodillada y con la mirada fija en la oscura bahía y en esas piedras con forma de dientes de tiburón que decoran esa sombría sonrisa, lanzo el anillo. Cuando me levanto, me siento un poco más liviana, no sé por qué.

Desplazo la atención al barco largo y esbelto que está hecho especialmente para atravesar la dura superficie de un océano despiadado y que no consigue aliviar la ansiedad que me atenaza el pecho.

Con los dedos apenas rozando la rampa, clavo los pies en ese muelle. En el muelle fuerte, robusto y familiar que he observado día tras día durante los últimos diecinueve años; jamás pensé que estaría en esta posición.

Se me antoja más bien un tablón de castigo, porque, en cuanto me haya subido al navío, se acabó. Habré cruzado mi Línea de Seguridad.

Esos últimos pasos parecen infranqueables.

El pulso me zumba en los oídos, más fuerte que las olas al romper.

«Fuerte, serena, resiliente...».

Miro hacia una mezcla de rostros desconocidos. El capitán está en la cubierta, observándome desde arriba; tiene el pelo gris recogido hacia atrás y lleva una americana azul adornada con botones dorados que se ciñe a su fornido físico.

Me observa como si viera todas las grietas de mi rostro.

—La marea está bajando. Si no nos marchamos ya, nos golpearemos el casco al salir de la bahía.

—Mierda —mascullo sin mover los labios.

«Esconde siempre tus puntos débiles».

Cojo una bocanada de aire marino y subo a la rampa, con todos los músculos del cuerpo preparados para abalanzarse. La espada que me cuelga de la mano se convierte en la víctima de mi puño apretado y cada paso que doy me adentra más y más en territorio inseguro.

Pero la cubierta se acerca demasiado deprisa y trago saliva para intentar calmar mi desbocado corazón, con la vista fija en los pies.

Me da la impresión de que me encuentro en el borde del abismo de mi mente, observando la penumbra, asustada de lo que pueda haber en el fondo. Consciente de que es probable que sea algo horripilante que me dejará totalmente helada. Pero ya no me puedo permitir seguir escondiéndome.

«¡Tú puedes! Mueve los brazos como si estuvieras volando y desliza los pies hacia delante...». Su voz canta a mi alma torturada y me agarrota la columna. Asiento para mis adentros, para él, y observo la bahía.

Me imagino sus manos extendidas hacia mí, a la espera. Me imagino su enorme sonrisa de medialuna. Voy a fingir que me dirijo hacia ese instante de felicidad que me golpeó en cuanto me caí entre sus brazos y me hice un ovillo.

Aguantando la respiración, subo a la robusta cubierta de madera dura.

Espero sentir algún cambio inmediato en el aire. Espero que todo el cuerpo se me doble por un dolor inimaginable o que un vruk aparezca de la nada y me despedace con garras que chillan con cada movimiento. Espero muchas cosas y, aunque no sucede ninguna de ellas, no experimento alivio alguno.

Acabo de dar el paso más importante de mi vida y las cosquillas no han hecho acto de presencia.

«Es culpa mía. Todo es culpa mía».

Suelto un quebrado suspiro e intento no parpadear; me preocupa que, si lo hago, se me derramen las emociones por las mejillas y todo el mundo presencie mi estado de fragilidad. Mi debilidad.

El capitán me examina con ojos pálidos y muchos años presentes en la piel arrugada de alrededor. Profiere un gruñido y masculla algo entre dientes antes de lanzar unas cuantas órdenes a su tripulación.

Kavan me arroja el cesto y me guía hacia las escaleras que desaparecen debajo de la cubierta. Vanth se queda unos instantes a mi lado y me mira con una expresión precavida que me provoca ganas de removerme.

—Ahora estamos en un barco de Bahari, Maestra.

La última palabra me la suelta como si fuera una amenaza.

—Gracias, Vanth. Estoy al corriente.

—Bien.

Me sigue observando durante un buen rato y desplaza los ojos hacia mi cupla antes de seguir el mismo camino por el que se ha marchado Kavan.

En cuanto desaparece de mi vista, exhalo un tenso suspiro. Quizá no le ha sentado demasiado bien que lo hiciera caer de culo.

Todo el mundo empieza a afanarse y a prepararse para zarpar del puerto. Desesperada por situarme en un rincón tranquilo, me encamino hacia la proa del barco, desde donde admiraré la travesía que pronto se desarrollará por un despiadado océano gris.

Me quito la horquilla y dejo que los espesos mechones caigan a mi alrededor a modo de escudo, como si pudieran protegerme de las miradas que me perforan la espalda.

Aferrada a mi concha, busco un nuevo rastro de esas escamas plateadas en el agua, pero Kai no está por ninguna parte.

Una dolorosa punzada de arrepentimiento me revuelve las entrañas.

Debería haber sido sincera con él, pero no habría querido más que rescatarme y no puede salvarme de mí misma.

Cierro los ojos y me llevo la concha a los labios.

—Lo siento mucho...

Susurro las palabras y juraría que la concha me responde, pero, cuando me la pongo sobre el oído, tan solo percibo el ruido que hace el océano al respirar.

Con los ojos sobre la bahía, soy incapaz de evitar que una lágrima se abra paso y utilizo el hombro para enjugármela.

«Fuerte, serena, resiliente».

No debería mirar hacia el Castillo Negro; sé que, si lo hago, plantaré en mi interior una nueva semilla de arrepentimiento.

Pero eso no me lo impide. Alzo los ojos y me fijo en la forma densa y oscura que emerge del acantilado como una macabra diadema. El viento marino me azota el pelo, me sala los labios y me enfría las mejillas mientras examino todo lo que guardo con tanto cariño.

Me cuesta respirar al ver toda mi vida desde lejos, así que hundo la cabeza en el cesto y dejo que él me llene los pulmones y me calme la caótica mente.

—¡Zarpamos! —exclama uno de los marineros, y el barco se aleja del muelle. La vela principal está bajada y el viento le hincha la barriga y nos impulsa hacia delante con tanta fuerza que me veo obligada a dejar el cesto en el suelo para así aferrarme a la barandilla.

Un profundo retumbo sacude el aire, como si una montaña acabara de moverse del sitio que lleva siglos ocupando. Se me eriza el vello de la nuca y clavo la vista en la punta del Tallo Pétreo, que se alza en el cielo como el brote enjuto de una flor que aún no se ha abierto.

Y en la sombra robusta de un hombre que se encuentra en mi balcón y nos observa partir.

«Rhordyn».

Parece muy fuera de lugar. Su seriedad se contrapone a las flores bonitas y delicadas de mis glicinas, que recorren la balaustrada.

Un rastro de gélido escrutinio me surca el rostro, la muñeca, antes de bajar por la pierna, como si de lejos saboreara la sangre.

Mi aliento se vuelve prisionero en unos pulmones que se han olvidado de funcionar.

«No te va a dejar marchar, Orlaith. Te perseguirá». El eco de las palabras de despedida de Baze me sacude hasta el alma, aunque una parte de mí más fuerte y dominante me yergue y casi acoge encantada el desafío.

«Que lo intente».

Cuadro los hombros y finjo que la mirada ártica de Rhordyn no me despelleja desde lejos mientras el viento me empuja hacia los brazos de otro hombre.

GRACIAS

¡Gracias por leer *Un pétalo de sangre y cristal*! Espero que hayas disfrutado del viaje de Orlaith hasta aquí. Esta historia la soñé y no me ha abandonado desde entonces. He planeado la saga entera antes de escribir una sola palabra: fue como si me hablara directa.

Los personajes. El mundo. Las relaciones.

Queda mucha historia por contar. En muchos sentidos, apenas he rascado la superficie con la primera entrega, pero es que quería hacerle justicia al origen de Orlaith como se merece.

Estos personajes deberán recorrer un largo camino antes de que lleguemos al punto final y me muero por llevarte conmigo en este trayecto.

Una vez más, ¡gracias por leerme!

AGRADECIMIENTOS

He tardado todo un año en escribir este libro y no lo habría conseguido sin la ayuda de mis amigos y de mi familia.

Mis peques: gracias por tener tanta paciencia mientras mamá escribía su libro. Gracias por ser una fuente interminable de bromas, amor y abrazos.

Josh, mi amor: gracias por apoyarme, por quererme y por creer siempre en mí. Gracias por hacer de padre y de madre en estos últimos meses que han precedido al lanzamiento de la novela. Eres increíble y tengo muchísima suerte de compartir la vida contigo.

Raven: en serio, no me quedan palabras... ¿Qué haría sin ti? Gracias por ser mi pilar, por darles luz a todos mis días y por hacerme reír a carcajadas constantemente. Gracias por ayudarme mil veces a salir del pozo, por defender esta historia cuando me encontraba en mis peores momentos y por proporcionarme la valentía que necesitaba para llegar a la línea de meta. Tu amistad lo significa todo para mí y me muero de ganas de volver a correr juntas, de citar *Orgullo y prejuicio* y de beber todo el café que en teoría debíamos dejar hace seis meses.

Mamá: gracias por tu incansable apoyo. Por saber cuándo empatizar conmigo y cuándo decirme que me dejara de tonterías y siguiera adelante. Gracias por todos los segundos que has invertido en ayudarme a pulir esta historia. Te quiero.

The Editor & the Quill: Chinah, gracias por lo mucho que has vertido en esta historia. Gracias por tu amistad, por tu sabiduría y por tu atención al detalle. Gracias por hurgar hasta el fondo y por estar ahí a última hora de la noche y a primera de la mañana. Vas más allá del deber y soy muy afortunada de tenerte en mi vida.

Brittani: gracias por tu amistad, por tus risas, por escucharme, por tu atención al detalle. Gracias por escuchar horas y horas de mensajes de voz cuando se me ocurrió la idea de esta historia y tenía que desahogarme. ¡En serio, eres increíble!

De A. T. Cover Designs, doy las gracias a Aubrey por la maravillosa cubierta. Por volcarte en cuerpo y alma en todas las ilustraciones y por dar vida visualmente a mi historia. Tienes muchísimo talento y todo lo que haces me deja anonadada, ¡de verdad!

A la gente de Affinity Author Services: muchas gracias por hacer lo imposible por facilitar las cosas cuando tuve que retrasar la fecha de lanzamiento. Y por los sabios consejos, inestimables y muy necesarios.

Philippa, gracias por tu apoyo eterno y por darles a nuestros peques un cambio de aires cuando supiste que yo debía hincar los codos y llegar a la línea de meta.